2843

I_n^{27}

49527

Souvenirs d'un Père.

MONT-DORE (P. 14)

Souvenirs d'un Père.

NOËL DUCREUX

SA VIE, SES IMPRESSIONS DE VOYAGE, SES LETTRES.

LILLE	GRAMMONT
(Nord)	(Belgique)
Maison Saint-Joseph.	Œuvre de Saint-Charles.

PRÉFACE.

ES lettres de Noël Ducreux, imprimées en 1878 pour ses parents et ses amis, ont franchi le cercle intime auquel elles étaient destinées et ont fixé l'attention des personnes étrangères qui les ont lues. Quelques Revues bibliographiques de Paris les ont même signalées au public.

« D'heureuses circonstances, écrit un rédacteur du Polybiblion, ont fait tomber dans nos mains les deux volumes des lettres de Noël Ducreux, monument d'amour paternel élevé à la mémoire d'un fils qui était toute sa vie. Quelle âme d'élite, quel cœur généreux, quelle ardeur pour le bien, quelle précocité d'intelligence, quelle élévation, quelle douce pureté, quelle délicatesse et quelle noblesse de sentiments percent dans ces lettres écrites à des parents, à des amis, à son confident et directeur ! Nous assistons à toutes ses luttes intérieures ; nous prenons part à ses souffrances, nous partageons ses angoisses au sujet de la sublime vocation qu'il poursuit et contre laquelle s'élèvent sans cesse de nouvelles difficultés matérielles, incapables d'abattre son courage et d'arrêter sa persévérance. Sa bonne volonté échoue contre une frêle santé qui interrompt à chaque instant ses études et l'oblige à des déplacements incessants pour chercher des climats plus doux que ceux du Lyonnais, pour essayer de nouvelles eaux. Malgré tout, le mal ne fait que s'aggraver sans affaiblir ses espérances. Il raconte avec esprit ses voyages, décrit bien les pays, met en scène ses compagnons d'infortune ou de plaisir, et rattache tout ce qu'il dit à quelques pensées élevées. Il touche un peu à tous les sujets : religion, morale, littérature, politique même, et l'on est étonné de la maturité d'esprit et de style de ce jeune homme, mort avant d'avoir atteint sa vingt-troisième année.

» Ce livre n'est pas destiné au public : c'est un sanctuaire de famille, où le père a réuni tous les souvenirs de son fils pour lui et pour ceux qui l'ont connu et aimé. Et cependant Noël Ducreux est bon à connaître pour tout le monde ; que de parents seraient heureux de pouvoir le proposer pour modèle à leurs enfants ! Mais, pour le public, pour des étrangers, il y aurait à faire disparaître beaucoup de détails qui n'intéresseront pas, d'autres qui sont inutiles. »

Le vœu du Polybiblion a été réalisé en 1883. Une édition nouvelle fut offerte au public, dans laquelle on avait eu soin de se conformer à ces judicieuses remarques. Le recueil fut accueilli avec grande faveur et provoqua de nombreux témoignages de sympathie et d'édification (¹).

Il nous a semblé que le moment était venu de donner une dernière forme à ces remarquables Souvenirs, en les publiant spécialement pour la jeunesse. Leur auteur était un jeune homme ; il a toujours beaucoup affectionné l'enfance et la jeunesse : ses écrits ne sont-ils pas le « bien propre » de cette classe de lecteurs ? Avec une bienveillance et une générosité qui l'honorent et dont nous lui sommes profondément reconnaissant, M. Joseph Ducreux a daigné approuver, encourager même cette publication, répudiant toute espèce d'honoraires et lui donnant ainsi le caractère authentique d'une « bonne œuvre ».

Dans cette édition les suppressions ont été beaucoup plus nombreuses ; toutes les lettres qui n'offraient qu'un médiocre intérêt et celles qui étaient plus appropriées à l'âge mûr, ont été écartées. Nous avons détaché de la correspondance le Journal de Noël, pour le mettre en relief. En un mot, c'est maintenant le « livre de la jeunesse », livre méthodique, intéressant et par-dessus tout rempli de beaux exemples.

Puissent les pieuses pensées et les sentiments généreux qui forment pour ainsi dire la trame de ce livre, sous le souffle de Dieu qui les fit éclore, se répandre, se multiplier et germer, comme les belles fleurs dont le vent sème au loin la graine féconde !...

---

1. Il existe encore des exemplaires de cette édition chez les libraires de Lyon (2 volumes in-12 de 450 et 400 pages.)

Souvenirs d'un Père.

I.

ESQUISSE BIOGRAPHIQUE. [1]

A notice qui va suivre ne contient rien de dramatique ni d'extraordinaire. Son but est de faciliter la lecture des lettres que nous devons reproduire. Quelques détails sur les lieux et sur des personnages anonymes tendent à prévenir, sans indiscrétion, certaines confusions possibles. Quelques traits particuliers, quelques épisodes feront entrer plus avant dans l'intimité de Noël Ducreux.

Ce livre n'est, à vrai dire, que l'histoire d'une âme ; il y aura d'autant plus de profit à suivre cette âme dans son développement progressif, que le milieu où elle se meut se distingue moins de la vie de tout le monde ; c'est ainsi que son exemple s'adresse à un plus grand nombre d'imitateurs. Au surplus, les choses vulgaires en apparence cessent de l'être dès qu'elles deviennent la cause ou seulement l'occasion d'un acte ou d'un sentiment généreux. La vie de Noël Ducreux, quelque simple qu'elle ait été, s'est ennoblie par les intentions pures et élevées qui l'ont gouvernée. Comme une fleur qui se fane, fallait-il la laisser complètement disparaître de ce monde ? Le parfum qu'elle répandait est-il désormais évaporé ? La mort a-t-elle éteint pour toujours le rayonnement de cette nature angélique ?

Non, sans doute, ceux qui ont connu Noël Ducreux ne l'oublieront pas ; mais ils seront entraînés eux-mêmes un jour par le temps ; ils doivent donc conserver à ceux qui viendront après eux l'aimable et

---

1. Cet intéressant résumé de la vie de Noël Ducreux est l'œuvre de son père, comme on le verra dans la suite du récit.

douce figure qui fut leur joie et leur édification, qui restera la gloire de toute une famille. Voilà pourquoi ils ont voulu arracher à l'oubli, qui efface et confond tout, la mémoire de Noël Ducreux. Pour accomplir cette tâche, son père, à côté de qui il a toujours vécu, n'a eu qu'à recueillir ses souvenirs, ou plutôt qu'à les traduire tels qu'ils sont gravés dans son cœur.

Noël Ducreux est né le 7 mai 1853, à Lyon, où son père était avoué à la cour d'appel. Il reçut le baptême dans l'église de Saint-Jean.

La famille Ducreux est originaire des montagnes qui dominent la ville de Lyon, du côté du couchant. On a compté longtemps, à Vaugneray, une série non interrompue de notaires de ce nom. Vers l'année 1770, Claude Ducreux en sortit pour épouser la fille d'Emmanuel Chazottier, notaire lui-même à Saint-Martin-en-Haut, dans le voisinage de Vaugneray, et lui succéder dans son office. Les clients de Claude Ducreux le regardaient comme un père et aimaient à le lui dire. Rien de plus paternel, en effet, dans ce temps-là, que les fonctions de notaire à la campagne.

Lorsqu'il mourut, après quarante-trois ans d'exercice professionnel, Antoine-François Ducreux, l'un de ses fils, continua, dans ce poste modeste, les traditions d'honneur et de probité qui y étaient attachées. Il le préféra à une étude d'avoué en première instance à Lyon, où il était maître-clerc, et dont le titulaire lui offrait la succession. En allant prendre la place de son père à Saint-Martin-en-Haut, il obéit à ce qu'il considérait comme un devoir héréditaire, et n'hésita pas à lui faire le sacrifice des avantages qui lui étaient assurés dans une grande ville. D'un esprit aussi distingué que modeste, travailleur infatigable, exigeant pour lui seul, indulgent aux autres, père de famille tendre et dévoué, chrétien convaincu et fervent sans ostentation, il fut aussi un modèle d'intégrité et de zèle dans l'exercice de sa profession, qui dura trente-quatre ans. En 1847, il mourut sur la brèche, comme son père. Maire de sa commune sans interruption pendant la même période, il jouissait d'une si grande considération, qu'il était l'arbitre ordinaire des contestations qui s'élevaient entre ses administrés. S'il arrivait à quelques-uns de se présenter à l'audience du juge de paix du canton : « Vous êtes de Saint-Martin-en-Haut? leur disait ce magistrat. — Oui, Monsieur le juge. — Avez-vous consulté M. Ducreux? — Non. — Eh bien! allez-y, et vous reviendrez s'il ne vous met pas d'accord. » Bien rarement on les voyait revenir.

Joseph Ducreux, son fils, père de Noël, lui aurait succédé s'il avait eu terminé ses études ; il eut le regret de voir passer dans des mains étrangères un office qui était dans sa famille depuis près de trois siècles.

Antoine-François Ducreux avait épousé Marie-Aimée Garbit, qui avait deux enfants d'un précédent mariage ; Claude Boiron, l'un d'eux, décédé notaire à Saint-Laurent-de-Chamousset, dans le voisinage de Tourville, d'où sont datées un certain nombre de lettres de ce recueil, est cet oncle dont Noël Ducreux parle souvent et qui lui témoignait une grande amitié.

Noël comptait aussi plusieurs tantes, sœurs de son père ; Mme Sigaud, à Lyon ; Mme Besson, morte avant qu'il fût au monde ; Mme Joséphine Ducreux, à Vaugneray ; Mme Bénédicte Martelin, à Saint-Rambert en Bugey. On les rencontre dans les lettres de ce recueil, ainsi que plusieurs de leurs enfants et petits-enfants : Anna D., Antoine D. et Gasparine D., sa femme et leur petit *Mimille* (Camille) ; Marie V. et son régiment de garçons ; Athanase M. et sa sœur Aimée F., et la fille de celle-ci, la petite Lucie F.; enfin le jeune séminariste Joseph B.

Marie-Aimée Garbit, veuve d'Antoine-François Ducreux, aïeule de Noël, avait eu onze enfants. Malgré les fatigues de cette féconde maternité, elle parvint à un âge avancé. Elle mourut à Lyon en 1863. M. l'abbé V., devenu plus tard le directeur spirituel et l'ami de Noël Ducreux, et qui était alors jeune vicaire de la paroisse de Saint-Nizier, assista cette mère chrétienne à ses derniers moments. Ce pieux ecclésiastique ne se rappelle pas sans émotion la foi vive et les sentiments d'admirable résignation de cette âme droite et vaillante, à l'heure où elle allait paraître devant Dieu. C'est qu'elle était de bonne race : elle appartenait à l'une de ces braves familles de la montagne du Lyonnais, qui, pendant la Terreur, préservèrent d'une mort certaine, au risque de leur propre vie, les prêtres non assermentés que la fureur sauvage des Sans-Culottes traquait comme des bêtes fauves. Toute petite fille, elle avait joué son rôle dans ces périlleux sauvetages. Joséphine Garbit, veuve Villard, sa sœur, mère de douze enfants, est morte, elle aussi, en grande vénération ; les habitants de Duerne (Rhône), où elle demeurait, conservent, comme les reliques d'une Sainte, les objets dont elle avait l'habitude de se servir, et ceux qu'ils ont fait toucher à son cercueil. Joseph Garbit, leur père, simple propriétaire-cultivateur à Saint-Martin-en-Haut, avait su acquérir honnêtement une large aisance, grâce à une activité soutenue, à une économie bien ordonnée et à la judicieuse application à ses affaires d'une remarquable intelligence, qui n'avait jamais été cultivée par l'étude. Plus de trente ans après sa mort, un de ses vieux serviteurs, faisant son éloge dans un patois auquel la traduction enlève toute sa saveur, disait à son petit-fils : « Votre grand-père était un bien brave homme ; jamais un mendiant ne frappait à sa porte, quand il était à table, sans qu'il le fît asseoir et manger à côté de lui ; puis il remplissait sa besace des débris du repas. En échange, le bon DIEU lui jetait à pleines brassées les biens de la terre. »

Non moins recommandable, la famille maternelle de Noël Ducreux avait de tout temps exercé le commerce à Lyon. Pierre Bonnet et Jeanne Chignard, sa femme, morts encore jeunes l'un et l'autre, avaient eu huit enfants ; deux filles seulement leur ont survécu : Eugénie Bonnet, mariée à Joseph Ducreux, mère de Noël, et Antoinette Bonnet, mariée à M. Dumont, alors avoué en première instance à Lyon, et qui fut mère de Marie D***, cette cousine de Noël à qui sont adressées un grand nombre de ses lettres. Mme Dumont et Mme Ducreux avaient conservé une tendre vénération pour la mémoire de leur sainte mère.

Noël Ducreux et Marie Dumont ont passé leur première enfance ensemble, l'hiver à Lyon, où leurs familles étaient voisines l'une de l'autre, et l'été à Saint-Didier au Mont d'Or, dans une maison de campagne, qui était un bien patrimonial de leurs mères. En 1861, le père de Marie quitta Lyon pour aller habiter, dans son pays natal, sa propriété de l'Etang, à Poisson, canton de Paray-le-Monial, où il a été juge de paix jusqu'à la fin de la période politique de l'*ordre moral*. Mariée plus tard à un avocat d'une région voisine, Marie Dumont a élevé ses enfants dans les saines traditions qu'elle-même avait reçues de sa mère.

Noël Ducreux hérita de tout ce qu'il y avait de plus pur dans ces sources. Tout enfant, il se plaisait à écouter les récits que son père lui faisait des vertus de leurs ancêtres. Il apprit ainsi à honorer le vrai mérite partout où il se trouve, sans se laisser imposer par de vaines apparences. Aussi ses parents de la campagne n'eurent-ils jamais à essuyer aucun dédain de sa part ; au contraire, plus ils étaient d'humble condition, plus l'accueil qu'il leur faisait était affable et empressé.

Il avait apporté, pour ainsi dire en venant au monde, un attrait particulier attaché à toute sa personne. Quand sa nourrice, le tenant dans ses bras, le promenait sur les quais ou sur les places de Lyon, ce gracieux enfant ne cessait de provoquer les passants, par des gestes animés, par des sourires et des regards caressants, et l'excellente femme était tout heureuse et fière de s'entendre dire : « Oh ! le charmant enfant ! Comment s'appelle-t-il ? » Quelle douce auréole rayonnait autour de cette petite tête blonde, au foyer de la famille ! A mesure que son intelligence s'éveillait, le charme allait croissant. Cet enfant était d'un naturel si franc et si ouvert, il avait le cœur si chaud, une tendresse si expansive, qu'on ne pouvait tenir rigueur à son étourderie, à sa pétulance, à sa gaieté bruyante, à son entraînement au plaisir.

Sa mère fut sa première institutrice et lui imprima la foi simple et robuste, la fermeté de principes, la pureté d'intentions, la droiture de conduite qui la caractérisaient elle-même. Peut-être, hélas ! ces soins assidus étaient-ils au-dessus de ses forces et ne furent-ils pas sans préjudice pour sa santé, déjà atteinte par la fatale maladie dont elle avait communiqué le germe à son enfant et qui les a enlevés tous deux à la fleur de l'âge.

C'est surtout pendant l'été, dans la maison de campagne de Saint-Didier au Mont d'Or, que Noël Ducreux prenait ses joyeux ébats, associant à ses jeux enfantins Marie Dumont, qui était pour lui comme une sœur, ce qui explique l'intimité qui régna toujours entre eux, ainsi qu'on le voit dans les lettres de Noël. Chaque soir, leurs pères, que les devoirs de leurs professions retenaient à la ville pendant le jour, venaient se réunir à leur famille. On portait alors à leur tribunal d'appel les plus grosses sottises des bambins ; presque toujours leur arrêt réformait la sentence plus sévère des jeunes mères et relevait les coupables de leurs punitions. Aussi comme on les choyait, ces juges du second degré ! Noël ne supportait pas sa séparation d'avec son père ou sa mère ; loin d'eux, la nostalgie ne tardait pas à le gagner.

Pendant deux hivers consécutifs, il suivit sa mère à Montpellier, où demeurait alors Mme S***, la sœur aînée de son père, et où Mme Ducreux allait, avec son enfant, chercher un climat moins humide que celui de Lyon et confier la direction de leur santé au docteur Combal, célèbre professeur à la Faculté de médecine. Chaque été, elle emmenait aussi Noël aux eaux qui lui étaient ordonnées. Il fit ainsi l'apprentissage de la vie errante à laquelle sa santé le condamna dès son enfance. Enfin il passa avec elle, à Hyères, l'hiver de 1861-1862. A leur retour, Mme Ducreux succomba à sa fatale maladie, à l'âge de vingt-neuf ans. Noël, l'unique enfant qu'elle eût conservé, était dans sa neuvième année.

Dans les intervalles de temps qu'il passa à Lyon, avant et après la mort de sa mère, il fréquentait un externat de jeunes garçons, ce qui était fort de son goût ; il y trouvait les éléments d'émulation pour l'étude et pour les jeux, dont il était privé trop souvent, à son gré. Son ardeur dans ces exercices de tout genre n'était tempérée que par le sentiment du devoir, auquel il se montrait rarement rebelle. Il avait aussi un sentiment très vif de la justice, et ne se gênait pas pour rappeler à l'ordre ceux de ses camarades qui tentaient de la violer : aussi l'appelaient-ils le *conseiller ;* mais tous l'aimaient beaucoup. Quand il fut devenu jeune homme, il se rappelait très nettement ces impressions de son enfance et racontait à son père l'énergie de ses protestations et ses tentations de révolte, toutes les fois qu'il était témoin ou victime de quelque injustice ; il ne concevait rien de plus important, en pédagogie, que l'impartialité du maître et la protection du plus faible contre le plus fort.

En 1863, au moment des vacances de Pâques, son père lui fit faire un voyage à Nice, d'où il rapporta une coqueluche qui résista longtemps à tous les régimes et à toutes les médications. Une saison aux eaux du Mont-Dore, où il était déjà allé une fois avec sa mère, n'eut pas un meilleur résultat. Les médecins ne dissimulèrent point le danger qu'il y aurait à lui laisser passer l'hiver à Lyon, dans des conditions aussi critiques. Son père se décida à céder son office d'avoué à A. D***, son neveu, afin d'avoir la liberté de suivre son enfant partout et de s'occuper exclusivement de lui.

Au commencement du mois de janvier 1864, ils prenaient ensemble le chemin de Nice, emmenant avec eux la bonne de Noël, qui ne l'avait jamais quitté depuis sa naissance. Nice n'était pas alors ce qu'il est aujourd'hui. Les logements garnis destinés à la colonie étrangère étaient peu nombreux. M. Ducreux eut la bonne fortune d'en découvrir un dans un quartier assez écarté, derrière l'église de Saint-Jean-Baptiste. La maison était petite, mais bien ensoleillée, avec un jardin par devant. Le propriétaire, bon vieillard, qui avait habité longtemps l'Italie, prit de suite Noël en amitié, et émerveillait son imagination en lui parlant des beautés de ce pays-là, et surtout de Rome, que l'enfant aimait déjà d'instinct comme capitale du monde catholique, mais qu'il n'a jamais pu aller visiter malgré tout son désir.

Le jardin de la petite villa ne suffisait pas à l'activité de Noël et à son besoin de mouvement. Presque tous les jours, on faisait de longues promenades au bord de la mer, sur les collines et dans les vallons. On alla même faire connaissance avec Monaco, Menton, Cannes et Grasse ; le chemin de fer n'étant pas terminé, ces déplacements étaient alors de véritables petits voyages.

Le retour à Lyon coïncida avec la solennité de l'ouverture du mois de Marie, dans la vieille chapelle de Notre-Dame de la Garde ; le nouvel édifice n'était pas encore livré au culte. Noël s'associa de tout son cœur aux manifestations expressives de la dévotion marseillaise.

Une longue station aux bains de Saint-Gervais, situés au cœur du Mont-Blanc, occupa une partie de l'été 1864. Cet établissement thermal, qui était en même temps un vaste hôpital, réunissait une grande affluence de baigneurs et de touristes, attirés par la vertu des eaux et par les sévères beautés du paysage. La transition subite des bords de la Méditerranée aux vallées et aux sommets des Alpes impressionna très vivement Noël ; il n'avait conservé qu'un souvenir confus des hautes montagnes où, petit enfant, il avait suivi sa mère, soit à Allevard, soit à Loëche. Ce fut avec un véritable enthousiasme que, du haut du mont Joly, il vit se dresser devant ses yeux le géant des Alpes, entouré de ses satellites. Pour revenir de Saint-Gervais à Lyon, on visita les glaciers de Chamounix et l'on parcourut, à dos de mulet, la traversée classique par le col de la Tête-Noire jusqu'à Martigny ; puis le voyage fut continué en chemin de fer et en bateau, par la vallée du haut Rhône dans le Valais, et sur le lac de Genève. Malgré la mobilité d'esprit qui est le propre de l'enfance, le jeune touriste admirait la variété des grands phénomènes de la nature ; ce sentiment ne cessa pas de se développer en lui et s'associa plus tard à l'idée religieuse, qui lui faisait considérer la Divinité à travers les magnificences de la création.

L'hiver de 1864 à 1865 le ramena encore une fois dans la petite maison de Nice, mais sans sa bonne, qui venait de se marier avec le jardinier de la campagne de Saint-Didier au Mont d'Or. C'est dans cette maison, aujourd'hui disparue, et pendant cet hiver, que Noël finit d'étudier le catéchisme, dont sa mère lui avait donné le premier enseignement. En même temps il se préparait au grand acte de sa première communion par des efforts soutenus et par plus d'attention à ses prières. A cet égard, ce qui peut ne paraître que puéril devient très sérieux sous l'inspiration de la foi : le fait suivant en est un exemple. Les collections de timbres-poste étaient alors en grande faveur à Nice, surtout parmi les enfants de la colonie étrangère. A l'heure de la récréation, après le déjeuner, ils se donnaient rendez-vous au jardin public, qui devenait une véritable bourse pour l'achat, la vente et l'échange des timbres-poste de toutes les parties du monde. Noël se livrait à ce petit commerce avec une sorte de frénésie, au point d'en perdre l'appétit et le sommeil ; les leçons et les prières n'en souffraient pas moins. Son père, qui faisait volontiers appel à sa raison, en employant avec lui la méthode socratique, l'amena par une série de questions à constater lui-même les phénomènes fâcheux de ce désordre moral. L'enfant n'eut pas de peine à les reconnaître, mais il déclara que c'était plus fort que lui, et qu'il croyait véritablement subir une influence étrangère, despotique et malfaisante. « C'est sûrement un démon qui me possède, disait-il, et je sens bien que le bon Dieu peut seul m'en délivrer. » Il se mit en effet à prier avec ferveur et ne tarda pas à recouvrer le calme. Sa collection n'y perdit rien ; car son père, pour le récompenser de sa docilité et de sa piété, lui fit cadeau de plusieurs raretés qu'il avait passionnément désirées. Ce commerce international de timbres-poste n'était pas d'ailleurs sans quelque avantage;

Noël y apprit à connaître le nom et la valeur comparative de toutes les monnaies étrangères et les divers gouvernements des deux mondes.

Quand il fut de retour à Lyon, au commencement du mois d'avril 1865, la première communion était faite dans les paroisses, et, par conséquent, tous les exercices préparatoires avaient cessé. L'abbé V., qui avait assisté la grand'mère de Noël à ses derniers moments, voulut bien y suppléer ; il lui fit subir l'examen réglementaire, et l'ayant reconnu suffisamment instruit des vérités de la religion, il se chargea de sa direction spirituelle et le fit admettre à la première communion dans l'église de Saint-Nizier. Noël accomplit ce grand acte le 25 avril 1865, le jour de la seconde communion des enfants de la paroisse, et, peu de temps après, il reçut, dans la même église, le sacrement de confirmation. Ce n'est pas pour employer un cliché banal que nous dirons que le jour de sa première communion fut le plus beau de sa vie : son âme était inondée de délices, et l'empreinte qu'elle en reçut ne s'effaça jamais. Sa turbulence native s'atténua, sans lui rien faire perdre de sa vivacité et de son enjouement. Il se mit aussitôt à combattre courageusement les défauts inhérents à son âge, surtout une certaine rigidité de volonté, assez excusable, du reste, à cause de la droiture habituelle de ses intentions ; enfin il s'appliqua avec persévérance à déterminer ses actions par des motifs surnaturels.

Cette heureuse modification était sensible ; son directeur, qui n'a cessé d'être son ami, en a suivi depuis lors les progrès constants ; ces progrès ne tardèrent pas à faire éclore la vocation au sacerdoce, qui devint l'objet de ses plus ardentes aspirations. C'est à ce directeur, devenu depuis curé de la nouvelle paroisse de Saint-Joseph, à Lyon, que sont adressées les plus nombreuses lettres de ce recueil, celles où Noël a versé les épanchements les plus intimes de son cœur.

L'histoire de cette correspondance n'est pas sans intérêt. L'abbé V. reçut, après la première communion de Noël, une lettre de lui qui frappa son attention par l'élévation, la pureté et la sincérité des sentiments qu'il exprimait dans un langage surprenant de la part d'un enfant ; il la détruisit de suite après l'avoir lue, croyant y voir une sorte de confession sous forme épistolaire. Une seconde lettre produisit sur son esprit une nouvelle impression non moins vive, et il la conserva. Celles qui suivirent continuaient à mettre en lumière, sous les yeux du directeur charmé, le développement progressif d'une jeune âme touchée par la grâce divine et aspirant ardemment à sa sanctification. Elles furent placées successivement dans un tiroir du secrétaire de l'abbé V., qui, sans se rendre compte d'abord du motif qui le faisait agir ainsi, finit par les considérer comme un trésor dont il était le dépositaire. A l'époque de l'invasion allemande, en 1870, il crut devoir, par mesure de prudence, anéantir la plus grande partie de ses papiers personnels ; mais devant les lettres de Noël Ducreux il s'arrêta, ne pouvant se décider à les sacrifier. Il les scella sous une enveloppe et les remit en dépôt à une personne de confiance, qui les lui rendit quand tout danger de dévastation eut cessé. Après la mort prématurée de Noël, que l'abbé V. se refusait à prévoir, il n'a pu s'empêcher de reconnaître dans ces diverses circonstances quelque chose de providentiel, et comme un signe du bien que produirait

CHAMOUNIX. (P. 15.)

la lecture de ces lettres. C'est lui qui a insisté pour qu'elles fussent imprimées, et il a eu souvent l'occasion de constater l'heureuse influence qu'elles exercent, quoique leur première édition, destinée seulement aux parents et aux amis de Noël, n'ait pu les faire passer dans un grand nombre de mains.

Il n'est guère moins étonnant que sa cousine, Marie D., et la plupart de ses amis aient aussi conservé les lettres qu'il leur adressait des divers lieux où son existence nomade l'a successivement entraîné. Ne peut-on pas en conclure sans témérité qu'elles étaient ainsi réservées à une destination plus générale, au plaisir et à l'édification d'un plus grand nombre de lecteurs ?

Le ton de ces lettres varie avec chacun des correspondants. Cette variété fait ressortir la souplesse et la vigueur natives de l'esprit qui les a dictées. Ce jeune homme qui juge avec tant de finesse et de fermeté, dont la plume vagabonde, en courant, capricieuse, « la bride sur le cou, » comme disait Mme de Sévigné, rencontre si souvent le mot juste et le trait frappant, ce jeune homme, qui tantôt étonne par la vivacité des descriptions que ne désavouerait pas le pinceau des maîtres, tantôt déride par des saillies d'un enjouement plein de charme, tantôt s'élève insensiblement, sur les ailes de la foi et du patriotisme, jusqu'à l'éloquence et jusqu'à la source des larmes, ce jeune homme n'avait pas fait d'études régulières et assidues ; il s'était formé, on peut le dire, sur les grandes routes de l'Europe.

Assurément il aurait mieux aimé vivre comme tout le monde, aller au collège, avoir des camarades, des émules, des professeurs, des heures alternatives de classes et de récréations, s'assujettir à la règle commune pour discipliner son esprit et son caractère. Que de fois il a gémi d'être obligé par sa mauvaise santé de marcher seul hors des chemins battus, sans direction expérimentée, sans méthode éprouvée ! Et encore si la maladie ne l'avait pas arrêté, à chaque pas, dans le cours de son travail irrégulier ! Cette vie, composée d'étapes toujours changeantes, à laquelle il se voyait condamné, lui semblait quelquefois odieuse : il en était las, accablé. Aussi quelle détente délicieuse quand il pouvait planter sa tente quelque part, pour une période de temps un peu longue, pour plusieurs mois, ou même seulement pour plusieurs semaines ! Mais par-dessus tout il aimait le foyer domestique, le *home* des Anglais.

Vers l'époque de sa première communion, son père hérita d'un domaine rural dans les montagnes du Lyonnais. Les bâtiments de la ferme étaient flanqués d'une tour en ruines, d'où venait sans doute au domaine le nom de *Tourville*, par corruption de *Tourvieille*. Le site est gracieux, dans un encadrement de bois et de prairies. Les nouveaux propriétaires résolurent d'y passer les étés. La maison de campagne de Saint-Didier au Mont d'Or avait été vendue, ce qui permit à la bonne de Noël et au jardinier, son mari, de venir aussi demeurer à Tourville. Les vieilles murailles furent restaurées, on y ajouta une aile nouvelle, l'antique tour redressa la tête, on traça des chemins, et surtout on planta à foison.

Toujours, au printemps, on s'empressait de venir prendre possession de cette champêtre demeure, où tout souriait à Noël, qui y régnait en souverain chéri. La première année, il était encore enfant et put s'y livrer sans contrainte aux plaisirs de cet âge, courant dans les prés au travers des troupeaux, enivré de senteurs pénétrantes et d'air lumineux et chaud,

vivant dans la familiarité des animaux domestiques. Sa santé sembla se
fortifier dans ce milieu salubre et vivifiant ; aussi ne parla-t-on pas d'aller
aux eaux, et l'on eut assez de confiance dans les forces acquises pour
oser affronter l'hiver de Lyon, lorsque les premières neiges eurent chassé
de leur montagne les hôtes de Tourville. Cette expérience fut au moins
prématurée, on ne tarda pas à le reconnaître.

Quoi qu'il en soit, l'hiver de 1865-1866 se passa à Lyon, entre les
leçons des professeurs et les relations de famille, d'autant mieux goûtées
qu'on en était privé depuis deux ans. L'abbé V. mit à profit la présence
de Noël pour mieux cultiver sa jeune âme et en faire fructifier la
floraison.

Lorsque le retour du printemps eut permis de regagner la campagne,
l'exercice en plein air ne suffit pas d'abord à corriger les fâcheux effets
du séjour de Lyon pendant l'hiver. Les médecins envoyèrent Noël aux
eaux de Marlioz, près d'Aix en Savoie. Quelques visites de famille, dans
le Bugey et dans le Charollais, et plusieurs mois passés à Tourville
remplirent le reste de l'été en 1866. Les premières lettres écrites de
Tourville par Noël sont datées de cette époque : elles ne racontent guère
que ses jeux enfantins. Celles des années suivantes marquent la progres-
sion des sentiments délicats qu'il éprouvait sous le charme d'une nature
gracieuse et paisible ; elles en sont, pour ainsi dire, imprégnées ; il semble,
en les lisant, qu'on les éprouve soi-même : avec lui, on respire les émanations des pins, des genêts et des bruyères, on entend le gazouillement
des oiseaux, le murmure du bois, le chant du berger, et, au loin, le son
des cloches qui appellent les fidèles à l'office du matin ; avec lui, on voit
les rayons et les ombres se jouer dans les plis des vallons, sur les collines
ou sous la feuillée, les horizons se fondre par gradation dans des flots
de lumière. Tous ces enchantements font cortège à Noël sur la route qui
conduit à la petite église des Halles ; c'est celle de la paroisse. Il s'age-
nouille au pied de l'autel et toute son âme s'exhale devant le tabernacle,
comme un encens de bonne odeur ; elle chante, sans articuler aucune
parole, l'hymne composée de toutes les harmonies qu'elle a recueillies
en chemin.

Les bonnes relations qui existaient entre les habitants de Tourville
et ceux du voisinage, appelaient souvent Noël à se mêler aux plaisirs et
aux jeux d'enfants de son âge et même à ceux de plus jeunes que lui,
soit au château du Fenoyl, soit chez un ancien camarade de collège de
son père, soit à Saint-Laurent de Chamousset. Là, chez son oncle Boiron,
il rencontrait les neveux de sa tante B., et les G., qui venaient de Lyon,
pendant les vacances, pour prendre leurs ébats à la campagne. On retrouve

plusieurs d'entre eux dans sa correspondance. Quelques lettres sont adressées à Henry B., au château du Fenoyl et à la Pérollière ; d'autres à Édouard G., à Lyon, et à Adrien G., à Langres, où il était alors en garnison. Malgré le bon accueil que Noël recevait partout, on le voit toujours revenir avec plaisir au logis.

Comment ne pourraient-ils pas aimer Tourville, encore maintenant, ceux qui y ont vécu avec lui ? Chaque chose y garde la place qu'elle avait alors, et plusieurs rappellent les noms de fantaisie dont il les avait baptisées : la terrasse avec sa bordure et ses berceaux de charmilles, *son Versailles*, où il venait lire, méditer et prier ; le verger au-dessous, *sa Normandie ;* à la lisière des prés, le bois parsemé de blocs de granit, *sa Bretagne ;* le petit jardin potager, protégé par la chaussée de l'étang contre les vents froids, *sa Provence*... On revoit encore avec charme la tour, qui sert de bibliothèque, et où il se plaisait à passer de longues heures dans la société de ses bons amis les livres ; dans le salon, le piano qui babillait tous les jours sous ses doigts ; la salle de billard, plus souvent négligée ; sa chambre à coucher, garnie de ses rideaux de mousseline blanche, telle qu'il l'a laissée, à côté de celle de son père, qui en fait maintenant son oratoire.

Aux premières brumes du mois de novembre 1866, le médecin ordonna le départ pour Nice. MM. Ducreux se mirent en pension dans l'hôtel Milliet, fréquenté par des étrangers de tous les pays, mais surtout par des Anglais. Noël, qui étudiait leur langue, s'appropria si bien leur accent, qu'il lui arrivait quelquefois d'être pris pour un des leurs. C'est dans la pension Milliet, où il passa deux hivers consécutifs, qu'il fit connaissance avec Joseph U. et Octave U., jeunes Bourguignons implantés à Paris, et avec Luiz G., jeune Espagnol natif des îles Philippines.

Au milieu des agitations de cette vie commune, où les occasions de dissipation n'étaient pas rares, Noël avait le don de se recueillir à propos, et se dérobait ainsi à la contagion de l'esprit de frivolité qui dominait dans cette société cosmopolite. Bien plus, il sut, avec un discernement précoce, en tirer avantage pour son instruction et son éducation. L'aménité de son caractère, exempte d'obséquiosité, et sa modestie de bon aloi lui attiraient les prévenances, pour ne pas dire les déférences de l'élite de son entourage. Il eut à décliner l'invitation d'un noble Écossais à aller visiter, dans ses vastes domaines du comté d'Elgin, sa collection de bruyères, la plus riche du monde.

Souvent il allait passer la veillée chez un armateur hollandais, qui avait un fils de son âge. On jouait des charades et l'on prenait le thé. Dans cette famille, les hommes étaient protestants et les femmes catholiques. Noël était touché de la simplicité et de la pureté des mœurs de cet intérieur patriarcal. Le spectacle de ces vertus privées chez des hérétiques ne troubla point sa foi religieuse, mais il en conçut un sentiment de pieuse commisération pour ces âmes égarées, dignes de connaître la vérité, et il ne cessait de les recommander à DIEU dans ses prières. Plus tard, son esprit, développé par l'étude et par la réflexion, voyait là un symptôme du retour probable des races du Nord au giron de Rome, pour perpétuer l'Eglise qui ne doit jamais périr, tandis qu'il redoutait, pour les nations latines, la perte de la foi avec celle des bonnes mœurs. Il espérait et sollicitait la conversion de M. Guizot, dont il suivait avec un sympathique intérêt la polémique contre la théorie du libre examen absolu.

L'été de 1867 et celui de 1868 ramenèrent encore Noël à Tourville, son séjour de prédilection. Il ne s'en éloigna pendant quelque temps, en 1867, que pour aller faire une nouvelle cure thermale aux eaux d'Aix-en-Savoie, puis une courte visite à ses amis U., à Auxerre, où ils passaient la belle saison. En 1868, il retourna aux eaux de Saint-Gervais et à celles d'Aix ; les mêmes amis y vinrent se joindre à lui, et le retour à leurs foyers respectifs ne s'effectua qu'après avoir visité ensemble les glaciers de Chamounix, que Noël connaissait déjà, puis Grenoble, Uriage et la Grande-Chartreuse, qu'il voyait pour la première fois. L'impression religieuse qu'il éprouva en passant dans ce célèbre couvent ne s'effaça jamais de son esprit ; mais, d'un autre côté, il rapporta de son séjour à Saint-Gervais un souvenir pénible, qui persista longtemps comme une sorte de remords. La société de quelques jeunes gens mondains et frondeurs à laquelle il s'était trouvé mêlé, avait porté le trouble dans sa conscience ; il se reprochait d'autant plus de n'avoir pas rompu franchement avec eux, qu'il se sentait déjà vivement sollicité par la vocation à l'état ecclésiastique.

Cette vocation ne tarda pas à devenir sa pensée dominante, le but de ses désirs et de toutes ses actions ; il en remplit ses lettres à l'abbé V. Mais comment concilier sa préparation au sacerdoce avec les exigences de sa mauvaise santé, et surtout avec la vie qu'il mène, vie instable, décousue, parsemée de surprises dangereuses pour le cœur et pour l'esprit ? Ce qui est une occasion d'édification pour les autres devient un écueil pour lui ; ainsi, rencontre-t-il une jeune mère de famille à la fois aimable et pieuse, entourée de nombreux enfants soigneusement élevés dans des sentiments chrétiens, aussitôt l'état du mariage lui semble l'idéal de la vie sociale, il s'arrête hésitant devant les sévères devoirs du sacerdoce et le caractère indélébile des renonciations qu'il comporte. De là des parallèles où sa raison ne se paie d'aucun subterfuge, et des luttes où s'engagent toutes les énergies de sa volonté ; mais toujours la vocation au sacerdoce en sort victorieuse, et la voix du jeune athlète éclate en chants de triomphe. Avec quel enthousiasme il exalte la mission du prêtre, dont la famille se compose de l'humanité tout entière ! Quels admirables tableaux il fait de son ministère dans le monde, de son rôle dans le plan providentiel de la société humaine ! Quel sentiment profond de la dignité du prêtre catholique dans l'exercice de ses fonctions à travers tous les actes de la vie de ses semblables, depuis le berceau jusqu'à la tombe, au lit des malades, au foyer de l'indigent, et surtout à l'autel, où il offre la victime expiatrice pour le salut des hommes ! Quand il pensait qu'un jour il célébrerait la messe et tiendrait dans ses mains l'hostie consacrée, il entrait dans une sorte d'extase ; un sourire angélique s'épanouissait sur ses lèvres, ses yeux se mouillaient de larmes et son front rayonnait d'une sorte d'auréole. Donc il serait prêtre, et prêtre dans une paroisse obscure de grande ville, comme son cher abbé V. ; là, il s'oublierait et se laisserait oublier pour se consacrer uniquement à DIEU et à ses pauvres ; là, il ne s'occuperait qu'à réconcilier avec DIEU et la société les déshérités de ce monde, les ouvriers ulcérés par le spectacle de l'égoïsme, ou égarés par des doctrines perverses ! Il n'avait qu'un but, devenir un vrai philosophe chrétien et un saint prêtre, acquérir assez de foi et de charité pour désarmer les défiances, l'indifférence religieuse et l'égoïsme contemporains, assez de science pour vaincre le matérialisme, la libre-pensée, les erreurs du libéralisme moderne.

Défenseur zélé de la chaire de saint Pierre, il avait voué à Pie IX une tendresse filiale. Les décisions dogmatiques formulées en ces derniers temps sur l'Immaculée Conception et l'Infaillibilité pontificale, lui apparaissaient comme admirablement opportunes pour arrêter l'assaut des nouveaux ennemis de l'Église, et conjurer les périls des doctrines qui menacent la société moderne dans ses principes fondamentaux.

Condamné, à chaque instant, à ralentir ses études et même à y renoncer souvent, il était si profondément affligé de voir ainsi reculer le but de ses efforts, qu'on n'aurait pas pu imaginer pour lui un plus grand sujet de mortification. Sa vocation ne fut jamais découragée par ces épreuves, et plutôt que de rester dans le monde, au cas où il ne pourrait finir ses études de théologie, il avait résolu d'entrer comme frère dans quelque communauté religieuse.

Tout ce qui est humble l'attirait ; il aimait tendrement les pauvres et considérait en eux les membres souffrants de JÉSUS-CHRIST. Il se découvrait la tête en leur donnant l'aumône et leur adressait la parole avec un affectueux respect. Son père a connu, à Lyon, après sa mort, des familles d'indigents qu'il était chargé de visiter comme membre de la société de Saint-Vincent de Paul, entre autres un ménage de deux vieillards, où le mari aveugle ne sortait jamais de son lit. La nouvelle de la mort de leur jeune protecteur les fit fondre en larmes ; ils racontèrent que seul il avait eu le pouvoir de leur faire accepter leur misère comme une faveur de la Providence, comme le prix de leur bonheur dans une autre vie, où s'établira la balance de toutes les compensations. La bonne vieille femme ajoutait qu'en l'écoutant parler il lui semblait voir un ange descendu du ciel.

Noël Ducreux s'animait d'un beau zèle en écrivant à ses amis les plus favorisés des dons de la fortune, pour leur recommander les pauvres, ou bien l'*œuvre apostolique* établie alors à Avignon et destinée à former des missionnaires, pionniers de la vérité et de la civilisation chez les peuples encore barbares ; cette admirable institution a été entraînée dans la dispersion des communautés religieuses. Noël rappelait souvent que personne n'a plus de droit qu'un autre à la richesse. Il comparait celui à qui Dieu l'accorde à une vaste écluse dont l'eau occuperait inutilement un terrain précieux, si elle ne s'en échappait par de nombreux canaux pour aller féconder les campagnes voisines. Enfin il répétait que l'aumône, surtout l'aumône directement portée au malheureux et qui donne l'occasion de voir sa détresse, est le remède le plus efficace contre la satiété et le dégoût dont l'opulence est habituellement accompagnée.

La vie d'hôtel avait été reconnue inconciliable avec les soins minutieux qu'exigeait la santé de Noël. A partir de l'hiver 1868-1869, qu'ils passèrent encore à Nice, ainsi que les deux suivants, MM. Ducreux prirent un logement particulier dans la ville. C'est dans le courant du premier de ces hivers que Noël se lia d'amitié avec Constant G., de Montauzan, auquel il a écrit tant de lettres charmantes. Il l'avait rencontré aux leçons de M. C., jeune professeur d'anglais, d'origine irlandaise, qui ne tarda pas à devenir leur camarade. Ils eurent en même temps le même professeur de piano, M. Z..., qui, lui aussi, leur témoignait beaucoup d'affection. Pour se préparer au baccalauréat, Noël recevait les leçons d'un abbé pour la partie littéraire, et, pour la partie scientifique, celles qu'un ingénieur de la marine en retraite lui donnait, sans honoraires, par amour platonique de la science et par sympathie pour son élève. La gymnastique avait ses heures dans l'existence si bien remplie du jeune malade et la musique fut toujours un de ses goûts favoris.

Au printemps de 1869, Noël passa trois mois à Paris. Son père espérait que sa santé, devenue meilleure en apparence, lui permettrait de recevoir des leçons plus spécialement appropriées à la préparation au baccalauréat. Cette expérience dut être abandonnée : ses forces ne pouvaient supporter ce labeur plus soutenu. D'ailleurs la méthode employée par les préparateurs, et qui consiste à faire de la mémoire un moule uniforme où ils accumulent des formules de réponses aux questions du programme officiel, sans y intéresser autrement l'intelligence, était absolument antipathique à Noël, dont l'esprit avide de vérité ne se payait pas de mots. Le repos devint nécessaire, les leçons furent suspendues.

Le placer dans ce milieu parisien, rempli de séductions de toute nature, c'était mettre sa vocation ecclésiastique à une épreuve décisive. Il fut d'abord ébloui et charmé ; mais l'illusion ne tarda pas à s'évanouir. Dès qu'il eut ressenti les impressions dangereuses qu'il rapportait du spectacle, surtout de celui de l'Opéra, auquel il n'assista qu'une fois, il déclara nettement à son père sa ferme résolution de n'y pas retourner et les motifs de cette résolution. D'ailleurs Paris lui offrait assez d'autres plaisirs attrayants ; il fréquentait les musées, les bibliothèques, les promenades publiques, les amphithéâtres de la Sorbonne et du Collège de France ; mais il avait une prédilection marquée pour les églises. Il s'y rendait sans ostentation comme sans respect humain, comptant uniquement sur son exemple pour y attirer ses camarades de Nice ou de Lyon qu'il avait retrouvés à Paris ; il ne leur proposait même pas d'y aller avec lui, dans la crainte de leur rendre sa piété importune. Son premier soin avait été de choisir un directeur spirituel ; il continua à s'approcher régulièrement des sacrements. Personne ne pouvait être tenté de l'accuser de singularité, car cette piété pratique, loin de le rendre triste et morose, purifiait de plus en plus sa sérénité d'humeur, ajoutait à sa gaîté et à la cordialité de ses relations avec tout le monde ; on aurait dit qu'il s'appliquait à faire paraître la dévotion aimable, surtout aux yeux de ceux qu'il soupçonnait de prévention contre elle. C'est ainsi qu'il s'était revêtu, pour ainsi dire, d'une armure d'amiante, sous laquelle il pouvait traverser presque sans danger le foyer d'ardentes passions allumé sur son passage.

Après quelque temps de repos à Tourville et une cure thermale aux eaux de Vichy, Noël et son père repartirent pour Paris, au mois de novembre 1869, dans l'intention d'y passer l'hiver pour poursuivre l'expérience ébauchée au printemps précédent. Deux semaines suffirent pour démontrer la témérité de cette entreprise. Noël ne pouvait pas respirer impunément l'atmosphère humide de Paris ; on plia donc bagage au bout de quinze jours, et l'on se hâta de reprendre le chemin de Nice. Cet hiver, Noël eut un premier accident d'hémoptysie, symptôme

Monastère de la Grande-Chartreuse. (P. 21.)

alarmant de la maladie lente à laquelle il devait succomber. Sa santé n'offrit plus, dès ce moment, qu'une longue série de crises et d'accalmies. Pour lui, la souffrance physique ne compta jamais pour rien ; il l'acceptait même avec reconnaissance de la main de Dieu, comme un moyen d'expiation de ses fautes et comme un trait de glorieuse ressemblance avec le divin Rédempteur. Mais les entraves que la maladie apportait sans cesse dans la marche de ses études, et les retards qui en résultaient pour son entrée au grand séminaire, mettaient sa patience à une dure épreuve. Il était possédé d'un si ardent désir d'être prêtre, et il pressentait si vivement la douleur de son père tendrement aimé, s'il le laissait seul sur la terre, que ces deux considérations le faisaient lutter avec énergie contre les progrès de son mal et se soumettre docilement à toutes les prescriptions médicales qui tendaient à le conjurer. Néanmoins il finissait toujours par cette divine formule de résignation chrétienne : *Fiat voluntas tua !*

Il revenait des eaux de la Bourboule, en Auvergne, et se trouvait à Vichy, quand la funeste guerre de 1870 fut déclarée. A cette occasion, l'âme de Noël se révèle sous un nouvel aspect : l'ardeur de son patriotisme n'a d'égal que son zèle religieux. Il aime passionnément la France ; il la voudrait victorieuse de ses ennemis ; mais, au milieu des bruyantes démonstrations de la confiance générale, il ne peut se défendre du pressentiment de ses revers, et ce pressentiment glace son enthousiasme belliqueux. Les secrets motifs de cette guerre, dont le prétexte est annulé par la renonciation du Hohenzollern au trône d'Espagne, lui sont suspects. Le désordre de la mobilisation de nos armées, dont il est témoin pendant son voyage, le frappe de stupeur. Il espère pourtant que ses craintes seront démenties par les événements ; il pousse des cris de joie en apprenant nos prétendus avantages au début de la campagne. Hélas ! c'était un leurre ; leurre aussi la victoire dont la nouvelle arrive le 15 août. Ce jour-là, Noël avait chanté le *Te Deum* avec tous les autres paroissiens des Halles assemblés dans leur église ; il convie ses amis à venir se réjouir avec lui, mais en même temps il les met en garde contre une fausse allégresse. Avec quelles angoisses il apprend les défaites successives de nos armées ; la captivité de l'Empereur, qui n'a pas su se faire tuer pour préserver la France de l'anarchie ; la proclamation de la République, qui livre le pays à la discrétion de politiciens présomptueux et incapables ! Noël prévoit la guerre civile, plus lamentable encore que la guerre étrangère ; il prédit à la ville de Paris le châtiment des cités corrompues de l'antiquité livrées à des flammes vengeresses. En présence de tant de désastres, il se désole de sa propre impuissance, il en accuse son âge et sa santé. Néanmoins il s'exerce au maniement des armes, il est prêt à partir au premier signal, malgré sa débilité ; enfin il offre à Dieu le sacrifice de sa vie pour rançon du salut de la France.

A Nice, où on le contraint d'aller passer la dernière période d'un hiver rigoureux, il s'indigne contre l'hostilité de l'ingrate population indigène, que la France a enrichie de son or.

Son cœur saigne aussi au spectacle de Rome envahie par les Piémontais. La Papauté et la Patrie, ces deux incarnations de son idéal le plus élevé et le plus pur, sont devenues la proie de leurs ennemis. Dans son impuissance à leur porter secours, il se sert des seules armes dont il dispose, la prière et le sacrifice, et il excite aussi à la prière tous ses jeunes amis, comme lui désarmés et dépouillés du prestige qui avait été si longtemps l'apanage du citoyen français. Eh bien ! ce prestige, il faut le reconquérir ; ces ruines ne sont point irréparables : « A nous, générations nouvelles, la tâche de les relever ; à l'œuvre, mes amis ! » s'écrie Noël Ducreux, et il expose son programme de régénération sociale : Education plus virile de la jeunesse, pour en faire une pépinière de soldats robustes et courageux ; mise en honneur des vérités de la religion, base nécessaire de la morale sans laquelle il n'y a ni ce patriotisme qui fait mépriser la mort, ni ce respect de l'autorité et des supériorités de tout genre qui offrent seules les éléments constitutifs d'un gouvernement durable ; concours actif de chaque citoyen à la chose publique, dans la mesure des garanties de lumière et de désintéressement qui résultent de sa condition sociale ; large carrière ouverte à la charité, stimulée et dirigée par le zèle des prêtres et des religieuses, dont elle est la vocation essentielle ; organisation du patronage, ou protection effective du prolétariat et fécondation du salaire de l'ouvrier par l'application des doctrines évangéliques. Ceux qui seraient tentés de sourire de ce programme esquissé par la main d'un adolescent, n'ont qu'à en produire un meilleur ; s'ils veulent n'y voir qu'une utopie généreuse mais vaine, ils sont obligés, en ce cas, de qualifier aussi irrévérencieusement l'Evangile, ce code divin de l'humanité. Alors tant pis pour eux, et tant pis pour l'humanité !

C'est, en effet, dans l'Evangile que Noël allait chercher la solution des graves problèmes qui agitaient si vivement les esprits, après les désastres de la guerre allemande et les horreurs de la Commune. Chaque jour, il en lisait quelques chapitres et l'apprenait même par cœur. L'ignorance de l'Ecriture sainte chez le plus grand nombre des catholiques laïques de notre époque le révoltait : c'était, à ses yeux, une indifférence très coupable qui conduit souvent à l'incrédulité. *Les Psaumes, les Proverbes* et *les Prophètes*, dans l'ancien Testament, *les Epîtres de saint Paul*, dans le nouveau, et enfin l'*Imitation de Notre-Seigneur Jésus-Christ* étaient les sources où il allait incessamment alimenter sa foi et sa ferveur.. Tous les textes de l'*Imitation* lui étaient devenus familiers ; mais personne, si ce n'est l'abbé V. et son père, ne se doutait de ce surcroît de travail ajouté à ses études classiques. Quand il excitait ses amis aux nobles sentiments et aux actes généreux, il ne faisait que laisser déborder le trop-plein de son cœur, sans nullement songer à soutenir une thèse, une polémique quelconque ; il s'en défendait, au contraire, avec sincérité. S'il arrivait que la conversation s'engageât en sa présence, entre des personnes plus âgées, sur des sujets de cette nature, il l'écoutait sans s'y mêler, ne négligeant aucune occasion de s'instruire sur ces graves matières ; mais il constatait qu'elle donnait rarement lieu à des discussions assez sensées et assez désintéressées pour être profitables ; le paradoxe et le sophisme ne le trompaient pas ; il avait la droiture de la raison comme celle de la conscience, ce qui est tout naturel, car l'âme n'est pas double.

En 1871, les eaux de la Bourboule furent indiquées à Noël, comme l'année précédente. Avant son départ, il eut à tenir sur les fonts baptismaux l'enfant que sa bonne venait de mettre au monde, et il apporta dans cet acte religieux toute la gravité qu'il comporte ; les devoirs qu'il impose ne s'arrêtaient pas pour lui à la cérémonie du baptême ; les engagements qu'il prenait au nom de sa filleule, il entendait en surveiller l'exécution. Pour mieux la protéger contre les embûches du démon, il la consacra spécialement à la Sainte Vierge et rédigea lui-même, en quelques lignes, l'acte de cette consécration. Toujours attentif à rendre aimables les pratiques de la religion, il avait rassemblé les enfants du village des Halles sur la terrasse de l'église, et, en sortant, il fit pleuvoir sur cette troupe joyeuse une grêle abondante de dragées ; ce jour-là, des familles pauvres virent, comme aux noces de Cana, leur eau se changer en vin.

Une visite à la Trappe de Sept-Fons, dans le Bourbonnais, en revenant des eaux de la Bourboule, rappela à Noël les émotions religieuses qu'il avait éprouvées au couvent de la Grande-Chartreuse ; il en a laissé une relation, qui est publiée dans ce recueil.

A la fin de l'automne, on délibéra sur le choix d'une station d'hiver. L'hémoptysie faisait interdire Nice, Cannes, Menton, et d'une manière générale le voisinage de la mer. Rome et Pau, trop éloignées, furent écartées ; Hyères le fut aussi, à cause de la tristesse que le souvenir des derniers jours de la vie de la mère de Noël y avait attachée. On penchait pour Montpellier, non pas que son climat ait à beaucoup près la même douceur, mais parce qu'on y aurait trouvé tout d'abord le savant docteur Combal, qui avait déjà traité Noël dans son enfance, puis aussi M. Gabriel C., jeune professeur du Lycée, qu'il avait connu à la

Bourboule et dont il aurait aimé à recevoir les leçons. Cette indécision, partagée par le médecin lui-même, fut tranchée en faveur de Lyon, sauf à déguerpir au premier signal que celui-ci donnerait. Le signal n'arriva pas à temps pour empêcher Noël d'être retenu prisonnier dans sa chambre pendant tout le mois de mars 1872. Dès qu'il put en sortir sans trop d'imprudence, il partit pour le Midi. C'était pendant la semaine sainte ; les étapes furent rapprochées les unes des autres, afin de faciliter les exercices religieux. On séjourna à Avignon, à Marseille, à Hyères, à Nice. Cependant le soleil, ami des valétudinaires, rendait des forces à Noël, et plus le jeune convalescent s'éloignait des brouillards de Lyon, plus il ressentait l'influence salutaire d'un ciel plus pur et d'horizons plus lumineux. Sous cette heureuse impression, la pensée vint aux voyageurs de prolonger l'école buissonnière et de rentrer chez eux par l'Italie. Jusqu'où iraient-ils ? La question ne fut pas même posée ; ils se livraient aux hasards de l'imprévu : les voilà en route.

Dans l'espace de quelques semaines, ils visitèrent la côte de la Ligurie, Gênes, Parme, Plaisance, Bologne, Florence, Pise, Venise, Padoue, Vérone, Milan, Pavie, le lac de Côme et Turin. Souvent les voyageurs, tous deux malades, auraient été mieux à leur place dans un lit d'hôpital que sur leurs jambes. A Gênes, à Bologne et à Bellaggio, le père de Noël grelottait de fièvre ; à Pise, Noël lui-même fut pris d'un accès de névralgie faciale qui lui fit souffrir des douleurs aiguës et le força à garder le lit pendant quarante-huit heures. Privés de toutes ressources dans un pays dont ils connaissaient mal la langue, ils furent sur le point d'aller à Livourne s'embarquer pour Marseille, afin de précipiter leur retour en France. L'accalmie qui se produisit ranima leur courage, et ils délibérèrent même s'ils n'iraient pas jusqu'à Rome, dont ils n'étaient séparés que par un trajet de neuf heures en chemin de fer. Rome ! Pie IX ! ces noms magiques faisaient vibrer dans l'âme de Noël la corde la plus sensible. Mais, après un moment d'hésitation, il fut le premier à reconnaître qu'il y aurait témérité à affronter ce surcroît de fatigues, dans un état de santé aussi précaire que le sien. Et puis la prochaine échéance de l'examen du baccalauréat le pressait de reprendre ses leçons.

Malgré tant de traverses, l'enthousiasme de Noël ne tarissait pas devant les chefs-d'œuvre d'art qui passaient en foule devant ses yeux ; mais plus d'une fois sa conscience s'effaroucha des hardiesses de leurs auteurs. Il ne tarda pas à savoir distinguer au premier coup d'œil à quelle école appartenait un tableau, et même quel était son auteur. Son père, qui n'osait pas se fier à ces jugements spontanés, était fort surpris de les trouver exacts quand il les contrôlait.

Noël ne demeura pas indifférent en présence des grandes basiliques de Pise, de Florence et de Milan ; la richesse des églises de Saint-Marc, à Venise, et de la Chartreuse de Pavie le laissait plus froid ; comme édifices à caractère symbolique, nos cathédrales gothiques avaient ses préférences. Mais ce qui l'intéressait le plus, c'étaient les traditions attachées aux monuments religieux ; il fit un pèlerinage aux tombeaux de saint Dominique à Bologne, de saint Antoine à Padoue, de saint Ambroise et de saint Charles Borromée à Milan ; animé d'une dévotion particulière pour ce grand évêque, réformateur de la discipline ecclésiastique, il lui recommanda sa vocation.

Ses souvenirs classiques évoquaient les grandes scènes militaires qui ont illustré les plaines de la Lombardie, celles de la Toscane, les Alpes, les Apennins ; son imagination y voyait défiler les armées d'Annibal, de César, de Charlemagne et de Bonaparte ; mais, par un prompt retour, son cœur saignait à la pensée de nos récentes défaites. Les hôtels étaient encombrés d'Allemands qui promenaient leurs lauriers et faisaient reluire l'or de notre rançon. A Bellaggio, quelques-uns d'eux, assis à table d'hôte en face d'un groupe de touristes français, affectaient des airs bravaches et avaient le verbe haut. « *Timbres et Teutons !* » (Timbr.. et Teutons) dit à Noël un de ses voisins non moins agacé que lui. Les rieurs se mirent du côté du bon mot, et Cimbres et Teutons baissèrent la voix : revanche bien anodine !

Noël revit avec bonheur sa chère France.

En dépit du baccalauréat, le médecin ne lui fit pas grâce des eaux thermales ; il l'envoya à Saint-Honoré-les-Bains, dans le Nivernais, au pied des montagnes du Morvan. Dans cette station peu fréquentée, il fut permis à Noël de partager son temps entre les exigences de la cure médicale et l'étude. A son retour, dans le courant du même été 1872, on le suit au passage quand il visite les chantiers du Creuzot, puis chez le père de sa cousine Marie D., dans le Charolais, et enfin à Tourville, où il fit une halte de quelques semaines. A peine y était-il arrivé, qu'il apprit que cette cousine, dont les circonstances avaient fait pour lui presque une sœur, venait d'être subitement atteinte de la fièvre typhoïde et se trouvait à la dernière extrémité. En même temps son oncle B., de Saint-Laurent, malade d'une hypertrophie du cœur, s'acheminait aussi vers une fin prochaine. Pour comprendre sa douleur, il faut avoir connu l'ardeur de son affection pour ses parents. Loin d'être étouffées par les progrès de l'amour divin, toutes les tendresses légitimes croissaient dans son cœur avec cet amour, comme des flambeaux qui s'échauffent et brûlent encore plus vite dans le voisinage d'un vaste incendie. Ses prières

et celles de toutes les autres âmes pieuses qui demandaient la guérison
de ses chers malades, furent exaucées pour Marie D. La chapelle de
Notre-Dame de Fourvière reçut l'ex-voto qui avait été promis en témoignage de reconnaissance. Au mois de décembre, son oncle succomba
après de longues souffrances, qu'il mit à profit pour se préparer à la
mort. Personne ne douta de la salutaire influence de la piété de Noël
sur les sentiments chrétiens que son oncle manifesta pendant sa maladie,
et sur sa détermination spontanée de se munir des sacrements de l'Eglise
avant de mourir.

A la fin du mois de septembre précédent, Noël Ducreux était allé
passer quelques semaines à Montreux, sur le bord du lac de Genève,
dans la double intention d'y faire une cure de raisins et de se rendre
compte de la valeur de ce pays au point de vue climatérique, en prévi-
sion d'une installation hivernale. Le brouillard qu'il y trouva en arrivant
fit de suite abandonner tout projet de ce genre. A ce séjour à Montreux
se rattache un charmant épisode. Plusieurs familles de diverses nationalités, suisses, américaines, anglaises et russes, logées dans le même
hôtel, se réunissaient le soir au salon ; on jouait ensemble des charades,
ce qui ne tarda pas à amener parmi tout ce monde une certaine familiarité, ou plutôt une sorte de camaraderie de bon ton, autorisée par la
présence des parents. Noël se livrait avec entrain à ces divertissements
tout à fait de son goût. En sa qualité de Français, il était accepté comme
juge en dernier ressort des fautes de langage, bien excusables chez
des étrangers. Une jeune Russe prit au sérieux ce rôle de professeur ;
après avoir quitté Montreux, elle voulut engager une correspondance
avec lui, pour continuer des leçons qui auraient eu d'ailleurs le privilège
de leur rappeler les charmantes soirées du salon de l'hôtel. Noël, qui
était alors dans toute la ferveur de sa vocation religieuse, s'empressa de
décliner courtoisement cette invitation, mais il en profita pour faire à
la jeune schismatique un portrait du prêtre catholique, où il mit tout son
cœur.

La maladie de son oncle B. avait retenu Noël à Tourville jusqu'aux
derniers jours du mois de décembre 1872. L'hiver était assez avancé
pour donner la tentation de le finir à Lyon. Les études restées en souffrance avaient tout à gagner à ce parti, que recommandait aussi le désir
de vivre au milieu des parents et des amis. Des leçons prises en commun,
pendant cet hiver et le précédent, avaient rapproché Noël de Paul B.,
jeune Lyonnais d'une éducation distinguée, à qui sont adressées plusieurs
des lettres de ce recueil. Quoique ce dernier appartînt par ses relations
de famille à une société brillante et qu'il fût mêlé aux plaisirs mondains,

nécessairement étrangers à un aspirant au sacerdoce, ces deux jeunes
gens ne cessèrent pas de se témoigner une sympathie réciproque, et
Noël s'autorisait de sa vocation, dont il ne fit point mystère à son camarade, pour redresser ses préjugés dans les questions où la religion était
intéressée.

Noël Ducreux atteignait sa vingtième année au mois de mai 1873, et
sa santé, au lieu de se fortifier avec l'âge, semblait aller en déclinant ;
mais il ne perdait pas courage ; plus les obstacles se multipliaient devant
ses études, et par conséquent devant son entrée au Grand Séminaire,
plus il s'ingéniait à les surmonter. Il s'agissait surtout de mettre d'accord
les devoirs du stage ecclésiastique avec la volonté de son père, qui refusait de se séparer de lui, tant que sa santé ne serait pas devenue meilleure. En attendant, pour satisfaire sa piété, il multipliait les prières, les
méditations, les lectures pieuses. Tous les jours, quelque part qu'il se
trouvât, il récitait le chapelet et le petit office de la Sainte Vierge. A
chaque dizaine de chapelet, il se transportait en esprit dans l'un des
sanctuaires de Notre-Dame qu'il avait visités, et retrempait ainsi sa
ferveur dans les souvenirs de ces pèlerinages. En même temps, il tirait
de chacun des mystères du Rosaire une application à ses affections les
plus chères. La récitation du petit office de la Sainte Vierge lui procurait
la douce illusion d'un lien plus étroit avec le prêtre catholique, astreint à
réciter chaque jour son bréviaire ; il s'était donc ainsi déjà façonné par
avance à ce devoir qu'il espérait avoir bientôt à remplir.

Le pèlerinage solennel du 20 juin 1873, organisé pour implorer le
salut de la France à l'occasion de la fête du Sacré-Cœur de Jésus, ne
pouvait manquer d'attirer Noël Ducreux à Paray-le-Monial. Visiter ce
sanctuaire privilégié, témoin des révélations qui y avaient été faites
deux siècles auparavant, et en solliciter le bénéfice pour l'Eglise et pour
la France, n'était-ce pas céder à l'impulsion de son cœur et donner une
éclatante manifestation de ses sentiments les plus élevés et de ses désirs
les plus ardents ? Electrisé par l'enthousiasme de la foule des fidèles
accourus de tous les points de la France, il ne pouvait retenir ses larmes ;
la voix lui manquait pour chanter le beau cantique composé pour la
circonstance.

De Paray-le-Monial il se rendit aux eaux d'Evian, puis aux salines
de Bex, dans le canton de Vaud. Le journal de ses impressions pendant
son séjour à Bex, qui est reproduit plus loin en entier, est d'une lecture
attachante d'un bout à l'autre. Noël s'y montre sous les aspects variés
de son naturel tout à la fois enjoué et grave. Les portraits des personnages qu'il met en scène sont pris sur le vif ; s'il décoche des traits

malicieux à quelques-uns, la pointe en est aussitôt émoussée par un indulgent correctif : ce sont les travers qu'il vise, jamais les personnes. Ses récits sont animés, naturels, remplis d'humour ; ses descriptions, sobres et d'une vérité saisissante ; ses réflexions, judicieuses, originales et sans prétention.

Cependant l'époque de la rentrée des séminaristes approchait, et Noël Ducreux était encore au dépourvu sur les moyens de concilier les diverses exigences auxquelles il était astreint avec le rôle et la qualité d'étudiant en théologie. Il y intéressa toutes les personnes dont le concours pou-

PARAY-LE-MONIAL.

vait lui être utile : M. le supérieur du Grand Séminaire de Lyon, M. l'abbé Pavy, frère de feu Mgr l'archevêque d'Alger, et enfin M. le supérieur du Grand Séminaire de cette dernière ville, avec qui il se mit en correspondance. Le climat de l'Algérie lui étant conseillé par les médecins, il avait dû diriger de ce côté toutes ses batteries. Il en reçut des informations satisfaisantes sur les conditions exceptionnelles qu'il sollicitait pour son admission comme externe aux leçons et aux exercices du Grand Séminaire. Noël plia donc bagage, prit congé de ses parents et de ses amis et alla s'embarquer à Marseille, avec son père et une domestique.

C'était le 23 septembre 1873. Le matin, les voyageurs montèrent à la chapelle de Notre-Dame de la Garde, et y firent leurs dévotions pour mettre leur traversée sous la protection de l'Etoile des nautoniers, et à cinq heures du soir leur paquebot leva l'ancre. La mer était *d'huile*, comme on dit à Marseille : pas un souffle ne ridait sa surface, pas un nuage ne ternissait la pureté de l'atmosphère ; le même calme ne cessa de régner jusqu'à Alger ; un passager disait que cette traversée était la plus belle des soixante qu'il avait déjà faites. Ce n'est pas sans émotion que Noël regardait fuir derrière lui les côtes de la Provence et songeait aux êtres aimés qu'il avait quittés. Etait-il assuré de les revoir ? Cette terre d'Afrique, où il allait chercher un hiver plus doux, réaliserait-elle les espérances qu'il avait conçues ? Y trouverait-il une santé meilleure et des conditions favorables pour son avancement dans la carrière ecclésiastique ? L'avenir, sans doute, est toujours enveloppé de mystères, mais ne l'est-il pas davantage quand il doit avoir pour théâtre un pays inconnu ? Ces pensées mélancoliques ne tardèrent pas à se dissiper au milieu de l'animation qui régnait de haut en bas sur le bâtiment. Noël, toujours ardent dans ses impressions, y prend un véritable plaisir : les uns préparent sur le pont leur installation pour la nuit ; d'autres vont prendre possession de leur cabine ; des groupes d'enfants jouent comme ils feraient sur une promenade publique. La cloche du cuisinier annonce le dîner ; chacun se précipite dans le salon où le couvert est dressé : pas un ne manque à l'appel, car personne n'a le mal de mer ; les dames se sont parées, sans doute pour n'en pas perdre l'habitude ; le menu du repas sourit aux gourmets et d'ailleurs l'air salin a aiguisé l'appétit ; les couteaux et les fourchettes manœuvrent avec ensemble. Le capitaine a placé à sa droite un vénérable Père Trappiste qui ne paraît point du tout dépaysé dans ce milieu mondain ; il répond avec esprit aux dames qui l'accablent de questions ; le bon religieux n'est pas un novice, il est à l'épreuve, et l'on sent que s'il troquait son froc contre un frac, il serait encore aujourd'hui un véritable homme du monde. Il retourne à la Trappe de Staouéli, dont il est le Père supérieur. Noël observait tout et faisait à tout propos les réflexions les plus piquantes. La nuit venue, on débarrasse le salon des meubles qui l'encombraient, le piano joue des quadrilles et des valses, on se met à danser, puis des amateurs, hommes et femmes, chantent les morceaux de musique les plus à la mode. Le R. P. Trappiste s'était éclipsé, et Noël après lui. Appuyé à l'écart contre les garde-fous de bâbord, il s'enivrait des senteurs marines et s'extasiait en contemplant le ciel lumineux et les phosphorescences du sillage fouetté par l'hélice. Quelle hymne s'éleva alors du fond de son âme vers le Créateur de ces merveilles ? DIEU seul l'a entendue ; mais elle devait être admirable, à en juger par l'inspiration qui rayonnait de son front et de ses yeux. Tout à coup il dit à son père : « Faisons la prière du soir, » et il la récita à haute voix, sur un ton grave, doux et si harmonieux, que les mélodies profanes qui montaient du salon ressemblaient à une parodie musicale.

Tout était nouveau pour Noël dans la traversée, dans l'entrée au port d'Alger et dans l'aspect étrange de cette ville bigarrée, moitié européenne et moitié orientale. Sans tenir compte de l'aiguillon de curiosité bien naturelle qui l'excitait à la visiter en arrivant, il fit passer avant tout ce qui était le but de son voyage. Dès le lendemain du débarquement, après s'être orienté, il se fit conduire à Kouba, où le Grand Séminaire est assis sur le sommet d'une colline, à huit kilomètres de la ville. Vérification faite, le pauvre village qui l'avoisine n'offrait à louer aucun logement habitable, et, d'un autre côté, la discipline du Séminaire ne pouvait permettre à MM. Ducreux d'établir leur ménage dans aucune des dépendances de ses vastes bâtiments. Enfin le médecin qu'ils allèrent consulter déclara nettement que le séjour de Kouba, où l'air est très vif, serait funeste pour la santé de Noël. Déboire sur tous les points ! Noël en pleura ; mais, soupçonnant un piège du démon dans le découragement qui s'était d'abord emparé de lui, il chercha tout de suite avec son père d'autres moyens d'arriver à ses fins. Des informations sommaires à peu près satisfaisantes sur les conditions hygiéniques où se trouve placé le Grand Séminaire d'Oran, lui firent tourner les yeux de ce côté. Une dépêche adressée à Mgr Callot, évêque de ce diocèse, de passage à Lyon dans le même moment, fut suivie d'une réponse favorable, et notre jeune lévite s'apprêtait à prendre le chemin de fer d'Oran, quand la Providence disposa les choses d'une autre manière. Avec l'autorisation de Mgr Lavigerie, archevêque d'Alger, qui fit à Noël un accueil paternel, celui-ci eut pour professeur de théologie le R. P. D., jeune Jésuite fort instruit, que le Provincial de sa Compagnie venait d'envoyer en convalescence dans leur résidence d'Alger. Un appartement garni fut loué dans le voisinage de cette résidence, et, chaque jour, Noël allait y prendre sa leçon ; chaque jour aussi il assistait à la messe dans la chapelle des Pères. Sans doute ce n'était pas le stage ecclésiastique, à la règle duquel il aurait voulu se soumettre strictement ; au moins s'efforçait-il d'y suppléer de son mieux.

Les démarches nécessitées par ces arrangements mirent Noël dans le cas d'être reçu en audience par Mgr Lavigerie, soit à la Maison-Carrée, soit à Saint-Eugène, où ce prélat demeurait alternativement. A la Maison-Carrée, il visita le Séminaire des Missions du Soudan et du

Sahara. Les missionnaires, avec leur tête rasée, leur longue barbe et leur burnous blanc, ne se distinguent des Arabes, dont ils parlent la langue, que par un chapelet à grains noirs et blancs terminé par une croix et suspendu à leur cou. Prêtres et médecins tout à la fois, ils s'en vont répandre parmi les tribus nomades la semence évangélique, et chercher le chemin des âmes qu'ils veulent guérir en apportant aux malades des médicaments pour leurs corps. Noël, rempli d'admiration pour ces courageux soldats du CHRIST, vit trois d'entre eux recevoir la bénédiction de leur Pasteur au moment où ils se mettaient en route pour leur mission.

A Saint-Eugène, la chapelle de Notre-Dame d'Afrique, fondée par Mgr Pavy, premier archevêque d'Alger, que le diocèse de Lyon s'honore de compter au nombre de ses enfants, protège de son ombre la résidence du prélat, le Petit Séminaire et le Collège des orphelins arabes recueillis et adoptés par Mgr Lavigerie après l'horrible famine qui décima, quelques années auparavant, la population indigène. Elevés dans la religion catholique, ces orphelins des deux sexes sont destinés à peupler les villages que le gouvernement français fonde dans la colonie. Noël ne pouvait se lasser de regarder, rangés autour de l'autel, ceux de ces orphelins qui remplissaient les fonctions d'enfants de chœur ; ils avaient fort bon air sous leur vêtement ecclésiastique, par-dessus lequel flottait un petit burnous blanc en guise de camail.

Noël n'avait pas tardé à devenir l'ami des Pères Jésuites, qui l'invitèrent à leur maison de campagne de Ben-Aknoun, réservée aux Pères convalescents de la Compagnie. Au retour, il visita avec eux l'hospice des Petites-Sœurs des Pauvres, d'où il sortit édifié et charmé. Il ne prit pas moins d'intérêt aux salles d'asile et aux écoles tenues par les Sœurs de la Doctrine chrétienne de Nancy. L'accueil gracieux qu'il recevait dans la famille B. G., de Lyon, et dans celle de M. P., de Saint-Chamond, lui rappelèrent les douceurs de la patrie absente. Trois prêtres et un jeune séminariste du diocèse de Lyon, qui habitaient Alger, lui offrirent aussi l'occasion de relations précieuses.

Les environs de la ville qui servaient de but à ses promenades habituelles étaient le jardin Marengo, d'où le regard s'étend sur la pleine mer et voit poindre dans le lointain le filet de fumée qui annonce la prochaine arrivée des paquebots chargés des dépêches de France, toujours impatiemment attendues ; le jardin d'Essai, au bord de la rade ; Birkadem et Birmandreis, dont les vallons sont mieux abrités du vent ; mais il préférait s'élever sur les gracieux coteaux de Mustapha, l'un des plus beaux panoramas qu'on puisse imaginer. Il ne lui fut pas permis de

faire d'autre voyage que celui de Bouffarick et de Blidah, pays des
orangers, à cinquante kilomètres d'Alger, au pied du petit Atlas.

Le climat de l'Algérie, au lieu d'améliorer sa santé, ne fit qu'accélérer
les progrès du mal dont il était venu lui demander la guérison. Pendant
les cinq premiers mois, les rechutes se succédaient sans cesse ; enfin, au
mois de février, une pleurésie double se déclara et le tint, durant plus
de trois semaines, à la dernière extrémité. Les ardentes prières qui furent
adressées à DIEU de tous côtés eurent raison de cette terrible crise. La
convalescence fut très lente au reste et ne devait jamais faire place à une
complète guérison. Au milieu de la fièvre qui le dévorait, Noël conserva
une douceur inaltérable et ne cessa d'édifier tout le monde autour de lui
par sa résignation à la volonté de DIEU. Quand le R. Père L., son
directeur, lui apportait la sainte Communion dans son lit, cette divine
nourriture ranimait ses forces et lui faisait trouver une source de joie
dans ses souffrances ; son visage pâle et ses lèvres décolorées s'éclairaient d'un rayonnement céleste ; il ressemblait à un séraphin en adoration devant l'autel. D'ailleurs c'était en tout temps un touchant spectacle
de le voir en prières ; le monde entier avait alors disparu pour lui, il
restait comme transfiguré en présence de DIEU, comme perdu, abîmé
dans l'océan de sa bonté infinie.

Les médecins avaient émis l'opinion que cette crise aiguë était de
nature à produire une heureuse révolution dans la santé de Noël et à
mettre enfin son organisme en équilibre. A cette pensée, la joie qu'il
manifesta fut celle de l'esclave à qui l'on vient d'annoncer son affran-
chissement. Il allait donc enfin pouvoir travailler, se livrer aux mêmes
exercices que tout homme valide, et fournir librement sa carrière ! Et
puis, comme son père serait heureux ! Aussitôt son cœur, ouvert à
l'espérance, se répand en actions de grâces, en chants d'allégresse. Il
remercie le bon DIEU qui lui a rendu la santé, pour qu'il puisse l'aimer
davantage et le faire aimer par un plus grand nombre de ses créatures ;
il remercie ses parents, qui avaient spontanément offert de traverser la
Méditerranée pour venir partager les soins et les fatigues de son père,
ses amis, qui ont prié pour lui avec ferveur et se réjouissent de sa
guérison. Ses yeux semblaient se rouvrir à la lumière du jour après de
longues ténèbres : la nature lui apparaissait rajeunie, plus souriante, plus
radieuse ; il croyait assister aux premières scènes de la création dans un
nouveau paradis terrestre ; son exquise sensibilité et la richesse de son
imagination décuplaient pour lui les jouissances de ce réveil de ses
facultés physiques et morales. Dès qu'il put sortir, il se faisait conduire
sur les collines de Mustapha, d'où l'on jouit d'une vue admirable sur la

ville, la rade, la mer, les cimes neigeuses du Djurjura, et il aspirait à
pleins poumons la vie qui avait failli lui échapper ; il excitait son père à
partager son admiration et tous les sentiments dont son âme débordait ;
mais le pauvre père était absorbé par l'unique sollicitude de préserver
de toute imprudence, de toute rechute, la santé encore chancelante de
son bien-aimé convalescent.

Malgré ces enchantements dont la nature semblait célébrer la résurrection de Noël, rien ne l'attachait à cette terre d'Afrique réfractaire à la
civilisation évangélique. Sans doute, il admirait les splendides efflores-
cences que le zèle apostolique de ses archevêques a fait surgir de ce
sol frappé de stérilité par le fatalisme et le sensualisme mahométans ;
mais il voyait en même temps avec douleur qu'au lieu de favoriser le
développement de cette civilisation, la politique à courte vue de notre
gouvernement créait des entraves à l'exercice de tout prosélytisme religieux, sous prétexte de se concilier les sympathies illusoires des sectateurs
du Coran. Encore si ce prosélytisme ne s'était heurté qu'à la défiance de
l'administration civile du pays, laquelle avait une apparence d'excuse !
Mais Noël souffrait bien plus de voir un grand nombre de Français
établis en Algérie afficher publiquement leur indifférence, sinon leur
hostilité à l'égard de la religion, et la rendre ainsi plus suspecte aux
indigènes. Il ne rencontrait dans les églises, habituellement désertes,
que des Espagnols, des Maltais, des Italiens, et quelques rares familles
de fonctionnaires français. Au contraire, les mosquées se remplissaient
de mahométans, à l'heure où le muezzin les appelait à la prière du haut
du minaret, dont la muraille était mitoyenne avec la chambre habitée
par Noël. Le samedi, jour du sabbat, presque tous les magasins de la
ville restaient fermés et la synagogue regorgeait d'Israélites, méprisés
du musulman, à qui leur coreligionnaire Crémieux les a rendus plus
odieux, sans les tirer de leur abjection, en les élevant, par un simple
décret, au rang de citoyens français qu'il refusait aux autres Africains.

Ce séjour n'était donc pas sympathique à Noël. D'ailleurs la chaleur
déjà suffocante devenait dangereuse pour un convalescent. Il s'embarqua
pour la France au commencement du mois de mai 1874. Jusqu'à la
hauteur des îles Baléares, la traversée fut passable, mais ensuite la mer
s'agita et se couvrit d'un épais brouillard, qui obligea le capitaine du
paquebot à en ralentir la marche et à signaler son passage par le siffle-
ment continu de la vapeur, afin de prévenir le danger d'un abordage.
Presque tous les passagers subirent l'horrible mal de mer ; Noël et son
père n'en furent pas exempts ; ils étaient brisés de fatigue en débarquant
à Marseille. Néanmoins, malgré son extrême faiblesse, le premier soin

de Noël fut de gravir la sainte colline de Notre-Dame de la Garde, pour la remercier d'avoir protégé son retour dans sa patrie, qu'il avait presque désespéré de revoir.

Pour éviter une trop brusque transition entre des climats très différents, Noël, suivant l'avis des médecins, alla passer un mois à Amélie-les-Bains, avant de regagner Lyon. Ce détour, qui le tenait éloigné plus longtemps de ses parents et de ses amis, fut accepté sans murmure, parce qu'il y voyait un acheminement au sanctuaire de Notre-Dame de Lourdes, où il s'était engagé, pendant sa maladie, à se rendre en pèlerinage s'il recouvrait la santé.

Il passa un mois à Amélie, sans amélioration dans l'état de ses bronches et sans qu'il reprît des forces. Ce n'était plus le gai pays d'Alger, avec ses vastes horizons étincelants de lumière ; le paysage était froid et monotone ; il ne rencontrait partout que des gens malades comme lui, avides d'un rayon de soleil et allant le chercher dans les coins les mieux abrités du vent. Les joyeuses illusions du début de la convalescence s'étaient évanouies et avaient fait place à une langueur mélancolique. Il n'osait plus compter sur l'avenir en voyant l'inutilité de tous les moyens humainement indiqués qu'il avait épuisés dans le but de conquérir la santé ; et cependant il se sentait toujours dévoré du zèle sacerdotal ; cette misérable existence qu'il traînait à travers les villes d'eaux et les villes d'hiver, il désirait ardemment pouvoir la consacrer au salut de ses semblables et au service de Dieu : c'était pour cela qu'il lui en demandait la prolongation. Il ménageait le peu de forces qui lui restaient pour se rendre, le soir, aux exercices du mois de Marie, dans l'église de la paroisse, et là il répandait au pied de l'autel paré de fleurs les tristesses et les aspirations de son âme, remettant sa destinée dans les mains de la tendre Mère de Jésus, qui était aussi sa Mère. A l'hôtel, chacun regardait avec respect passer ce doux jeune homme dont la pâleur n'avait pas éteint le chaste rayon de son regard, et l'on se disait qu'il faisait songer à saint Louis de Gonzague. Vainement il espéra accomplir son pèlerinage à Lourdes : il en avait même tracé l'itinéraire et s'était proposé d'en revenir par Bordeaux, Tours, Bourges et le Charolais, où il se serait reposé chez sa tante D. ; mais cette consolation lui fut refusée ; il y aurait eu témérité, en effet, à entreprendre tout autre voyage que celui d'Amélie à Lyon ; il regagna donc cette ville par petites étapes.

L'été de 1874 ne fut pour Noël qu'une série presque non interrompue de crises d'hémoptysie. Il séjourna d'abord à Vaugneray, chez une sœur de son père, puis à Tourville ; mais l'air de ces pays montagneux ayant été reconnu trop vif pour ses bronches, le médecin renonça à l'envoyer

à Schœnnbrunn, dans le canton de Zug, en Suisse, où il avait eu l'intention de le soumettre à un traitement hydrothérapique, et il lui conseilla
le séjour de Vichy. Quoique Noël fût alors de plus en plus convaincu de
l'inefficacité de toute médication, sa sérénité ne se démentit point un
seul instant : plein de confiance dans la bonté divine, jamais le découragement ne vint à bout de sa persévérance. Sa piété était arrivée à un
degré si éminent qu'il vivait, pour ainsi dire, dans la familiarité du divin
Maître. Il se réfugiait dans son Sacré-Cœur, il bénissait le silence auquel
il était condamné et l'isolement où il se trouvait quelquefois, quand sa
faiblesse ne lui permettait pas de suivre son père et les autres personnes
de sa famille appelées au dehors par leurs affaires ou leurs relations de
société, parce qu'alors rien ne le distrayait de ses méditations et de ses
exercices de piété. En partant pour Vichy, il alla prier sur le tombeau
du vénérable curé d'Ars, un de ses patrons favoris, pour qu'il s'intéressât
à sa vocation et lui obtînt de pouvoir la suivre. Ce pèlerinage lui procura
un surcroît de ferveur et un peu de forces physiques. Noël s'empressa
d'utiliser ces quelques jours d'accalmie au profit de ses études ecclésiastiques ; mais ses forces défaillaient à chaque instant ; alors il fermait ses
livres, se résignait à son impuissance et offrait à DIEU le sacrifice de ses
espérances déçues. A Vichy, ce n'était ni le Casino ni son orchestre qui
l'attiraient ; les heures les plus agréables pour lui étaient celles qu'il
passait dans quelque chapelle écartée de l'église Saint-Louis.

En reprenant le chemin des stations hivernales, au mois d'octobre 1874,
Noël s'arrêta à Montpellier, pour demander une consultation au docteur
Combal, qui avait donné des soins à sa mère et à lui-même pendant son
enfance. Le distingué professeur le retint plusieurs jours auprès de lui,
afin de se rendre compte plus exactement de son état, et il finit par
indiquer la résidence de Pau pour le prochain hiver. Lourdes se trouvant sur la route de cette ville, Noël était heureux de pouvoir enfin
accomplir son pèlerinage ; mais des obstacles imprévus le contraignirent
de nouveau à l'ajourner. Une pluie torrentielle, des inondations, le brouillard, une température froide ne lui permirent pas de faire halte avant
d'arriver à sa nouvelle destination, où une installation plus confortable
le mettrait à l'abri de l'influence de ces perturbations météorologiques.
Ce fut une cruelle déconvenue ; il se promit bien de ne pas tarder à aller
s'agenouiller dans la grotte miraculeuse, dont il ne serait plus séparé que
par une distance de quarante kilomètres de chemin de fer. Lorsqu'il vit
passer devant ses yeux, à travers la brume, cette grotte dont les mille
cierges sans cesse allumés projettent une vive clarté sur les eaux du
Gave, une profonde émotion le saisit. Comme ils se trouvaient seuls,

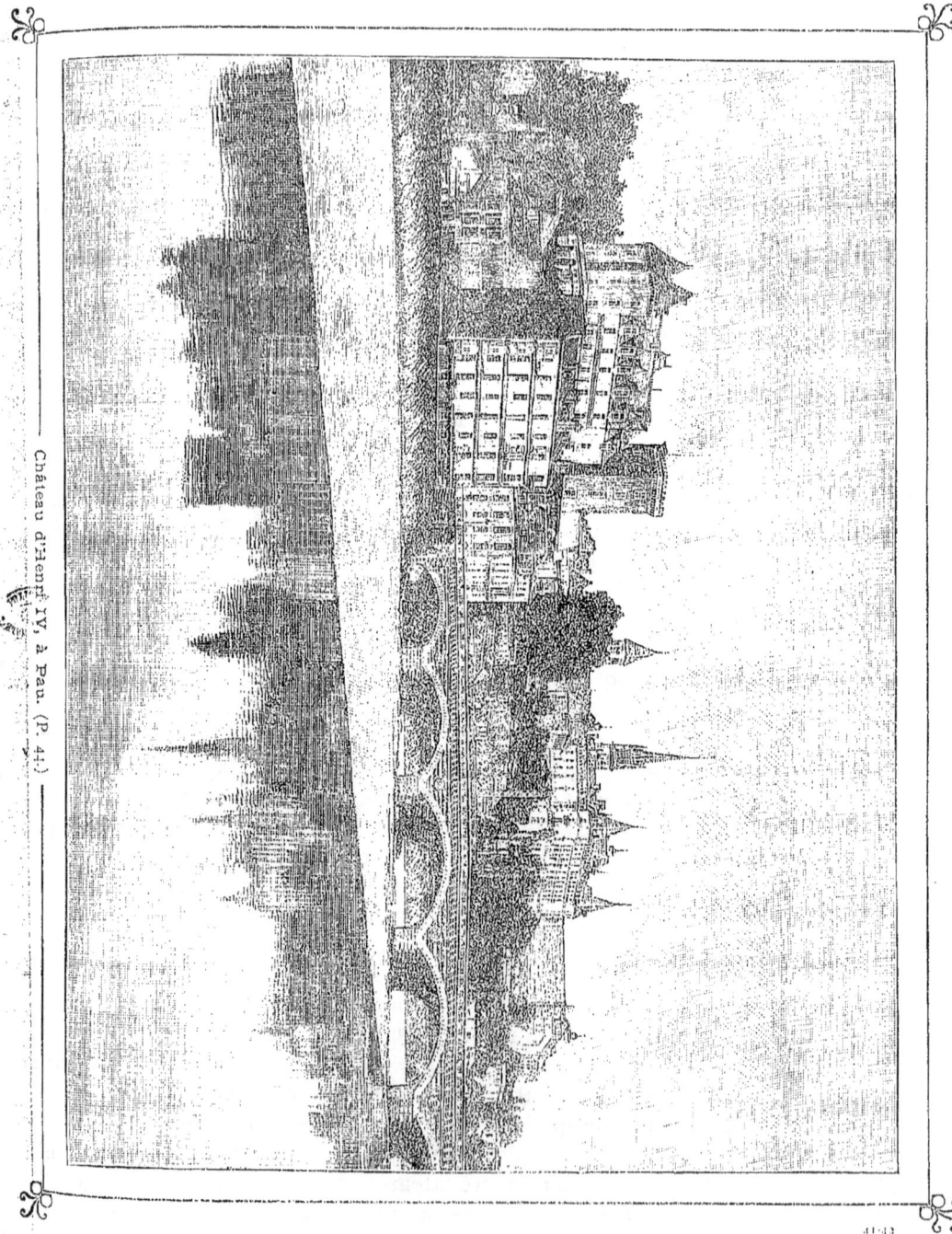

Château d'Henri IV, à Pau. (P. 41.)

son père et lui, dans le wagon qui les emmenait à Pau, ils se mirent à genoux et récitèrent ensemble le *Salve Regina*. La voix de Noël était attendrie, il était comme en extase ; son visage et son attitude reproduisaient l'expression vivante des saints personnages de Fra Angelico qu'il avait admirés en Italie.

Enfin il put se rendre à Lourdes pour les fêtes de la Toussaint. Les quatre jours qu'il y passa furent employés sans relâche à des pratiques de dévotion : il ne quittait pas la basilique, la grotte, les sentiers du Rosaire et le chemin du Calvaire, tracés à côté de l'église. Là, tout se trouvait en complète harmonie avec ses pensées et ses affections ; tout lui parlait de Dieu, de la Sainte Vierge, du ciel, sa véritable patrie, dont il semblait déjà goûter les prémices. Sa prière, sous des formes variées, ne fut qu'un hymne de reconnaissance, d'espérance et d'amour. Ses lettres de cette époque, datées de Lourdes et de Pau, expriment bien les sentiments de ferveur qui débordaient de son âme. Son père, témoin d'un bonheur si pur où la confiance dominait, conçut alors l'espoir que l'intercession de Notre-Dame de Lourdes ferait le miracle de conserver cet ange à sa tendresse. Lui aussi répéta du fond de son cœur l'invocation de l'Eglise : *Salus infirmorum, Consolatrix afflictorum, ora pro nobis.* Hélas ! il ne fut pas jugé digne d'être exaucé ; ou plutôt Dieu l'exauça d'une manière plus conforme aux vues mystérieuses de sa sagesse.

Le séjour de Pau, pendant les premiers mois de l'hiver 1874-1875, sembla marquer un ralentissement dans la marche de la maladie ; néanmoins on redoubla de précautions pour prévenir les rechutes. Un logement fut choisi dans le voisinage de la résidence des Pères Jésuites, qui avaient accordé au jeune malade un libre accès dans leur jardin et leur chapelle. Ils le mirent en relations avec M. Edouard G., étudiant en droit de Riom, dont la famille avait aussi été amenée à Pau par des motifs de santé, et avec qui Noël se trouva de suite en communauté d'idées et de sentiments. Il eut l'occasion, à la même époque, d'échanger une correspondance avec les Révérends Pères Trappistes de Notre-Dame de Chambarand et d'être particulièrement recommandé à leurs prières, ce qu'il considéra comme une faveur précieuse.

Dans le milieu de la journée, il aimait à accompagner quelquefois à l'église la sœur de son père, Mᵐᵉ Joséphine D., qui était venue passer un quartier d'hiver auprès d'eux. Les conférences de la Société de Saint-Vincent de Paul, dont il était membre, lui étaient interdites, parce qu'il ne lui était pas permis de sortir le soir à l'heure de leur réunion ; mais son père lui rendait compte de ce qui s'y était passé et ils allaient ensemble visiter les pauvres qui leur étaient assignés.

Durant cette période d'accalmie relative, Noël reprit avec ardeur, trop d'ardeur pour un valétudinaire, l'étude de la philosophie, et il y ajouta la lecture plus approfondie de l'Ecriture Sainte, sur laquelle il rédigeait des commentaires ; il apprenait par cœur l'Evangile selon saint Jean. Sa correspondance de cette époque révèle le développement qu'avaient acquis son intelligence et sa raison ; elle porte aussi une forte empreinte de son avancement dans la vertu. Il avait pris l'habitude de jeter sur le papier les pensées qu'il avait méditées et les résolutions pieuses qui leur servaient de conclusions. Celles qui ont été retrouvées sont un témoignage de la vigilance qu'il exerçait sur tous les actes de sa vie et de la critique sévère à laquelle il soumettait toutes ses déterminations.

Un jour du mois de février 1875, pendant une de ces promenades qu'il aimait à faire à travers le joli bois qui domine le Gave, au-dessous du château d'Henri IV, Noël se sentit tout à coup sans forces et incapable de faire un pas en avant. Ramené en voiture dans son appartement, il fut contraint de renoncer dès lors à toute espèce de travail et de multiplier les précautions hygiéniques et les médications. Cette faiblesse excessive persistant jusqu'à son départ de Pau, il ne put accomplir dans cette ville les exercices de piété prescrits pour gagner l'indulgence du Jubilé général ; il en obtint la dispense et y suppléa par d'autres prières et d'autres œuvres pies. Cet état de dépérissement entretenu par l'hémoptysie rendit difficile et très pénible le voyage pour le retour. Il s'arrêta à Lourdes pour y renouveler ses dévotions, et la maladie l'y retint pendant douze jours dans une chambre d'hôtel. Lors même qu'il ne pouvait se rendre à la grotte, où il n'alla guère que deux ou trois fois, il considérait ce séjour prolongé à Lourdes comme une grâce spéciale qui ne laisserait pas de produire ses fruits.

Une nuit, à une heure assez avancée, la salle à manger de l'hôtel, au-dessus de laquelle la chambre occupée par Noël était placée, fut envahie tout à coup par une troupe tapageuse de voyageurs. Quelques instants après, elle se répandit, en courant, dans les escaliers et les corridors, comme une bande de collégiens émancipés allant prendre d'assaut leurs dortoirs. Noël, en proie à la fièvre et à l'insomnie, crut alors que tout allait rentrer dans le calme et qu'il pourrait enfin trouver un peu de sommeil. Il n'en fut rien : le bruit d'une conversation animée et de grands éclats de rire continuait au-dessous de lui, dans la salle à manger. Au bout d'une ou deux heures d'impatience contenue, son père se décida à aller demander grâce pour le pauvre malade. Les cinq ou six voyageurs restés à table se confondirent en excuses et levèrent la séance. Le lendemain, Noël, pâle et faible, appuyé sur son père, traversait lentement un salon de l'hôtel, lorsqu'une dame, assise au milieu d'un groupe de voyageurs, se lève vivement, s'empare du bras de son voisin, et vient gracieusement renouveler ses excuses au malade dont on a troublé le sommeil. Noël et son père reconnaissent alors son Altesse Royale la princesse Marguerite de Bourbon, qu'ils avaient bien souvent rencontrée à Pau, où elle avait sa résidence d'hiver. Venue à Lourdes, dit-elle, avec toute sa famille, au-devant de sa sœur, de son beau-frère et de leurs enfants, qui arrivaient d'Autriche, la joie de se revoir après une longue séparation, leur a fait oublier, pendant la nuit précédente, qu'ils pouvaient n'être pas les seuls voyageurs de l'hôtel. Le grand-duc de Toscane, qui lui donnait le bras, était celui au-devant de qui la princesse était venue à Lourdes. Tous les témoins de cette scène, entre autres la grande-duchesse de Toscane, le duc et la duchesse de Parme, daignaient mêler leurs excuses à celles de la princesse Marguerite, et leur *meâ culpâ* se traduisait par des signes d'assentiment à ce qu'elle disait. Noël et son père, confus de tant de simplicité et de bonté de la part de ces augustes personnages, ne savaient comment y répondre. Ils ne trouvèrent rien de mieux, pour sortir d'embarras, que d'aller cueillir, dans le jardin, un gros bouquet de roses, qu'ils offrirent à la princesse en y joignant ce quatrain :

> A la fille de saint Louis
> Des Français, au lieu de ces roses,
> Voudraient offrir des fleurs de lys...
> Ah ! quand seront-elles écloses !

Ce gracieux incident mit une éclaircie dans ce triste séjour à l'hôtel des Pyrénées de Lourdes.

A son passage à Montpellier, Noël demanda une nouvelle consultation au docteur Combal, qui reconnut les progrès de la maladie, sans pouvoir indiquer les moyens de l'enrayer. Tout l'été de 1875 se passa dans les mêmes conditions menaçantes. Cette année, la chaleur se fit longtemps attendre : Noël ne put regagner sa chère montagne de Tourville avant le mois de juillet. Il y retrouva avec bonheur ses souvenirs d'enfance, ses anciennes habitudes, les serviteurs à côté de qui il avait grandi et qui lui témoignaient une respectueuse affection, sa filleule dont il voulait faire une petite sainte, et un neveu de sa bonne, jeune orphelin qu'elle avait recueilli sous le toit de ses maîtres, et dont Noël s'était fait le premier instituteur ; il s'appliquait à lui inculquer des sentiments de piété, l'amour du devoir et du travail, le zèle de tout ce qui est bien et beau, dans l'espérance que cet enfant s'associerait un jour à sa tâche de moissonneur au service du bon Dieu.

Il sembla se ranimer dans ce milieu sympathique, et l'on osa encore espérer que l'énergie de la nature, si puissante à cet âge, finirait par triompher du principe morbide contre lequel elle se débattait depuis si longtemps.

Cette espérance accompagna Noël et son père à Hyères, où ils se rendirent dans le mois d'octobre 1875 pour y passer l'hiver. Celui-ci cependant, en acceptant le choix de cette résidence conseillée par le médecin, fut envahi par une tristesse profonde qui ressemblait à un sinistre pressentiment. N'était-ce pas à Hyères que la mère de Noël avait passé le dernier hiver de sa vie? Sous l'influence de ces doulou-reuses pensées, il tomba malade peu de jours après son arrivée, et Noël, s'oubliant lui-même, se consacra tout entier au service de son père, multipliant pendant six semaines les soins les plus assidus. La fatigue qui en résulta, les contrariétés dissimulées que lui causèrent des doutes émis sur sa vocation, sans autre intention de la part de ses contradic-teurs que celle d'une innocente plaisanterie, et surtout enfin la nature de sa maladie, qui se réveillait toujours avec plus de violence quand elle avait paru sommeiller, déterminèrent une nouvelle série d'accidents d'hémoptysie et la déperdition rapide du peu de forces qu'il avait récupérées.

Noël fut à Hyères, comme partout ailleurs, un modèle d'édification. La colonie étrangère catholique remarquait, dans l'église de la paroisse, ce jeune malade qui priait avec tant de ferveur. Assujetti à ne pas sortir au grand air le matin, et à ne pas rester longtemps à jeun, il avait trouvé le moyen de concilier les prescriptions du médecin avec la pratique de la communion fréquente, qui était devenue son besoin le plus impérieux. Une voiture fermée venait le chercher chez lui, à l'heure d'une messe matinale, et l'y ramenait aussitôt après. Lorsque la température ne s'y opposait pas, il retournait à l'église, dans le courant de la journée, pour y faire son action de grâces devant le Saint Sacrement.

Sous le même toit que lui, habitait un jeune négociant français, récemment arrivé d'Egypte, d'où il avait rapporté une phtisie laryngée parvenue à son dernier période. Dans la pensée qu'il pouvait l'aider à bien mourir, Noël fit valoir les rapports d'âge et de santé qui existaient entre eux deux, pour s'introduire auprès de son lit et gagner sa confiance : il y réussit aussitôt. Après s'être associé aux prières de sa famille, qui était animée des meilleurs sentiments de piété chrétienne, il eut la con-solation d'assister aux derniers sacrements, qu'il reçut avec la manifestation d'une foi vive et d'une parfaite résignation à la volonté de Dieu, qui ne tarda pas à l'appeler à lui.

Noël aussi s'avançait vers sa fin. Dans la soirée du 14 mars 1876, la crise fatale se déclara d'une manière foudroyante par d'abondants vomissements de sang. Son père alarmé précipita son départ d'Hyères. Dès le lendemain matin, il faisait transporter son cher malade au chemin de fer, au risque de le voir succomber pendant le voyage dans une de ces terribles hémorragies. Dieu lui épargna ce malheur. On arriva à Lyon le même soir, et l'on descendit, rue de la Barre, chez A. D., cousin de Noël. Les vomissements, qui s'étaient arrêtés au moment du départ d'Hyères, recommencèrent au seuil de la maison qui l'accueillait avec un affectueux empressement. Ses tantes accoururent et ne s'éloignèrent plus de son lit.

L'abbé V., mandé aussitôt, retrouva son cher pénitent, comme toujours, tout en Dieu, tout abîmé dans la pensée et l'amour de Notre-Seigneur, et de plus, en ce moment, doux et paisible envers la mort, qu'il voyait approcher sans effroi.

Le mal faisait des progrès effrayants ; le 18 mars, veille de la fête de saint Joseph, on crut que la dernière heure était venue ; Noël reçut les sacrements de l'Église. Durant son action de grâces et la période de calme profond qui la suivit, un léger espoir de guérison miraculeuse vint suspendre la désolation qui se peignait sur tous les visages, excepté le sien. Mais ce fut une courte illusion. Le 25 du même mois, jour de la fête de l'Annonciation de la Sainte Vierge, de nouveaux symptômes d'une fin très prochaine mirent encore tout le monde en émoi. L'abbé V. lui apporta le saint viatique. Le moment de cette dernière communion fut particulièrement beau. La table disposée à côté du lit du malade était égayée de soleil et de fleurs ; Noël lui-même était visiblement transformé par l'ardeur de sa foi. Il souriait aux préparatifs empressés qu'on faisait autour de lui, et disait à Mme G. d'une voix encore joyeuse, quoiqu'elle fût presque éteinte : « Ma cousine, je vous donne beaucoup d'embarras, mais je vous ai attiré une visite du Saint Sacrement ; ma dette est payée. »

La couronne était prête. A quelques jours de là, le 31 mars 1876, dans le courant de la matinée, Noël Ducreux entra en agonie ; elle dura toute la journée. Sa connaissance, perdue dans de fréquentes syncopes, qui avaient l'apparence du suprême passage, revenait souvent éclairer son regard, et il pressait la main de son père, penché sur son visage pour recueillir son dernier soupir. Tout à coup ses lèvres s'agitèrent et il lui fit distinctement cette recommandation en quelque sorte prophétique :

« N'oublie pas les écoles chrétiennes. » A dix heures du soir, il rendit sa belle âme à DIEU. Il n'avait pas vingt-trois ans.

Une foule recueillie de parents et d'amis fit cortège à son cercueil, d'abord à l'église de Saint-François, puis au cimetière de Loyasse, où il repose dans le tombeau de sa famille. L'abbé V., son cher directeur, a dicté son épitaphe : *Mihi vivere Christus est.*

Pendant la nuit qui avait précédé le départ d'Hyères, le père de Noël, brisé de douleur et de fatigue, s'était endormi un instant. Alors le malade dit à la personne amie qui veillait auprès de lui : « Je sais que c'est la fin ; que la volonté de DIEU soit faite ! Je devrais m'en réjouir, puisqu'il daigne m'appeler à lui, mais mon pauvre père que va-t-il devenir, lui qui n'a vécu que pour moi pendant si longtemps ? Il m'a servi de mère depuis que j'ai perdu la mienne. Ma mère et moi nous avons rempli sa vie d'amertume par notre mauvaise santé. Je prie le bon DIEU de l'en indemniser. J'espère aussi que tous ceux qui ont eu de l'amitié pour moi reverseront sur lui leurs bons sentiments. »

Oh oui ! bon Noël, ton père t'a tendrement aimé, et c'est un miracle qu'il ait pu te survivre. Ce miracle, DIEU a daigné sans doute l'accorder à ton intercession, pour permettre à sa faiblesse d'aller à petites journées te retrouver au ciel que tu as su gagner par un chemin si court.

En attendant, il se fait un pieux devoir de publier ces fragments de lettres et de notes, précieuses épaves qu'il a recueillies d'un irréparable naufrage.

Si leur lecture fait germer de bons sentiments dans quelques âmes, le sacerdoce auquel Noël Ducreux se sentait appelé aura trouvé une forme imprévue. Quoi qu'il en soit, ce recueil sera un modeste témoignage de la douleur de son père et des inconsolables regrets de sa famille.

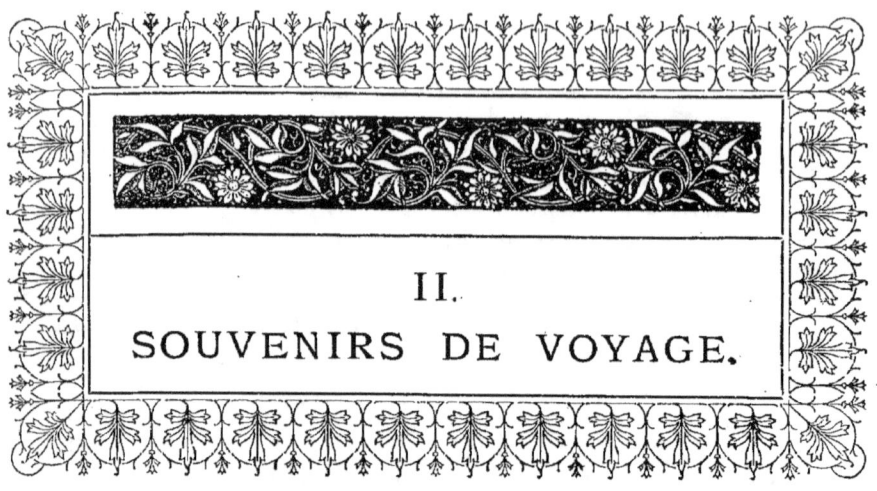

II.
SOUVENIRS DE VOYAGE.

1. — VISITE A LA TRAPPE DE SEPT-FONS.

(NOTES ET IMPRESSIONS.)

TROIS kilomètres en plaine séparent le bourg de Dompierre-en-Bourbonnais du monastère de Sept-Fons, situé au bord du canal du Centre. Rien ne frappe d'abord les regards du pèlerin qui arrive, si ce n'est l'élévation des murs de clôture, qui se prolongent à une grande distance de chaque côté du portail d'entrée. Nous traversons une vaste cour carrée, dont une plantation de vigne occupe la partie centrale ; à droite et à gauche, l'œil s'égare dans une série d'autres cours, d'aspects divers, et qu'on ne fait qu'entrevoir c'est le quartier rural. On ne peut s'empêcher de remarquer, dans cette enceinte, que tout est utilisé : pas le plus petit espace de terrain perdu, aucun mur qui n'ait son espalier ; l'esprit de la Trappe vous saute aux yeux : c'est l'observance stricte de l'obligation que DIEU a imposée à l'homme, le jour de sa chute, de gagner son pain à la sueur de son front. Voilà pourquoi les Trappistes travaillent la terre ; et comme la terre, associée à l'homme par cette loi divine, ne doit pas plus demeurer inculte que l'homme ne doit rester oisif, il n'y a pas une parcelle du domaine de la Trappe qui ne soit soigneusement cultivée.

Le Père hôtelier se présente à nous. Il porte la longue robe de laine blanche et, par-dessus, le scapulaire noir. Il nous conduit à nos cellules, situées au fond de la grande cour d'entrée. Sur les murs du corridor et des escaliers, blanchis d'un badigeon de chaux, on lit diverses maximes peintes en gros caractères : « *Oppidum est carcer. — Solitudo para-disus* (¹). » En face de ma cellule : « *Ducam eum in solitudinem, et ibi loquar ad cor ejus* (²). » Cette cellule où j'écris ces notes sur du papier grossier, avec de l'encre pâle, est une petite pièce rectangulaire, dont les murs enduits de plâtre n'ont pour tout ornement qu'un crucifix, une image de la Sainte Vierge et un tableau contenant le règlement imprimé pour les hôtes étrangers au couvent ; un lit étroit et une petite table en bois de cerisier, deux chaises garnies de paille, deux rayons de sapin sur lesquels sont posées une cuvette et un pot à eau en faïence recouvert d'une serviette bien proprement pliée, voilà mon mobilier ; le lit et la fenêtre sont garnis de rideaux blancs. J'ai pour perspective un champ de vignes d'une cinquantaine d'hectares, entouré de hautes murailles, où de gros chiffres imprimés m'apparaissent à égale distance les uns des autres ; je suppose qu'ils se rapportent à la division de la tâche des Frères trappistes. Ces cinquante hectares d'enclos sont la moindre partie du vaste domaine du monastère.

Pour me rendre à l'église, bâtie au centre du couvent, il faut encore traverser la cour d'entrée ; cette cour est déserte, mais tout y est dans un ordre parfait : on voit que l'homme a passé par là, mais l'ouvrier se cache. L'ouvrier est un individu dépouillé de tout, même de son nom ; il a créé toutes ces choses si bien ordonnées, mais le mérite en revient à la Communauté ; cette vaste demeure est le séjour d'un seul agent, qu'un même cœur fait vivre, qu'une même tête dirige, et qui travaille sans relâche et sans espérance d'autre salaire que le ciel après la mort. Les murs de l'escalier de la tribune sont aussi couverts d'inscriptions : « *Venite ad me omnes qui laboratis et onerati estis, et ego reficiam vos.* » — Plus loin : « La servitude de JÉSUS-CHRIST est préférable à la liberté (Origène). » — Au-dessus de la porte : « Me voici, Seigneur, parce que vous m'avez appelé. » Du haut de la tribune, mon regard plonge dans la nef déserte ; le style de l'église, difficile à définir, se rapproche de l'ogival ; mais elle n'a rien de remarquable, rien même de spécial à un couvent de religieux : c'est une église, voilà tout ; rien, ou à peu près rien, en dehors de ce qui est strictement *utile* pour cette destination ; on dirait un parti pris de négligence de tout sentiment artistique. Sur les murailles de l'édifice, qui ont une teinte grisâtre, quelques peintures à fresque sans valeur sont symétriquement espacées.

Le maître-autel accuse cependant une certaine recherche de richesse, mais la pauvreté de deux anges en plâtre, agenouillés de chaque côté,

---

1. La ville est une prison ; la solitude un paradis.
2. Je le mènerai dans la solitude et là je parlerai à son cœur.

jure avec cette prétention, et, du reste, tout cela manque de goût. Le
jubé, qui partage la nef en largeur, est trop maigre d'aspect ; il laisse

HYÈRES. (P. 46.)

communiquer le chœur avec le reste du vaisseau par trois passages sur-
montés d'arceaux en ogive. Entre le passage du milieu et chacun des
deux autres se trouve un autel fort simple, appuyé contre la partie infé-

rieure du jubé. Les stalles des Pères sont dans le chœur, celles des Frères, en deçà du chœur ; elles sont faites de bois de chêne, presque sans sculptures : on voit que la plus sévère économie a présidé à leur confection. Je dois reconnaître qu'un effet assez heureux est produit par une statue de la Vierge, placée dans une niche sous la voûte du chœur, et qu'un rayon de soleil couronné d'un nimbe lumineux, au moyen d'une vitre dorée, ingénieusement disposée au-dessus de la statue de manière à ne pas se laisser voir de l'intérieur de l'église. J'avais déjà admiré le même jeu de lumière à Saint-Sulpice, à Paris.

Pendant que je prends ces notes, accoudé sur la balustrade de la tribune, une porte latérale s'ouvre et livre passage à deux Pères revêtus de leur habit de chœur entièrement blanc ; l'un va lentement décrocher une corde qui descend de la voûte, et se met à sonner les vêpres, pendant que le second se prosterne devant l'autel. Les autres religieux arrivent un à un ; chacun sonne la cloche à son tour, puis gagne sa stalle. Les psalmodies commencent ; à mesure que l'office avance, la statue de la Vierge, dans sa niche du fond du chœur, emprunte un plus vif éclat du soleil, qui passe en ce moment au-dessus de sa tête ; elle donne l'illusion d'une apparition surnaturelle ; on dirait que Marie se réjouit d'entendre célébrer la gloire de DIEU.

Derrière l'abside, c'est le cimetière ; son aspect est presque riant, et cela est bien compris, puisque le seul jour joyeux de la vie du Trappiste est le jour de sa mort. La tombe des abbés et des prieurs se distingue par une tablette de pierre ; les autres n'ont qu'une simple croix sur laquelle est inscrit le nom de religion de celui qui y est enseveli. Ces tombes sont disséminées dans un bosquet d'acacias ; les croix sont légères à l'œil : il semble qu'elles ne doivent pas peser sur le mort.

Dans le même enclos, et tout à côté, on trouve un gracieux labyrinthe formé par des plantations d'arbustes et de fleurs, et qui est affecté à la promenade des Pères. Quand ils viennent s'y reposer un peu de leur rude labeur, ils ont devant les yeux le champ de leur éternel repos ; pour eux, partout ailleurs ce n'est qu'un passage.

L'intérieur du monastère est sillonné d'immenses corridors, dont les murs sont couverts de sentences. J'y retrouve celle qui m'avait si vivement frappé à la Grande Chartreuse : « *Beata solitudo, sola beatitudo* (S. Augustin). » Au réfectoire, les tables toutes en sapin sont rangées le long des parois des murs et bordées de bancs en bois, sur lesquels les moines s'assoient pour prendre leur repas. Le couvert est toujours mis. A chaque place, on voit une petite serviette recouvrant une écuelle de terre qui sert à boire de l'eau pure, une fourchette et une cuillère en bois pour manger les légumes cuits à l'eau sans autre assaisonnement que du sel, ou accommodés simplement au beurre. Au fond de la salle, une table en tout pareille est réservée au Père abbé et au Père prieur. Le Père abbé actuel porte un des grands noms de France ; nous l'avons aperçu ; c'est un homme encore jeune, de haute taille et de fort bonne mine. La robe de moine n'altère en rien la noblesse du maintien et de la démarche de ce grand seigneur détaché du monde ; d'ailleurs n'a-t-il pas encore grandi en dignité en approchant de plus près la divine Majesté ?

On nous montre une salle un peu sombre, qui sert de vestiaire aux religieux ; ils y déposent leurs robes de laine blanche, en échange des vêtements de travail ; en ce moment, les murs sont tapissés de ces robes blanches, suspendues à des patères : les Pères sont dans les champs.

Les dortoirs sont des cases, rangées sur deux lignes et séparées les unes des autres par une cloison de planches ; un simple rideau en ferme l'entrée. Pères et Frères sont là tous réunis, comme au réfectoire. La couche est composée d'un lit de paille et d'une couverture de laine ; on ne se déshabille pas pour dormir. Une image des SS. Cœurs de Jésus et de Marie orne chaque case. Il y en a bien une centaine dans le dortoir que nous visitons.

Je suis singulièrement impressionné par le silence profond qui règne dans ces immenses bâtiments ; on n'entend d'autre bruit que celui des pas des visiteurs sous les voûtes, et des chuchotements du Père hôtelier qui nous donne quelques explications. On éprouve là le sentiment de la pauvreté plutôt que de la sévérité de la vie qu'on y mène ; au moins, tel est l'effet que cela produit sur moi. Ainsi les yeux sont égayés, au milieu du cloître, par le riant aspect d'un parterre de fleurs d'où s'élève une statue de la Sainte Vierge qui tend les bras à ses chers moines. C'est là qu'au mois de mai ils se rendent, chaque soir, pour leurs pieux exercices en l'honneur de Marie.

La Trappe de Sept-Fons pourrait servir de ferme modèle. Autant de services différents, autant de sujets d'admiration pour nous. Le laitager, d'où sortent des fromages renommés dans la contrée, est un chef-d'œuvre d'aménagement, et se recommande par la propreté scrupuleuse de la manipulation. La forge, les ateliers de menuiserie et de charronnage ne sont pas organisés avec moins d'intelligence et de soin. Des Frères épars çà et là, sous leurs vêtements de bure, ceints d'une lanière de cuir, se livrent à toute sorte de travaux : les uns fabriquent ou raccommodent des tombereaux, des charrues et autres instruments de culture ; d'autres sont occupés à réparer les agrès du moulin, qui chôme, en ce moment, faute d'eau pour le faire marcher ; il y en a dans les étables et dans les porcheries, pour faire boire et manger les animaux, dans la basse-cour, pour donner des soins à la volaille. On est d'abord surpris de l'espèce de contraste qu'on trouve entre la nature de ces travaux et le costume des travailleurs ; mais ils en sont si peu embarrassés eux-mêmes, qu'on ne tarde pas à s'y accoutumer. Il est difficile de se faire une idée de l'étendue des constructions affectées à tous ces services agricoles ; je pourrais dire que c'est une véritable *cité rurale*, s'il est permis d'accoupler ces deux mots ensemble. Quelques-uns des visiteurs, qui se trouvaient avec nous et qui paraissaient être gens du métier, ont beaucoup admiré certaines races de bestiaux d'origine étrangère, et que les Trappistes ont acclimatées ici avec succès. Incompétent dans ces questions, je me suis tenu à l'écart, et pour cause : un énorme taureau qui avait le privilège de fixer particulièrement l'attention des amateurs, lançait des ruades et poussait des beuglements qui n'avaient rien de gracieux.

Pour aller aux jardins, nous traversons de nouveau la grande cour centrale, dont la façade de l'église occupe tout un côté. Un petit espace de terrain est cultivé en plantes médicinales, dont chacune porte son étiquette ; puis c'est le potager, d'une étendue de plusieurs hectares ; il y a là des champs d'artichauts, des forêts de haricots ramés, d'immenses plates-bandes de carottes, etc. Certes, il en faut, des légumes, pour nourrir plus de quatre-vingts hommes qui ne mangent guère autre chose ! Les arbres plient sous le poids de leurs fruits ; partout une abondance luxuriante ; Dieu a béni les travaux de serviteurs qui ont pris si bien à la lettre la grande loi de l'humanité déchue.

Avant de rentrer dans nos cellules, nous allons faire une visite au Frère portier, qui vend des objets de piété, comme souvenirs de la Trappe de Sept-Fons.

A six heures, la cloche nous convie au souper. Un plat de pommes de terre broyées dans une goutte de lait, des artichauts bouillis accompagnés d'une sauce à la farine délayée aussi dans du lait, une salade verte, quelques raisins et des poires, voilà le menu. Le règlement défend de parler pendant le repas. Un individu en blouse bleue, qui n'est ni domestique ni Frère, esprit simple, bonne âme, de ces hommes qui font la risée du monde et qui peuplent le paradis, nous fait une lecture pieuse, depuis le commencement du souper jusqu'à la fin, sans s'arrêter. Dois-je l'avouer ? j'ai eu toutes les peines du monde à me retenir de rire ; non pas que j'aie eu l'intention de tourner en dérision un usage aussi respectable que celui d'une lecture pieuse pendant le repas dans un couvent, mais il a fallu qu'il y eût un côté plaisant dans cette scène, un peu dans le personnage du lecteur, un peu aussi peut-être dans l'ascétisme du livre, qui était l'œuvre d'un moine espagnol éminemment mystique. Quoi qu'il en soit, je m'en veux de ce premier mouvement d'hilarité qui n'était pas là à sa place. Peut-on bien rire à la Trappe, où l'on vient presque toujours pour finir sa vie dans les larmes ?

La cloche sonne de nouveau pour complies et la prière du soir ; la nuit commençait à tomber ; nous quittons le jardin réservé aux pèlerins pour monter dans la tribune. L'église était plongée dans l'obscurité ; deux cierges seulement, allumés de chaque côté du maître autel, brillaient dans le lointain comme deux petites étoiles qui perceraient les ténèbres d'une nuit noire. J'attendais avec une certaine impatience le chant du *Salve Regina*, dont on m'avait parlé comme d'une chose remarquable. On l'entonne ; mais, au lieu d'une mélodie ample et éclatante, conforme au motif de cette hymne, j'entends une note monotone qui se prolonge, s'abaisse, tombe dans le mineur et affecte tous les tons lugubres d'un chant funèbre. Les ombres descendaient alors de plus en plus épaisses de la voûte de l'église, dont les murs répercutaient sans sonorité les voix des moines ; on se serait cru au fond d'un tombeau. J'allai me coucher sous cette impression, et sans doute elle n'était guère qu'à la surface de mon système nerveux, car je ne tardai pas à m'endormir d'un profond sommeil. J'en savourais les douceurs, quand tout à coup la cloche, sonnant à grandes volées, vient brusquement me réveiller pour l'office de nuit. Sans hésiter je saute à bas du lit, et je m'habille à la hâte, dominé néanmoins par une sensation indéfinissable qui faisait pénétrer jusqu'à la moelle de mes os les sons religieux de cette cloche se prolongeant au loin dans le calme souverain de la campagne. N'ayant pas eu la précaution de me munir d'un éclairage quelconque, je descends l'escalier à tâtons ; avant de gagner la tribune, je m'arrête dans la grande cour qui y conduit, et je regarde le ciel, où une multitude d'étoiles brillent dans tout leur éclat ; les hautes toitures du monastère font un cadre sombre à cet éblouissant tableau ; tout mon être se sent enveloppé d'harmonies sublimes qui semblent descendre pour moi des voûtes éternelles.

Me voici dans la tribune. Les Pères sont déjà rassemblés au chœur ; les Frères égrènent leur rosaire, dont j'entends le cliquetis sec au-dessous de moi. Deux lampes sont censées éclairer le vaste vaisseau de l'église. Les psalmodies commencent, puis continuent lentes, sourdes et monotones. Quand elles ont cessé, les quatre-vingts poitrines qui sont

là respirent sans faire le moindre bruit ; les moines sont immobiles
comme des corps inanimés ; dans la pénombre, on les prendrait pour des
fantômes. Quels hommes étonnants ! Quels hommes admirables ! veux-
je dire. Depuis plus d'une demi-heure je les contemple sans me lasser.
Est-ce bien eux que je contemple ? N'est-ce pas l'abstraction person-
nifiée du silence, du recueillement, de l'anéantissement volontaire ?
Dans ces corps penchés sur eux-mêmes, entrevois-je autre chose que
leur prostration ? Tout à coup, comme d'une seule voix, tous se mettent
à réciter le chapelet ; entraîné par l'élan de leur prière, moi aussi je le
récite avec eux. Jamais je ne me suis livré à ce pieux exercice avec un
sentiment de plus délicieuse dévotion, si grande est la puissance de la
prière faite en commun !

Rentré dans ma cellule, je finis de tracer rapidement ces lignes, pour
ne pas laisser s'effacer mes impressions. L'horloge sonne trois heures ;
il est temps de me remettre au lit.

A sept heures du matin, après être allé prendre congé du bon Dieu
dans son temple désert, où les rayons du soleil levant entrent par toutes
les baies comme pour adorer le Dieu de l'univers, je m'achemine vers
la porte du monastère. Je franchis le seuil béni de cette porte du ciel,
escorté des adieux du Père hôtelier, qui me regarde partir avec un bon
sourire. Il n'enviait pas mon sort.

2. — UNE SAISON A BEX.

(JOURNAL DE VOYAGE.)

Lundi, 7 juillet 1873. — Nous venons de passer huit jours à Évian,
à l'hôtel Fontbonne : logement suffisamment confortable avec la vue
du lac, table et service convenables, société choisie ; je veux dire qu'il
y avait des éléments variés de société, de quoi satisfaire tous les goûts.
Notre bonne étoile nous a donné pour voisins de table deux messieurs
à particule, qui portent bravement leur titre sans en être trop fiers,
chose assez peu commune pour que je ne dédaigne pas de la noter en
passant. Aujourd'hui le temps est superbe, la traversée du lac sera une
vraie partie de plaisir.

Il est sept heures ; la chapelle de la Visitation est à deux pas de
l'hôtel, je vais me lester d'une dose de piété avant de m'embarquer
pour ce pauvre canton de Vaud, calviniste d'un bout à l'autre. Quelle

fortune ! Mgr d'Evreux dit la sainte messe ; j'emporte la bénédiction du prélat, le cœur gai, l'âme fortifiée.

C'est le *Guillaume Tell* qui nous embarque pour Lausanne ; trajet, demi-heure ; prix, trois francs, c'est raide ; le capitaine s'excuse en alléguant le défaut de concurrence : les voyageurs n'ont aucun autre moyen de passer d'Evian à Lausanne. Excellente raison ! Ces Suisses sont d'une naïveté et d'une délicatesse !...

La brise du lac tempère la chaleur ; mais à Bex, où nous en serons privés, qu'allons-nous devenir ? Tant pis, nous courons sans hésiter nous y enfourner tout vivants.

A Lausanne, changement de paquebot. L'*Helvétie*, déjà chargée d'Anglais, nous reçoit à son bord. Laissons les contemplateurs de la belle nature à leur poste sur le pont. Nous descendons déjeuner dans le salon. Menu du service à prix fixe : poisson frit, saucisson cru... Ça n'entre guère dans mon régime, et si c'est tout, je risque de mourir de faim. Enfin, côtelette aux pommes ; va pour la côtelette, sauf à en manger plusieurs ; mais je ne tarde pas à être rassuré en voyant qu'on sert d'autres mets à la carte.

Pendant notre repas, un monsieur, dans son empressement à boire, s'envoie une carafe d'eau de Seltz dans la figure. Rire des voisins, rire de ma part ; je manque de m'étrangler, ce qui aurait achevé le tableau comique ; je reprends aussitôt *charitablement* mon sérieux.

Autre personnage : jeune homme de mise soignée, mais si gros, que je tremble de voir ses vêtements collants craquer aux entournures ; il dévore quatre œufs à la coque, un énorme bifteck, et remonte sur le pont où il lit un roman, sans jamais lever les yeux sur le paysage. Je me demande ce que ce monsieur-là vient faire en Suisse.

Les noms des ports où s'arrête le bateau finissent presque tous en Y : Lutry, Cully. Mon père a des démangeaisons de calembours, et s'ingénie à transformer Cully en cuiller, qu'il tient dans ce moment à la main pour manger son potage ; ma réserve à admirer ce jeu de mots éteint sa verve.

Montreux réveille nos souvenirs de l'automne dernier. La fenêtre de notre chambre, à l'hôtel Suisse, a ses stores baissés ; l'aspect du pays est morne en ce moment. La chaleur chasse les étrangers vers des asiles plus frais.

Enfin la cloche annonce Villeneuve, où nous allons prendre le chemin de fer pour remonter la vallée du Rhône. Juste le temps de courir à la gare, où nous arrivons en même temps que le train. Un monsieur tout essoufflé fait enregistrer sa malle pour Saxon, sans doute un joueur que la roulette attire comme le tourbillon de Maëlstrom ou de Scylla ; il devrait, pour son bonheur, manquer le train tous les jours.

Demi-heure de trajet jusqu'à Bex. Dans le compartiment, deux jeunes gens et une dame. Ces messieurs, qui nous disent être des étudiants, viennent de Saint-Pétersbourg ; ils vont à Milan par le Simplon. La dame est une Vaudoise, qui, avant de descendre à Aigle, trouve le moyen de nous insinuer que nous verrons la différence qui existe entre la population du Vaudois protestant et celle du Valais catholique ; elle a un petit air triomphateur. Je sais qu'il y a une différence, je sais laquelle, et je ne manquerai pas de la consigner dans mes notes, la prochaine fois que j'irai à Saint-Maurice.

La vallée se resserre de plus en plus à mesure que nous la remontons ; à Bex, elle semble barrée, il n'y a que le passage de la voie ferrée et du Rhône. De l'autre côté, commence le Valais. L'omnibus du grand hôtel des bains des Salines est une vieille carcasse qui fut jadis luxueuse, et qui donne une idée peu favorable, mais heureusement peu exacte, de l'hôtel lui-même.

Fouette, cocher ! Voici le village de Bex. Eglise et clocher avec sa flèche en pierre, qui date du commencement du seizième siècle ; par conséquent, elle était affectée au culte catholique, à son origine ; aujourd'hui, sans doute, comme toutes les églises calvinistes, elle ne présente à l'intérieur que l'aspect d'une salle d'école garnie de bancs alignés au pied d'une chaire ; la place de l'autel est vide, point d'ornements, point de signes religieux, pas même un Crucifix !

La carriole roule toujours ; le village est dépassé ; un peu plus loin, nous entrons dans les bois ; puis, nous longeons un torrent ; encore quelques pas, et nous sommes au pied de la montagne ; la route fait un coude, nous voilà dans le parc.

Au milieu de ce parc, sillonné de nombreuses allées blanchissantes qui se dessinent à travers la verte pelouse, tantôt à l'ombre des grands arbres, tantôt sous les rayons étincelants du soleil, s'élève le bel hôtel des Salines. Les vastes proportions de l'édifice ne nuisent nullement à la légèreté et à l'élégance de l'ensemble, qui présente, à cause de la toiture proéminente et des balcons en bois rouge, l'aspect d'un immense chalet. L'établissement des bains est attenant à l'hôtel. Un grand pavillon, bâti sur le même modèle, se trouve un peu à l'écart.

L'omnibus s'avance au grand trot. Plusieurs domestiques en livrée apparaissent sur le seuil de la porte, et bon nombre de fenêtres se garnissent de têtes pour voir les nouveaux venus. La curiosité fut bientôt satisfaite ; nos deux maigres silhouettes n'avaient rien qui pût faire

sensation. Le premier coup d'œil du garçon d'hôtel est pour le bagage :
« Petit bagage, petit sire ; » et le coup de casquette est mesuré sur le
nombre de colis qui accompagnent le voyageur.

Il est assez amusant de recueillir les traits de vanité qui fourmillent

BOLOGNE. (P. 29.)

sur la route. Dans ces pays où personne ne vous connaît, le premier
commis-voyageur venu peut se faire passer pour le marquis de Carabas,
s'il se sent le gousset assez bien garni pour faire bonne figure jusqu'au
bout. Un certain ton de mépris est de rigueur pour paraître un homme
d'importance, et plus le dédain est accentué, plus vous grandissez dans

l'estime et l'admiration des inférieurs. C'est la joie des petits bourgeois vaniteux, qui poussent quelquefois l'audace jusqu'à se décorer d'un titre pompeux de baron ou de comte, ou à transformer leur nom, s'il s'y prête, en nom à particule.

Vanité du même genre : le soir, à dîner, j'ai pour voisin un monsieur bien mis, mais pas assez stylé pour que l'habit de Guillot cache le loup tout entier ; il parle français avec un accent indéfinissable ; on lui présente la carte des vins, et lui, d'un ton indifférent : « Vous savez, je prends toujours du Beaune. » Monsieur ne mange jamais deux plats de suite avec le même couteau et la même fourchette : c'est le genre anglais. Enfin, après s'être curé les dents au dessert, il se lève de table le premier et s'en va, sans mot dire. Mon vis-à-vis m'apprend que ce monsieur est un jeune homme du pays, qui aurait sans doute grande envie de paraître venir de Chine, et qui ne fait peut-être changer, à chaque plat, son couteau et sa fourchette à l'hôtel, que parce qu'il mange chez lui tout son dîner dans la même assiette. Tout ce que La Fontaine a dit de notre vanité est bien vrai. Et moi tout le premier, qui me moque tant des vaniteux, j'ai, tous les soirs, bon nombre de vanités à enregistrer dans mon examen de conscience. Aussi je ne prétends pas échapper à la censure commune, et je ne critique les travers des autres que pour me mettre en garde contre un défaut aussi ridicule.

Le grand hôtel des bains des Salines est à plus de deux kilomètres du bourg de Bex et de la gare du chemin de fer. C'est un véritable caravansérail ; le nombre des chambres est de plus de cent soixante. L'agencement en est très confortable sans être luxueux. Nous occupons, dans un pavillon indépendant, deux chambres au nord qui communiquent entre elles. La vue en est bornée, à deux cents mètres, par un monticule verdoyant couvert de prairies et de hêtres. Le parc qui s'étend autour des trois corps de logis distincts qui composent l'hôtel, est fort bien entretenu ; des bancs espacés sous les ombrages offrent aux baigneurs quelques abris contre les rayons du soleil.

Quant aux habitants de ce gracieux séjour, autant que j'ai pu en juger par les noms inscrits sur le registre de l'hôtel, ils sont tous Allemands, ou Anglais, ou Italiens, à l'exception d'une famille qui porte un nom français, mais qui pourrait bien être de Genève.

Nous serons donc à peu près seuls ici pour représenter notre pauvre France ; nous nous efforcerons de nous distinguer par une modestie grave et digne, comme il convient et à notre état actuel et à notre grandeur passée. Peut-être aussi serons-nous seuls catholiques ! Mon cœur saigne à cette pensée. Je considérerai comme un devoir de prier autant que cinq cents âmes au milieu de cinq cents hérétiques. Sans doute, il nous faudra aller entendre la messe à Saint-Maurice, le dimanche, car de chapelle catholique, il n'y a ici aucune apparence. Heureusement Saint-Maurice est mis à notre portée par le chemin de fer, qui y conduit en dix minutes ; il est vrai qu'il faut aller chercher la gare à une demi-heure.

Mardi, 8 juillet 1873. — Un orage épouvantable me réveille à quatre heures du matin. Il faut entendre ces coups de tonnerre dans la vallée du Rhône ; les rochers se renvoient les échos, qui vont se perdre dans le lointain, le long des croupes neigeuses des grandes Alpes ou sur la plaine humide du Léman. Je parviens à me rendormir, et à mon second réveil, un soleil splendide illumine le versant des collines, dont les arbres pleurent les larmes de la nuit.

C'est une surprise toujours nouvelle que le réveil dans une chambre où l'on couche pour la première fois. On ne sait pas où l'on se trouve, et les yeux cherchent avec étonnement quelque point de repère dans les objets d'alentour.

Me voici tout habillé et j'attends le docteur, qui se fait désirer depuis hier soir. Comme il est seul médecin dans l'établissement, nous supposons qu'il prend ses aises. Si la concurrence est l'âme du commerce, on peut dire, je crois, qu'elle est l'âme de toutes les professions et de toutes les sociétés humaines.

Désespérant de prendre mon bain dans la matinée, faute de consultation, je me dirige vers la salle à manger, où déjà messieurs et dames dévorent à belles dents. C'est plaisir de voir disparaître les petits pains de beurre, les pots de miel, et se succéder les théières et les pots de lait. Je vous prie de croire que les Anglais et les Allemands n'ont pas volé leur renom de gros et grands mangeurs ; de petites femmes délicates s'acquittent du devoir de se sustenter avec une conscience où les prescriptions de la Bible n'entrent pour rien, je suppose.

Au sortir de la salle à manger, je me trouve nez à nez avec M. le docteur, qui m'annonce sa visite à domicile dans un quart d'heure. Je regagne ma chambre, où je ne tarde pas à voir arriver le nouvel Esculape. Il ouvre la bouche et prononce l'oracle : « Monsieur a des dispositions à l'emphysème ; » — La mine de mon père s'allonge ; — « ce qui indique des bronches et des poumons sur lesquels la phtisie n'a point de prise ; » — mon père respire et même sourit. — « Traitement par les bains d'eau-mère suivis de lotions à l'eau froide. Ce soir, premier bain à quatre heures. » — Et voilà comment je fais de l'hydrothérapie.

En somme, le docteur est un excellent médecin, et ses explications aussi bien que ses prescriptions nous satisfont pleinement. Il ne reste plus qu'à suivre ce traitement pour juger de son efficacité. En théorie, je suis en règle.

Onze heures et demie, l'heure du déjeuner. Un mot de la cloche : elle est suspendue entre deux branches d'arbre, et ressemble fort à un coquetier renversé. Je me demandai d'abord ce que pouvait bien être cet instrument et quel était son usage, quand je vis arriver un domestique tenant à la main un maillet de bois à long manche, s'approcher de l'instrument d'airain et frapper dans l'intérieur à petits coups. Un son prolongé mais sourd en sortit. C'était le coup de cloche du déjeuner. Si ce système a été inventé pour épargner aux constitutions nerveuses des commotions violentes, il faut avouer que ce n'est pas mal imaginé.

Hier, en arrivant, mon premier soin fut de consulter le registre de l'hôtel, où sont inscrits les noms des baigneurs, et j'avais été pris d'une sueur froide en n'apercevant que terminaisons anglaises, allemandes ou italiennes. Aussi fus-je agréablement surpris, en me mettant à table, d'entendre parler français autour de moi.

Ce matin, à déjeuner, j'ai pour voisin un monsieur au visage sympathique, aux yeux bleus et doux, au front large et uni. Il accompagne son fils, jeune homme de dix-huit ans, qui me paraît avoir une santé bien délicate. Ce monsieur est Français. Je lui exprime mon étonnement de n'avoir rencontré sur la liste que des noms étrangers. « Je suis Breton, me dit-il, et mon nom a une finale espagnole, ce qui, du reste, est très fréquent dans la partie méridionale de notre presqu'île. Autrefois, les Espagnols émigrèrent en grand nombre sur la côte du Morbihan ; leurs descendants ne se sont pas mêlés avec les Bretons des Côtes-du-Nord ; aussi voit-on chez nous des têtes brunes avec une expression de vivacité méridionale, tandis que, dans la partie septentrionale de la Bretagne, les chevelures sont toutes très blondes, les teints plus pâles et les yeux moins animés. » Il continua ainsi à me parler de la Bretagne avec une bienveillance charmante.

Au sortir de table, je courus au tableau indicateur et je lus le nom de mon aimable voisin : « le marquis de G. » Je commence à croire qu'il y a dans la noblesse plus de personnages sympathiques que je ne le disais en commençant. En tout cas, s'ils joignent à leurs incontestables qualités celle de la courtoisie envers les roturiers, c'est parfait. Sous ces allures dégagées et élégantes, sous ces visages ouverts et souriants, on devine sans peine une âme élevée, un esprit délicat et un cœur chaud. Quelle différence avec le parvenu tout gonflé d'un orgueil qui, la veille, était de l'envie ! Comme ces joues flasques, ce regard

inquiet, ce maintien raide et prétentieux dénotent bien les bas instincts
qui se cachent dessous ! Allez donc demander de la grandeur d'âme à
l'homme qui ne s'est jamais occupé qu'à calculer, jour par jour, l'accrois-
sement de ses revenus ! Si on lui cherchait un cœur, souvent on ne
trouverait à la place qu'un écu de cent sous.

Un autre voisin de table. Celui-là est Bernois : lunettes montées sur
or, longue barbe, œil perçant, plein de feu, esprit vif. Il nous explique
à son tour les différences entre les races de la Suisse. « Race bourguignonne à Genève, le long du lac, et dans les montagnes jusqu'à Berne
et sur les croupes du Jura ; même race encore en remontant le Rhône
jusqu'à sa source, ainsi qu'en Savoie et dans le Bugey ; cette population s'est étendue jusqu'en Dauphiné ; elle parle français. La progres-
sion des peuples s'est faite le long des fleuves en remontant leurs cours ;
c'est une loi générale : les peuples primitifs étaient pêcheurs, et ils
arrivaient par les côtes, n'abordant les montagnes qu'en dernier lieu.

» La population du nord de la Suisse est allemande. Du Rhin, elle
remonta l'Aar, son affluent, et atteignit les contrées centrales, où elle se
rencontra avec les populations bourguignonnes parlant français. Elle
remonta, en outre, le Rhin jusqu'à sa source, et même franchit le col
qui sépare la source du Rhin de celle du Rhône, et se répandit sur ce
point où elle rencontra aussi la race bourguignonne du Valais ; mais elle
ne se mêla pas avec elle, car, au sommet de la vallée du Rhône, on
rencontre des villages dont les habitants sont blonds, pâles, presque
blancs, et en descendant le Rhône, on trouve bientôt les populations
aux cheveux bruns de la race bourguignonne.

» Il y a un lac dans les montagnes de la Suisse, dont la rive nord est
habitée exclusivement par des hommes de race allemande, aux cheveux
presque blancs dans l'enfance ; et la rive sud, par des hommes de race
bourguignonne, aux cheveux noirs ou bruns.

» De la comparaison des crânes trouvés sur les divers points du territoire suisse, les savants de l'Université de Bâle ont induit que la
Suisse avait été peuplée par des hommes de quatre races différentes. »

Cette dissertation nous plut beaucoup.

Après le déjeuner, la chaleur est telle qu'on ne peut mieux faire que
de rester dans son trou ; un petit somme ; après quoi, l'heure du bain est
bientôt là. Vingt minutes dans l'eau salée à température inférieure à
celle du corps, 27° centigrade, puis massage, enfin ablutions.

Promenade pour la réaction, qui se fait si bien qu'au retour il faut
changer de linge.

Spécimen du français parlé et écrit à Bex, canton de Vaud, le pays de l'instruction par excellence, au dire de ses crânes habitants : « On est prié de ne pas *sortir* les journaux du salon ! » Ce n'est pas moi qui ajoute le point d'exclamation. Sans doute messieurs les Vaudois se figurent qu'une phrase ne peut finir honnêtement sans cet appendice. Tout l'hôtel est placardé d'avis du même genre, ce qui est fort réjouissant. « On trouve des timbres-poste chez le concierge ! » Et au salon, au-dessus du piano : « On est prié de ne pas jouer des *exercices !* » Toujours des points d'exclamation ; j'espère bien en découvrir d'autres encore.

Le soir, après le dîner, quatre musiciens défrayés par l'hôtel, une flûte, un violoncelle et deux violons, nous régalent de morceaux de musique point mal exécutés. La colonie, répandue sur les bancs de la terrasse ou sur les sofas de la véranda, jouit à la fois du concert et de la fraîcheur du soir.

Mercredi, 9 juillet 1873. — Cette nuit aussi a été orageuse ; une pluie abondante a apporté un peu de fraîcheur dans l'atmosphère. A six heures, quand je me lève pour aller au bain, le ciel est superbe, la nature semble rajeunie. Après le bain et la lotion, qui commence à me paraître un peu moins désagréable, toujours la réaction. Je me sens tout dispos ; cette eau froide donne du ton aux muscles ; je serais capable de gravir la dent du Midi, qui se dresse devant moi, de l'autre côté de la vallée. Notons que c'est pure fanfaronnade, car aucun pied humain n'a encore foulé son sommet.

L'hôtel des Salines est situé dans un encorbellement de montagnes dont les pentes très inclinées sont couvertes, jusqu'à une certaine altitude, de bois de sapins ou de hêtres, puis la roche nue couronne le tout. Au sud, une large échancrure, entre la dent de Morcle et celle du Midi, laisse voir les glaciers du Trient, dont les blancs sommets dessinent sur l'azur du ciel leurs contours arrondis. Cette neige fait l'effet d'une immense pièce montée en crème battue. Mais pourquoi faire tort à l'émotion poétique que font naître ces beautés de la nature, par une vile comparaison qui ne réveille qu'une grossière sensation de gourmandise ?

Je respirais à pleins poumons cet air pur que la brise m'apportait des sommets glacés, et en présence de ces œuvres grandioses de la Toute-Puissance divine, je fis pendant la promenade ma prière du matin. Bonne prière que le cri de l'enthousiasme et de l'émotion religieuse ! L'homme ne lève pas assez souvent ses yeux vers le ciel ; il y trouverait, dans la conception de l'infini, une plus juste idée de son néant et de la grandeur de DIEU.

Ce soir, après dîner, je viens de faire une longue causerie avec le fils de mon voisin, le marquis de G. Plus on se rapproche de ces âmes d'élite, plus on en voit la beauté, et plus on éprouve de respect pour elles. Ce respect est salutaire pour celui qui en est pénétré ; en d'autres termes, on devient meilleur avec ceux qui vous sont supérieurs par le cœur, l'intelligence ou l'éducation. Si quelque curieux s'était glissé derrière nous pour écouter ce que nous nous disions avec tant d'effusion et de sincérité, il nous aurait entendu parler de Dieu, de notre religion et de notre patrie ; il aurait compris que nos âmes se rencontraient dans une région supérieure où les rangs sociaux s'effacent, dans une région où toutes les âmes se valent et où la palme reste au plus digne, c'est-à-dire au plus ardent pour le bien, au plus humble, au plus chrétien.

M. le marquis de G. est grand propriétaire dans le Morbihan et dans le centre de la France. Il s'occupe beaucoup d'agriculture, de l'amélioration du sort des paysans et d'orphelinats agricoles. Nous n'avons su que tout à l'heure qu'il était député. Son fils a fait son éducation au collège des Jésuites de Vannes. Il a été reçu bachelier ès lettres l'an dernier, et se préparait à subir l'examen des sciences, quand la maladie l'a obligé à interrompre momentanément ses études.

Je remercie la Providence de m'avoir donné un compagnon aussi agréable et aussi distingué, pour le temps de mon séjour à Bex. Je vais m'efforcer d'acquérir dans sa société cette vertu de bienveillance et de courtoisie qui comporte une certaine réserve, mélange de dignité et de simplicité, signe caractéristique de la vraie distinction.

Jeudi, 10 juillet 1873. — La chaleur d'hier soir m'a empêché de dormir cette nuit. Ce matin on me trouve mauvaise mine et je ne fais que bâiller : détails, sans doute, fort peu intéressants pour les autres, souvenirs peu agréables pour celui qui en est le sujet. Qu'y faire ? il y a dans la vie des jours, comme celui-ci, qui semblent complètement insignifiants ; si, le soir, on cherche dans son esprit ce qui a rempli le temps depuis le saut du lit, on n'aperçoit que du vide. Au plus gros du jour, une sieste de près de trois heures me remet à peu près en équilibre, je redeviens capable de lier deux idées, et d'ouvrir la bouche autrement que pour bâiller.

Rien autre à noter que la promenade qui a suivi le dîner. M. le marquis de G., son fils, le Bernois, qui est médecin, son fils, qui parle un français mâtiné d'allemand, un colonel vaudois qui ne parle pas du tout, à cause d'une paralysie de la langue, mon père et moi, tel est le dénombrement de la troupe des promeneurs.

Les trois jeunes gens composaient l'arrière-garde. Ils s'attardaient souvent à poursuivre des hannetons ou à couper la tête aux fleurs avec leurs cannes sur le bord du chemin. Des plaisanteries, quelques épigrammes inoffensives égayaient la route. Au retour, je m'empresse de me mettre au lit.

Vendredi, 11 juillet 1873. — Bonne nuit, bon réveil, bonnes dispositions. Après le premier déjeuner, qui se compose pour moi d'un demipot de miel, deux quartiers de pain et trois verres d'eau fraîche, nous nous dirigeons, mon père et moi, vers la lisière du bois. Un sentier, que nous n'avions même pas soupçonné, s'ouvre devant nous ; nous nous y engageons. Il s'élève le long de la montagne, qui surplombe l'hôtel de plus de quinze cents mètres, à l'ombre des sapins dont les racines entrelacées forment son étroite chaussée et la tiennent suspendue sur le précipice. A mesure que nous nous élevons, l'air devient plus pur et plus frais. Les rochers, vers lesquels nous nous dirigeons, cachent encore le soleil. Le bruit du torrent de la vallée va s'affaiblissant ; les zigzags se multiplient, mais en pente fort douce ; nos jarrets se dérouillent, la fatigue, au lieu d'augmenter, diminue. Enfin, après une heure d'ascension, nous voyons les sapins s'éclaircir ; une herbe fine, émaillée de mille fleurs d'une variété qui nous étonne et nous charme, s'étend sur le sol incliné comme un vert tapis, au sommet duquel se dresse un pittoresque chalet. De là, continuant à remonter le penchant de la prairie, nous gagnons un plateau découvert, « d'où l'œil s'égare au loin dans la plaine voisine » : souvenir de Boileau peut-être...

A nos pieds, la vallée du Rhône, traversée par le fleuve, qui n'est encore qu'un large torrent, s'étend vers l'ouest jusqu'au lac de Genève, dont la nappe azurée se perd dans la brume. Nous reconnaissons Vevey à ses ombrages. En face, une chaîne de montagnes rocheuses dont le sommet le plus élevé se dresse à pic devant nous, la dent du Midi, en ce moment entourée d'une ceinture de nuages, percée par la tête de la géante. A gauche, au fond de l'étroite vallée, les grandes Alpes drapées dans leur manteau de neiges éternelles. Si nous abaissons nos regards, nous voyons sous nos pieds l'hôtel des Salines et ses dépendances, le beau jet d'eau du parc qui s'élève plus haut que les toits.

La descente s'opère par des sentiers dont l'inclinaison se rapproche de la perpendiculaire ; c'est avec beaucoup d'efforts que nous évitons de glisser et d'être précipités en bas. Mais grâce à ces pentes excentriques, destinées, sans doute, au passage des fagots plutôt qu'à celui des jambes humaines, nous ne mettons qu'une demi-heure à descendre du point où nous étions montés en une heure et demie. Grande fut notre surprise en apercevant, au détour du sentier, l'hôtel très près de nous. Je vais

m'empresser d'indiquer cette promenade à notre voisin bernois, qui est
à la recherche d'excursions lui permettant de se donner du mouvement

Les blancs sommets des glaciers du Trient... (P. 64.)

sans trop s'éloigner. Avant-hier cependant il est parti pour ne revenir
que le lendemain ; on l'a cru perdu ; il s'était laissé entraîner par la
beauté des sites de la montagne, où les vaches, nous disait-il, paissent

par troupeaux de cent à deux cents. Un de ces jours nous ferons une excursion dans ces parages...

Ouf! je garde une dent au docteur bernois pour le tour qu'il vient de nous jouer. Inviter les gens à une promenade d'une demi-heure et les emmener sur une montagne qu'il faut trois heures pour monter et descendre, la plaisanterie passe la permission. On s'était donné rendez-vous à deux heures, à la porte de l'hôtel. Nous partons au nombre de sept, les mêmes qu'hier soir. Après quelques pas dans la gorge du torrent, quatre d'entre nous veulent rentrer, prétextant la fatigue ou les exigences du traitement ; mon père suit le docteur, et je suis mon père. Mais le docteur a des jambes de chevreuil, et le voilà grimpant par les bois et nous entraînant après lui.

D'abord le sentier est en pente douce, l'ombre est épaisse, c'est charmant ; quelques fraises cachées dans la mousse n'échappent ni à mon regard, ni à ma dent. Mais après le plaisir, la peine : le sentier se transforme en véritable échelle. Pendant que nous l'escaladons, le docteur explique à mon père le mécanisme du gouvernement de la Suisse. Je ne prête à cette dissertation qu'une oreille distraite, tout occupé que je suis de mes jambes et des pierres du chemin. Enfin, nous atteignons le plateau, mais un plateau bosselé, dont le sol, composé surtout de gypse facilement désagrégé par l'action de l'eau et de l'oxygène de l'air, s'effondre sous les pieds, ce qui rend la marche très fatigante.

Le sommet de cette montagne a l'aspect d'un beau jardin planté d'arbres ; une prairie semée de fleurs s'étend sous leurs ombrages. Les points de vue y sont aussi nombreux et aussi variés que les rayons de la rose des vents ; car cette montagne est isolée, et de tous les côtés s'ouvre un large horizon. Nous voyons encore une fois aujourd'hui le lac de Genève. Notre guide amateur tire une carte topographique de sa poche et la déploie sur le gazon ; il nous indique le nom des sommets et des pics, des hameaux et des villages que notre œil découvre.

Pendant cet exercice de géographie, de gros nuages noirs s'amoncellent sur les cimes neigeuses du Saint-Bernard et autour de la dent du Midi ; le tonnerre commence à gronder, et quelques gouttes de pluie nous avertissent qu'il n'est que temps de reprendre le chemin du logis. Mais, au milieu de cette prairie accidentée, nous ne trouvons plus aucun sentier battu, et nous ne voyons entre nous et Bex que des précipices dans lesquels nous ne pouvons nous engager.

Il fallait sortir de là à tout prix, l'orage approchait menaçant. Une brave femme nous conseille de prendre la *promenade ;* il paraît que c'est un sentier tracé pour les baigneurs, dans un grand bois de sapins. Mais où est-elle, cette promenade? Et voilà la brave femme qui marche devant nous. La prairie est si pentueuse que je roule deux fois, heureusement sans autre accident qu'un peu de verdure à mes pantalons. Notre guide improvisé s'arrête au bord du bois, écarte les branches avec les mains, et nous dit : « C'est là ! — C'est là ! répondons-nous en chœur ; mais là, c'est un précipice ! » On apercevait, à une centaine de mètres au-dessous, un sentier qu'il s'agissait d'aller rejoindre ; pas moyen de passer par ailleurs. Quelle dégringolade! on se retenait comme on pouvait aux branches de chênes et de sapins, puis on se laissait glisser jusqu'à une branche voisine, et ainsi de suite jusqu'au sentier. J'étais entré dans le sol jusqu'aux chevilles ; mes souliers étaient littéralement pleins de détritus de bois, de feuilles et de terreau, mais on n'avait pas le temps de se lamenter : le tonnerre grondait maintenant sur nos têtes. Au pas de course, en une dizaine de minutes nous atteignons le bord du torrent et la grand'route : la pluie tombait déjà dru ; on en prend son parti, les chapeaux de paille se cachent sous la veste, et on laisse tomber l'eau sur son crâne ; c'est un complément du traitement hydrothérapique. A peine avions-nous atteint le seuil de l'hôtel que les éclairs et les tonnerres redoublent, un vrai déluge inonde la vallée ; certes, il était temps d'arriver. Il y avait trois heures que nous étions partis. Voilà ce que le docteur bernois appelle une petite promenade ; une autre fois nous saurons à quoi nous en tenir.

A dîner, il m'arrive une aventure comique. J'ai pour voisines de table deux dames nouvelles venues, que je prends pour des Américaines ; j'ai dit à mon jeune compagnon breton que j'allais me décider à leur parler anglais, malgré toute mon appréhension à me lancer dans une conversation de ce genre. En effet, je prends mon courage à deux mains, et je lâche une question dans la langue d'Albion. « Vous nous prenez donc pour des Anglaises ? » fut la réponse textuelle de ma voisine. « Nous sommes de Milan ! » ajouta-t-elle fort gracieusement. Diable ! pensai-je, voilà qui ne fait guère honneur à mes connaissances en anglais. Ce qu'il y a de pire, c'est que tout le bout de table fut témoin de ma maladresse ; il n'y avait pas à la dissimuler, elle était trop évidente ; on en rit, et moi tout le premier. Du reste, je fus enchanté de m'être trompé sur la nationalité de ces dames ; nous causâmes de Milan, de ses monuments, de ses environs, toutes choses qui m'intéressaient beaucoup et me rappelaient de gracieux souvenirs. Ma méprise m'attira même un compliment et fit de ma déconvenue une bonne fortune. « Vous parlez l'anglais avec un excellent accent, » me dit ma voisine ; c'était sincère, puisqu'elle demanda en même temps si j'étais Français. Pas mauvais ! c'est moi à mon tour qui allais passer pour un Anglais !

Après le dîner, dans notre petit cercle, le jeune de G., le fils du docteur bernois et moi, nous nous livrons à une conversation échevelée, et je tape si fort sur Bismarck, la politique prussienne, l'Italie, Ratazzi et sa bande, que le jeune bernois en est tout interloqué. M. Gaston de G. m'appuie, accentue encore la note, rit aux éclats quand une boutade m'échappe, si bien qu'à neuf heures, au moment où chacun se retire chez soi, le pauvre Suisse demeure ahuri, ce qui n'empêche pas que nous lui serrons la main en lui souhaitant une bonne nuit.

Samedi, 12 juillet 1873. — Ciel gris, pluie fine, mais température moins fatigante que les jours précédents. Repos toute la matinée. Mon père est surpris que nos deux promenades d'hier ne m'aient pas harassé ; c'est preuve que le traitement me fortifie.

Après le déjeuner, nous avons projeté avec MM. de G. d'aller à Saint-Maurice. Le docteur bernois et son fils se mettent de la partie, mais pour pousser plus loin, jusqu'à Martigny. Au moment où nous entrons dans la gare de Bex, le train se met en marche et file devant nos yeux.

Voilà les promeneurs attrapés et déconcertés. Chacun va s'asseoir sur les bancs de la salle d'attente pour reprendre haleine. Le docteur bernois, homme d'expédients, aperçoit une calèche à deux chevaux qui stationne devant la porte : « Ohé, coger, fous poufez pas nous mener à Saint-Maurice ? — Voilà, Monsieur. » On prend place, et fouette, *coger !* La voiture s'engage dans le défilé où la route, le Rhône et la voie se disputent le passage.

Au bout d'une demi-heure, Saint-Maurice apparaît, adossé à son rocher qui surplombe à pic de plusieurs centaines de pieds. Voici le pont qui sert de trait d'union, sur ce point, aux deux cantons de Vaud et du Valais. Deux espèces de corps de garde sont en vedette à chaque extrémité. Les volets du premier sont peints en raies vertes et blanches, couleurs du drapeau cantonal de Vaud ; ceux du Valaisan en raies rouges et blanches ; là le calvinisme règne en maître, ici tout est catholique.

A peine avons-nous franchi le pont, que nous rencontrons une troupe d'écoliers conduits par un prêtre. La vue de la soutane fait sourire le docteur et moi, mais d'un sourire bien différent. Chez le docteur c'est du dédain, chez moi c'est de la sympathie.

Nous passons devant une maison d'apparence moderne, à moitié ruinée par un incendie, et rien n'indique qu'on se presse de réparer les dégâts : « Fous foyez cette maison, on ne la douchera pas ! Pays trop pauvre, arriéré. » Cette observation du Bernois était accompagnée d'un autre sourire de dédain, presque de mépris. Nous descendons de voiture sur la place. Le docteur et son fils se font conduire à la gare, où le train manqué a stationné assez longtemps pour leur permettre de pouvoir encore le prendre au passage et continuer leur route.

Réduits à nous quatre, MM. de G., mon père et moi, nous demandons à une petite fille du peuple le chemin du couvent des Capucins. J'observe attentivement cette enfant, qui me paraît fort intelligente. Elle est polie et a bon air ; voilà déjà un spécimen de la population valaisane qui n'est pas si mal que veulent bien dire messieurs les Vaudois. Les Capucins sont dans un petit coin bien retiré. Nous sonnons à la porte du couvent ; un Frère à longue barbe nous ouvre ; nous le prions de nous renseigner sur l'heure de la messe qu'on doit dire demain, dimanche, à Bex. Il nous renvoie pour cela à la cure. Moi, je demande à pénétrer dans le couvent pour parler à un Père ; M. Gaston de G. se disposait à faire la même démarche ; nous nous rencontrions, sans nous être rien dit, au tribunal de la pénitence ; douce surprise pour mon cœur, qui trouvait dans cet aimable jeune homme un frère en Jésus-Christ !

Après quelques minutes de recueillement dans la chapelle, nous vîmes un vénérable moine à barbe grisonnante venir au confessionnal, où nous nous agenouillâmes tour à tour. Nouvelle surprise, bien douce encore, nos pères nous succédèrent, et nous sortîmes tous quatre de la chapelle, l'âme en repos et en parfaite communion de sentiments.

De là nous dirigeâmes nos pas vers une des églises paroissiales, qui est dotée d'un Chapitre ayant à sa tête un abbé mitré. La sacristie renferme un trésor riche en objets d'art d'une époque reculée, et en reliques des martyrs du Valais. J'ai admiré surtout un vase en onyx, camée antique fort remarquable, qui contient du sang des martyrs de la légion thébéenne. Plusieurs objets rappellent saint Maurice, le chef de cette légion de saints. Dans une chapelle latérale de l'église sont conservés les ossements du patron de la contrée, qui reposent dans une châsse en argent ciselé, donnée jadis par une noble et pieuse famille du pays. Les stalles du chœur de cette église sont en bois magnifiquement travaillé ; tout est en parfait état de conservation ; les boiseries, cirées sans doute fréquemment, reluisent de propreté, et tout l'intérieur de l'édifice annonce le soin avec lequel les catholiques du Valais entretiennent la maison de Dieu.

Pendant que notre cocher attelle ses chevaux, nous réparons nos forces par une légère collation, composée de pain et d'une bouteille de bière de Munich que l'hôtelier, cafetier du coin, nous vend à moitié prix de ce que nous l'aurions payée à Bex. Ce brave Valaisan a une bonne et honnête figure, un air ouvert, un rire franc qui fait plaisir à entendre.

Nous montons en voiture, traversons le pont, et nous voilà de nouveau chez les Vaudois.

Que dirai-je de ce Valais catholique dont les protestants de la Suisse ne prononcent le nom qu'avec un sourire de pitié ? Il y a deux choses à en dire : les Valaisans sont moins riches, moins bien dégrossis, moins avancés en économie politique et sociale, moins intelligents dans les mesures d'intérêt public, plus indolents, moins soigneux de leur personne et de leurs biens. Mais ils sont supérieurs aux protestants en général par l'aménité du caractère, la douceur des mœurs, la franchise, la simplicité, l'honnêteté et le désintéressement ; ils sont moins orgueilleux, moins arrogants ; ils n'ont pas cet air crâne et présomptueux qui est l'expression de la plupart des visages dans les cantons protestants ; ils ne sont pas imbus de ces idées de faux libéralisme qui entraînent le protestantisme, malgré sa richesse et sa prétendue science, vers l'abîme où ce siècle le verra sombrer.

Je n'ai pas assez étudié l'histoire de la Suisse pour pouvoir juger des causes qui ont tenu le Valais dans un état quasi-stationnaire, pendant que la prospérité matérielle des autres cantons faisait plus de progrès ; mais on peut remarquer, à l'heure présente, un semblable état d'infériorité relative, à ce point de vue, dans la plupart des vieilles nations catholiques. Elles traversent certainement une crise, d'où elles sortiront en partie, si ce n'est en totalité, avec les honneurs de la victoire. Ce n'est point un paradoxe de dire que triompher aujourd'hui avec l'impiété, est un symptôme alarmant pour les nations protestantes, et que celles, au contraire, qui se rattachent délibérément à l'unité de la foi, à la chaire de Pierre, bâtissent sur le roc ; car c'est à celles-ci que Notre-Seigneur Jésus-Christ a promis de demeurer avec elles. Que se passe-t-il en Europe ? La France est en proie à une crise aiguë ; mais les tiraillements qui la déchirent ne sont si violents que parce que le bien résiste énergiquement au mal ; le catholicisme s'y réveille plus puissant chaque jour, aux cris de : « Vive Pie IX ! » L'Italie elle-même, qui vit sous le sceptre de l'ennemi de la papauté, montre sa foi catholique dans d'imposantes assemblées. L'Espagne et l'Autriche sont dans les mains de la Providence ; qui sait ce qu'elles méritent ? Quant aux pays d'où le catholicisme a été banni par l'hérésie victorieuse, le mouvement des esprits s'y accentue de plus en plus en faveur de ceux que l'intolérance tenait dans un état de sujétion ou que la persécution atteint aujourd'hui. L'Angleterre voit augmenter chaque jour le nombre des convertis, et la conversion du pays tout entier ou d'une grande partie du pays n'est peut-être pas très éloignée. Dans les Etats-Unis, la population catholique s'élève déjà à plus de 8.000 000 d'âmes, et dans certains Etats, les conversions de l'année 1872 se comptaient par cinq ou six cents.

Je n'ai qu'une crainte, c'est que le siège de la Vérité ne se déplace, et ne passe des peuples latins aux peuples du Nord, comme il a passé des peuples orientaux de la Grèce, de l'Asie-Mineure et de l'Afrique, aux peuples occidentaux de l'Italie, de l'Espagne et de la Gaule. Mais Dieu n'abandonne jamais les nations qui luttent contre la mort, et la France est de celles-là.

Dimanche, 13 juillet 1873. — Dans la crainte de manquer la messe, je recule l'heure du bain. Nous prenons le chemin de Bex. L'église est bien telle que je l'avais prévue : des bancs, une chaire, une véritable salle d'école. Elle sert, pendant l'été, aux trois cultes, évangélique, anglican, catholique. Dans un coin retiré de la *salle*, sous l'orgue, — car les évangélistes mêlent les cantiques à leurs exercices, — se dresse le pauvre petit autel où le prêtre venu de Saint-Maurice va célébrer la messe. M. de G. fils et moi, nous la servirons. Quel coup d'œil attristant que ces quelques groupes de catholiques épars dans les bancs ! Quelques ouvriers valaisans, de passage à Bex, et quelques pensionnaires des hôtels composent l'assistance ; tous sont étrangers au pays ; par un seul Vaudois !

Avant le *Credo*, le prêtre fait un court commentaire de l'évangile du jour, sur le miracle de la multiplication des pains. Il montre Dieu faisant sans cesse des prodiges inexplicables par la science, et tous pour le bien des hommes. La multiplication du grain de blé est une merveille de la nature et un secret de Dieu. La multiplication de la parole est une autre merveille : un seul homme parle et chaque auditeur de la foule entend et reçoit autant que son voisin. La multiplication du pain de vie est la plus étonnante des merveilles : Dieu, Jésus-Christ, est présent sacramentellement, réellement, dans toutes les hosties consacrées par le prêtre sur tous les points du monde à la fois, et, mangé, il n'est jamais consommé. C'est ainsi que Dieu fait le miracle de la multiplication pour nourrir le corps par le blé, l'esprit par la parole de vérité, et l'âme par le pain de vie ; et, en outre, comme nous le voyons dans l'évangile d'aujourd'hui, c'est par ses apôtres, par ses disciples, qu'il distribue le pain multiplié, c'est par eux et par leurs successeurs qu'il distribuera la parole de vérité et le pain eucharistique, jusqu'à la fin des siècles.

Nous sommes enchantés de ce petit prône, remarquable par l'élévation des idées, la clarté de l'exposition, la pureté du style et la sobriété des gestes.

A la communion, deux dames étrangères et nos deux pères viennent s'asseoir à côté de nous à la Table sainte. Puissions-nous, par nos prières malheureusement toujours trop indignes, avoir attiré sur ce peuple infidèle un regard de miséricorde ! Après la messe, le prêtre me demanda si je n'étais pas du diocèse de Lyon ; il l'avait reconnu à la manière dont je servais la messe.

Aussitôt le déjeuner fini, MM. de G. et nous prenons la route de la gare, où cette fois nous ne manquons pas le train ; nous allons à Saint-Maurice voir jouer une pièce de théâtre par les élèves du collège ; neuf minutes de trajet, cela ne compte pas. Le titre de la pièce est *Moïse*, tragédie avec chœurs par Chateaubriand. Une comédie en quatre actes doit être jouée ensuite, mais nous n'aurons pas le temps d'y assister, obligés que nous sommes de reprendre le seul train qui reste, et qui partira plus tôt. Les collégiens défilent devant nous pour se rendre au spectacle dont leurs camarades vont être les acteurs. A vrai dire, leur tenue laisse à désirer ; leurs uniformes ne sont pas dans un état irréprochable. Les prêtres qui les accompagnent portent en sautoir une sorte de lacet blanc qui est le signe distinctif de l'ordre de Saint-Bernard.

On pénètre dans la salle du théâtre ; nous prenons place aux banquettes de devant. La toile représente Guillaume Tell. visant la pomme sur la tête de son jeune fils ; c'est assez grotesque comme composition artistique. Les musiciens arrivent ; ce sont ceux de l'hôtel des Salines, qui louent volontiers leurs services à qui les demande.

Après avoir fermé les volets des fenêtres, on allume les quinquets et les bougies de la salle ; rien de plus pauvre et de plus maigre que le lustre du milieu, mais enfin nous ne sommes pas à l'Opéra de Paris. Voici les ecclésiastiques qui viennent s'asseoir au premier rang ; nous voyons arriver aussi nos Capucins de la veille, le Frère portier et trois Pères, puis un orphelinat conduit par des religieuses. La salle présente un coup d'œil parfaitement *clérical*. « C'est dommage que le docteur bernois ne soit pas là ! » dis-je à M. de G. — « Oh ! oui, répondit-il, il se débattrait comme un diable dans l'eau bénite. »

La toile se lève, pendant que l'orchestre joue une ouverture. Le sujet de la pièce est l'épisode de la révolte des enfants d'Aaron contre Moïse, dont le séjour prolongé sur le Sinaï fait supposer la mort. Les personnages sont costumés aussi bien qu'ils peuvent l'être dans une ville comme Saint-Maurice ; quelques-uns n'ont pas mal saisi l'*action théâtrale*, mais le débit est détestable. Moïse a un accent indéfinissable, l'accent valaisan, je suppose, car le fils aîné d'Aaron parle de la même manière. Toutes les syllabes sont scandées énergiquement, elles sont saccadées plutôt. Le fils cadet d'Aaron récite sa leçon sur la scène ; il ne sait que faire de ses

Dantzig. Ypres. (P. 78.)

bras, les croise, les balance, se tient le menton, et se sauve aussitôt qu'il a fini. Les chœurs ne sont pas toujours bien d'accord avec l'*orchestre*; mais cependant c'est ce qui marche le mieux. Un moment, le souffleur s'est peut-être endormi, car un des acteurs se tient le front comme pour empêcher sa tête d'éclater, et il adresse des signes désespérés à la boîte du souffleur.

Quatre heures sonnaient au moment de la chute du rideau, au second acte ; il a fallu laisser le spectacle inachevé, et regagner la gare.

Lundi, 14 juillet 1873. — Journée insignifiante, mais bien vite passée sous les ombrages du parc. Le soir, orage violent ; les éclairs illuminent presque incessamment la vallée plongée dans les ténèbres, et ces gouffres lointains d'où jaillit leur lueur présentent à l'imagination l'aspect du noir Tartare. Les grondements sourds et prolongés du tonnerre remplissent l'air d'échos que les rochers se renvoient des cimes du Saint-Bernard aux rivages du lac. Des torrents de pluie inondent les flancs des montagnes, et le bruit qu'ils font en tombant, mêlé aux éclats de la foudre et aux mugissements du vent, forme un concert formidable, où la pluie joue du violon et de la harpe, le vent du hautbois et de la flûte, et le tonnerre du clairon, des cymbales et du tambour. Richard Wagner devrait les convier à son orchestre : c'est une idée !

J'écris à mon ami P. B., qui doit se préparer à partir pour les eaux des Pyrénées, et je lui dis : « Pourvu que, dans votre ardeur pour l'étude, vous n'alliez pas glisser un code dans votre malle ! Malheureux ! sachez qu'en emportant des livres aux eaux, on se prépare des remords quotidiens. J'ai là sur ma table un volume que je n'ai pas le temps d'ouvrir, et qui est un reproche vivant, incessant, implacable. Amusez-vous, si toutefois vous trouvez cela amusant, à faire, chaque soir, votre journal intime. J'en emporterai un de Bex qui ne m'aura pas coûté grand'peine, et cependant il a déjà tant de ratures qu'il sera difficile à lire. »

Ce passage de ma lettre exprime quelques-unes de mes impressions ; il a donc ici sa place naturelle...

Notre Père qui est dans les Cieux me traite en véritable enfant gâté : ce jeune Breton, qu'il m'a donné pour camarade, est à peu près de mon âge, et c'est un modèle de piété... Le haut rang qu'il occupe dans la société me faisait garder vis-à-vis de lui une certaine réserve, quand son père dit au mien que ce jeune homme se disposait à entrer dans les ordres. Je ne saurais exprimer l'émotion que j'éprouvai quand mon père m'en fit part ; il me semblait que je venais de reconnaître un frère. Lui ne m'a pas encore parlé de son dessein ; mais il sait les miens, et déjà nos âmes s'épanchent l'une dans l'autre avec une simplicité et une can-

deur toutes chrétiennes. Pourtant nous n'avons pas encore abordé, dans
nos entretiens, les hautes sphères du sacerdoce ; il faut qu'il me révèle
ce côté supérieur de son âme pour que j'ose y pénétrer. Cela viendra,
j'espère, et mieux nous nous connaîtrons comme chrétiens et comme
hommes, mieux nous nous comprendrons ensuite comme aspirants au
ministère sacré.

Mardi, 15 juillet 1873. — Température froide. L'orage d'hier soir a
laissé dans l'atmosphère une humidité peu favorable aux baigneurs. Après
le bain, M. Gaston de G. fait avec moi une course échevelée à travers
le parc, et malgré ce mouvement accéléré nous avons de la peine à nous
réchauffer. Le climat des vallées est perfide.

Après le déjeuner, le docteur bernois nous emmène dans les montagnes, sur la route de Gryon. La chaleur est revenue avec le grand soleil
de midi. Malgré la fatigue que j'éprouvais au début de la promenade, je
persiste, et, après trois heures de marche, je me trouve beaucoup mieux.
Cette route serpente sur le penchant de la montagne, et traverse de loin
en loin des hameaux ombragés où les maisons proprettes des campa-
gnards vaudois se cachent sous les grands arbres. Voici le hameau des
Chênes, véritable oasis au milieu d'un désert... de vignes et de prairies ;
rien de commun avec le plat désert du Sahara ; il faut escalader le nôtre
comme par une échelle.

Au bout d'un certain temps, nous atteignons un sommet d'où le regard
s'étend sur toute la vallée du Rhône, riche en cultures variées, véritable
marqueterie dont les pièces ajustées sont les champs de blé et les
prairies ; à l'horizon, le lac de Genève déploie sa large nappe azurée
jusqu'à Lausanne ; nous apercevons les premières maisons de cette ville.
La dent du Midi est cachée depuis hier dans des nuages gros de tempêtes, que nous tremblons toujours de voir éclater pendant la promenade :
chat échaudé craint l'eau froide. Derrière nous, s'ouvre la gorge où le
torrent de l'Avançon bondit entre des rocs abrupts, dont les sommets
s'élèvent à perte de vue. C'est derrière l'un de ces rochers, indiqué par
le docteur, que se cache à nos yeux le hameau des Plans, qui nous attire
depuis plusieurs jours, et que nous gagnerons bientôt, j'espère, en
caravane.

MM. de G. n'étaient pas, ce matin, au déjeuner. Ils sont allés chercher
à Lausanne le fils cadet de la famille, qui vient passer à Bex les premiers
jours de ses vacances ; nous allons probablement les trouver tous trois
à notre retour.

Ce soir, après le dîner, pendant notre promenade habituelle, je fais
connaissance avec le nouveau venu ; c'est encore un charmant garçon

de dix-huit ans, plus vigoureux que son frère, visage expressif et énergique, physionomie ouverte et décidée, bon et beau type militaire.

A la table d'hôte de six heures, nouvelles figures : des Anglais et une famille suisse. Les Anglais, en face de moi, ne s'entretiennent guère que de ce qu'ils mangent ; par forme d'intermèdes ou de hors-d'œuvre, ils disent quelques mots des régions qu'ils viennent d'explorer ; du reste, excellentes figures : presque toujours les gros mangeurs ont l'air bon enfant, ce qui n'excuse pas leur gloutonnerie. Un monsieur et sa femme, au type juif bien caractérisé, sont aussi d'assez aimables voisins de table ; seulement le monsieur est Thiériste à outrance ; à ce titre-là, il ne s'entend pas trop bien avec M. de G.

Un autre nouveau personnage, frisé, pommadé, blanc de poudre de riz, tiré à quatre épingles, se mêle à la conversation, où il fait assez bonne figure. Il est intelligent, instruit, ne doute de rien, parle de tout, sourit sans cesse pour laisser voir une rangée de dents fines et blanches ; il fait à haute voix ses confidences sur l'anémie de son tempérament, que semble contredire une apparence de constitution sanguine ; il porte une couronne de comte ou de baron sur ses boutons de manchettes ; au surplus, pas mauvais diable et point du tout antipathique. Mon père m'apprend que ce jeune homme est le fils de M. J..., ancien préfet de l'Empire, mis récemment en relief par un procès qui a motivé la démission d'un ministre des finances...

Mercredi, 16 juillet 1873. — Après le déjeuner, malgré les nuages, nous prenons une voiture pour nous conduire aux Plans de Frénière, les trois messieurs G., le jeune fils du docteur bernois et nous. La route s'élève en pente raide le long du torrent de l'Avançon ; elle entre bientôt dans la forêt de sapins qui couvre les flancs de la montagne jusqu'à la région des sommets dénudés. De l'autre côté du torrent se dresse la montagne abrupte sur laquelle est situé Gryon.

Bientôt nous dominons un véritable précipice, au fond duquel bouillonnent les eaux écumantes du torrent de l'Avançon ; des rocs précipités des hauteurs restent suspendus sur l'abîme entre les sapins grandis depuis leur chute, et qui les étreignent dans les bras nerveux de leurs rameaux. La route est fréquentée par de longs trains de bois auxquels sont attelés des mulets et des bœufs, et comme elle ne présente pas une largeur suffisante pour le passage de deux voitures, nous sommes obligés, à chaque instant, de mettre pied à terre pour laisser le phaéton de notre véhicule manœuvrer à son aise sur le bord du précipice ou sur le talus de la montagne. Vers le milieu du trajet, nous traversons une espèce de pont, formé de troncs d'arbres, sous lequel se précipite un bruyant ruisseau. Ses eaux descendent en cascade, à notre droite, les degrés d'une échelle de granit et d'ardoise, où, toutes blanches d'écume, elles semblent se transformer en véritable lait. Dans son cadre de noirs sapins, cette chute d'eau est d'un effet très pittoresque. Plus haut, la forêt disparaît un instant pour faire place à une prairie plantée de noyers et parsemée de chalets ; c'est Frénière. De là, nous admirons, sur l'autre versant du torrent, Gryon, perché comme un nid de colombes qui se cache dans la verdure ; plusieurs hôtels y regorgent d'Anglais, amateurs d'air pur et de beaux sites ; à Gryon, ils ont tout cela, mais pas trop autre chose, disent les mauvaises langues.

Pendant notre halte, M. de G. s'abreuve d'eau fraîche à une fontaine limpide qui livre son trésor par un tuyau de bois blanc. M. de G. est fanatique d'hydrothérapie ; il est toujours à la recherche des bonnes sources, il veut goûter de toutes ; il savoure l'eau, comme d'autres savourent un vin exquis. Son premier soin, au retour d'une promenade, est de se plonger dans la piscine glacée, et le traitement qu'il suit l'oblige à une gymnastique presque continue, pour se préparer à la douche ou à un autre arrosage quelconque, ou bien pour faire la réaction. D'ailleurs je comprends qu'il ait confiance dans cette médication : elle lui a sauvé la vie. Depuis l'âge de dix-huit ans, il vit, pour ainsi dire, dans la sueur, le grand air et l'eau froide. Il jouit aujourd'hui d'une santé passable, grâce à ces soins énergiques et persistants. Aussi n'emploie-t-il aucun autre remède pour fortifier son fils aîné, qui paraît avoir une santé très délicate, et qui peut-être, grâce à cela, sera plus tard aussi bien portant que lui.

Nous rentrons dans la forêt de sapins. Le torrent, qui vient de faire des sauts de lièvre dans la gorge, au-dessous de Frénière, se trouve là presque au niveau de la route. Un énorme rocher semble vouloir lui barrer le passage ; mais il y a place pour lui, et pour nous aussi. Derrière ce rocher commence la petite plaine qui a fait donner à ce lieu le nom de *Plans*. Elle est verte de prairies et de jardinets que la main de l'homme y a tracés et cultive. Des chalets y sont groupés çà et là, jusqu'aux assises des montagnes, sur lesquelles quelques-uns de nous ont voulu grimper. Malheureusement les nuages se sont encore accumulés sur les cimes depuis notre départ, et nous ne voyons que d'énormes bases, dont les proportions nous permettent de deviner la hauteur de la masse. Un moment, un trou dans le brouillard nous laisse percevoir, à mille mètres au-dessus de nos têtes, une roche grisâtre, que je suppose être le sommet du grand Muvrant. Quelques gouttes de pluie tombent déjà ; la voiture s'arrête devant une maisonnette en forme de chalet, avec une galerie couverte en bois, où sont assis les pensionnaires de l'hôtel ; car c'est un hôtel, un véritable hôtel, dans ce coin perdu du monde, et il ne nourrit pas moins de soixante personnes par jour. Les Plans ont encore un second hôtel presque aussi fréquenté ; en outre, des familles vaudoises y ont leur chalet où elles viennent passer la saison des chaleurs. On rencontre là des Russes, des Allemands, quelques Anglais. Voici un écriteau collé à une muraille : « Chalet meublé à louer. » C'est à croire qu'on rêve tout éveillé. On peut bien dire que la Suisse est une immense hôtellerie, je ne serai plus tenté maintenant d'en douter.

La pluie tombe dru. Nous ne sommes pas contents d'avoir fait deux heures de trajet pour venir nous enfermer dans cette maison, entre quatre murs, des murs tapissés, s'il vous plaît ! Pour occuper nos loisirs, nous demandons à goûter ; les uns prennent du lait, les autres de la bière, tous du pain ; c'est que l'air de ces altitudes nous creuse l'estomac. Enfin un rayon de soleil nous avertit que la croûte du brouillard qui pesait sur nos têtes se brise en quelques points. Le vent chasse les nuées ; le grand Muvrant sort de son manteau : quel rocher ! Une masse de blocs grisâtres entassés les uns sur les autres jusqu'à une hauteur de plus de 2.000 mètres, vraie tour de Babel élevée par la nature, et qui semble servir d'échelle pour grimper au ciel ; échelle peu commode, il est vrai ; mais est-il un chemin commode pour gagner le paradis ?

Jusqu'à ce que la pluie vînt à tomber, je n'avais parlé que de rhododendrons, mais avec une telle persistance que mes camarades m'en avaient fait une scie : « Et les rhododendrons ? » Hélas ! ils ne se trouvent qu'à quatre ou cinq kilomètres plus haut dans la montagne, il n'y faut plus songer. Néanmoins, nous profitons du rayon de soleil et de l'éclaircie momentanée du ciel pour gravir un chemin qui s'enfonce dans la gorge le long du torrent. Après une demi-heure de marche, nous ne voyons rien de plus qu'aux Plans mêmes, et nous y revenons à grands pas pour faire atteler. Le cocher, un Vaudois, est en train de boire une chopine ; notre avertissement ne le trouble pas ; quant à nous, admirant la fréquence aisée avec laquelle il lève le coude, nous ne sommes que fort peu rassurés sur l'effet que cela peut produire sur son cerveau, et nous songeons, non sans effroi, qu'il va nous mener dans une route de six pieds de largeur entre des rochers et un précipice. Les chevaux attelés, nous partons au grand trot. Le précipice commence, le trot s'accélère ; notre phaéton conduit haut la main, et avec une sûreté de coup d'œil qui nous rassure dès le début ; mais il n'en faudrait qu'une !

Halte ! un char de bois est campé au milieu du chemin ; il faut attendre qu'on le détourne, nous mettons pied à terre. M. de G., qui tremble de

manquer sa douche avant dîner, s'impatiente et en appelle à la police ;
les échos des rochers seuls lui répondent. Enfin, au bout d'une huitaine
de minutes, on est parvenu à dégager le passage ; la descente continue
au grand trot.

Halte ! un autre char. Celui-là traîne trois gros troncs de sapins qui
se balancent à l'arrière comme une queue de crocodile, ce qui n'est pas
sans danger pour ceux qui le suivent. Notre voiture passe, une roue sur
la route et l'autre sur le talus ; les conducteurs des troncs de sapins la
soutiennent de leurs bras vigoureux pendant ce périlleux passage. Puis
nous repartons encore au trot. M. de G. regarde sa montre ; il n'aura
que juste le temps de sauter dans la piscine avant de se mettre à
table.

Halte ! un troisième char. Celui-là est en train de se décharger, il
occupe toute la route. Le marquis n'y tient plus, il saute hors de la
voiture pour arriver à pied à l'hôtel, que nous aussi atteignons enfin après
quelques minutes.

Jeudi, 17 juillet 1873. — En m'éveillant, mes membres sont perclus
de douleurs que j'attribue à la fatigue ; mais comme je m'aperçois que
les rayons du soleil les atténuent, je reconnais que ces douleurs sont tout
simplement du rhumatisme ; la promenade après le déjeuner m'en
guérira.

Mon père et moi suivons, au pied des grands rochers qui dominent
l'hôtel, un frais sentier à peine tracé dans la prairie ; l'ombre des châtai-
gniers et des noyers nous abrite contre les rayons du soleil de midi.
Nous laissons à notre droite la jolie colline de Duin, toute boisée, et sa
vieille tour, reste d'un château qui fut habité au moyen âge par les
seigneurs du pays. Après une heure de marche, au pas de promenade,
nous nous trouvons sur un col d'où le chemin redescend vers la vallée.
La dent du Midi flamboie sous les feux du soleil, qui n'entament jamais
la cuirasse de glace dont son plus haut sommet est revêtu. Vue de face,
cette montagne présente un aspect superbe ; elle se dresse fière et svelte
comme une amazone indomptable ; aussi la contemplons-nous avec une
admiration toujours croissante, en ce moment surtout où elle semble plus
belle dans l'océan d'azur où ses flancs sont baignés. En abaissant nos
regards vers la vallée, nous apercevons Saint-Maurice acculé à son
rocher, ses clochers moyen âge et ses moulins sur le Rhône. Encore un
quart d'heure de marche, et nous longeons le fleuve, dont les eaux grises
se précipitent avec furie vers le passage étroit qu'il s'est laborieusement
ouvert entre les grandes montagnes et la colline que nous venons de
contourner. Nous nous dirigions vers le pont qui relie sur ce point le

canton de Vaud à celui du Valais, quand les sons d'une fanfare retentirent à nos oreilles ; bientôt nous voyons déboucher de la rue principale de la bourgade une troupe de jeunes gens, musique en tête et drapeau rouge flottant au vent : c'est le collège qui fait sa promenade du jeudi. Ils traversent le pont avant nous. Un Père Bernardin marche le premier ; nous le reconnaissons pour celui qui nous a introduits, l'autre jour, dans la salle de spectacle ; il nous rend gracieusement le salut que nous lui donnons. Je découvre encore, au premier rang, un des acteurs de la tragédie de *Moïse*, et je ne puis m'empêcher de sourire en me rappelant le costume majestueux dans lequel était drapé celui que je vois à présent avec une jaquette et un képi.

Nous entrons dans le Valais, et je communique à mon père l'impression agréable que j'éprouve à me trouver en pays catholique. Quel lien puissant entre les hommes que celui de la religion, surtout quand on s'élève aux grandes considérations de la fraternité, de la solidarité qui unit les catholiques entre eux ! Ce ne sont pas seulement les mêmes habitudes, les mêmes idées sur certains points, c'est encore la pensée du même combat à soutenir, de la même nourriture divine à partager, de la même gloire à conquérir, qui fait de nous, catholiques, une seule et même famille dont le Christ est le corps mystique, et Dieu, le Père éternel qui réside dans les Cieux.

Il est deux heures et demie, et le train qui doit nous emmener ne part qu'à quatre heures et demie : deux heures disponibles. Allons nous reposer à l'église. L'abbaye n'est pas loin ; nous y entrons. Seule une femme idiote est accroupie dans un coin ; nous allons avoir un instant de parfaite tranquillité pour prier devant les reliques du martyr qui a donné son nom à la ville. Mais non, l'église est tout à coup envahie par une troupe d'Allemands et d'Anglais qui parlent, crient à pleine voix, rient aux éclats ; pendant près d'une heure, ils m'ont infligé un supplice dont ils ne soupçonnaient pas la cruauté, les malheureux ! Être privé de la présence eucharistique toute la semaine, n'avoir que quelques instants à passer devant l'Hostie sainte, et n'entendre, pendant ces courts instants, que des rires, des plaisanteries, ou peut-être même des sarcasmes, c'est une pénitence bien dure et que Dieu m'avait sans doute réservée pour mes infidélités.

Après avoir quitté l'abbaye, nous dirigeons nos pas vers la gare en passant par l'église paroissiale, placée sur une éminence d'où elle domine la ville. Elle est décorée dans le plus mauvais goût. Les autels sont peints à l'huile en vert et blanc ou en bleu et blanc ; deux de ces autels sont pourtant de forme élégante, et les colonnes de bois fouillées à jour

qui supportent le chapiteau seraient très jolies, si on ne les avait enduites
de cet affreux barbouillage. Le clocher de l'église doit dater du seizième
siècle ; il est de la même époque que celui de Bex, ce qui prouve encore
que ce dernier a été construit par des mains catholiques, car les protestants ne l'auraient pas édifié sur le même modèle que leurs voisins restés
fidèles à l'Eglise.

En attendant à la gare le départ du train, j'ouvre un volume de M. Le
Play, que mon père avait mis sous son bras pour lire pendant les haltes
de la promenade. Je tombe sur la réforme du seizième siècle ; je vois la
folie des prétendus réformateurs qui brisèrent le moule dans lequel
toutes les générations chrétiennes avaient été fondues et formées
jusqu'alors. Ce furent les abus du pouvoir, l'identification de l'autorité
spirituelle et de l'autorité temporelle qui trompèrent les masses hérétiques ; après avoir rompu avec éclat le lien de dépendance qui les
rattachait à la tête du monde chrétien, elles continuèrent à vivre, mais
comme de simples sociétés humaines, cultivant les lettres et les sciences,
s'enrichissant de plus en plus, mais oubliant en même temps le principe
de l'autorité religieuse et du gouvernement divin. C'est pour cela que,
malgré leur richesse, les peuples protestants sont et seront stériles au
point de vue du développement religieux, et que leurs sociétés se désagrè-
gent rapidement quand le bras séculier ne les soutient plus. Elles sont
composées souvent de bons éléments, d'hommes religieux, craignant
Dieu ; mais elles n'ont point d'autres liens qui unissent leurs fidèles entre
eux, que ceux d'une entente mutuelle, et non ceux d'une autorité supérieure qui les contienne tous dans une obéissance raisonnable. Je vois
dans les sociétés protestantes deux grands côtés, l'individu et le groupe.
L'individu craint Dieu, respecte l'autorité ; le groupe est un agrégat
sans consistance, duquel Dieu est absent ; de sorte que nous allons
contempler un spectacle inconnu jusqu'aujourd'hui : celui d'immenses
sociétés, bonnes dans leurs éléments, cherchant un centre de gravité, un
point d'appui, une base, qu'elles avaient trouvés jadis dans le pouvoir
civil, dans l'Etat, mais qui vont leur manquer en ces temps nouveaux où
les idées modernes, répandues jusque dans les couches inférieures,
repoussent l'ingérence de l'Etat dans les affaires religieuses. Si elles
n'étaient pas bonnes, elles périraient immédiatement dans le matérialisme ; comme elles sont bonnes en général, elles revivront dans la
Vérité ; elles reviendront à l'Église par la force des événements, que la
main de Dieu aura guidés et fait aboutir.

D'un autre côté, les peuples catholiques ont l'autorité pour eux ; mais
les individus ne lui obéissent plus, les individus ne craignent plus Dieu

et ne respectent plus l'autorité. Le groupe adore le Créateur, plus par la puissance de l'autorité que par la bonté et la foi de l'individu. Là aussi se préparent donc des cataclysmes, comme il s'en prépare dans la plupart des sociétés protestantes. J'espère que la crise ne sera pas funeste à la France, parce que celle-ci renferme beaucoup d'éléments très bons. Mais elle sera funeste sans doute à d'autres peuples, catholiques jusqu'ici, qui redescendront tout à coup ou petit à petit dans la région des ombres de la mort.

M. LE PLAY.

Vendredi, 18 juillet 1873. — Mal de tête, douleurs dans les articulations. Nous parvenons à saisir l'insaisissable médecin, qui m'ordonne une douche chaude. La douche chaude guérit les douleurs et augmente le mal de tête.

Samedi, 19 juillet 1873. — Pendant la nuit, étourdissements très pénibles, qui se reproduisent au réveil. Le grand air seul dissipe un peu les brouillards de mon cerveau. Les de G. viendront à Saint-Maurice avec nous, mais aujourd'hui nous prendrons le chemin de fer ; je ne me sentirais pas le courage de faire la route à pied. A Saint-Maurice, visite aux PP. Capucins. M. Gaston et moi, nous prenons les devants pour nos affaires.

Bonne petite chapelle des Capucins ! La paix et le calme qui règnent là se communiquent aux âmes et l'on y respire comme une atmosphère céleste. C'est, du reste, l'impression que toute église produit sur moi.

Pendant le goûter, à la gare, M. de G. nous parle incidemment et le plus simplement du monde, comme toujours, de la famille de sa femme, dont les titres nobiliaires remontent à plusieurs siècles, ainsi que l'attestent des actes de mariage conservés dans les archives nationales. Une chose étrange, c'est qu'un sieur de G. épousa en 800 une demoiselle d'O., et qu'à mille ans de distance le fait s'est reproduit ; en 1800, un descendant des G. s'unissait encore à une demoiselle d'O.

Une fois sur le chapitre des familles, chacun dit son mot et parle des siens. Mon père raconte la merveilleuse extension de sa famille maternelle, gens de la campagne pour la plupart, à qui s'appliquent si bien les paroles du Psalmiste : *Generatio rectorum benedicetur :* La postérité des justes sera bénie.

Nous nous trouvions donc là réunis, causant familièrement, et cependant issus de souches bien différentes, les de G., d'un sang noble depuis mille ans, et nous, sortis hier, par l'une de nos deux lignées, de la classe modeste des pays cultivateurs : signe du temps.

Dimanche, 20 juillet 1873. — Messe à sept heures, au temple comme dimanche dernier. J'ai le plaisir d'y voir des dames de l'hôtel, que je croyais Russes et schismatiques, et qui sont Polonaises et catholiques.

Malgré mon mal de tête qui persiste, je me joins à ces messieurs pour aller assister de nouveau à la représentation des collégiens de Saint-Maurice. Nous n'avions vu ni le 3e acte de *Moïse,* ni la comédie intitulée *les Oiseaux de la rue.* Moïse a fait des progrès ; l'Amalécite Dathan a décidément des dispositions pour la scène ; il déclame les vers avec un peu de monotonie peut-être, mais son action a du feu, et il est à l'aise sur les planches. Je ne lui souhaite pas cependant de devenir comédien de profession, dût-il gagner cinq cent mille francs par an. C'est se vouer au diable, la plupart du temps, quoiqu'on cite d'honnêtes acteurs. *Les Oiseaux de la rue* est une farce qui doit avoir sa morale à la fin, à en juger par les remords d'un jeune garçon, illégitime détenteur d'une bourse qu'il a trouvée, et par les effets désastreux que produit l'ivresse. Moïse et Aaron sont très reconnaissables sous leurs nouveaux costumes de comédie. Moïse est marchand de légumes, Aaron marchand de coco ; c'est ce dernier qui se grise comme

un Suisse ; il joue beaucoup mieux le rôle d'ivrogne que celui de grand
prêtre.

Lundi, 21 juillet 1873. — Suite du malaise. Le docteur ordonne des
remèdes : de la noix vomique, ainsi nommée parce qu'elle ne fait pas
vomir ; de la pepsine à prendre au moment du repas, sans doute pour
que tout le monde voie que les bains salins rendent malade. D'ailleurs,
je ne suis pas seul à me plaindre. Mme B., la femme du partisan de
M. Thiers, a une mine de déterrée. Le jeune F., fils du docteur bernois,
dont j'ai oublié de noter le départ, il y a quatre ou cinq jours, ne sait
plus où sont ses jambes.

Mardi, 22 juillet 1873. — Comme je vais mieux, le docteur en fait
honneur à son ordonnance. Pour moi, je l'attribue tout simplement à ce
que je ne mange plus de miel. J'étais arrivé à en avaler un pot à la fois,
et j'ai fini par me douter de la nature indigeste de ce mets succulent.
Me voilà au régime du lait froid mitigé d'eau de Seltz naturelle, ce qui
fait bondir M. de G., qui ne comprend pas qu'on soit assez barbare pour
gâter de la sorte un produit de la nature aussi délicieux que le blanc
lait de vache. Pour son compte, il s'en fait servir chaque matin une jatte
d'un pied de profondeur.

Mercredi, 23 juillet 1873. — Température torride. Nous avons élu
domicile, mon père et moi, sur un banc de la route, bordée de bois, qui
conduit aux Plans, à une demi-heure de l'hôtel. Belle vue sur la dent
du Midi et la vallée du Rhône. Là nous regardons passer des voitures
chargées de touristes, que de malheureux chevaux traîneront jusqu'aux
Plans et même plus haut. D'autres sont à pied, suivis de portefaix qui
ploient sous le fardeau des valises et des sacs. Pauvres gens ! Deux
heures de marche avec un pareil chargement et une telle température !
Le facteur de la poste nous salue au passage : il porte, lui aussi, un
vrai bazar sur son dos ; puisse notre bonjour d'encouragement avoir
soulagé ses épaules !

Jeudi, 26 juillet 1873. — Passons en revue la colonie actuelle de
l'hôtel des Salines. M. J. est devenu notre compagnon de promenade
après le dîner ; il amuse beaucoup MM. de G. Un soir, nous faisons
quelques pas dans les sentiers qui serpentent le long de la montagne
dont le couronnement est la gigantesque dent de Morcles, et au bout
de trente minutes nous sommes de retour. M. J. s'approche d'un groupe
de dames et leur raconte qu'il vient de monter à peu près jusqu'à la
dent de Morcles ; et nous de rire d'un pareil aplomb. Un autre jour,
c'est la dent du Midi dont il a presque atteint la cime ; or, il est chaussé
d'escarpins faits pour la danse, et je suis étonné que les cailloux des

chemins ne les aient pas déjà mis en pièces. Ce soir, il nous fait une
véritable leçon sur l'art héraldique, qu'il paraît connaître assez bien ; il
a, du reste, une excellente mémoire. « Autrefois, dit-il en souriant,
j'étais un vrai prodige ; » mais il ajoute que l'anémie a tué sa mémoire.
Il ne cesse de parler et ne déplaît pas, parce que rien dans son langage
ne déguise sa pensée ; il se livre gentiment au jugement de ceux qui
l'écoutent, sans bravade, mais avec une insouciance qui ne manque pas
de crânerie. En politique, il est impérialiste, naturellement, mais surtout
il est *lui ;* c'est-à-dire que peu lui importe, au fond, le gouvernement,
pourvu qu'il y joue un rôle. Il vous avoue cela le plus naïvement du
monde. « Je fais tout par amour-propre, » dit-il, et il en rit. Il est
propriétaire dans l'Anjou, et rien n'égale la beauté de ses arbres, de ses
terres et de ses légumes. Il vous met au courant de toutes les affaires
intérieures de sa maison. Il donne deux dîners par an, auxquels il invite
les gros bonnets de l'endroit et les curés du canton. Il prépare ainsi son
élection à la mairie de son village, puis au conseil général, puis à la
députation, et il est sûr de réussir, parce qu'il connaît à fond les ressorts
du suffrage universel, et qu'il a les moyens, dont il ne négligera aucun,
de les faire jouer à son profit. A table, il lance des malices à une grosse
dame de Paris, qui a eu le tort de dire à quelqu'un, qui le lui a rapporté,
qu'elle ne le trouvait pas de son goût. Il ne parle de cette Parisienne
qu'en l'appelant « la Pharisienne ». Le lendemain, le hasard, souvent
méchant, les place à table côte à côte. Vous croyez qu'il va bouder ? pas
du tout. Il est charmant, gracieux, cause tout le temps du dîner avec
son ennemie de la veille, et serait presque disposé à lui faire des compliments. La Pharisienne est étonnée d'abord, puis finit sans doute par
revenir de son opinion et par le trouver, comme tout le monde, très
aimable. Monsieur est gourmet. Il goûte de tous les vins dont le nom
se trouve sur la carte, et ne manque jamais l'occasion de faire une
dissertation culinaire quand un plat nouveau paraît sur la table. Enfin,
M. L. J. est un échantillon d'élite de la jeunesse de l'Empire, mais sans
avoir les vices de beaucoup de jeunes hommes de cette fatale époque.
Il est catholique, comme la plupart l'étaient alors, parce qu'il faut avoir
une religion pour satisfaire la majorité de la nation ; il dit lui-même
qu'il n'est pas fervent, et tient surtout à vivre en bons rapports avec le
clergé. Il ne pose pas, quoiqu'il parle beaucoup de lui et de ce qu'il
sait ou connaît, et c'est ce qui rend sa société agréable, après le dîner,
durant le temps consacré à la digestion.

Le Monsieur vaudois qui ne parle aucune langue, tant il a de difficulté
à s'exprimer même dans la sienne, qui est le français, est le colonel T.

il est atteint d'un commencement de maladie du cerveau. On reste auprès de lui par charité. Excellent époux et non moins bon père, il parle sans cesse de Mme T. et de son fils. Parfois il lance une phrase qui n'a ni queue ni tête, et nous ne pouvons nous empêcher de sourire, malgré le sentiment de pitié qu'il nous inspire. Cet homme fut jadis ambassadeur de la Confédération suisse auprès de S. M. Guillaume, alors simple roi de Prusse. Sa terrible maladie lui est venue sous l'influence des rigueurs du froid et des émotions qu'il a ressenties pendant le passage au col de Travers de notre armée en déroute ; il a assisté, sous une température très basse, à ce drame de notre défaite et de ses horribles conséquences ; il paraît qu'il y avait de quoi en devenir fou. Aussi, devons-nous respect et vénération à ce colonel suisse qui perd la tête par notre faute, ou plutôt par dévoûment pour notre malheureuse armée.

Le jeune F., fils du docteur bernois, parle assez mal le français ; il nous accompagne souvent dans nos promenades du soir, quand il ne reste pas avec le colonel, que son père lui a recommandé avant de partir. On ne peut pas dire qu'il ait de l'esprit, mais il a beaucoup de cœur, et il est furieux contre M. J., qui vante les Français, pour rabaisser les Suisses, avec un sans-gêne révoltant pour le Bernois. Il me disait hier : « C'est un honte pour l'humanité de broduire des hommes gomme ça ; guel homme ! guel homme ! — Et encore, il n'est pas vicieux, lui dis-je. Il est bien plus honteux pour l'humanité de compter des hommes vicieux que des hommes légers. — C'est vrai ! c'est vrai ! » m'a-t-il répondu.

Nous lui avions monté une scie à propos de la ville de Saint-Maurice, qui a, comme on sait, tout le mépris des Suisses protestants. « Où allez-vous ? — A Saint-Maurice, » était la réponse invariable que nous lui faisions. Le fait est que nous sommes souvent sur la route du Valais. Mais le jeune Bernois ne devait rien comprendre à cet engoûment pour le pays catholique.

Voilà nos connaissances.

Un mot d'une bande de gamins de cinq à quinze ans ; ils sont vingt au plus, et ils remplissent l'air de leurs cris, et les allées du parc de leurs mouvements, courses, luttes, jeux de toutes sortes. Souvent, assis sur un banc à l'ombre d'un châtaignier, nous examinons, mon père et moi, les caractères naissants dans cette jeune pépinière, les finesses, les réclamations, les complots, les disputes, les plaintes auprès des parents ou des bonnes ; c'est le monde en petit, et toutes ces passions en germe appartiennent bien au fond de la nature humaine. Quoi qu'en dise Rousseau, on touche du doigt leur spontanéité.

Ce soir, tandis qu'on danse au salon, M. Gaston de G. et moi, nous causons sérieusement ; je comprends qu'il veut me dire quelque chose de grave. Depuis près de quinze jours il sait que j'entre au séminaire, et je suppose qu'il est sur le point d'en faire autant.

Nous venons d'avoir un entretien plein de charme, où il me fit l'aveu de sa prochaine entrée dans l'Ordre des Jésuites. Son père aimerait, me dit-il, qu'il demeurât dans le clergé séculier ; mais il ne veut pas, lui, parce qu'on chercherait ensuite à lui arranger une petite vie de famille où on le soignerait, le dorloterait, et l'empêcherait de faire le bien, par excès de préoccupations temporelles et personnelles.

Voilà ce qu'est la vocation religieuse : abnégation de soi-même, oubli total du monde pour Dieu et les hommes au point de vue chrétien. Que ceux qui disent que la vie religieuse est de l'égoïsme et de la paresse viennent écouter ces belles paroles d'un jeune marquis, fils aîné de famille, riche, aimé de tous, à qui le monde sourit, promet honneurs et considération, bien-être, luxe et abondance de tous les biens de la vie, et qui veut tout quitter pour adorer Dieu plus parfaitement, pour vivre de privations, dans un état de pauvreté et de dépendance complètes.

Mais non, ils ne comprendraient pas ! Moi, j'ai entendu et j'ai compris, et j'ai gardé tout cela dans mon cœur, comme un parfum précieux pour embaumer les sentiments de mon âme, le jour où les passions tenteraient de la corrompre.

Je n'ai pas le courage de passer à une autre figure, après avoir regardé celle de mon ami, de mon doux frère. La danse continue, et nous nous disons adieu au bas de l'escalier, d'où chacun va regagner sa chambre, sans que nous songions à donner un coup d'œil à ces tourbillons qui passent comme le vent de la vallée, vallée de larmes, où la joie est d'un jour et le plaisir d'une heure, où la prière seule essuie les pleurs en montrant à nos yeux, levés vers le ciel, des sommets rayonnants de clarté, de splendeurs et de ravissements éternels.

Vendredi, 25 juillet 1873. — Belle promenade aujourd'hui. Après le premier déjeuner, vers huit heures, nous faisons nos adieux au jeune F., qui se dispose à aller rejoindre sa famille à Berne.

Le ciel est sans nuages, et le soleil darde ses rayons les plus ardents à travers l'atmosphère encore fraîche du matin. Nous suivons par un sentier ombragé la pente de la gorge, dans la direction des Plans. Mon père veut me persuader que par là nous n'arriverons pas aux premiers sommets, qui dominent l'hôtel de quinze cents mètres ; je soutiens le contraire, et après une petite discussion assez vive, mon père cède, à ma honte, et je marche devant lui, suivant mon idée. Au bout de trois cents pas, nous rencontrons un bûcheron à qui nous demandons le chemin qui conduit aux sommets indiqués. Le bûcheron répond favorablement à l'opinion de mon père, qui triomphe modestement, et continue à me suivre.

Bientôt nous avons rejoint la grand'route des Plans. Après quelques lacets, un chemin pentueux s'ouvre à droite, et nous nous y engageons. Je n'énumérerai pas tous les contours et détours de la route, je ne les ai pas comptés ; tout ce que je puis dire, c'est qu'après avoir grimpé pendant une heure par de véritables échelles, où les cailloux roulaient sous nos pieds, nous avons atteint un plateau de quelques centaines de mètres carrés, servant d'assises à deux ou trois chalets. Un garçonnet de l'endroit nous apprend que le chemin dans lequel nous sommes engagés conduit aux Collatels, hameau qui est, dit-il, très éloigné. Nous payons son renseignement d'une pièce de menue monnaie, qu'il empoche avec joie, et nous continuons notre route. Notre intention est de consacrer deux heures à l'ascension, et une heure et demie à la descente. Il nous restait une heure pour grimper. Je vais tâcher, pensai-je, d'aller le plus haut possible, et, pour cela, de prendre un pas un peu plus accéléré ; mais mon père, qui ne s'accommode nullement de cette allure, me fait ralentir le pas, et nous marchons alors comme gens sérieux. D'ailleurs, il le faut bien ; la pente, qui s'était adoucie, recommence à escalader la montagne ; bientôt, Dieu merci, le sentier entre dans une forêt de sapins qu'il ne quittera plus, et le soleil fait de vains efforts pour en traverser l'épais feuillage ; nous n'avons pas besoin de lui, nous sommes en nage. Donc, nous voici en pleine forêt ; le silence de cette vaste solitude n'est troublé que par le bruit lointain du torrent, qui gronde sourdement au fond de la vallée.

« Dix heures un quart ! » dit mon père en regardant sa montre. Il était temps de redescendre si nous voulions déjeuner à table d'hôte. Mais cependant le chemin est si beau ! Aurions-nous le courage de nous arrêter là ? Nous décidons de pousser plus loin, quittes à déjeuner dans la montagne, aux Plans ou ailleurs, suivant les circonstances. Rien de plus charmant d'ailleurs que la promenade à l'aventure ; on s'attend à tout moment à déboucher sur un nouveau point de vue, et l'on marche sans fatigue, soutenu par cet espoir. Dix heures et demie ! — Dix heures trois quarts ! — Onze heures vont sonner, et la forêt s'étend toujours devant nous avec son sentier pittoresque : ici s'ouvre une échappée sur les pics de la montagne, là une trouée sur la gorge où les têtes de sapins sont accumulées sur l'abîme comme pour en cacher l'horreur. Voilà une éclaircie là-bas, tout devant nous, au détour du sentier ; nous hâtons le pas : c'est la lisière de la forêt.

Un bout de chemin creux nous y a bientôt conduits, et nous voici au bord d'une prairie découverte. Le coup d'œil est superbe ! Devant nous s'ouvre le val des Plans, entouré de toutes parts des énormes montagnes du Muvrand et de l'Argentine, qui étincellent sous les rayons du soleil ; au fond, la neige étend un manteau immaculé sur les flancs du géant ; puis, nos regards, s'abaissant de ces hautes cimes, se reposent sur les vertes prairies, les sapins et les chalets. C'est le milieu du jour : l'atmosphère est embrasée, et le rayonnement de la lumière sur ces rochers grisâtres et sur cette verdure sombre ou claire, double l'intensité des couleurs et éblouit les yeux.

Après quelques instants donnés à cette contemplation, nous songeons à nous enquérir des moyens de sortir de là pour gagner une hôtellerie quelconque, car l'estomac a aussi ses exigences. Voici tout à propos des faneurs, habitants de gracieux chalets étagés sur la pente de la prairie, qui vont nous renseigner. Nous n'avons, paraît-il, qu'à dégringoler le ravin pour arriver à Frénière. De là, en une demi-heure, la grand'route nous conduira aux Plans.

Une fois à Frénière, nous hésitons à redescendre à l'hôtel ou à gagner les Plans. Mais il fait si beau que nous ne résistons pas à la tentation d'aller déjeuner dans la grande montagne, et nous voici longeant le torrent jusqu'à ce que nous atteignions la petite plaine verdoyante dans un cirque de rochers, qui est le terme de notre ascension.

Il est près de midi, nous mourons de faim ; qu'on nous serve promptement de la viande froide, des œufs, tout ce qu'on pourra. Il n'y a pas de viande froide, et l'on nous fait attendre les œufs une heure entière, pendant laquelle je ne me fais pas faute de maudire les hôteliers des Plans. Enfin arrivent des biftecks durs comme des semelles de souliers ; il faut s'en contenter et aiguiser là-dessus ses dents, assez bien aiguisées déjà par l'appétit. Après un repos bien mérité, nous nous en retournons par la route des voitures, que nous connaissons pour l'avoir déjà suivie. Nous arrivons chez nous poudreux et fatigués. Le jeune F. est parti avec le pauvre colonel T., qui s'en retourne, je crois, aussi malade qu'il était venu.

Samedi, 26 juillet 1873. — MM. de G. ont retenu une voiture pour aller à Saint-Maurice de bonne heure ; c'est la fête de sainte Anne, patronne de leur Bretagne, et ils vont à la messe qu'ils font célébrer chez les Capucins.

Pensant qu'il n'y a pas de place pour moi dans leur voiture, je prends le train, et j'arrive avant eux à Saint-Maurice. Je ne suis jamais si

heureux que quand je me sens libre pour plusieurs heures, sans perspective de dérangement, sans aucune entrave, et, pour tout dire, sans
recevoir d'observations. Ce n'est pas que je veuille faire des folies et
que je craigne d'avoir des témoins ; cependant bien des gens pourraient
considérer comme une folie de faire cinq kilomètres pour entendre une
messe et passer quelques instants prosterné devant un autel. Mais ce

Nous partons au grand trot... (P. 81.)

n'est pas ce qui nous arrêterait, **MM. de G. et moi.** Les voilà qui
arrivent dans leur voiture, suivis du futur officier, à cheval. Tous trois
communient à la messe.

Au bout de quelques instants, nous gagnons l'hôtel des Alpes, où les
attend un déjeuner commandé qu'ils partagent avec moi ; puis ils me
ramènent à Bex dans leur voiture.

Dimanche, 27 juillet 1873. — Messe à sept heures. Comme précé-
demment, j'y remplis l'office de *clergeon* avec une satisfaction incompa-

rable ; car c'est moi qui suis chargé de répondre pour toute l'Église au prêtre officiant, et le sentiment que cette pensée fait naître est plus vif dans un pays hérétique, où nous sommes comme les enfants du bon DIEU.

Nous devions, ce soir, monter à Chésières (trois heures et demie de voiture), pour faire, demain, l'ascension de la dent de Chamossaire ; mais un orage épouvantable, qui éclate dans l'après-midi, nous force à rester chez nous.

Après le dîner, promenade à la tour de Duin. Le ciel s'est rasséréné ; l'atmosphère est d'une parfaite limpidité ; on distingue jusqu'aux moindres aspérités des rochers de la dent du Midi, et les neiges du Saint-Bernard étincellent sous les derniers feux du soleil couchant. La pente de la colline de Duin, qui est assez douce à la base, devient fort raide près du sommet. Le sol est détrempé, l'herbe mouillée ; on glisse comme sur de l'huile. M. J., qui n'a pour chaussure que des escarpins, se crotte comme un caniche. Arrivés au sommet, nous escaladons les pans de murs encore debout du vieux château, et la vue de la vallée du Rhône, avec le lac pour perspective dans le lointain, nous dédommage de la peine que nous avons eue et du mauvais état de nos souliers et de nos pantalons. En redescendant, M. J. manque son pas et roule sur un talus, où, en appuyant les mains pour se relever, il emplâtre ses gants gris de perle d'une manière irréparable, ce dont il paraît peu enchanté ; mais ce petit accident est bientôt oublié, et il reprend son air jovial et sa conversation enjouée.

Lundi, 28 juillet 1873. — J'ai oublié de parler, vendredi dernier, de l'arrivée à l'hôtel de la famille Z..., amie des B..., nos parents, Monsieur, Madame et le fils aîné, jeune homme de vingt-huit ans environ. Ils reviennent de l'exposition de Vienne, où ils ont passé une dizaine de jours au milieu du tohu-bohu de la foule. Ce qu'on y voit, nous disent ils, fait l'effet d'une immense lanterne magique dont on ne se rappelle ni les personnages, ni les couleurs. La seule impression qui reste est celle de l'*immense* et du *splendide*, qui ne se communique pas, et qu'on doit avoir éprouvée soi même pour la concevoir.

Mme Z... me raconte un épisode de sa vie à Bex, l'an dernier ; ce récit est pour moi du plus haut intérêt. Il s'agit de la conversion d'une jeune dame protestante de la puissante famille des S..., de Genève. Cette personne, se trouvant à Bex avec Mme Z..., vint à lui parler de son désir de devenir catholique. Ce désir, elle l'éprouvait depuis près de quatorze ans, et elle s'accusait de lâcheté pour n'y avoir pas obéi plus tôt. Il y avait plus de deux ans qu'elle ne mettait plus les pieds au temple, mais elle assistait à la messe tous les dimanches, et ornait de ses mains nos autels. Le récit de ses angoisses, de ses luttes, faisait encore venir les larmes aux yeux de Mme Z..., en me racontant ses entretiens avec sa jeune et pauvre amie.

Mme B..., c'est son nom, résolut de faire part de son projet seulement à son mari, dans la pensée qu'il ne le dévoilerait pas, y étant bien intéressé, puisque la conversion de sa femme pouvait lui enlever des héritages de famille. M. B. trompa ces espérances et, dans sa fureur, il fit connaître cette résolution de sa femme à tous ses parents et amis. Aussitôt on menaça cette malheureuse jeune femme de tous les tourments qui peuvent déchirer le cœur d'une épouse et d'une mère. Son mari la laissa seule ; bientôt on la priva de ses enfants, et enfin on voulut l'enlever elle-même pour l'enfermer dans une maison d'aliénés, où l'on pourrait exercer sur elle une vigilance active et une pression plus directe, dans le but de la lasser et de lui faire changer de dessein. Révoltée alors dans sa conscience, elle courut à Genève se mettre sous la protection des autorités, qui firent placer à sa porte deux sentinelles, pour prévenir et empêcher tout acte de violence sur sa personne. C'était à l'époque où Mgr Mermillod commençait à être en butte aux mauvais traitements du Conseil d'État de Genève. L'affaire de Mme B... fit grand bruit, augmenta la fermentation des esprits contre les catholiques, et fit naître l'indignation jusque dans le parti des protestants modérés.

Mme B... résista à toutes les embûches, invectives et calomnies dirigées contre elle, et tint ferme dans sa résolution d'embrasser le catholicisme. Au mois de septembre 1872, elle abjura entre les mains de Mgr Mermillod, fit sa première communion et reçut la confirmation quelques semaines plus tard. Mme Z... assista, comme amie, à ces belles cérémonies dans la chapelle privée de l'évêque, qui considère sa nouvelle convertie comme une martyre. Depuis, son mari a exigé d'elle qu'elle partît pour l'Angleterre, où elle habite aujourd'hui, confinée par l'autorité maritale dans la maison et sous la surveillance d'un pasteur protestant. Cet homme est plein de respect et de bonté pour elle ; mais il lui fait, sans doute, tous les jours, un sermon pour la ramener à des sentiments qu'il considère comme plus conformes à la vérité de l'Evangile.

Cette jeune femme de vingt-neuf ans, d'une santé délicate, supporte sans se plaindre les rigueurs du climat d'Angleterre ; elle pleure souvent sur l'absence de son mari et surtout de ses enfants, qui sont élevés dans la religion qu'elle abhorre aujourd'hui comme un système d'erreurs et de ténèbres ; mais, d'un autre côté, elle se félicite d'être catholique et

de se sentir dans la vérité, ne comptant pour rien les intérêts de ce
monde dans la balance de l'éternité. Voilà ce que bien des hommes
considèrent comme digne seulement des premiers âges ; Mme B... prouve
que cela n'est pas impossible au dix-neuvième siècle.

Elle disait à Mme Z. que nous n'apprécions pas suffisamment le
bonheur d'être catholiques ! Si nous avions passé, comme elle, par le
creuset du doute et de la persécution avant d'être transfigurés dans la
pure lumière du catholicisme, nous comprendrions la valeur infinie du
trésor de la foi.

Il y a en ce moment, à l'hôtel, une famille allemande avec une institutrice protestante, que je rencontre toujours dans la société d'une
comtesse de la Savoie, fervente catholique. Ces deux dames ont l'air de
s'entretenir de choses fort intéressantes. J'apprends de Mme Z... que
cette institutrice a le désir d'embrasser le catholicisme, et qu'elle profite
de toutes les circonstances pour s'instruire des vérités de notre foi. Une
âme qui cherche la vérité est quelque chose de si beau, que je regarde
aujourd'hui cette institutrice avec une véritable admiration.

Demain, si le temps est favorable, nous ferons la belle excursion de
Champéry avec MM. de G. ; la voiture est retenue. Mon guide
m'apprend que le Val d'Illiers, au sommet duquel est situé le village de
Champéry, est une des plus riantes vallées des Alpes.

Mardi, 29 juillet 1873. — Le ciel est radieux, l'air frais, et les montagnes resplendissent sous les feux du soleil levant.

A huit heures et demie, la calèche est prête ; le bouillant Paul de G.
grimpe sur le siège, à côté du cocher, et nous voilà partis. La route
traverse la voie du chemin de fer du Valais, puis le Rhône sur un pont
nouvellement établi, et passe au milieu du petit village catholique de
Massonger, dont l'église trempe ses pieds dans le fleuve. Une demi-
lieue de plaine nous conduit à Monthey, joli bourg adossé aux pentes de
la montagne cultivées en vignobles jusqu'à une certaine hauteur. A
mesure que nous nous élevons, la vue s'étend davantage sur la vallée
du Rhône et sur la chaîne de montagnes, au pied de laquelle se cache
Bex derrière son rocher.

Nos pauvres chevaux commençaient à ressembler à ceux du *Coche*
de La Fontaine ; ils suaient, soufflaient à faire pitié. Pour les soulager
et nous dégourdir les jambes, nous mîmes pied à terre, et prîmes
l'ancien chemin pavé et ombragé qui grimpe tout droit. Le cocher est
averti qu'il nous attendra à la première jonction de ce chemin avec la
grand'route, qu'il continue à suivre ; nous ne tardons pas à retrouver le
soleil, et, à notre tour, nous suons autant que notre équipage. Cependant

le sentier s'allonge indéfiniment, nous n'apercevons plus la grand'route ; peut-être nous sommes-nous égarés. M. de G. et son fils Paul prennent les devants en éclaireurs, pendant que M. Gaston et les Ducreux traînent la jambe en s'épongeant le front.

Enfin nous rencontrons une grand'route. Une femme qui la suit va nous dire si elle a vu passer une voiture attelée de deux chevaux blancs : « Non, Messieurs. — Mais cependant c'est bien la route de Champéry ? — Non, Messieurs. » Oh ! oh ! ça devenait grave. Une heure et demie de marche sans la voiture pouvait nous avoir passablement éloignés d'elle. « Il faut redescendre cette route, » ajouta la femme ; et nous voilà obligés de redescendre après être montés avec tant de peine, et, en outre, très perplexes sur le sort de nos deux autres compagnons partis en avant. Bientôt nous les apercevons à quelques centaines de pas devant nous, qui nous font signe d'avancer.

Un charmant village se montre perché sur un rocher qui domine la vallée. Avant d'y parvenir nous retrouvons la vraie route de Champéry, mais toujours point de voiture. Un pont pittoresque, avec une vieille croix de pierre plantée au milieu du parapet, nous fait franchir un torrent qui brise ses eaux avec fracas sur les rocs dispersés en désordre à travers les précipices qui forment son lit. Nos compagnons se désaltèrent à la fontaine d'eau vive qui coule sur la place, et nous allons tous ensemble nous poster sur la terrasse de l'église, pour observer le dernier détour de la route qui poudroie, et, en attendant l'arrivée de notre automédon, contempler les prés qui verdoient.

L'horizon est hérissé de superbes sommets : les Diablerets, avec leur couronne de neige ; l'Argentine, bien nommée à cause de ses reflets éclatants ; le grand Muveran surtout, dôme gigantesque de roches nues baignées dans des flots de lumière ; enfin la dent de Morcles, dont le piton bizarre a l'aspect d'une cheminée. Entre ces cimes qui déchirent la nue, s'ouvrent de larges précipices dont l'obscure profondeur fait ressortir encore l'éclat éblouissant des sommets qui surplombent. Tout cela est fort beau, mais l'arrivée de la voiture aurait bien aussi son charme. Il est onze heures, nous avons faim, et deux lieues en montagne nous séparent de Champéry.

M. de G., qui avec raison a toujours peur de mourir d'inanition, s'enquiert d'un morceau de pain dans le village. L'enseigne d'un restaurant l'attire tout d'abord. Il en sort avec du pain et un visage indigné. « Devinez ce que je viens de voir dans ce cabaret, » nous dit-il. Personne ne devine. « Les portraits de Gambetta, de Jules Favre et autres Jules *ejusdem farinæ*. — Pas possible ! à Trois-Torrents ? où ont-ils pris ça ? » — Et tous de courir au restaurant. C'était la vérité pure. Une pancarte détachée du *Journal illustré* représentait à merveille les visages antipathiques de nos députés rouges ; en voici la liste : Gambetta, Rochefort, Glais-Bizoin, Jules Ferry, Em. Arago, Jules Favre, Crémieux, Ernest Picard, etc. — « Vous allez me permettre de vous débarrasser de ces messieurs-là, » dit M. de G. à l'hôtesse, surprise et honteuse de notre indignation. « Je vous promets de vous envoyer quelque chose en échange. » — Et tout en parlant il déchirait le papier. Nous quittâmes la place, enchantés de cette exécution faite en un tour de main, au grand ébahissement de l'assistance valaisanne. En tous cas, les cabaretiers n'y perdront rien. M. de G. a pris leur adresse, et il n'est pas homme à oublier sa promesse ; il enverra sûrement quelque belle image, mais d'une autre *couleur* que celle-là.

Pendant ce petit épisode, notre cocher arrivait pour se faire apostropher : « D'où sortez-vous donc ? — Je vous ai attendus, Messieurs, à la jonction du chemin de traverse et de la route. » C'est un peu fort ; nous n'avions rencontré la route qu'une seule fois, et il n'y avait point de voiture. Il ne servirait à rien d'approfondir ce mystère ; aussi chacun reprend sa place, et nous poursuivons notre voyage.

Les pentes verdoyantes s'élèvent de l'autre côté du torrent jusqu'aux rocs à pic de la dent du Midi ; en ce moment, elle étale devant nous les quatre cimes de sa large crête. De longues traînées de neige, retenues dans les fissures du roc, semblent nous menacer sans cesse d'avalanches. Heureusement ce n'est pas l'époque où elles sont à craindre. La géante est si près de nous, que sa cime nous paraît à portée de la main ; mais si l'on suit de l'œil les sentiers qui montent du fond de la gorge aux premières assises du rocher, puis les aiguilles de pierre qui alternent avec les crevasses jusqu'au haut, on se rend compte de la distance et de l'élévation.

Les prairies sont du vert le plus tendre ; les chalets qu'on y voit étagés çà et là et leurs habitants de l'été, occupés en ce moment à la récolte des foins, forment un tableau dont le caractère alpestre est saisissant. Le second village que nous rencontrons sur la route, dans la montagne, est Val d'Illiers. Son clocher, qu'on voit de loin avant de parvenir au village, fait scintiller aux rayons du soleil de midi ses écailles de fer blanc : c'est tout à fait le genre des clochers de la Savoie.

La route ne monte plus, les chevaux se mettent au trot ; nous serons à Champéry avant une heure. Le proverbe qui dit : « Ventre affamé n'a pas d'oreilles, » pourrait se traduire pour nous : « Ventre affamé n'a pas

d'yeux. » Nous devenons presque insensibles aux beautés du paysage.
Enfin, après maints lacets du chemin qui le font ressembler à un
labyrinthe, nous voyons que nous courons à un véritable cul-de-sac. La
vallée en face de nous présente exactement l'aspect d'arènes antiques ;
des murailles de rochers à pic sont disposées en hémicycle dans le fond ;
derrière un dernier mamelon s'ouvre une étroite pelouse, sur laquelle
sont semés çà et là les chalets de Champéry, qui forment une gracieuse
ceinture au village.

Hôtel de la Dent-du-Midi. Nous lisons cette enseigne au-dessus de la
porte d'une vaste caserne à deux étages, en deux corps de bâtiments.
La voiture s'arrête. Un domestique s'approche et nous annonce qu'il y
aura table d'hôte dans un quart d'heure, le temps de jouer une partie
de billard. La cloche sonne ! Nous laissons la partie à moitié et nous
précipitons vers le réfectoire. Une table de soixante couverts est dressée,
et nous voyons défiler successivement des dames coiffées et habillées à
la dernière mode ; Anglais, Russes, Suisses, Français, il y a de tout.
Les bouchons de champagne sautent sur plusieurs points de la salle, et
le pétillement du vin tombant dans les coupes profondes se mêle joyeuse-
sement au rire des convives. Singulier spectacle au milieu de cette
grande nature alpestre, où l'on ne s'attend à rencontrer que des chalets
et des pâtres !

Après le dîner, qui nous semble assez maigre pour le principal repas
de la journée, nous dirigeons nos pas vers la *galerie*. C'est une corniche
creusée dans le roc à pic au-dessus du précipice, sur une longueur de
quatre à cinq cents mètres. Malgré le parapet qu'on y a ménagé tout
le long, nous tremblons en avançant la tête au-dessus de cet abîme de
mille ou douze cents pieds, dont nous ne sommes séparés que par quelques ais de sapin. La largeur du sentier varie de deux à cinq pieds ; du
côté opposé, c'est une immense muraille de rochers qui surplombe.

De Champéry, on fait souvent l'ascension de la dent du Midi ; elle
dure dix-huit heures, aller et retour. Il y a ici une route qui conduit à
Sixt, et de là à Barberine et à la vallée de Chamounix.

Notre retour s'effectue en deux heures et demie, et nous sommes à
l'hôtel des Salines à six heures. MM. de G. ont l'appétit assez ouvert
pour se remettre à table de suite ; mon père et moi nous préférons
attendre le repas de ceux qui, dînant à une heure et demie, soupent
beaucoup plus tard.

Trente-deux personnes, sans compter les domestiques, ont quitté
l'hôtel aujourd'hui. Ce soir, la terrasse devant la maison, ordinairement
si animée, ressemble à un désert.

Mercredi, 30 juillet 1873. — Préparatifs de départ. Visite au médecin, qu'on a toutes les peines du monde à saisir pour lui remettre le montant de ses honoraires, lesquels, soit dit en passant, sont fort modérés. Le

Mgr MERMILLOD. (P. 95.)

soir, après dîner, notre promenade habituelle, mais moins gaie que de coutume ; il en coûte de penser qu'on va se quitter, pour ne plus se revoir sans doute.

A huit heures et demie, nous nous retirons ; M. de G. a hâte de nous serrer la main et d'en finir au plus vite. Je ressens vivement le déplaisir qu'il a de nous dire adieu, et son affectation à abréger ces instants toujours pénibles. M. Gaston rougit et m'adresse un charmant sourire où se cache comme un regret. M. Paul prend ma main dans les deux siennes et la presse avec une véritable effusion. Emu par ces témoignages de sympathie, c'est les larmes aux yeux que j'adresse un dernier regard à ces aimables gentilshommes. M. J. est très gracieux pour nous ; décidément j'emporte de lui un bon souvenir.

Jeudi, 31 juillet 1873. — Départ à six heures. Tout l'hôtel est encore plongé dans le silence. Distribution des étrennes obligatoires. C'est à cette dernière heure que j'éprouve le plus vivement le chagrin de quitter MM. de G. et ces lieux témoins de nos causeries amicales, de nos rires innocents, de nos plaisanteries sans fiel et de notre franche gaieté. Je devrais cependant bien être accoutumé à ces sortes de sacrifices.

Le ciel est sans nuages. Quelle belle traversée sur le lac de Genève ! De sept heures à midi, nous jouissons du panorama varié qui se déroule sous nos yeux le long de la côte suisse : Montreux, Vevey, Lausanne mollement penchée sur sa colline ; ce matin, la capitale du canton de Vaud est dans tous ses atours : le soleil se joue à travers ses frais ombrages et fait resplendir les toits d'ardoise de ses maisons.

Voici Morges, d'où le Mont Blanc nous apparaît dans toute sa majesté, avec les montagnes subalternes qui lui font cortège ; Rolle et son vieux manoir, qui se baignent les pieds dans les eaux bleues ; Nyon et le château de Prangins entouré de ses forêts qui se mirent dans le lac ; Coppet, Versoix fourmillant de gracieuses maisons de campagne où les riches négociants ou banquiers de Genève viennent en villégiature ; Genève enfin, avec ses beaux quais et son armée d'hôtels tous plus somptueux et plus populeux les uns que les autres.

Nos bagages avaient suivi le chemin de fer. Libres de tout souci à leur sujet, et sans autre embarras qu'une ombrelle et un pardessus, nous allons, en débarquant à Genève, nous asseoir sur un banc de l'île Jean-Jacques, d'où nous contemplons une dernière fois le beau lac que j'aime tant. Je ne me console de dire adieu à la Suisse qu'en songeant aux splendeurs de la nature africaine qu'un avenir prochain réserve à mon admiration.

Qu'il est triste qu'un si beau pays soit livré à la merci de tyranneaux sans pudeur, qui s'ingénient à persécuter les ministres d'un DIEU qui leur prodigue sans mesure les merveilles de la création !

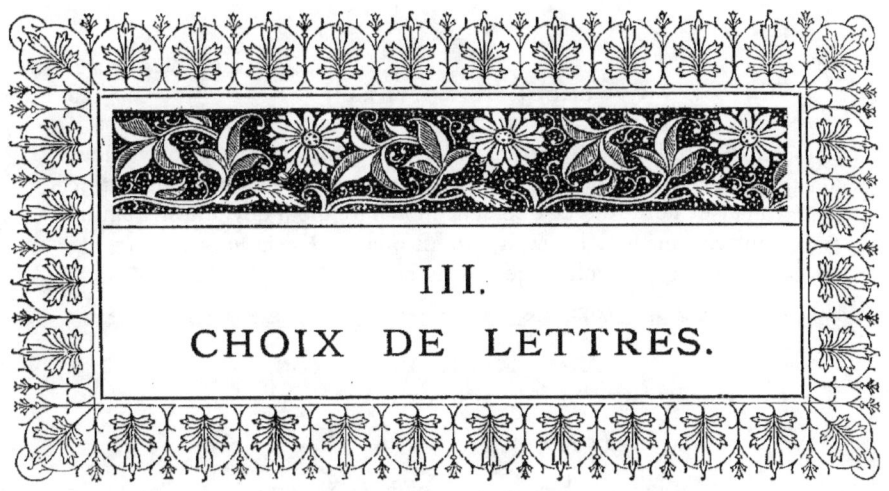

III.
CHOIX DE LETTRES.

1. — A M. L'ABBÉ V., A LYON.

Nice, 31 décembre 1866.

CHER MONSIEUR,

LE temps passe, la vie s'écoule, et qu'ai-je fait encore pour le bon DIEU ? Il faut que l'année qui va commencer soit une année de travail ; je veux, avec l'aide de la grâce divine, m'occuper activement de mon salut et pouvoir dire, dans un an à pareil jour : J'ai fait peu, mais j'ai fait ce que j'ai pu....

Jusqu'ici, point de changement en moi. Lorsque je viens de me confesser, et même après avoir eu le bonheur de communier, je suis toujours le même : je me laisse aller à la nonchalance, je ne mets pas plus de ferveur dans mes prières, et toujours, toujours je retombe. Oh ! cher Monsieur, que de combats dans la vie ! Je la commence à peine, et j'ai déjà bien eu à lutter. DIEU le veut, que sa volonté soit faite... O maudite colère, je te vaincrai !... Aidez-moi, s'il vous plaît, cher Monsieur, de vos bons conseils. Toutes les fois que je reçois de vos lettres, c'est comme un baume qui me calme et me fortifie.

Dimanche passé, j'ai eu le bonheur de recevoir Notre-Seigneur dans la sainte Eucharistie. Que de joies on y goûte ! C'est là que je vais puiser force et consolation. N'ai-je pas bien choisi ? Je remercie sincèrement le bon DIEU de s'être fait connaître à moi. Combien de pauvres enfants ne savent pas ce que c'est que d'aimer DIEU ! Je voudrais pouvoir le leur enseigner. C'est là, cher Monsieur, le but de mes efforts ; tout ce que je fais, toutes les études que j'entreprends, c'est dans l'espoir d'être un jour un instrument de DIEU pour lui gagner des âmes. Mais, en attendant, je dois travailler et faire tout ce que veut mon père, pour devenir un homme utile aux autres dans tous les états,... mais plus tard, cela va sans dire, car je ne suis encore qu'un enfant, je le sais bien (¹).

2. — A Mlle MARIÉ D., A LYON.

Nice, 3 mars 1867.

MA CHÈRE MARIE,

Ta lettre m'a fait un bien grand plaisir ; comme je te l'ai dit, je commençais à avoir le mal du pays. J'ai toujours le désir de revoir Lyon et nos bons parents qui y habitent ; j'espère que ce sera à la fin de ce mois.

Je travaille un peu, je fais quelques versions, je vais lire l'*Histoire de la Grèce* et apprendre l'*Art poétique* de Boileau. Voilà de quoi m'occuper jusqu'à mon retour. Et toi, tu es en train de faire une savante ; tu travailles beaucoup, m'a-t-on dit ; je voudrais avoir une santé comme la tienne, capable de résister à l'influence des brouillards de Lyon ; mais malheureusement ce n'est pas le dernier hiver que nous passons ici ; nous serons probablement obligés d'y revenir l'année prochaine ; enfin que la volonté de DIEU soit faite !

Je t'envoie une anémone que j'ai cueillie sous les oliviers : c'est une des premières ; les champs commencent à ressembler à une mosaïque ; les pâquerettes, les coquelicots, les anémones et toute sorte de fleurs y forment des dessins très variés. Nous sommes allés, l'autre jour, avec mes camarades, leur mère et notre professeur, nous promener à Saint-Jean, dans la petite Afrique ; nous avons traversé en barque la rade de Villefranche ; la mer n'était pas plus agitée que le lac de Genève. Après une petite promenade dans la presqu'île, nous avons déjeuné au restaurant de l'endroit ; la bouillabaisse qu'on nous a servie était délicieuse, ainsi que les huîtres arrosées de vin blanc ; la table était mise sous un olivier au bord de la mer ; nous voyions entrer les barques dans le port, et le léger bruit de la mer, avec les mouvements cadencés des rames des pêcheurs, faisaient à nos oreilles une musique d'un accord parfait. Le vin blanc fit son effet sur nos cerveaux, et en moins de temps que je n'en

---

1. Ainsi que nous l'avons dit, les lettres comportent des suppressions, ainsi que quelques modifications sans importance. Dans un petit nombre de cas, les suppressions ont amené l'éditeur à fondre ensemble deux lettres devenues trop courtes et se rapportant au même sujet.

mets pour te le raconter, nous étions partis en gaîté. Nous avons ri comme des fous.

Nice se prépare pour le carnaval ; les boutiques sont pleines de masques ; cavalcade aujourd'hui ; et après-demain, jour du mardi gras, bombardement de fèves et de farine ; gare de dessous !

Mon père vient me chercher pour voir défiler la cavalcade. A bientôt.

---

3. — A M. L'ABBÉ V., A LYON.

Nice, 24 mars 1867.

CHER MONSIEUR,

J'ESPÈRE que voici une des dernières lettres que je vous écris de Nice ; je pourrai bientôt vous entretenir de vive voix, ce qui me causera un grand bonheur.

Votre dernière lettre m'a rendu du courage. Elle est arrivée bien à propos : depuis quelque temps, j'étais plus maussade et plus désagréable que jamais ; mon père en était bien ennuyé, et moi-même je n'étais pas content de moi. Suivant votre conseil, j'ai été me confesser, et j'ai eu le bonheur de recevoir Notre-Seigneur dans la divine Eucharistie, il y a huit jours. Depuis ce jour-là, je m'efforce d'être bon et agréable pour tous ceux qui m'entourent, et, avec la grâce de DIEU et la force que j'ai puisée dans la sainte communion, je suis devenu moins maussade. Faible comme je suis, j'ai besoin de trouver des forces pour résister aux tentations de l'impur démon ; aussi, encore aujourd'hui, j'ai été puiser à la fontaine d'eau vive, j'ai abreuvé mon âme d'amour divin. Oui, JÉSUS est venu en moi, il m'a rempli de sa grâce et il m'a fortifié, comme il le fait pour tous ceux qui le lui demandent.

Tous les huit jours je reçois le divin Sauveur. Je tâche pendant la semaine de conserver la grâce que j'ai reçue et de me préparer à en recevoir une plus grande encore le dimanche suivant. Comme je l'attends avec impatience, ce beau jour où, après m'être purifié de mes fautes, je m'enivre de l'amour qui m'inonde ! Oh ! que JÉSUS est bon de descendre ainsi de son trône de gloire jusque dans l'âme d'un pauvre pécheur, pour le fortifier et pour le faire croître dans son amour ! Il me semble que lorsqu'on vient de recevoir JÉSUS, on voudrait prendre dans ses bras le monde entier, tous les hommes, les élever vers le ciel et les présenter au Seigneur en lui disant : Seigneur, embrasez-les tous de votre amour ! Que tous vous aiment ! Qu'un seul cri s'échappe de toutes les poitrines : Jésus, nous vous aimons ! Oh ! que n'aime-t-on pas mieux Jésus ! Je voudrais crier à tous : Mais aimez-le donc ! ne le voyez-vous pas, là, devant vous, attaché sur une croix, où il a donné sa vie pour vous racheter ? Ah ! quand pourrai-je prêcher le Dieu tout-puissant, le Dieu d'amour ! Quand verrai-je devant moi une foule courbant la tête sous la main du Seigneur et l'adorant en silence ! Oh ! quel heureux moment que celui où je pourrai dire : « Seigneur, voici des brebis échappées de votre troupeau que je vous ramène ; le but de ma vie est atteint, reprenez-moi maintenant, Seigneur ; reprenez-moi dans votre paix pour l'éternité ! » Jour mille fois heureux, lorsqu'après avoir sauvé des âmes, je m'endormirai dans le sein du Père éternel !

Mon père, voyant que le climat de Lyon est contraire à ma santé, vient de sous-louer notre appartement, et il n'en gardera point dans cette ville. Cependant nous y viendrons quelquefois, et je ne manquerai pas d'aller vous voir pour vous demander vos conseils, afin de continuer mon droit chemin dans cette vie et de parvenir à une meilleure, qui ne finira jamais. Jésus est partout, et partout aussi bon ; je l'aimerai donc en tout lieu où il me mènera. La vie est un si court passage que, dans quelque lieu que l'on soit, pourvu que l'on aime Dieu, peu importe tout le reste ; on est bien vite au bout de sa carrière, et alors seulement on commence la véritable vie. Ah ! que ceux qui n'ont qu'à aimer Dieu, sans s'occuper des choses de cette misérable terre, sont heureux !

Je sens mon cœur dilaté, échauffé de l'amour de mon Dieu. Jésus m'a donné sa grâce, je la sens qui travaille en moi. Nous sommes dans le mois de Marie , je la prie de tout mon cœur ; j'espère qu'elle m'exaucera, il me semble qu'elle me protège déjà. Mais lorsque la grâce se retirera de mon cœur, lorsque la sécheresse se fera dans mon âme, alors que ferai-je ? Jésus, je l'espère, sera toujours là, et, si je l'implore, il ne me repoussera pas.

4. — A M. L'ABBÉ V., A LYON.

Tourville, 9 juin 1867.

Cher Monsieur,

E suis bien heureux de l'intérêt et de l'affection que vous me portez. Je m'efforcerai toujours d'être agréable à Dieu et à vous. Votre souvenir me sera toujours cher et m'aidera bien souvent dans la vie. Je

suis calme ici ; la campagne élève l'âme vers DIEU plus que la ville ;
tout invite à bénir sa providence ; l'air est pur, l'âme se dilate ; c'est
alors que les sentiments jaillissent facilement du cœur. Nous sommes
à une petite distance du village, et le chemin qui y conduit domine des
coteaux et des vallons ; les oiseaux dans le feuillage font entendre leurs
gazouillements. C'est par là que je passe, le matin, pour aller recevoir
le Seigneur JÉSUS dans la petite église du village. Comme l'âme s'ouvre
devant cette magnificence des œuvres du Seigneur ! Les paroles s'échappent de la bouche et l'esprit monte vers DIEU sans aucun effort. L'église
est bien modeste, mais elle est embellie par la présence de DIEU. Aucun
bruit ; un calme parfait vous porte au plus profond recueillement, et là,
comme partout, JÉSUS est toujours bon, toujours aimable, toujours prêt
à pardonner et à donner sa chair en nourriture au pauvre qui vient
l'implorer. Ah ! c'est alors qu'au retour l'âme est heureuse ! Elle ne sent
plus rien que ce bonheur ; les yeux peuvent errer, point de dissipation ;
au contraire, cent motifs de plus pour louer le Créateur de toutes ces
merveilles ; et l'on rentre plein de bonnes dispositions. Hélas ! elles
durent trop peu ; mais je vaincrai le démon, j'écraserai la tête du
serpent ; oui, je combattrai sans relâche. Tous les grands saints ont
passé par là, et, si je veux devenir un serviteur utile pour le salut de
mes semblables, il faut d'abord que je devienne comme eux. Ce sera
long ; mais JÉSUS est là. A travers les embarras de la vie, je tomberai
peut-être ; mais, m'appuyant sur JÉSUS et Marie, je reprendrai des forces
pour me relever et pour marcher au but avec fermeté....

Il m'est venu une idée, l'autre jour ; mais avant de la mettre à exécution, j'ai voulu vous demander votre avis, car les idées qui me viennent
sont souvent capables de jeter mon cœur dans le trouble, si je m'y laisse
aller. Quel bonheur doit avoir celui qui assiste le prêtre pendant le
saint Sacrifice de la Messe ! quelle joie d'approcher si près du divin
Sauveur ! C'est cette faveur que je souhaite ; mais lorsque je considère
ma misère, je n'ose espérer de pouvoir jamais toucher ce qui contient le
corps très sacré de JÉSUS-CHRIST. Je viens de lire un passage de saint
François de Sales sur l'amour de DIEU ; comme son âme en était
remplie lorsqu'il offrait le saint Sacrifice ! quels élans partaient de ce
cœur tout embrasé de l'amour de DIEU ! Comme mon pauvre cœur est
loin de ces saints désirs, de cette dévotion si ardente ! — Je m'abîme
sous l'immensité, sous la puissance de DIEU ; j'abaisse mon misérable
corps et mon pauvre cœur sous la main du Sauveur, et je lui dis :
« Seigneur, je ne suis pas digne d'approcher aussi près de vous ; mais de
loin je vous adore et je bénis votre nom. » JÉSUS cependant se donne à

moi, il entre dans mon cœur ; il ne vient pas seulement auprès de moi, il pénètre jusqu'en moi. A plus forte raison, il ne me refusera pas de me laisser approcher de lui. J'espère donc, cher Monsieur, que vous approuverez mon désir, et que vous me permettrez de le satisfaire. Quand vous m'aurez répondu, je prierai M. le curé de m'apprendre à servir la messe. J'espère qu'en approchant ainsi du Sauveur pour le servir, il m'accordera des grâces particulières pour toute la journée. Oh ! Jésus ! versez un baume de douceur sur ma pauvre âme et donnez-lui une nouvelle force pour marcher vers vous en toute sincérité et sans défaillance. Sans vous, je ne puis rien, avec vous je puis tout. Jésus, j'ai soif de vous, que ma soif ne s'apaise jamais !...

Demain, c'est le beau jour, c'est le jour du soleil, c'est le jour des larmes de joie. Jésus va descendre dans mon cœur. En verserai-je des larmes de joie ? je n'ose pas l'espérer ; je suis si froid, quand Jésus si bon, si doux, me parle. Je m'approcherai de lui dans la simplicité de mon cœur et je lui dirai : « Jésus, faites de moi ce qu'il vous plaira, pourvu que je vous aime ! » Ces moments sont trop courts, le monde vous rappelle trop tôt. Que ne peut-on demeurer toujours avec Jésus ! On l'emporte cependant avec soi et l'on peut le bénir et le prier même au milieu du monde ; on peut, par des paroles édifiantes, par des actes de charité, amener doucement les autres à remplir le même devoir et partager le même bonheur. On sent alors ce bon Jésus qui vous enseigne tout ce qu'il faut faire et dire dans ce but ; c'est lui qui parle et dirige toutes nos actions.

5. — A M. JOSEPH U., A PARIS.

Aix-les-Bains, 3 août 1867.

'AUTRE jour, nous avancions à pas lents sur le chemin ombragé qui conduit à Tresserve ; la fraîcheur du soir succédait à la chaleur et les nuages perdaient insensiblement leur teinte de feu. Une fois arrivés au sommet de la colline sur laquelle est construit le petit village de Tresserve, nous faisions halte de loin en loin pour admirer le charmant paysage qui se déroulait devant nos yeux : à notre gauche, la vallée d'Aix dominée par de hautes montagnes de rochers ; de l'autre côté, de délicieuses maisons de campagne tapissées de lierre et de vigne vierge, et environnées de frais ombrages. Les eaux bleues du lac du Bourget apparaissaient au travers du feuillage, et la Dent du Chat se dressait hardiment et se découpait sur le ciel en forme de fantôme.

Tout à coup nous voyons déboucher d'un sentier deux rangs d'enfants qui marchaient avec ordre et en silence, à la suite d'une grande croix que l'un d'eux portait en tête de la procession ; au milieu des rangs, deux petites filles tenaient suspendu, avec des bandelettes de toile, un petit cercueil recouvert d'un linge blanc tout parsemé de feuilles de rose ; un jeune garçon, sans doute le frère de la petite morte, suivait le cercueil, tenant dans ses mains une croix en bois noir, enlacée d'une couronne de fleurs blanches et destinée à marquer la tombe.

Ils se dirigeaient vers le modeste cimetière pour y déposer le corps du pauvre petit ange, dont l'âme brille d'un céleste éclat auprès du trône de Dieu.

La nuit qui tombait en ce moment nous rappela qu'il était l'heure du retour, et nous revînmes, sans rien dire, en pensant à la pauvre mère de la petite morte.

6. — A M. L'ABBÉ V., A LYON.

Aix-les-Bains, 12 août 1867.

Cher Monsieur,

Vous avez sans doute appris qu'il y aura bientôt à Annecy une fête qui n'a lieu que tous les cent ans. Ne puis-je espérer que vous y viendrez ? Comme vous passeriez nécessairement par Aix, j'aurais le plaisir de vous y voir. Cette fête durera jusqu'au 22 ou 24 du mois d'août. J'irai prier sur le tombeau de saint François de Sales ; j'irai lui demander de me faire l'imitateur de ses vertus. Quel bonheur j'aurais, cher Monsieur, à prier avec vous près de ce grand saint !...

Oh ! oui, je veux être pour Jésus, je me range de son côté, je veux être sous sa garde ; c'est là que mon âme est joyeuse, qu'elle ne s'inquiète plus de rien. Quand je m'humilie devant ce bon Jésus, je sens sa divine parole qui caresse mon âme comme ces doux zéphyrs qui rafraîchissent d'abord, puis font revenir une douce chaleur. Je sens sa voix qui m'appelle et qui me dit : « Venez. » Hier j'entendais cet appel, j'y ai répondu, je suis allé vers lui. Oh ! quelle douce joie quand il arrive ! On écoute : Jésus parle ; ce ne sont pas des mots, mais une musique qui endort les sens et vivifie l'âme ; et lorsque Jésus se tait et que les bruits de la terre reviennent frapper les oreilles, on s'écrie : « Jésus, Jésus, parlez encore ! » Non, je ne comprends pas qu'on puisse aban-

donner ce bon JÉSUS ; et cependant que de fois cela m'est arrivé ! Ne
dois-je pas dire que cela m'arrive toujours, quoique j'aie tant de sujets

Le lac du Bourget. (P. 107.)

de reconnaissance envers lui ? Jamais il n'a manqué de venir, quand je
l'ai appelé à mon secours dans la tentation. Fort de sa présence, je
criais au démon : « Viens, si tu l'oses ! » j'appelais aussi à mon secours
la Vierge Marie, j'appelais tous les saints et mon bon ange ; il me sem-

Souvenirs d'un Père.   7

blait que je les voyais tous autour du trône de DIEU sourire en me
regardant et dire : « Ne crains rien ! » Mais quelquefois le démon, qui
ne se décourage jamais, entre peu à peu dans mon âme ; JÉSUS se retire
alors. Il y a quelque temps, je craignais pour mon salut, j'avais peur
d'être damné. Aussitôt je me suis mis à prier la Vierge Marie, et tout
trouble a cessé, le calme est revenu comme le soleil après la nuit. La
nuit reviendra peut-être encore ; mais je ne m'en inquiéterai plus. JÉSUS,
vous serez avec moi !

Je ne voudrais pas abuser aussi longtemps de votre bonté, mais mon
cœur a besoin de s'épancher dans un cœur ami ; ce que je vous dis, je
ne puis le dire qu'à vous.

---

7. — A M. L'ABBÉ V., A LYON.

Tourville, 27 septembre 1867.

CHER MONSIEUR,

E voici rentré dans mon petit coin, et pour ainsi dire tout à fait
retiré du monde ; c'est bien le moment de la prière et de la méditation. Les yeux ne rencontrent partout que des objets tranquilles ; les
vaches paissent immobiles dans les prairies, où elles sont gardées par
des bergers simples et contents de leur condition ; les bois sont pleins
des chants joyeux des petits oiseaux ; mais le soir, lorsque la nuit tombe,
tout se tait, un calme mélancolique plane sur les champs. Que tout ceci
vaut mieux que le tumulte de la ville, et que le Seigneur aime ceux qu'il
a placés sur terre dans cette condition obscure, mais rendue heureuse
par l'accomplissement du devoir ! Ainsi l'avait compris sainte Chantal,
vivant paisiblement devant le Seigneur avec son époux ; puis, quand le
Seigneur le lui a enlevé et lui a demandé toute sa vie et tout son amour,
avec quel empressement elle lui a tout donné ! J'étais ému en lisant ces
belles pages, où l'on voit son père, M. Frémyot, tout sacrifier à son
DIEU et à son roi. Quelle foi ! quelle espérance en la miséricorde de
DIEU ! Et comment n'être pas touché aussi en voyant sainte Chantal,
noble dame, distribuer de ses propres mains le pain aux pauvres et
soigner les plus affreuses maladies !

Oui, quand je considère la vie de cette grande sainte et tout ce qu'elle
a fait pour DIEU, je tremble, moi misérable pécheur, en pensant à ce
qu'il me reste à faire pour devenir un saint. Devant moi une longue
route, semée d'épines, pleine de tentations ; mais au bout la sainteté !

car, malgré tous ces obstacles, je veux être l'enfant du Seigneur, je veux être un saint.

Je voudrais m'élever d'abord aux petites vertus, puis aux grandes, avec la grâce de Notre-Seigneur ; je voudrais non seulement m'abstenir du péché, mais encore monter par degrés jusque dans les plaies et dans le cœur de notre doux Jésus. Je n'ose pas vous prier, dans mon inexpérience, de me guider pas à pas ; ma demande serait indiscrète, quand vous avez tant d'autres âmes à soigner ; je me remets entièrement entre les mains de mon Seigneur et Maître, il me dirigera suivant son bon plaisir.

Que je voudrais marcher, ainsi que le dit saint François de Sales, à la manière des anges, bien *piano*, tout doucement en Notre-Seigneur sans m'inquiéter de rien ! Je n'en suis pas là, je suis encore comme étourdi ; mais je me sens de grandes ardeurs, et j'en rends grâces à mon Dieu, en faisant tous mes efforts pour que sa volonté s'accomplisse en moi.

8. — A M. L'ABBÉ V., A LYON.

Nice, 10 janvier 1868.

CHER MONSIEUR,

Si je ne vous ai pas écrit pour le jour de l'an, il ne faut pas croire que je l'aie oublié ; oh non ! mais j'ai été malade et je le suis encore ; je vous prie donc de m'excuser. J'ai demandé au Seigneur de vous accorder tout ce que vous souhaitez, tout ce qui peut contribuer à votre bonheur. Ma prière a été aussi fervente que possible, pour que le bon Dieu la reçoive mieux ; mais mes prières sont encore si faibles devant cette grande Majesté, que j'ai peur de n'être pas entendu. Je vous conjure, cher Monsieur, de demander pour moi au Seigneur Jésus une entière soumission à sa divine volonté et une humilité si sincère et si efficace, que je compte pour rien au milieu du monde ; demandez pour moi à la bonne Vierge Marie, notre Mère très pure, une chasteté angélique et une grande douceur, suivant son modèle.

Que de gens doivent souffrir en ce moment à Lyon et dans tout le Nord ! Que de malheureux doivent mourir de faim et de froid ! Que ne puis-je être tout occupé du soin des membres souffrants de Notre-Seigneur ! Je me sens malheureux et gêné en trouvant pour ma faim une nourriture abondante et un bon lit pour ma lassitude. Quand viendra

pour moi ce jour où, oublieux et oublié du monde, je serai tout à mon
DIEU ! Avec quelle joie, avec quels transports j'irai, couvert de boue ou
de neige, porter aux malheureux la vie de l'âme et du corps ! Peut-être
ce jour ne viendra-t-il jamais ! Si c'est la volonté du Seigneur, qu'elle
soit toujours bénie !

Pour mon âme, en ce moment, je ne sais guère comment je suis, si
je fais mal ou non, si je pense bien ou mal ; je ne me rends pas compte
si mes désirs sont justes ; je suis tout désorienté ; suis-je inquiet ou
calme, dans la paix ou dans le trouble ? Je ne vois plus clair dans mon
cœur ; aussi, lorsque je me dispose à aller me confesser, il me semble
que je vais rester court et que tout souvenir va s'effacer de mon esprit.
Cependant je dois espérer en mon bon Seigneur, qui jusqu'à présent
m'a fait la grâce de bien dire tout ce que je pensais et de bien lire dans
ma conscience au moment de me confesser. Quoi qu'il en soit, je ne me
sens pas à l'aise en ce moment, je n'ose ni espérer ni désespérer ; je
tâche cependant de tourner autant que je le puis mes idées vers le ciel.
Une pensée qui est toujours douce et consolante au milieu de mes
peines, c'est que le Seigneur est bon, et mes lèvres et mon cœur mur-
murent : « Je me reposerai en mon doux Seigneur, Maître et Sauveur,
par-dessus tout. » Toujours alors mon cœur sent couler un baume d'une
douceur ineffable ; il se remplit d'une joie tranquille. Je voudrais arriver
à ce point tant désiré : ne jamais me troubler, et marcher doucement
devant le Seigneur. Que le monde défile devant mes yeux sans les
charmer, et que je garde l'amour de mon DIEU ! Que cet amour enflamme
et dilate de plus en plus mon cœur, jusqu'à ce que, l'image du monde
s'étant effacée et m'oubliant moi-même, je ne sente plus vivre en moi
que le DIEU d'amour ! Que le Seigneur m'humilie d'abord, qu'il m'inflige
des souffrances morales, pour que je puisse le louer avec un plus complet
détachement ! Je lui dirai : « Mon bien-aimé Maître, que votre sainte
Volonté soit toujours bénie ! »

9. — A M. L'ABBÉ V., A LYON.

Nice, 15 février 1868.

CHER MONSIEUR,

TOUTES vos paroles me sont chères, d'abord parce qu'elles sont de
l'esprit de DIEU, ensuite parce qu'elles viennent d'une personne
que j'aime. Nous les avons quittés, tous ceux que nous aimons, pour

venir chercher ici la santé, sans avoir atteint notre but. Depuis près de deux mois ce sont de continuelles rechutes ; chaque jour un nouveau rhume vient se greffer sur l'ancien. J'ai été obligé d'interrompre mes études encore une fois, pour la vingtième au moins ; je ne sais vraiment pas comment j'arriverai au bout. Dieu est le maître ; il sait mieux que nous ce qu'il nous faut ; nous devons donc applaudir à tout ce qu'il fait. Si ce n'était que moi ! mais mon pauvre père se décourage de voir ma santé toujours chancelante, après tous les sacrifices qu'il a faits pour l'améliorer. Pauvre père ! il ne sait pas ce que c'est que le bonheur ! Cher Monsieur, priez bien, s'il vous plaît, pour lui. Sans doute il a la résignation chrétienne ; mais cela ne l'empêche pas d'être si profondément triste que rien ne peut l'égayer. J'espère que le Seigneur m'accordera enfin une santé moins chancelante, qui me permettra de travailler ; ce serait une cause de satisfaction pour mon père, qui s'est privé et se prive encore de tout pour moi.

Voilà au moins un mois que je n'ai pas eu le bonheur de recevoir la sainte Communion ; aussi je sens ma conscience affaiblie, sans ressorts, inquiète ; il me semble que je n'avance pas ; or, qui n'avance pas recule. Cependant j'entends, au fond de mon cœur, une voix qui me rassure et me dit de passer par-dessus tout. Je ne me laisserai donc pas arrêter par les inquiétudes qui renaissent toujours au sujet de ma confession ; j'irai, le plus tôt possible, recevoir Notre-Seigneur, ne doutant point que la paix ne revienne complètement avec lui.

Si Dieu me donne la santé de l'âme, qu'importe qu'il accable mon corps d'infirmités et de misères ! Ce qui me tourmente le plus, c'est d'être toujours entravé dans mes études. Mais qu'importe encore ! Si Dieu le veut ainsi, c'est assurément pour mon bien et pour sa gloire ; que son saint Nom soit béni !

Je me félicite de retourner bientôt à la campagne ; je commençais à craindre que la vue du monde ne me donnât du goût pour lui. La simplicité et la fraîcheur des champs sont si bonnes pour l'âme ! Là, le cœur s'élève mieux à Dieu qu'au milieu de la foule oisive.

Le tableau le plus riant qui se présente à mon esprit, c'est de me voir ministre du Seigneur au milieu de ma famille, des petits enfants, de mes cousins, leur parlant du bon Dieu, leur apprenant à l'aimer, à le bénir ; et moi, au fond de mon âme, le bénissant sans cesse, appelant sur la tête de tous mes proches la bénédiction du Ciel. Il y a du temps encore jusqu'alors ; mais j'espère en Dieu, en sa bonté, en sa puissance. S'il vous plaît, cher Monsieur, priez-le dans votre recueillement, pendant cette semaine sainte, de faire de moi un bon et utile serviteur.

10. — A Mlle MARIE D., A LYON.

Nice, 9 mars 1868.

MA CHÈRE MARIE,

MON intention était de te raconter les réjouissances du mardi gras ; mais maintenant c'est de l'histoire ancienne ; je me contenterai de te dire qu'il s'est passé très gaîment.

Les funérailles du roi de Bavière sont bien plus intéressantes que ces folies du carnaval. Il est mort samedi matin ; mercredi, on l'a exposé dans une chapelle ardente ; tout Nice s'y est porté en foule ; j'ai fait comme les autres, bien entendu, et j'y suis même allé trois fois.

La chambre était entièrement tendue de noir. Au milieu, était l'estrade où reposait le feu roi ; elle était entourée de grosses lampes funéraires qui jetaient une lueur blafarde. Le corps, couché sur un drap de satin blanc, était revêtu du costume de général ; son shako et son épée étaient posés à ses côtés ; sa poitrine, constellée de décorations. L'embaumement n'avait pas préservé son visage d'un teint cadavérique. Son long nez tordu tombait presque dans sa bouche ; son gros menton osseux remontait en l'air ; sa loupe était saillante sur le front. Sur un autel dressé à droite, des messes ont été dites toute la matinée. Des soldats bavarois l'environnaient, et deux soldats français montaient la garde d'honneur. Jeudi soir, un général de division est arrivé de Lyon ; on est allé l'attendre, musique en tête, à la gare, où la foule s'était portée ; partout où elle était j'étais aussi. Vendredi, jour des funérailles, la promenade des Anglais qui conduit à la villa du roi, regorgeait de monde. Une frégate élégante, venue de Toulon, suivait le rivage, attendant l'arrivée du corbillard. Toutes les corporations, les couvents et les maisons de charité arrivaient de tous côtés. A neuf heures, le corbillard sortait de la villa ; au même moment, un formidable roulement de tambours l'a accueilli, tandis qu'une salve d'artillerie y répondait de la frégate.

Le cortège s'est avancé au son d'une musique funèbre : d'abord les orphelins de la Charité, puis les Petites-Sœurs des Pauvres, puis les Capucins de Cimiès et ceux de Saint-Barthélemy. Venaient ensuite deux rangs de gendarmes allant à pas lents ; une escouade de sapeurs les suivait, précédant le général Corréard sur son beau cheval de bataille. Un tambour-major de six pieds dominait le corps de musique, dont cinq tambours recouverts de crêpe ouvraient la marche ; un régiment d'infanterie s'avançait à petits pas, le canon du fusil baissé vers la terre en signe de deuil ; une cravate en crêpe noir flottait à la flèche du drapeau.

Ensuite défilait le clergé, chantant des psaumes et escortant Monseigneur l'Evêque. Un peu plus loin, le chambellan de la cour de Bavière marchait à pied, tenant sur un coussin le chapeau de général du feu roi. Le corbillard suivait, traîné par huit chevaux que conduisaient des gardes en deuil. Il était enveloppé d'étoffe noire ; on voyait au-dessus un diadème avec les autres attributs de la royauté. Le cercueil était recouvert de velours cramoisi ; autour, étaient assises de petites filles habillées de blanc, avec des ailes d'or attachées aux épaules ; ces pauvres petits anges étaient à croquer. Un des fils et un neveu du feu roi tenaient les cordons du poêle ; des gardes du corps bavarois les escortaient ; après eux, le préfet, le général de division, ses aides de camp, tous en grande tenue, les officiers des ponts et chaussées, des eaux et forêts, tout le personnel administratif du département des Alpes-Maritimes, le lycée avec les professeurs en robe, le barreau, les juges. Deux fanfares les suivaient ; enfin la marche était fermée par un second régiment d'infanterie et par les douaniers. Pendant tout le temps du défilé jusqu'à la cathédrale, la frégate, au large, n'a cessé de lâcher des bordées ; tous les pavillons et les drapeaux étaient fixés à leur hampe, les magasins fermés, les bals, concerts et spectacles suspendus. En un mot, la ville de Nice avait déployé tout l'appareil d'un deuil public. Un service solennel a été célébré à la cathédrale, d'où le cortège s'est remis en marche vers la gare, à trois heures ; je l'ai suivi partout ; je n'ai pas quitté le roi jusqu'à son départ.

En revenant de la gare, les soldats joyeux ont remis la baïonnette au canon, le fusil sur l'épaule, et, au son d'une marche des plus gaies que j'aie jamais entendues, ils sont rentrés dans leurs casernes ; une fois le roi parti, on n'y a plus pensé ; voilà ce que sont les honneurs de ce monde !

11. — A M{ll} MARIE D., A POISSON.

Tourville, 17 mai 1868.

MA CHÈRE MARIE,

J'AI du bonheur à dater mes lettres de Tourville.

Veux-tu savoir comment je passe ma vie ? Je me lève à six heures, même plus tôt ; je fais le résumé de ma leçon d'histoire de la veille ; c'est, en ce moment, l'histoire romaine, qui est, ma foi, très intéressante ; j'en suis à la troisième guerre punique. Jusqu'à présent j'avais

eu une haute estime pour le peuple romain, mais en voyant les injustices
qu'il a commises envers Carthage, je suis saisi d'indignation ; et mon
professeur me dit que ce n'est que le commencement ! Où conduisent
l'orgueil et la passion de la gloire !

Après ce résumé, j'absorbe une énorme soupe, suivie d'un verre de
vin de Bordeaux, et la digestion se fait à la pêche aux grenouilles, qui
foisonnent dans la mare ; puis, de huit à onze heures, un devoir latin ou
grec, corrigé séance tenante. A onze heures et demie, le dîner ; récréation jusqu'à deux heures et demie ; alors, leçon de mathématiques
jusqu'à quatre heures et demie ou cinq heures ; ensuite, jusqu'au souper,
je fais ce que je veux. Ce n'est pas tout : d'une heure à deux heures
et demie, j'étudierai mon piano ; mais il faut qu'auparavant l'accordeur y
ait passé ; jusqu'alors, impossible d'en tirer une gamme juste. Je vais
utiliser l'heure de liberté qui me reste avant le souper pour le dessin,
que j'ai un peu négligé, et certes bien à tort. Mon crayon inexpérimenté
ne fait qu'errer à tort et à travers sur le papier, sans pouvoir attraper,
quand je dessine des arbres, ces enchevêtrements de rameaux, ces
découpures de feuillages, ces clairs-obscurs qui m'échappent toujours.
Quant aux masures, il faut un coup de crayon net et saccadé comme
pour une esquisse ; ceci n'est point du tout l'enfance de l'art, et je n'ai
pas assez travaillé pour y réussir. Lorsque je vois mes affreux pâtés
cirés, le découragement me prend comme toi, et adieu le dessin !

---

12. — A M. L'ABBÉ V., A LYON.

Tourville, 31 mai 1868.

CHER MONSIEUR,

OTRE bonne lettre m'a fait un grand bien. Toute cette semaine je
me suis appliqué à demeurer en la présence de DIEU ; j'ai redou-
blé mes prières à la Sainte Vierge, et je suis plein de joie de voir que
cette bonne Mère a daigné me regarder. Mes inquiétudes ne m'avaient
pas quitté depuis longtemps ; aujourd'hui elles ont à peu près disparu ;
je suis calme et même gai. J'ai toujours peur cependant que cette sérénité ne soit une illusion du démon ; mais je pense que le bon DIEU, qui
réside dans mon cœur, ne lui permettra pas d'y porter le désordre. Je
me tiens donc sur la réserve, de peur de perdre la grâce et l'auteur de
toute grâce, qui a consenti à se donner à moi. Puisque je le possède dans
ma poitrine, il me semble que tous les pièges du démon me seront

dévoilés par la lumière divine qui éclairera ma route. Tout me sera doux et léger, si ma conscience garde sa pureté. Je suis si faible que je ferai bien souvent encore des faux pas ; mais je ne doute point que ma bonne Mère ne soit là pour me soutenir. Néanmoins je me défierai constamment de moi.

En lisant un des chapitres de la Vie de sainte Chantal, j'éprouvais en même temps du bonheur et de la douleur : le bonheur de voir Notre-Seigneur Jésus-Christ si bien servi, de l'entendre si bien louer par cette sainte bouche, avec des paroles si enflammées d'amour et en même

CHAMBÉRY. (P. 120)

temps si douces et si suaves ; la peine, c'était de me voir si froid, si indigne, si éloigné de la sainteté. Que d'efforts à faire ! quel long chemin à parcourir ! Aussi je vais toujours devant moi, lentement sans doute, parce que je crains, j'hésite, j'ai peur de mal faire ; lorsque l'aveu de quelque faute m'échappe, je ne perds plus courage, je poursuis ma route. Mon âme se sent guidée, soutenue ; c'est pourquoi elle ne s'inquiète pas trop. Je prie le Seigneur qu'il me dirige en tout, qu'il me conduise par la main, et je marche sans me retourner.

Le Seigneur serait-il assez bon, assez miséricordieux pour me permettre d'entrer dans son sanctuaire, moi si indigne du moindre de ses

dons ? Que cette pensée que vous avez eue m'a ému, cher Monsieur !
Mon cœur battait bien fort en me voyant, dans l'avenir, ministre du
Seigneur. Pourtant, si c'était la volonté de DIEU ?... Afin d'être prêt à
tout, je veux m'appliquer à devenir meilleur. J'accepterai tout ce que
mon Maître m'enverra ; je bénirai sa volonté en tout et partout, je
m'attacherai à m'humilier, à oublier le monde, à tenir toujours ma
conscience bien nette et mon cœur enchaîné par l'amour de DIEU. Cela
a toujours été mon désir : servir mon Seigneur constamment, et travailler à la gloire de son Nom. Oui, j'espère sincèrement que mon DIEU
m'appellera à lui ; que sa sainte volonté soit en tout bénie ! Il me semble
que je me vois au pied de l'autel, prêt à en gravir les marches pour la
première fois, prêt à tenir entre mes mains le Maître de l'univers. O
mon DIEU ! serait-il vrai que vous me le permettiez ! serait-il possible
que je puisse vous prendre dans mes mains, me rassasier de vous tous
les jours, vous conserver constamment en ma poitrine ! Oh ! n'en serais-
je pas trop indigne ? Encore dix ans devant moi ! Pendant ces dix
années, je vais travailler à la purification complète de mon âme, à mon
détachement de tout bien terrestre, de toute affection humaine. Mon
DIEU, quand je vous aurai, n'aurai-je pas tout ? En plantant dans mon
cœur cette croix du salut, je ne cesserai pas de me livrer aux études qui
me donneront les lumières nécessaires pour faire comprendre et aimer la
religion. Le bon DIEU veut bien m'accorder la santé en ce moment ; j'en
profite pour me mettre en état d'obéir à tout ce qu'il lui plaira d'exiger
de moi.

13. — A M. L'ABBÉ V., A LYON.

Tourville, 30 juin 1868.

CHER MONSIEUR,

EN revenant ici après ma courte absence, j'ai repris mon petit train
de vie. Je continue à travailler jusqu'au mois d'août, époque où il
faudra partir pour les eaux. Quoique je sois mieux ici que partout
ailleurs, je commence à sentir le plaisir que j'aurai à m'éloigner pendant
quelque temps, à voir bouger autour de moi ; et justement ce désir de
se retrouver dans le monde n'est-il pas une grande vanité ? Quand on
est un peu isolé, comme on peut mieux travailler au bien de son âme !
Et cependant, même ici, je tombe bien souvent, à tous les instants du
jour. Je prends de bonnes résolutions, et, quelques minutes après, je les

oublie. Que je voudrais être humble, obéir à tous, être sous les pieds de tous ! Si c'était la volonté de mon Dieu, je serais heureux de mendier, pour écraser mon orgueil. Oui, Frère dans un Ordre mendiant, tendant la main dans la rue, rebuté, méprisé, il faudrait cela pour briser mon orgueil. Que le Seigneur m'accorde cet état-là, si c'est pour sa gloire et pour mon salut ! S'il vous plaît, cher Monsieur, priez avec moi ; je veux combattre sans relâche. Je suis bien ici, où rien ne vient frapper mes regards ni mon cœur, rien, si ce n'est la belle nature, ouvrage de mon Dieu. Tout en le désirant, je redoute le moment où je retournerai dans la ville. Mes yeux seront forcés de voir, et je ne veux rien voir si ce n'est Jésus-Christ ! Je veux me donner tout à lui, et le plus tôt possible, c'est-à-dire que ma vie ne soit que pour le servir. Je ne puis plus rien supporter hors de lui. Peut-être est-ce une mauvaise chose que je sois si accessible au bruit du monde ! C'est une marque probable de ma faiblesse.

Je suis si misérable, si lâche dans toutes les petites rencontres avec le démon, que je serais bientôt perdu sans le secours divin. Mon Dieu, vous voyez que je veux être tout à vous, que c'est là mon seul désir, que j'y tends par toutes mes actions. Quand la tentation viendra, quand je serai blessé dans mon amour-propre, je retiendrai mon émotion en moi ; et si elle s'échappe, mon Dieu, je m'humilierai doucement devant vous. Cher Monsieur, je voudrais être mort tout entier à moi-même, ne plus m'inquiéter ni de mon corps ni de la vie d'ici-bas. C'est vers vous, mon Dieu, que mon cœur s'élance ; recevez-le, purifiez-le, permettez à ma voix de se mêler à celles des anges pour chanter vos louanges dans l'éternité.

Priez, s'il vous plaît, que je reçoive dignement Notre-Seigneur dans la Communion ; je sens qu'il me tend les bras, je suis heureux, je vais reposer sur son sein ; je penserai à vous, et je demanderai à mon Jésus qu'il vous prodigue tous ses dons.

---

14. — A M. L'ABBÉ V., A LYON.

Tourville, 31 juillet 1868.

Cher Monsieur,

Nous partons pour les eaux de Saint-Gervais...
Je vais quitter ma solitude et vivre avec les hommes ; leur contact m'effraie. Ce que j'entends dire, ce que je vois faire autour de

moi est bien de nature à m'inspirer cet éloignement ; vraiment nous sommes tous bien imparfaits. Qu'entends-je dans une conversation ? On parle de telle ou telle personne, et, comme chacun a ses défauts, on parle de ses défauts ; on s'occupe d'affaires bien misérables, de soins, de plaisirs bien fades, de tout, excepté de la seule chose vraie, des jouis- sances les plus douces, de l'amour de mon DIEU. Et cependant je vis dans un milieu religieux, je puis le dire ; même là, que d'imperfections ! moi-même j'agis ainsi ; mais que cela m'est lourd à porter ! que ce far- deau est accablant ! Toujours veiller sur soi, toujours combattre ! A chaque instant j'ai peur d'être tombé ; je me décourage, je reprends des forces, je suis inquiet, je suis tranquille, je passe par tous les états en moins d'une heure. Que ces variations m'ennuient et me désespèrent ! Si je ne voyais plus rien, si je fustigeais mon corps et mon âme, il me semble que je serais plus content ; et puis, de temps à autre, je sens mon corps se replier sur lui-même, s'affaisser, aiguillonné par le démon tentateur...

Lorsque je vous écris, j'éprouve un grand bonheur à parler de DIEU ; personne ne peut me donner cette satisfaction, personne ne me parle de DIEU ; pourquoi ? C'est cependant si agréable ! il y a tant de suavité dans l'amour du bon DIEU ! Comment se fait-il que quand je suis avec vous, quand je vous parle, je n'ose plus vous entretenir de DIEU ? Je crains que ce ne soit orgueil, respect humain de ma part. Avant de vous voir, mille pensées me viennent à l'esprit, je forme le projet de vous les communiquer ; puis, quand je vous vois, je n'ai plus rien à vous dire. Comme sainte Chantal était plus simple en causant avec son directeur, saint François de Sales ! Quelle candeur d'âme ! quelle douceur ! quelle onction ! mais c'était une sainte...

15. — A Mlle MARIE D., A POISSON.

Grenoble, 18 septembre 1868.

MA CHÈRE MARIE,

DEPUIS ma dernière lettre, nous avons visité Annecy et Chambéry ; nous sommes en pleines pérégrinations. Annecy, la jolie petite ville d'Annecy, était assez triste le jour où nous y avons passé ; le temps sombre ôtait au lac sa couleur bleue, et les montagnes sans rayons de soleil et sans ombres offraient un coup d'œil peu agréable à cause de leur uniformité. Un gracieux petit bateau à vapeur, *la Couronne de*

Savoie, nous a promenés le long des côtes pendant trois heures. On nous. a servi notre déjeuner dans le salon du bateau. Au retour, nous avons circulé dans les rues de la ville pendant une heure environ. Ces rues ont un cachet tout particulier, un cachet bien savoisien ; des arcades soutenant des voûtes basses les bordent en différents endroits ; toutes les pierres dont on bâtit les maisons ont une teinte grisâtre, et toutes les. maisons comptent à peu près autant d'étages les unes que les autres ; leurs toits sont couverts d'ardoises ; les clochers ont leur couverture en fer-blanc. Il serait difficile de te donner une idée exacte de ce genre de construction, mais ça ne manque pas d'originalité. La ville est au bord du lac ; de hautes montagnes de rochers l'entourent d'un côté, tandis. que, de l'autre, une plaine ou plutôt une vallée s'ouvre au levant.

Je connais Chambéry à fond. Le premier jeudi de notre séjour à Aix, mes deux amis et moi avons obtenu la permission de prendre le chemin de fer pour y aller ; joyeux, nous nous sommes élancés dans les wagons de troisième classe au milieu d'une troupe de pioupious...

Pendant quatre heures, nous avons arpenté les rues de Chambéry dans tous les sens ; puis nous sommes allés au café, où nous nous sommes fait servir de la bière, en nous donnant des airs de personnages d'importance.

La ville de Chambéry est bien mieux bâtie qu'Annecy ; les percées sont larges, les promenades, plantées d'arbres.

Le jeudi suivant, nous y sommes retournés, en voiture cette fois, avec nos parents ; enfin, hier encore, le chemin de fer nous y déposait pour une heure. Cette heure, Joseph U. et moi, nous ne l'avons pas perdue ; nous sommes allés faire nos adieux à tous les quartiers de la ville.

La vallée du Grésivaudan est charmante ; le Mont Blanc s'est montré à nous, dans le lointain, pendant une minute, et nous avons salué ce vieil ami au passage. A trois heures, nous étions à Grenoble ; aussitôt, une voiture nous amenait à Uriage. Là, tout est frais et coquet : pelouses soigneusement peignées, ombrages tirés au cordeau. On conserve, dans le château, les bottes de Bayard ; je n'en garantis pas. l'authenticité. Après avoir couché à Uriage, nous sommes revenus, ce matin, à Grenoble, où nous avons visité le palais de Justice, dont les. salles sont décorées de belles boiseries sculptées.

Le musée de peinture possède quelques toiles précieuses, entre autres le *saint Grégoire le Grand* de Rubens, une de ses plus belles. œuvres.

Demain nous quitterons Grenoble par la porte Randon ; le chemin de fer nous emmènera jusqu'à Voiron. Alors, à pied et en voiture, nous.

pénétrerons dans le désert, et nous monterons en pèlerins à la Grande. Chartreuse. Dimanche, après la messe, nous prendrons la route de Lyon, où nous arriverons au bout d'un mois et demi d'absence, et après avoir visité Genève, Saint-Gervais, Chamounix, les bords du lac de Genève, Aix, Annecy, Chambéry, Grenoble, Uriage et la Grande. Chartreuse. Je suis bien reconnaissant à mon père de me faire faire un aussi joli voyage ; j'en conserverai un charmant souvenir.

---

16. — A Mlle MARIE D., A POISSON.

Tourville, 25 septembre 1868.

MA CHÈRE MARIE,

ENFIN nous voici chez nous, au repos. On ne jouit jamais autant de son chez-soi que lorsqu'on y rentre après une longue série de pérégrinations en chemin de fer, en voiture, en diligence, en bateau à vapeur, à mulet, à pied, etc. ; nous en avions assez ; mon père commençait à en être un peu brisé, et moi j'étais las et agité. Les choses les plus agréables deviennent fatigantes à la longue. Ce n'est pas à dire que nos dernières étapes aient été de trop ; oh non ! au contraire, rien ne nous a plus intéressés dans notre voyage. Je vais t'en donner un aperçu. Ainsi que je te l'ai écrit de Grenoble, nous avons gagné Voiron, où, après un copieux déjeuner, nous nous sommes remis en route dans une bonne calèche ; cette calèche, par bonheur, était parfaitement étanche. Il n'y avait pas un quart d'heure que nous roulions, que la pluie tombait à verse, au milieu des éclats du tonnerre, et dans une demi-obscurité où les éclairs traçaient leurs sillons en zigzags. Jusqu'à Saint-Laurent-du-Pont, la route, quoique belle, n'attirait pas encore beaucoup notre attention ; après ce village, lorsque nous avons eu pénétré dans la gorge sauvage au fond de laquelle roule un torrent, nous fûmes tout yeux et tout oreilles ; mais, empilés dans l'intérieur de la voiture, nous étions fort gênés pour admirer ce chaos de rocs et de ravins ; les cimes étaient cachées par d'épais brouillards, mais la lueur des éclairs perçait la profondeur des abîmes et les échos répétaient au loin les grondements du tonnerre. Cette nature sauvage faisait un cadre merveilleux aux horreurs de la tempête. Le lendemain, je l'ai revue par un beau temps, eh bien ! je l'aimais mieux avec l'orage. Nous continuons à monter, sans cesser d'admirer ce magnifique spectacle. Le pays n'est pas tout à fait inhabité ; de loin en loin notre attention est attirée par des scieries, où

l'on convertit en plateaux d'énormes troncs de sapins. La pluie a cessé
de tomber au moment où nous arrivions au couvent. A la vue de ces
longues murailles grises, de ces toits d'ardoises dont les arêtes s'élèvent
au milieu d'une forêt, j'éprouvais une sorte de saisissement. Quel paysage
sévère ! quel aspect froid et morne ! Étais-je bien encore sur la terre ?
Jusqu'alors je n'avais jamais vu rien qui ressemblât à ce que j'avais sous
les yeux ; de tous côtés les rochers s'élevant en amphithéâtre rétrécis-
saient l'horizon ; tout était gris, le ciel lui-même ; seule la sombre verdure des sapins mettait une autre teinte dans cet austère tableau. Nous
conduisîmes Mme U. dans l'hôtellerie des femmes, car l'entrée du
monastère leur est interdite ; cela ne fait pas du tout l'affaire de mesdames les pèlerines que la curiosité tourmente ; mais il n'y a pas à
discuter, le verrou ferme la porte sur nous, et Mme U. s'en va se chauffer
toute seule au coin de la cheminée, dans son département.

En entrant, un long et obscur corridor nous conduit au cloître ; nous
prenons à gauche par un couloir voûté, non moins sombre, qui nous
mène à la salle à manger ; un bon feu nous y attendait ; on se chauffe
avant le souper ; nous causons avec quelques pèlerins qui, comme nous,
ont laissé leurs compagnes à la porte, et l'on se met à table. Après un
potage de riz à l'eau, où l'on avait mis du beurre, à la différence de celui
des moines, qui est privé de cet assaisonnement, nous eûmes une salade
de pommes de terre cuites et d'oignons crus, puis quelques fruits, et
c'était tout. J'eus la malencontreuse idée de manger de la salade et j'en
sens encore le goût quand j'y pense ; la salade ne passa pas. Voulant
prévenir les conséquences de mon imprudence reconnue trop tard, j'ava-
lai un grand verre de chartreuse verte ; mais, hélas ! au lieu d'activer la
digestion, je me donnai une indigestion ; jusqu'au lendemain il se livra
dans mon estomac des combats furieux entre la chartreuse et la salade ;
c'est ainsi que je fis pénitence ; c'était, du reste, assez à propos : ce
jour-là était vigile-jeûne, et nous étions redevables à cette circonstance
du piteux régime alimentaire auquel on nous avait soumis ; pas de
chance ! A sept heures et demie, nous allâmes nous coucher, en recommandant de nous réveiller pour l'office de nuit. Nous montons donc un
escalier voûté, qui conduit à un corridor voûté aussi et éclairé par une
petite lampe ; ce corridor s'étend au loin dans l'ombre ; à droite, à
gauche, de petites portes. Nous marchions toujours et nos pas faisaient
retentir les dalles ; enfin le Frère qui nous accompagne s'arrête. Quatre
petites portes pareilles aux autres s'ouvrent devant nous, c'étaient nos
cellules : un lit fait de quatre planches, long d'un mètre cinquante centimètres, et un prie-Dieu au pied du lit, occupent toute la longueur de la

cellule ; sa largeur est de deux mètres ; une table et un pot à l'eau, une chaise, une image de la Sainte Vierge suspendue aux murs blanchis à la chaux, composent l'ameublement. J'entrai sous mes draps de toile rousse ; mon traversin était une botte de foin roulée dans les draps, pas autre chose, parole d'honneur ! Mais, ô misère ! j'étais plus long que mon lit ; bah ! pour une nuit, je dormirai les jambes repliées. Là-dessus je m'endors d'un sommeil agité, ruminant bien des choses et surtout ma salade.

J'étais à moitié réveillé, quand un vigoureux coup de poing ébranle ma porte: « Matines ! » ajoute une voix sourde. Je saute à bas de mon grabat et en deux secondes je suis prêt. Onze heures moins un quart sonnaient à l'horloge du monastère ; un peu l'indigestion, un peu le froid me faisaient grelotter ; je m'enveloppai de mon mieux dans mon pardessus. Mes deux amis et mon père sortaient de leurs cellules en même temps que moi ; nous n'avions guère dormi ni les uns ni les autres. Ce n'est pas sans une certaine émotion que nous nous dirigeons vers la tribune de l'église, au bout de notre corridor. Au moment où nous arrivons, l'église était dans l'ombre et le silence ; seule une petite lampe jetait une lueur vacillante à l'entrée du sanctuaire. Une porte s'ouvre dans le fond ; un à un les moines, une lanterne sourde à la main, s'avancent et glissent comme des ombres ; un silence absolu continue à régner ; ces grandes robes blanches, surmontées d'un capuchon, se rangent de chaque côté de l'église ; des espèces de lanternes sourdes s'allument, les missels sont tirés de leurs rayons, placés sans bruit sur les pupitres, et se trouvent seuls éclairés par la lumière que les lanternes projettent sur leurs feuillets ; le reste du vaisseau demeure plongé dans l'obscurité. Je respirais à peine, tant j'étais impressionné. Tout à coup la voix lente du Père Général psalmodie ces mots : *Adjutorium nostrum in nomine Domini ;* et de toutes les poitrines un chant grave s'élève et vient mourir vers nous ; on psalmodie pendant trois heures, toujours sur le même ton, complies, matines, laudes ; pendant deux heures et demie nous avons écouté sans rien dire ces voix monotones. Il semble que nous dussions en avoir assez ? Eh bien ! non ; ces hommes (dois-je les appeler des hommes ?) nous tenaient en admiration. Toutes les nuits ils rompent leur sommeil, et toutes les nuits ils chantent les louanges de DIEU. Oh ! quelle foi ! quel amour ! Si nous osons nous comparer à eux, de quelle crainte ne devons-nous pas être saisis, en songeant qu'ils tremblent encore pour leur salut ! A une heure et demie j'allai me remettre au lit, et à six heures je revins entendre la messe à la même tribune. Cet office de nuit me semblait un rêve, mais ce rêve est pour toujours gravé dans ma mémoire ; il m'a trop frappé pour que je l'oublie.

URIAGE. (P. 121.)

Je t'avouerai que je n'ai pas du tout suivi ma messe, ce matin-là ; je demeurai en contemplation devant ces Chartreux, et l'émotion m'a contracté la gorge quand, au moment de l'élévation, je les ai vus s'étendre tout de leur long sur les dalles. Cette prostration, cet acte d'humiliation auquel ils soumettent leur corps m'a profondément remué : je ne saurais t'exprimer ce que j'ai ressenti, mais je restai ahuri et confondu. Lorsque le Père officiant eut dit la messe, il alla, lui aussi, se coucher sur les marches de l'autel, sous les yeux de Dieu.

Nous descendîmes déjeuner. A dix heures, un Frère vint nous prendre pour la visite du cloître. Au cimetière, nous avons vu quelques croix noires plantées sur la tombe des religieux trépassés ; pas même un nom pour rappeler leur mémoire aux hommes ! ils n'ont vécu que pour Dieu. Leur cellule se compose de quatre petites pièces et d'un petit jardin ; jamais ils ne se déshabillent, ni ne mangent de viande ; ils disent tout l'office et ne se parlent pas, si ce n'est lorsqu'ils se rencontrent ; alors ils peuvent se dire : « Frère, il faut mourir ! » et c'est tout. Ils ont les livres qu'ils veulent, bêchent et cultivent leur petit jardin, scient et tournent du bois, écrivent et surtout prient. Et l'on me dira : « Ces gens ne servent à rien » ? Je répondrai : « Sans eux, sans leurs prières, vous seriez peut-être damné ! »

Il faisait beau ; nous sommes descendus à pied jusqu'à Saint-Laurent-du-Pont. Voyage si plein d'attraits que je le ferai de nouveau, si Dieu me prête vie.

Le même soir, nous étions rendus à Lyon.

17. — A M. L'ABBÉ V., A LYON.

Tourville, 26 septembre 1868.

Cher Monsieur,

Après plusieurs semaines d'une vie instable et agitée, j'ai retrouvé notre solitude avec un certain plaisir. J'y éprouverai peut-être autant de tentations que dans le monde ; mais je pourrai mieux prier et par conséquent mieux y résister. J'ai pris de nouveau de bonnes résolutions ; avec la grâce de Dieu, j'espère les mettre en pratique ; malgré les ennuis, les contrariétés, les inquiétudes, les dégoûts, je veux aller toujours en avant. Certainement il est fâcheux, lorsqu'on voudrait ne plus penser qu'à Dieu, d'être assailli par une foule de pensées et d'affections mondaines, le plus souvent mauvaises. Eh bien ! en dépit des efforts du démon, je continuerai à prier avec calme mon bien-aimé défenseur ; après l'orage, il me rendra des jours sereins. Cependant cet hiver que je vais passer au milieu du monde me fait trembler d'avance. Si mon cœur allait se partager ! Mais non, mon DIEU y régnera seul, et avec lui quelle sécurité, quelle douce jouissance !

Je me suis remis à lire la vie de sainte Chantal ; aussitôt que j'en ai parcouru quelques lignes, si mon cœur est troublé, il retrouve la paix et une force nouvelle pour avancer. DIEU est bon pour tous ses enfants ; pourquoi ne me conduirait-il pas dans la voie des saints ? Être un saint ! voilà mon seul désir, le seul but auquel je tends. Mon DIEU, donnez-moi la force d'avancer, ne me laissez pas abattre, soutenez-moi vous-même, nourrissez-moi de votre chair sacrée, du pain des forts, qui préserve vos enfants des défaillances pendant le passage de cette vie.

Mon bien-aimé Sauveur veut bien entrer tous les dimanches dans ma pauvre demeure ; c'est en cette communion que je fonde tout mon espoir pour faire des progrès sûrs dans la piété ; d'un dimanche à l'autre je m'efforcerai d'être plus sage....

Qu'il est bon, qu'il est doux, notre aimable Maître ! que je voudrais avoir un peu de sa douceur ! Je voudrais que mon visage fût toujours souriant, parce que cela prouverait que mon cœur est toujours calme et de bonne humeur. Même quand je suis ennuyé, contrarié, souffrant, je voudrais toujours sourire.

Je vais m'appliquer à vivre avec humilité, douceur, patience et résignation.

---

18. — A M. L'ABBÉ V., A LYON.

Nice, 9 décembre 1868.

CHER MONSIEUR,

JE veux tâcher, cet hiver, de bien travailler et de me conduire sagement. J'ai changé de professeur ; maintenant c'est un abbé qui m'enseigne le grec et le latin ; j'espère faire avec lui des progrès rapides, surtout en grec ; je commence à y prendre goût. En latin, je livre de vigoureux assauts à Salluste ; nous luttons ensemble d'énergie et de concision ; ce que je dis là est un peu téméraire ; c'est déjà bien beau quand, ayant compris le sens d'une phrase, je parviens à la rendre en bon français. Dans un mois, lorsque je serai mieux familiarisé avec cet auteur, j'aborderai Tite-Live, et, plus tard, Tacite. Virgile fait mes délices ; ce n'est pas qu'il soit toujours très facile à comprendre, surtout dans les *Géorgiques ;* mais quelle poésie pleine de charme ! que de descriptions gracieuses et que d'images sublimes ! Tout est si bien pris dans la vraie nature que la pensée du lecteur s'y reflète comme dans un miroir. Cicéron aussi m'enthousiasme. Lorsque je serai plus fort en grec, Démosthènes à son tour aura mon admiration.

La santé, jusqu'à présent, n'a pas trop souffert de cette application quotidienne à un travail sérieux ; à la Noël, je prendrai quelques jours de repos.

Hier, Lyon devait être bien beau ; comme j'aurais désiré m'y trouver pour célébrer la grande fête de notre Mère, la protectrice de notre bonne ville ! Je me rappelle, lorsque je passais l'hiver à Lyon, avec quelle joie nous voyions arriver ce 8 décembre ! Après avoir illuminé nos fenêtres, nous allions contempler le coteau de Fourvière, qui resplendissait de lumières et de feux de Bengale ; la Saône était couverte de barques brillamment éclairées, dans lesquelles des orchestres jouaient des fanfares et d'autres airs joyeux ; des cris d'allégresse éclataient dans la foule attirée par ce spectacle, et, par-dessus toutes ces voix, le gros bourdon de Saint-Jean envoyait au loin ses sons majestueux. Partout des devises en lettres de feu : « *Hommage à Marie, Mère de Dieu ! Marie ! Marie !* » Partout Marie ! ô le doux nom ! Que cette colline sur laquelle il a resplendi mille fois est sainte ! Toujours je me souviendrai de cette pieuse fête, de cette joie universelle. Devant ce spectacle, on se sent le cœur pénétré de l'amour de la Sainte Vierge, et de la Mère au Fils le cœur passe doucement. Ici, rien de semblable ; mais j'ai reçu notre divin Sauveur, et je l'ai prié de m'apprendre à honorer et à imiter partout les vertus de Marie conçue sans péché.

Peu s'en est fallu que je n'allasse au théâtre, d'abord au Vaudeville, une autre fois aux Italiens ; je n'y suis pas allé du tout, pour une raison quelconque. Au premier moment, ce projet m'avait séduit ; comme j'étais heureux, le lendemain, de n'y avoir pas mis les pieds ! Maintenant c'est une affaire faite, je n'irai point.

Encore beaucoup de « toiles d'araignées (¹) » sur mon chemin ; jusqu'à présent je ne m'y suis guère arrêté, et ma conscience ne s'en est pas troublée. J'irai droit à mon DIEU, en m'appuyant sur ma confiance en sa douce miséricorde.

---

1. L'abbé V***, dans une lettre, lui avait ainsi désigné certains petits obstacles dans l'ordre spirituel.

---

19. — A MM. JOSEPH ET OCTAVE U., A PARIS.

Nice, 25 décembre 1868.

Mes chers Amis,

Ma lettre va vous trouver auprès de votre bonne mère, tout joyeux d'être réunis, car je ne doute pas que Joseph ait eu congé. Ce matin, à la messe de la chapelle de la Charité, où j'ai communié, je vous ai chaudement recommandés au saint Enfant Jésus que je portais dans mon cœur. La pensée m'est venue qu'au même moment vous priiez peut-être, de votre côté, pour votre ami ; si vous avez demandé qu'il fût heureux, ce dont je ne doute pas, le bon Dieu n'a pas manqué de vous exaucer aussitôt, car je suis tout à fait heureux en ce beau jour de Noël. Ce n'est pas que notre ciel de Nice se soit mis de la partie ; au contraire, et bien à contre-temps, il est sombre aujourd'hui ; le soleil, au lieu de se cacher, ne devrait-il pas faire luire ses rayons les plus vifs pour contribuer à entretenir la joie dans le cœur ? Réjouissons-nous quand même, et chantons : « Noël ! Noël ! Dieu avec nous ! » — A deux heures, je vais aller entendre, dans l'église de Notre-Dame de Nice, Mgr Capel, qui va prêcher en anglais.

A cinq heures, nous dînons chez notre propriétaire. Ancien maître-queux, notre amphitryon tient à nous donner une haute idée de son talent culinaire. Depuis deux jours je lui vois faire ses préparatifs : il pile, il hache, il larde, il embroche... il s'inspire, en un mot, de Rabelais et de Brillat-Savarin. Dimanche, à notre tour, nous le recevrons avec sa famille.

Il va y avoir au Casino deux matinées dansantes par semaine, ce qui ne me charme pas du tout pour mon propre compte, attendu que je ne danse pas et que je préfère mille fois le concert, où l'on nous joue de magnifiques ouvertures et des fantaisies délicieuses, à la musique de danse, qui ne me dit rien à l'esprit ni au cœur, lors même que ce sont des valses, quadrilles ou polkas d'Offenbach, de Strauss et des meilleurs compositeurs en ce genre. C'est vous dire que, n'eussé-je pas d'autre raison, vous ne me verrez guère fréquenter, à Paris, ni Mabille ni le Château-des-Fleurs.

A propos de musique, nous avons entendu, la nuit dernière, des chants diaboliques, des cris de démon, qui partaient des environs de la pension Milliet ; c'étaient les mêmes scènes que celles de l'an dernier, vous vous les rappelez, et Mesdames les blanchisseuses étaient une fois de plus les auteurs de ce bacchanal d'enfer ; elles ont fait un fameux réveillon. Je ne puis pas m'habituer à cette coutume, qui me blesse dans mes sentiments de chrétien. Se gorger de viande, s'enivrer et se livrer à toutes sortes d'orgies tapageuses pendant la nuit solennelle où s'est accompli le mystère de la naissance du Dieu fait homme pour nous sauver, n'est-ce pas se rendre coupable d'idolâtrie ? Que d'actions de grâces ne lui devons-nous pas pour nous avoir fait naître nous-mêmes de parents scrupuleux observateurs de sa loi !

Je vous ai dit que nous n'avions pas beau temps ; le ciel est gris, la mer est noire, mais la température est assez douce. La colonie étrangère n'est pas bien nombreuse ; si quelques hivernants arrivent, un grand nombre partent pour l'Italie, pour Naples, où le Vésuve est en train de vomir des flammes, *liquefacta saxa.* De mémoire d'homme, dit-on, on n'avait vu une plus belle éruption du Vésuve. Nous-mêmes nous avons ressenti ici quelques secousses de tremblement de terre ; si le Mont-Chauve allait se mettre aussi à s'ouvrir et à nous inonder de lave ardente ! Je ne le souhaite pas, malgré mon désir de pouvoir admirer un volcan ; les Niçois courraient risque d'avoir le sort du vieux Pline et nous avec... merci !

Je m'arrête ; l'heure des vêpres approche, et il convient, le jour de la fête de Noël, d'être encore plus assidu à louer le Seigneur. Je vais de nouveau aller le prier pour vous et pour votre bonne mère, à qui vous direz toute l'affection que je lui conserve. Votre ami.

---

20. — A M. L'ABBÉ V, A LYON.

Nice, 31 décembre 1868.

Cher Monsieur,

Je vous suis bien reconnaissant de vos bons sentiments pour moi ; je m'estime très heureux d'avoir une place dans vos prières. Que puis-je faire pour vous, moi qui, j'en ai bien peur, n'ai point de pouvoir sur le cœur de Dieu ? Je vous aimerai toujours, mais quel mérite aurai-je ? Mon cœur me porte tout naturellement vers vous qui avez toujours été si bon pour moi. Il vous souhaite tous les dons du Seigneur ; je demande à Dieu qu'il prenne en lui, pour l'éternité, mon cœur avec le vôtre. Quand serai-je dans cette bienheureuse éternité ? Je souffre sur la terre, parce que, à chaque instant, je crains de m'éloigner de mon Dieu.

Mon âme est toute troublée aujourd'hui. Je vous ai confié mes tentations au sujet du théâtre, mais voici bien une autre affaire : c'est le plaisir de la danse qui me sollicite en ce moment. D'abord j'en avais évité toutes les occasions, je croyais que c'était fini ; j'étais joyeux, je me disais : Je ne danserai pas. Mais mon père a voulu me faire prendre des leçons de danse ; hier, j'ai pris la première, et aujourd'hui je suis rêveur, sans goût ; mon cœur n'est pas tranquille, je suis malheureux. En outre, le démon, content de son ouvrage, me presse de plus en plus ; il me donne des tentations insensées de danser, et comme nous sommes abonnés au Casino, où l'on danse deux fois par semaine, j'ai une grande frayeur de me laisser aller à faire comme les autres. Et cependant mon Jésus, mon Sauveur m'a comblé de ses consolations ! Le jour de Noël, pendant que je le portais dans ma poitrine, mon âme était inondée de joie et d'amour, mon cœur en débordait. Le divin Enfant a été plein de douceur pour moi ; voudrais-je donc l'abandonner ?

J'espère, c'est mon seul espoir, que je serai malade samedi, jour de la seconde leçon de danse ; depuis deux jours je suis très enrhumé ; peut-être après-demain serai-je obligé de garder le lit, et alors je serai sauvé.

Demain, premier jour de l'année, je ne pourrai aller recevoir mon DIEU pour le remercier de tous ses bienfaits et lui demander ses grâces ; il fait un temps affreux, mon rhume me retient dans ma chambre. Cher Monsieur, en recevant ma lettre demain matin, suppliez le Seigneur qu'il mette un empêchement à la leçon de samedi, ce sera une grâce signalée.

---

21. — A Mlle MARIE D., A LYON.

Nice, 4 février 1869.

MA CHÈRE MARIE,

AUJOURD'HUI jeudi c'est jour de congé ; mon devoir est fini, il m'est donc permis de causer un moment avec toi avant d'aller au Casino.

Commençons par les choses tristes. Mme B., sœur de M. L., est morte ici lundi dernier ; quelques jours auparavant je l'avais vue en pleine santé ; à Lyon, nous en aurions été impressionnés moins péniblement qu'à l'étranger. Nice, c'est bien l'étranger pour nous ; ici presque rien de français ; aussi le cercle de nos connaissances y est-il très restreint, et tout événement qui se produit dans ce milieu nous atteint presque directement. Allons, soyons philosophes ; tâchons d'oublier les tristesses d'hier, tout comme si elles n'avaient jamais existé ; ainsi font les Parisiens, et c'est sans doute le secret de leur bonne humeur habituelle.

Nous profitons du beau temps qui règne depuis quelques jours pour faire de longues promenades ; le Casino seul en souffre, car mon travail n'y perd rien. Un jour de grand vent, je venais d'être malade, et je pars quand même avec mon ami G. Malgré la bise qui menaçait de déraciner les oliviers, nous nous dirigeons du côté de Villefranche, à travers la montagne ; ce n'était guère prudent ; mais le ciel était si pur, et le panorama est si beau là-haut sur le col des monts Baron ! On voit la mer à droite et à gauche ; ce jour-là, elle était d'un vert d'émeraude ; chaque vague avait une crête d'écume blanche ; en bas c'est la rade, où plusieurs frégates se balançaient au souffle du vent ; tous ces mâts oscillant dans le même sens avaient l'air d'exécuter en mesure une danse de géants. Nous descendons la montagne jusqu'au port de Villefranche. Des Américains, venus de Nice en grand nombre, s'embarquaient sur les canots du *Franklin*, pour gagner le bâtiment qui est en rade. Il nous aurait fallu, pour être admis parmi eux, une carte d'invitation, et nous n'en avions pas ; d'ailleurs la mer n'était pas engageante. Nous revînmes donc à Nice avec une caravane de mousses qui avaient congé. Mon père m'a grondé, comme de raison. Heureusement ma santé n'a pas souffert de mon escapade. Avec un beau soleil, quel délicieux pays que cette côte de Provence ! Je profite de toutes les journées chaudes pour visiter tous les points des vallons et de la plage.

Tu as peut-être lu dans le journal qu'il y a eu des courses de chevaux à Nice, et tu vas m'en demander des nouvelles. Eh bien ! je n'y ai pas mis les pieds. Nous avons vu, à la gare, prendre d'assaut le train qui y conduisait ; mais je déteste la foule ; nous sommes montés, mon père et moi, dans le train qui partait dans le sens opposé, et nous sommes allés passer notre après-midi à Beaulieu, presqu'île charmante, vrai paradis terrestre. Le temps était si clair que nous avons aperçu, en mer, le sommet neigeux du Rotondo, le pic le plus élevé de la Corse ; on nous a dit qu'il était très rare qu'on pût le voir de la côte.

Au Casino, l'orchestre ne vaut pas celui de l'année dernière ; néanmoins on y écoute avec plaisir la musique des grands maîtres.

Gustave Nadaud a donné une soirée intime, où il a chanté ses chansons ; les frères Lyonnet lui ont prêté le concours de leur talent ; je suis parvenu à me faufiler dans la salle : c'était charmant !

Plus de place sur mon papier...

22. — A M. L'ABBÉ V., A LYON.

Nice, 5 février 1869.

CHER MONSIEUR,

DEPUIS que je vous ai écrit, des jours heureux et malheureux se sont succédé pour moi ; des « toiles d'araignées » ont disparu et reparu sur mon chemin ; j'ai eu alternativement des distractions et des heures de ferveur ; je tâche de laisser tout passer et de marcher sans chute. Mon âme subit surtout des assauts du côté de la vanité, et même de l'amour des plaisirs du monde et des mondains ; le démon cherche à attirer les affections de mon cœur hors de JÉSUS ; de temps en temps il parvient bien à me troubler, mais mon DIEU me soutient ; je communie le plus souvent que je peux ; alors mon cœur se remet en équilibre.

Je viens de me confesser ; tout est calme au dedans de moi : j'éloigne toute inquiétude. Pour mon travail, chaque jour ramène sa tâche ; ma principale récréation est la promenade. Je ne saurais dire quelle classe je fais en ce moment ; mais si ma santé continue à être bonne, j'espère passer mon baccalauréat au mois d'août de l'année prochaine.

Mon confesseur part pour prêcher le carême à Bordeaux ; il m'a indiqué un prêtre auquel je pourrai m'adresser pendant son absence. Chaque semaine j'ai le bonheur de recevoir mon DIEU. Pendant ce carême, je vais m'appliquer à mener une vie pieuse, m'attacher de plus en plus aux pas du Sauveur qui s'apprête à mourir pour nous.

J'aime à voir bouger autour de moi, je suis heureux d'être dans une grande ville, je me plais à voir les allants et venants ; mais au milieu de tout ce monde, mon cœur ne s'éloignera pas du Seigneur JÉSUS. Que j'ai d'actions de grâces à rendre au bon DIEU de ce qu'il m'a retenu près de lui ! Je sens que si, comme beaucoup de jeunes gens que je vois, je me livrais à la danse et au plaisir, si je menais une vie mondaine et tout à fait vide, je serais malheureux. Au milieu de tout cela, rien de solide sur quoi s'appuyer ; dans cet isolement, mon cœur chercherait en vain un objet digne d'amour ; mais notre aimable Maître m'a fait goûter ses joies ; il me les a fait sentir si douces, que je me suis donné à lui. Que m'importent les combats, si, pendant la bataille, j'ai auprès de moi un défenseur invincible ? Lorsque j'ai eu le malheur de tomber, il m'a vite relevé, j'ai trouvé en lui un ami, un père. Que les mondains, dans leurs moments de dégoût et de tristesse, cherchent des consolations, où iront-ils les trouver ? Ils continueront à se plonger avec une frénésie plus grande dans tout ce qu'ils appellent les plaisirs ; mais ils n'en reviendront qu'avec une soif plus ardente, qui jamais ne sera étanchée et qui tiendra leur âme dans un état d'oppression continuelle. Leur prétendu bonheur, qui peut les enivrer sur l'heure, est bien fugitif ; ce bonheur ferait mon malheur, je le sens. Puisque j'ai trouvé le bonheur, un bonheur bien solide, je ne veux plus en chercher d'autre ailleurs. Que la joie, que la souffrance, les consolations, les douleurs surviennent, tout sera accepté de la main de mon DIEU ; je veux tâcher de lui être complètement soumis ; je serai heureux si, me considérant comme un bon serviteur,

GUSTAVE NADAUD. (P. 133.)

il me donne beaucoup de travail. La vie qu'il m'a donnée, je la passerai tout entière à son service ; et comme je suis sûr qu'il n'abandonne jamais ceux qui se fient à lui, je marche plein d'ardeur.

Nice est toujours le même, c'est-à-dire un nid des plaisirs du monde, un nid de chenilles. Mais chacun y vit comme il veut, et moi dans mon petit coin, qui ne demande rien au monde et qui n'en attends rien, je suis bien tranquille.

Mais, encore faible, j'ai besoin de toute sorte de secours ; j'espère donc que vous voudrez bien continuer à m'aider dans ma course en priant DIEU pour moi. Ce qui me rassure, c'est de savoir que vous êtes à mon côté, prêt à m'assister au moment du péril.

23. — A M. L'ABBÉ V., A LYON.

Nice, 5 mars 1869.

CHER MONSIEUR,

DIEU merci, mes deux santés sont bonnes en ce moment. Le Seigneur JÉSUS me protège avec tant de soin que je ne sais comment lui témoigner ma reconnaissance. Tout à l'heure je l'ai reçu dans mon cœur ; c'était une vive allégresse. Ah ! je suis honteux d'être ainsi comblé des faveurs d'un DIEU que j'offense si souvent par ma tiédeur et ma lâcheté ; mais j'espère que, petit à petit, il me rendra chaste, bon, condescendant, charitable, soumis, comme il l'était sur la terre. Lorsque j'étais prosterné devant JÉSUS-CHRIST, il y a quelques instants, je me sentais bien fort avec un pareil soutien, un pareil ami dans mon cœur, et je savourais la douceur de l'aimer. Ce saint amour, qui fait notre plus grande joie sur cette terre, se transformera en un ravissement perpétuel dans la céleste patrie. Je me sentais heureux de goûter une telle joie en participant au banquet divin ; et mon bonheur redoublait en pensant que mon amour ne finirait jamais, qu'il irait toujours croissant jusqu'au ravissement dans le ciel. Lorsqu'un mondain voit arriver une fête brillante, il ne se sent pas de joie ; la fête commence, il est enivré de plaisir ; il a devant lui toute la nuit pour en jouir ; la nuit s'écoule, l'aurore met fin à tous ses plaisirs, et il ne reste dans son âme qu'un vide immense qu'il ne pourra remplir, pas plus que les Danaïdes ne pouvaient remplir leur tonneau sans fond. Cependant le temps passe, et bientôt la lumière du soleil ne luira plus pour lui ; c'est alors qu'il lui faudra entrer dans un monde qu'il ne connaissait pas, un monde qui, cette fois, n'aura ni jours ni nuits, un monde éternel ! Oh ! Seigneur, à cet instant suprême, ouvrez les yeux à ces pauvres aveugles ; ils ne vous ont point aimé ; ne les laissez pourtant pas périr ! Quelles actions de grâces je dois à JÉSUS-CHRIST de ce qu'il a daigné me montrer la voie droite et toucher mon cœur ! Pour nous, point de chagrins, tout nous semble doux de la main de Notre-Seigneur. Les joies dont il nous comble ne finiront plus ; dès à présent nous appartenons au ciel ; avec la grâce divine nous persévérerons jusqu'à la mort. Mort bienheureuse pour nous, enfants de l'Église, mort qui nous donnera la vie après laquelle nous soupirons. Mais comme il est terrible en même temps de voir souffrir nos frères, de les voir s'enfoncer dans l'iniquité, eux pour qui notre DIEU a voulu mourir sur la croix tout aussi bien que pour nous !

A cette époque de ma vie, où ma tâche est bien définie, il me semble entendre la voix du Seigneur qui m'excite au travail : « Deviens un homme instruit, moi je formerai ton âme. »

Obéissant à cette voix, je travaillerai ; je suis jeune, le Seigneur me promet des années. Lorsque je serai devenu fort, j'irai porter partout la parole de DIEU ; je prêcherai aux hommes les doctrines saintes et immuables ; à chacun d'eux en particulier JÉSUS-CHRIST fera entendre sa voix par ma bouche et touchera son cœur. Trop faible encore, je marche en chancelant, parce que l'orgueil et la vanité m'enflent l'âme sans la nourrir ; mais quand le Saint-Esprit m'aura fortifié par sa vertu toute-puissante, rien n'arrêtera mon élan dans cette noble carrière, dussé-je aller jusqu'au bout du monde, si DIEU m'y appelle.

Grâces donc à JÉSUS qui me donne la santé de l'âme pour me sanctifier, et la santé du corps pour travailler !... Sans cesse présent à ma pensée, il fait couler dans mon cœur comme des flots de miel et le réchauffe des rayons de son amour. Mais ne devrais-je pas m'en inquiéter ? Mon DIEU est trop bon ; je suis certainement très indigne des grâces dont il me comble ; l'auteur de l'*Imitation* dit de ne pas trop se confier en soi-même dans la paix, parce qu'elle peut d'un instant à l'autre se changer en trouble et en amertume.

Oui, je suis vraiment trop heureux ; ce grand calme présage peut-être quelque orage. Je fais donc provision des consolations du Seigneur pour les jours mauvais. J'ouvre les portes de mon cœur à deux battants, j'aspire mon DIEU à pleins poumons.

J'ai remarqué que ce grand calme règne dans mon âme surtout depuis le commencement du mois de mars. C'est sans doute à la protection de saint Joseph que je dois les consolations dont le Seigneur me favorise. Aussi, je le remercie du fond de mon cœur, et je lui consacre ce pauvre cœur pour qu'il devienne, sous son patronage, un autel de sacrifice, un vrai temple de la Divinité ; puisse-t-il le purifier et lui donner le goût des entretiens intérieurs ! J'aimerai alors à me reposer dans cette Trinité : JÉSUS, Marie, Joseph ! Quelle belle et douce compagnie !

24. — A ÉMILIE C., A TOURVILLE.

Nice, 22 mars 1869.

MA CHÈRE BONNE,

MON père me charge de répondre à la lettre de Jean, par laquelle vous lui souhaitez sa fête. Rien ne nous fait plus de plaisir que ces témoignages d'affection ; ils nous aident à prendre patience dans l'exil, en nous représentant les joies qui nous attendent au retour. Le moment approche où nous reprendrons le chemin de Lyon, puis celui de Tourville. Non, tu ne peux pas t'imaginer mon bonheur quand j'y pense.

Le bouquet de fleurs que vous avez envoyé à mon père est arrivé assez bien conservé ; elles font honneur à Jean : il a dû passer plus d'une nuit dans la serre, pour les préserver de la gelée pendant les grands froids. Nous les trouvons très jolies, même auprès de celles plus renommées de ce pays-ci ; d'ailleurs elles nous ont apporté les senteurs de Tourville, ce qui vaut mieux pour nous que toutes les fleurs de Nice. Tu ne dois pas les avoir oubliées, ces anémones, ces renoncules, ces tubéreuses et surtout ces superbes roses, que nous allions souvent ensemble cueillir dans les champs, quand tu étais ici avec nous. Il y a déjà cinq ans ! Tu ne reconnaîtrais plus Nice, excepté la vieille ville, où rien n'est changé ; mais le quartier que nous habitions est absolument transformé ; notre petite Villa Balestre, avec son jardin au-devant, a fait place à la rue Gioffredo, qui va en droite ligne de la place Masséna au boulevard Carabacel. Quel charmant hiver nous avons passé dans ce petit coin ensoleillé ! Quelles excellentes gens que nos propriétaires ! Quoique cette nouvelle rue soit assez belle, je regrette ce qu'elle remplace ; il me semble qu'elle m'a enlevé quelque chose de moi-même. Rien de semblable ne nous menace à Tourville ; là, notre nid est bien à nous ; personne n'aura jamais la fantaisie d'y aller faire bâtir une ville, la spéculation serait trop mauvaise.

Je pense souvent à toi et à Jean ; je vous vois aller et venir dans la maison et à l'entour. Quand la terre est couverte de neige, vous êtes dans la serre chauffée, ou bien au coin du feu ; les chiens et les chats ont la permission de s'approcher du poêle, où ils ronflent ou ronronnent ; ils ne font pas mauvais ménage ensemble ; le gros Roncevaux est d'un si bon naturel ! D'ailleurs Jean aurait bien vite mis le holà, de sa voix façonnée au commandement militaire. Vous allez quelquefois passer la veillée chez le fermier ; on fait cercle autour de la vaste cheminée toute flambante ; les hommes teillent le chanvre, les femmes filent leur quenouille, ou bien l'on mange des châtaignes et des pommes de terre que chacun va prendre dans la grande marmite d'où sort une vapeur appétissante. Si le tailleur ou la couturière est venue en journée, elle raconte les nouvelles du village. Que j'aimais ces veillées à la fin de l'automne !

Si le ciel est clair, on met des sabots et l'on sort de sa coquille, pour aller dehors humer l'air vif. Mais vous voilà déjà délivrés de l'hiver ; c'est au jardin que vous devez passer votre temps. Jean taille les arbres, il pioche, il bêche, il sarcle, il plante, il sème. Recommande-lui de ma part de ne pas se contenter des plantes de serre ; rappelle-lui que nous aimons beaucoup celles naturelles au pays : les rosiers, les lys, les tulipes, les marguerites, le jasmin, la giroflée, que sais-je encore ? Les plus communes ne sont pas les moins jolies : il faut en avoir en abondance pour pouvoir faire de gros bouquets sans trop dépeupler le jardin. Un de mes bons souvenirs de Saint-Didier, dont j'en ai tant gardé, c'est la haie de lilas qui encombrait le vieux chemin creux derrière la maison fermière. Toinette avait beau la ravager, tous les matins, pour porter au marché de véritables gerbes de rameaux, quand ils étaient en fleurs, il en restait presque toujours autant. Jean fera bien de planter dans la pelouse d'épais massifs de lilas.

Saint-Didier au Mont d'Or ! C'est là que j'ai passé mon enfance, là que ma mère avait passé la sienne ; c'est le théâtre de mes premières étourderies, de mes jeux bruyants ; c'est surtout le vivant souvenir de ma mère. Que de fois j'ai mérité ses réprimandes ! Comme elle était prompte à les oublier en me prodiguant ses tendresses ! Pauvre mère ! je me demande si je n'ai pas contribué à abréger sa vie si courte par mes habitudes tapageuses ; elle aurait eu besoin de plus de calme autour d'elle. Quel bonheur quand, le soir, nous allions tous ensemble au-devant de mon père et de mon oncle, à l'heure où ils revenaient de Lyon !

Et à Montpellier ! j'étais alors tout petit enfant. S'il faisait trop froid pour que ma mère pût aller se promener avec moi, c'est toi qui m'emmenais au Peyrou, sur l'Esplanade, ou bien au Jardin de Botanique. Te rappelles-tu les hautes montagnes de terre que je construisais avec ma petite pelle de bois, et les beaux pains de sable mouillé que je faisais sortir, comme d'un moule, de mon seau de fer blanc ? Tu m'admirais, et je pensais avoir fait des chefs-d'œuvre ; voilà comme on apprend la vanité aux enfants : tu as cela sur la conscience.

L'hiver que nous avons passé plus tard à Hyères nous a laissé des souvenirs moins riants. Hélas ! une fois de retour, nous ne devions plus reprendre le chemin du Midi avec ma pauvre mère. Jamais, ni toi ni moi, nous ne nous étions séparés d'elle ; nous composions seuls sa famille, loin de tous les autres, pendant que mon père était enchaîné à Lyon par ses affaires. J'étais bien jeune quand elle nous a été enlevée ; malgré cela, je la vois encore comme si elle était vivante, et sa douce image semble toujours me sourire. En me la prenant, le bon Dieu m'a laissé un tendre père, qui a tout abandonné pour se dévouer à moi. Il m'a laissé aussi ton affection, qui ne s'est pas amoindrie depuis que tu es devenue la femme de Jean ; lui-même ne nous marchande pas son attachement ; il m'aime bien, quoique je l'aie fait souvent gronder, à Saint-Didier, quand j'allais piétiner ses plates-bandes fraîches ou déranger les châssis de ses bâches. Et puis, il a été toujours si empressé à prévoir tout ce qui pouvait faire plaisir à ma mère ! Vos témoignages d'amitié nous semblent donc tout naturels, et quand vous nous adressez vos souhaits pour le jour de l'an ou pour nos fêtes, nous sommes heureux de les recevoir.

Claudine M., dont les services nous sont encore plus précieux ici qu'ailleurs, vous envoie ses amitiés. Elle a aussi sa place dans nos bons vieux souvenirs. La pensée d'aller bientôt vous rejoindre à Tourville la rend toute joyeuse.

25. — A M. OCTAVE U., A PARIS.

Nice, 2 avril 1869.

MON CHER OCTAVE,

MON cousin A. D. vient de passer quelques jours ici, et nous lui avons fait visiter la contrée. Le mardi de la Semaine sainte, nous sommes allés à Villefranche, Beaulieu, Saint-Jean et Saint-Hospice ; le lendemain, à Vallon-Sombre, Brancolar, Cimiès et Saint-André ; le Jeudi-Saint, nous sommes restés à Nice pour assister aux offices. Le Vendredi-Saint nous avons suivi la colonie étrangère, qui se porte en masse à Monaco pour voir la procession de la Passion, que les habitants du pays font chaque année, le soir de ce jour-là, à travers les rues de la ville. A. D. était parti la veille pour Menton, où il devait coucher pour venir ensuite nous retrouver à Monaco. Les scènes dont nous avons été témoins sont indescriptibles. Partis de Nice à midi, nous n'y sommes rentrés qu'à... Mais attendez ; laissez-moi vous conter tout cela en détail.

Sachez d'abord, mon cher, que nous ne connaissions pas toutes les merveilles du vieux Monaco, quoique nous y soyons allés, vous et moi, assez souvent ensemble. Il y a, derrière le massif de maisons qui borne la grande place du Palais, un jardin suspendu au-dessus de la mer, qui peut sûrement rivaliser avec tout ce qu'on nous rapporte de ceux de l'antique Babylone. Après avoir admiré de là le splendide panorama qui se déroule depuis la côte de Bordighera, en Italie, jusqu'à celle de notre Estérel, au delà de Cannes, nous nous sommes rendus au casino de Monte-Carlo, où nous avons fait une séance de deux heures, en

regardant jouer à la roulette ou en écoutant la musique de l'orchestre ;
puis nous avons dîné d'œufs à la coque et de pommes de terre frites
dans un modeste restaurant, comme cela est de rigueur un jour de Vendredi-Saint.

Quand nous avons escaladé une seconde fois le rocher où perche la
vieille ville de Monaco, la foule qui attendait la procession encombrait
déjà les rues et la grande place, devenue trop étroite pour la circonstance. Il commençait à pleuvoir ; heureusement les portes du palais se
sont ouvertes, et il nous a été permis de nous réfugier sous les galeries
couvertes qui entourent la cour intérieure où la procession devait
passer.

Je n'essaierai pas, mon cher Octave, de vous raconter cette représentation du chemin de la Croix, parce que je ne saurais le faire en termes
convenables. Nous sommes venus à ce spectacle à la suite de la foule,
sans y être attirés par une curiosité malsaine. En réalité, c'est une manifestation religieuse que font les habitants du pays, dans une très louable
intention ; chacun de ceux qui y figurent remplit, tous les ans, son même
rôle ; le clergé de la paroisse, en surplis, marche en tête du cortège, avec
la croix portée entre deux cierges. Par malheur, la grossièreté bruyante
et le luxe de malpropreté de ces braves gens fait ressembler cette scène
si profondément émouvante à un travestissement, et les spectateurs mal
intentionnés y trouvent trop facilement matière à l'ironie. Or, il n'en
manque pas de ceux-là dans la foule étrangère, ignorante en général du
tempérament et des usages des Italiens et des Provençaux, et disposée
par conséquent à juger toutes choses comme si elles se passaient dans
leur propre pays. Il serait à désirer, à cause de cela, que cette coutume
de la procession de la Passion de Notre-Seigneur, le Vendredi-Saint, à
Monaco, fût abandonnée ; mais il n'y faut guère compter ; les propriétaires des jeux et les hôteliers sont trop intéressés à tout ce qui attire
la foule chez eux, et ils n'ont pas l'habitude de regarder aux conséquences.

Cette journée devait être jusqu'au bout fertile en incidents extraordinaires. La procession finie, les étrangers venus de Nice se sont précipités à la gare du chemin de fer, pour prendre le train de onze heures.
Nous étions plus de trois mille courant ainsi à l'assaut. On se battait, au
guichet, pour avoir des billets. Mon père et moi nous en avions pris
pour le retour, et A. D. en avait acheté un d'un gamin qui en vendait,
à la porte, moyennant un supplément de prix. Il restait une grande heure
avant celle du départ du train.

La salle était comble, et de nouveaux arrivants qui entraient quand même rendaient la situation intolérable ; on étouffait, sans pouvoir faire un mouvement. Des cris s'élèvent de toutes parts ; on réclame l'ouverture des portes sur la voie, mais on n'obtient rien. Une voix parvient à dominer le vacarme : « Qui veut être de la pétition ? » Va pour la pétition ! Nous voilà tous trois emportés dans le courant des pétitionnaires jusqu'à une salle voisine des bureaux de l'administration, et nous appelons tous à tue-tête : « Le chef de gare ! le chef de gare ! » Personne ne paraît. On nous bouscule, et nous sommes de nouveau repoussés dans la salle d'attente, au milieu des hurlements de la foule. Une femme énorme se trouve mal à côté de moi ; impossible de lui porter secours ; ballottée par la houle, ce mouvement de vagues ne tarde pas à la ranimer. Un monsieur, dont la sueur inonde le visage empourpré, me fait, en gémissant, le confident de ses griefs contre l'administration du chemin de fer ; n'en pouvant plus, il finit par crier : « Enfoncez les portes ! » Une première tentative dans ce but échoue contre les efforts surhumains des employés qui se sont butés aux portes en dehors. « J'étouffe ! » s'écrie un malheureux d'une voix étranglée. Ce cri de détresse devient le signal d'une véritable insurrection : « Enfoncez les portes ! cassez les vitres ! » Je fais ma partie dans ce chœur infernal ; je pousse des beuglements féroces. Cric ! crac ! les vitres se brisent ; une formidable poussée a raison de la résistance des employés ; les portes cèdent et le flot humain envahit la voie : « Gare ! gare ! Voici le train qui arrive ! » C'était vrai. A peine s'est-il arrêté que nous nous précipitons dans un coupé dont nous forçons la porte. En un clin d'œil tous les compartiments sont bondés. Un second train arrive, se remplit à son tour, et c'est lui qui reprend la direction de Nice en nous laissant en plan. Inutile de vous dire si nous avions le nez long. Minuit sonne. Une heure et demie s'est encore passée dans cette situation désespérante, quand survient un troisième train. Perplexité générale ! Quel est celui des deux qui partira le premier ? Bon nombre de voyageurs qui occupaient le nôtre l'abandonnent pour monter dans celui qui vient d'arriver. Des colloques burlesques s'établissent de l'un à l'autre. Deux Marseillais surtout s'interpellent dans un langage impossible à traduire ; cela revient à dire : « C'est nous qui allons partir, nous avons la locomotive. — Pas du tout, c'est nous qui sommes en wagon depuis plus longtemps. » Et ainsi sur ce thème indéfiniment ; c'était une vraie scie. Enfin, un train se met en marche, mais c'est encore une fois le dernier arrivé. Pour le coup, notre exaspération est au comble. Rien ne peut vous donner l'idée du vacarme qui a accompagné cette nouvelle déception ; on hurle, on casse les vitres des vasistas ; on démolit les banquettes ;

les voyageurs descendent de wagon et réclament à grands cris le chef de gare. Mon père lui-même s'est laissé emporter aux récriminations les plus bruyantes : jugez par là de l'état général des esprits. Enfin peu à peu chacun reprend sa place dans son compartiment, et tout à coup, sans aucun signal de la cloche, sans le moindre coup de sifflet de la locomotive, le train s'ébranle, à deux heures après minuit. Trois heures sonnaient aux horloges de Nice quand nous nous sommes mis au lit.

Une pareille mésaventure aurait dû nous faire prendre Monaco en

MONACO. (P. 140.)

grippe ; pas du tout, mon cher. Le mardi suivant, nous y sommes retournés. Pendant le trajet, j'ai parié cinq francs avec A. D. que nous avions onze tunnels à franchir. J'ai gagné mon pari pour mon malheur ; oui, pour mon malheur, ne vous en déplaise. Un argent si facilement acquis ne semblait pouvoir mieux se placer qu'à la roulette. Aussitôt dit, aussitôt fait. Je commence par gagner vingt francs coup sur coup. Les perspectives les plus éblouissantes s'ouvrent à mon imagination, et je me vois millionnaire avant la fin de la journée. Hélas ! mes illusions n'ont pas duré longtemps. Non seulement j'ai perdu mon gain et les cinq francs de mon pari, mais encore quinze francs que j'avais dans ma bourse, et me voilà ruiné ! Mon père riait dans sa barbe de mon air déconfit ; je le soupçonne même d'avoir secrètement applaudi à l'écroulement de mes châteaux en Espagne. Au fait, il avait raison, car, grâce à cette mauvaise chance, je suis brouillé pour toujours avec le démon du jeu.

Quelle magnifique tirade je vous ferais sur les caprices de la Fortune et sur les funestes conséquences de la passion du jeu, si je ne craignais que vous ne vous moquiez de moi, en mettant mon indignation au compte de ma déveine ! Et cependant elle est sincère et désintéressée : je le sens aux démangeaisons que j'ai de flétrir en style lyrique ce foyer de corruption qui s'appelle le Casino de Monte-Carlo. Est-ce bien pour que ce coin de terre devînt un enfer que Dieu lui a donné l'aspect d'un paradis ? Un gouffre se cache sous les buissons de roses. C'est la mort qui emprunte le masque le plus gracieux de la vie. Les flots bleus de la Méditerranée viennent baiser cette côte parfumée, comme si ses parfums n'étaient pas empoisonnés. Le soleil l'inonde de ses plus purs rayons pendant que l'âme s'y enfonce dans d'épaisses ténèbres. Le ciel d'Italie couvre de son dôme azuré et resplendissant ce temple du démon cupide et impur. Malheureux qui en faites votre idole, ne voyez-vous pas que toutes ces séductions de la nature, il les prend à son service pour vous enivrer, vous endormir et vous entraîner plus facilement avec lui dans l'abîme ? etc.

En attendant, les adorateurs du Veau d'or, de plus en plus nombreux, continuent à faire la fortune de la Banque de Monaco. Il faut être spectateur de cette frénésie pour y croire. Nous avons suivi le jeu de la princesse S. ; elle a gagné quinze mille francs en quelques minutes, au trente et quarante, puis elle est allée aussitôt les perdre à la roulette. Les ruines qui s'amoncellent autour de ces tables de jeu ne se comptent plus, et les suicides des décavés ne causent pas ici la plus légère émotion.

Enfin, avant le départ de Nice de mon cousin, nous sommes allés nous promener au cap d'Antibes, sans oublier de monter au phare, d'où l'on jouit d'un si admirable panorama sur la mer, sur les côtes et sur les îles de Lérins. Quand il a pris la direction de Lyon pour s'en retourner, nous l'avons accompagné jusqu'à Cannes, la future rivale de Nice. Bientôt notre tour viendra de regagner Lyon ; c'est un beau jour que celui du retour dans son pays après une longue absence.

26. — A M. L'ABBÉ V., A LYON.

Paris, 29 avril 1869.

CHER MONSIEUR,

OICI notre installation achevée. Je me suis mis au travail avec plaisir ; depuis un mois je prenais des vacances et je les trouvais trop longues. Paris me charme ; cette grande et belle capitale offre à ceux qui l'habitent des avantages qu'on ne trouve nulle part ailleurs ; ainsi, rien ne serait plus facile que de s'instruire ici sans délier les cordons de sa bourse ; les cours de la Sorbonne, par exemple, sont gratuits : je voudrais pouvoir assister à tous ces cours, mais le temps me manque.

J'ai pour professeur de littérature un préparateur au baccalauréat ; il me fera travailler comme il faut, j'en suis certain, d'après la leçon qu'il m'a donnée l'autre jour pour la première fois. J'ai commencé à traduire Tacite ce matin ; mais, je l'avoue, je n'y vois goutte encore ; il faut avoir la clé de cette extrême concision. C'est l'affaire d'un peu de travail au commencement. L'étude des sciences m'occupe aussi très sérieusement ; aujourd'hui, j'ai pris avec plaisir ma première leçon de physique et de chimie.

J'étais adressé par mon confesseur de Nice à un Père Mariste, le Père Gay ; c'est un prêtre plein de bonté, de douceur et de zèle ; il dirigera ma conscience pendant tout mon séjour à Paris.

Je rencontre sur les boulevards du quartier Latin, où nous demeurons, un grand nombre de jeunes gens ; beaucoup trop n'ont pas l'air bien élevés : il y en a qui affectent le mépris des plus simples convenances ; quelques-uns font de la toilette comme des femmes. C'est un spectacle qui m'afflige profondément. Oh ! comme je veux me tenir sur mes gardes pour ne tomber dans aucun de ces excès ! Du reste, mon père est avec moi ; il ne me laisserait pas me fourvoyer dans des sociétés dangereuses. Mais c'est mon cœur que je dois garder moi-même ; il faut que je le barde de fer ; il faut qu'au milieu de ce monde-là il reste aussi solitaire que s'il était dans les bois ; il ne faut pas que mon imagination s'échauffe et allume en lui de funestes illusions. Mon âme doit donc s'attacher de plus en plus à son DIEU, conserver une foi vive, la faire croître par l'amour et l'humilité. Ce qui me procurera ces garanties, ce sont les bonnes confessions et les communions, où je donnerai tout mon cœur à DIEU. J'espère même sortir d'ici plus fort, car ce qui purifie l'âme, ce n'est pas de s'éloigner du monde, c'est d'isoler son cœur au dedans de soi, c'est de l'envelopper de l'amour de DIEU pour qu'aucun miasme ne vienne le corrompre. Je vais garder mes yeux et ma langue, et je me confie pour tout le reste à la divine Providence.

Pendant le mois de Marie qui va commencer, toutes les fois que je le pourrai, le soir, j'irai faire une petite prière à Saint-Sulpice, devant le bel autel de la Sainte Vierge. Il me semble que je suis spécialement enfant de Marie, parce que je suis venu au monde dans le mois qui lui est consacré. Tout à l'heure, j'aurai seize ans ; je vois s'ouvrir devant moi une jeunesse que je me figure heureuse, parce que c'est l'instant de la vie où l'âme s'épanouit, où le cœur s'échauffe et se dilate, où l'imagination est vive et brillante, l'enthousiasme, prompt et sincère ; c'est l'âge où l'on travaille avec ardeur, où, après l'étude, on rit et l'on s'amuse franchement. Et puis ma jeunesse à moi sera bienheureuse parce que je conserverai la paix du Seigneur. Seigneur JÉSUS ! Vierge Marie ! n'abandonnez pas votre enfant ! Non, je ne veux pas mener la vie de ces jeunes gens qui gaspillent leurs plus belles années dans la débauche. Je veux une saine jeunesse, une jeunesse bien remplie par le travail ; je laisserai s'épanouir mon cœur, je me récréerai avec innocence, et, arrivé à l'âge mûr, je serai plein de vigueur physique, intellectuelle et morale ; ce sera l'effet de la grâce de mon DIEU ; je vais m'efforcer d'y correspondre.

27. — A Mˡˡᵉ MARIE D., A POISSON.

Paris, 8 juin 1869.

MA CHÈRE MARIE,

Tu liras dans les journaux le compte-rendu des grandes courses de dimanche dernier ; je vais néanmoins te raconter mes impressions.

A midi, toutes les voitures étaient retenues, et si bien retenues que mon père a eu toutes les peines du monde à se procurer un fiacre à deux places ; on m'a fait les honneurs du siège du véhicule ; la crainte de passer pour un laquais ne m'a pas effrayé, parce qu'il s'agissait de jouir du coup d'œil, et, ma foi, il en valait bien la peine ! De la place de la Concorde au champ de courses, l'avenue des Champs-Elysées, l'avenue de l'Impératrice et celle de Longchamps offraient un spectacle des plus animés : les voitures les plus élégantes, les chevaux les plus fringants roulaient et caracolaient côte à côte sans interruption. Ces voitures, au bois de Boulogne, après avoir déposé les *gentlemen* et les belles dames, allaient dans les larges allées voisines se ranger sur deux lignes ; elles se touchaient toutes dans un espace de plus de deux kilomètres, sans compter toutes celles que contenait l'enceinte réservée. Moyennant cinq francs par personne, nous avons été introduits dans les tribunes, déjà envahies par la foule. Mme U., mon père et Joseph s'arrangèrent avec des chaises tout en bas, tandis que je cherchais ailleurs un coin pour me caser à l'ombre ; le soleil était brûlant. Après mainte tentative, et non sans peine, j'obtins une petite place sur le plus haut gradin ; superbement perché, je dominais le vaste champ des courses et la mer humaine qui roulait au milieu ; on criait, on s'égosillait pour les paris ; puis on buvait du champagne. J'apercevais une forêt de têtes s'étendant presque jusqu'à Saint-Cloud, dont la flèche émergeait des arbres touffus sur la colline.

Mais aussitôt que la cloche sonnait, silence général. Alors les chevaux partaient au galop et toutes les têtes se tournaient vers la piste. Quelques minutes avant le signal de la grande course, je vis au-delà de la prairie s'élever un nuage de poussière, et en même temps trois voitures conduites à la Daumont débouchaient du bois avec grand fracas ; les fouets des postillons, les grelots des douze chevaux attirèrent l'attention de la foule : c'était l'empereur, l'impératrice, le prince impérial, la princesse Mathilde qui arrivaient.

La grande course va commencer. Douze chevaux s'alignent ; les Anglais se frottent les mains, se croyant assurés du grand prix avec leur *The Drummer ;* mais *Consul* du comte de Lagrange et *Glaneur* de M. Lupin sont l'espoir des Français. Les Anglais se sont munis de drapeaux à leurs couleurs nationales, pour les déployer en signe de triomphe. Trois fois le signal est donné, et trois fois il y a faux départ ; à chaque instant, Glaneur, emporté par sa fougue, s'élance avant les autres et excite une explosion d'hilarité ; un grand diable d'Anglais placé devant moi ricanait en se moquant de son indiscipline. Cette ironie britannique produisit sur moi l'effet d'une provocation, et redoubla mon désir de voir proclamer vainqueur le noble et bouillant animal.

Les douze chevaux partent enfin ; ils volent ; en quelques secondes ils ont atteint la grande piste ; les casaques multicolores de leurs jockeys ont des reflets d'éclairs dans le lointain ; les voilà ; il y en a trois en tête ; Glaneur va être dépassé ; The Drummer le serre de près ; va-t-il arriver le premier ? Pendant quelques secondes nous tremblons ; enfin le numéro 9 paraît sur le poteau ; c'est le numéro de Glaneur. Vive Glaneur ! hurrah pour Glaneur ! Les applaudissements et les acclamations ne finissent plus. On trépigne, c'est un enthousiasme général ; pas tout à fait général cependant, car les Anglais décampent en maugréant ; il fallait voir la mine piteuse de mon voisin le ricaneur ! J'ai même vu replier discrètement un drapeau de la noble Albion à moitié déroulé. Ce coup de la fortune a fait saigner le cœur à tous ces pauvres Anglais.

Glaneur n'a gagné le grand prix que de la longueur de son nez ; on va peut-être profiter de cet exemple pour appliquer aux chevaux de course des faux-nez en carton !

L'empereur a remis lui-même au vainqueur la coupe ciselée ; cette victoire lui a aussi rapporté 1 36.000 francs, sans compter les paris : bon métier.

J'ai vu dans leur tribune l'empereur et l'impératrice causant familière-ment avec la reine d'Espagne, dont le majestueux embonpoint était mis en relief par une éclatante robe de soie bleue ; la princesse Mathilde et la reine de Hollande les accompagnaient ; le fils du roi d'Egypte figurait bien aussi avec son fez. De toutes parts, les toilettes splendides et les décorations éblouissaient les yeux ; mais l'on ne faisait grande attention ni aux dames à falbalas ni aux hommes constellés. On est blasé sur ce genre de spectacle, à Paris.

Après avoir attendu une demi-heure notre fiacre, qu'un commission-naire s'était chargé de nous ramener, nous avons pris au pas le chemin du retour. Du haut de mon siège je dominais la foule : de chaque côté de l'avenue, des voitures s'étaient garées, et l'on attendait l'empereur pour le saluer au passage ; notre fiacre suivait le flot. Quel coup d'œil magnifique ! Depuis l'Arc de l'Etoile, mon regard plongeait jusqu'aux Tuileries en suivant les longues files d'attelages qui brillaient au soleil comme des coulées de lave en ébullition. Les grilles des Tuileries étaient toutes grandes ouvertes pour laisser entrer les équipages de la cour ; un piquet de turcos y montait la garde.

Bref, j'ai été enchanté de ma journée.

28. — A M. OCTAVE U., A LONDRES.

Tourville, 3 juillet 1869.

MON CHER OCTAVE,

ous avons quitté Paris jeudi matin. La séparation a été pénible. J'ai retrouvé mon Lyon assez triste en comparaison de Paris ; et cependant c'est aussi une belle ville : nos quais du Rhône et surtout ce grand fleuve, avec Fourvière à l'horizon, forment un tableau majestueux et pittoresque, dont il serait difficile de trouver le pendant partout ailleurs ; mais, comme vous l'avez remarqué vous-même, le peu d'animation de la rue et les maisons trop hautes font contraste avec la gaîté si vivante et le riant aspect de Paris. Nous voici de nouveau à Tourville.

Vous ne sauriez croire comme la grande campagne est agréable en ce moment. Tout le jour, un léger vent frais tempère la chaleur du soleil ; le ciel est si pur ! Les montagnes à l'horizon se baignent dans une atmosphère rayonnante ; les mélodies des oiseaux et les bruissements harmonieux des pins font une musique délicieuse à l'oreille ; lorsque la brise ne court pas dans les bois, le silence profond qui règne alors est un charme nouveau.

Ici point d'entraves ; je lis ou je me promène selon le caprice et les besoins du moment ; les heures et les jours s'écoulent si doucement que je ne les sens presque pas passer, et que je finirais par oublier leurs noms et l'ordre dans lequel ils se succèdent. Dans la tour la bibliothèque est notre nid de prédilection, et le jardin à côté, notre habituelle promenade. Notre hamac, suspendu dans la charmille, est un bon lit pour la sieste de l'après-midi ; on y rêve à merveille en ne pensant à rien. Mes lectures favorites sont les œuvres littéraires de Fénelon, qui charment le cœur en fortifiant l'esprit ; le traité si magistral *De Amicitia* du grand orateur latin, le *Voyage du jeune Anacharsis en Grèce* où Barthélemy a développé son érudition sur les Grecs anciens, leurs mœurs, leurs monuments et leur histoire ; un des grands mérites de cet ouvrage, c'est la couleur locale qui y est partout répandue ; enfin je reprends avec bonheur, oui, avec bonheur, l'étude des éléments du grec, cette belle langue, « la plus belle qui soit sortie de la bouche des hommes. » Nous lisons ensemble, mon père et moi, l'histoire de Louis XIV ; il y a là des récits de batailles clairs et vifs qui m'entraînent. J'ai appris par cœur quelques fragments de Victor Hugo et de Lamartine, ces poètes rêveurs et souvent émus pour qui vous avez de la sympathie. Ainsi je puis réciter *la Conscience* et *le Lac*, deux pièces de poésie où la différence de leur génie est bien accentuée... Et je me trouve heureux ! Cependant, quelquefois, quoi que j'en dise, les heures de solitude me semblent un peu longues ; et alors, qu'un ami serait le bienvenu ! Roncevaux, qui m'a accablé de caresses le jour de mon arrivée, et qui continue à me montrer la plus grande affection, Roncevaux n'est qu'un chien, et, malgré sa bonne grosse tête, il lui manque l'intelligence et la parole. Nous causons bien, mon père et moi, pendant une demi-heure, mais ensuite ? D'ailleurs, n'étant pas du même âge, nous n'avons pas les mêmes goûts ; et puis, quel intérêt pourrait-il trouver dans ce que je dis, lui qui est instruit et qui a une longue expérience ? Avec un camarade, les idées que j'exprimerais auraient chance d'être neuves ; et alors elles deviendraient l'occasion d'explications, d'approbations, de contradictions, de rires, et de toute sorte d'impressions échangées et partagées, ce qui ne peut avoir lieu avec mon père. Pour en finir, quand mes amis viendront me voir, je ne leur tournerai pas le dos, non, bien certainement ; je leur ouvrirai même les bras, soyez-en certain et prenez-en note.

29. — A M. L'ABBÉ V., A LYON.

Tourville, 10 juillet 1869.

CHER MONSIEUR,

Nous voici rentrés dans notre petit coin. Cette transition subite de la grande ville à la campagne la plus solitaire, fait un contraste qui me désoriente un peu. Je serais cependant tout à fait heureux et tranquille sans un petit ennui : hélas ! le cœur humain est trop fragile, le mien surtout...

J'avais interrompu ma lettre en cet endroit pour aller me confesser. Que le Seigneur est bon ! Il m'a tout pardonné et m'a appelé à sa sainte Table ; hier, dimanche, j'ai reçu mon DIEU, et je me suis offert tout entier à lui. O joie ineffable ! à peine ai-je eu souhaité vivement de n'avoir au cœur que l'amour de DIEU, que tous les artifices du démon se sont évanouis, et mon âme était inondée de délices. Comme j'étais heureux, hier matin, de me sentir calme et recueilli pendant le saint Sacrifice de la messe !

Depuis, je suis bien reposé ; plus d'agitation, plus d'autre pensée ni d'autre affection que mon DIEU ! Je ne pourrais supporter un autre amour que celui de JÉSUS...

Cher Monsieur, je suis heureux de vous faire part de mon bonheur : me voilà dans la solitude où mon esprit et mon cœur sont en repos ; je souhaite que l'atmosphère de mon âme demeure toujours aussi sereine. Je vois arriver le dimanche avec joie. Dès le matin, je pars de Tourville, le cœur léger ; le chemin que je suis est au milieu des prés et des bois ; le ciel est pur, le soleil radieux ; les petits oiseaux chantent dans les branches vertes ; au tournant de la route, mon œil contemple la vallée de l'Argentière, d'où s'élève lentement la brume du matin, les montagnes qui ondulent jusqu'à la Loire, et la petite flèche du clocher de l'église des Halles qui s'élance sur un fond d'azur et de verdure ; les cloches de tous les villages d'alentour appellent de leurs joyeux carillons les mon-

Le Casino de Monte-Carlo. (P. 144)

tagnards à la messe ; mes lèvres balbutient des paroles d'adoration et d'amour au Créateur de cette belle nature, ce grand Dieu qui va descendre dans mon cœur...

Maintenant, c'est l'heure de la lutte : la jeunesse est un chemin semé de périls. Je le comprends, on n'est vraiment libre qu'en tout quittant, en se mortifiant soi-même ; plus de monde, plus de terre, plus de biens, plus d'affections propres, tout pour Dieu ! Là seulement est la perfection, et alors on peut avoir la paix dans le combat, la sérénité dans la tempête ; mais si la moindre affection désordonnée reste au cœur, c'est une fissure par où l'eau, s'infiltrant dans le navire, le fera périr. Il me faut donc, ô mon Dieu, toute votre grâce pour vous tout soumettre en n'accordant rien à mes désirs, encore moins à mes passions. C'est une œuvre de patience ; courage donc ! prenons un long souffle en Dieu, pour ne pas perdre notre respiration pendant la course.

Ce n'est pas encore mon état naturel d'être habituellement en Dieu, c'est presque toujours le monde qui occupe le plus ma pensée. Il y a des âmes qui ne songent au monde que par intervalles, étant tout absorbées en Dieu. C'est à cela que je m'applique, à tenir mon esprit le plus longtemps que je puis élevé vers le ciel. Dans la solitude c'est moins difficile ; mais à Paris, par exemple, comment ferai-je, lorsque mes yeux auront le spectacle d'un mouvement continuel ? Alors, si mon esprit n'est pas en Dieu, il faudra que ce soit mon cœur ; sitôt que je verrai l'attrait du monde se glisser vers ce cœur, halte-là ! le Seigneur y sera. Oh ! je l'espère du moins !

Je vous remercie bien vivement, cher Monsieur, de ce que vous priez pour moi ; dans ma reconnaissance, je demanderai moi-même à Dieu toutes ses grâces pour vous. Je prie pour tous mes amis, et quand je songe que tous n'aiment pas bien Notre-Seigneur, j'en ressens un grand chagrin ; mais au moins, lorsque je reporte ma pensée vers vous, je le remercie en levant les yeux au ciel, et je le bénis d'avoir de si bons serviteurs. Cet aimable Seigneur, que ne puis-je pour mon compte le remercier dignement de ses dons ! Quand je considère sa miséricorde et la grandeur de ses vues dans les plus petites choses, je suis anéanti et ne sais plus que dire. Oh ! que je voudrais être humble ! Je suis pétri d'orgueil ; en tout et partout il faut que ce démon blesse mon âme. Quand j'apporte quelque attention à mes actes, je reconnais avec un vif chagrin que le plus grand nombre sont pleins de vanité. *O vanitas vanitatum ! omnia vanitas !* Et de plus cela veut dire que rien n'est bon, ni solide, ni pur, que ce qui est fait pour Dieu. Vive ce grand Seigneur, qui sera toujours loué dans tous les siècles ! J'élèverai aussi ma voix et j'exalterai sa gloire.

30. — A M. CONSTANT G., A MONTAUZAN.

Tourville, 25 octobre 1869.

Mon cher Constant,

NON, vous n'êtes guère coupable ; d'ailleurs votre pardon vous est depuis longtemps accordé, à supposer qu'il y ait eu quelque chose à vous pardonner ; bref, nous sommes toujours les meilleurs amis du monde. Je vous félicite de retourner à Nice ; il est clair que l'air de ce délicieux pays, comme son soleil, vaut mieux pour vous que les brouillards de notre bonne ville de Lyon, bonne seulement dans un autre sens. Vous retrouverez là-bas mon jeune ami *Luis*, l'*Espagnol au teint bruni*, moins bruni pourtant que celui du bouillant Magnaners. J'ai bien peur que ce dernier, avec son sang de créole, n'aille attraper une fluxion de poitrine sous le drapeau des zouaves du Pape. Il est beau, en tout cas, de défendre une si noble et si sainte cause. Je parie que ce départ de votre ami pour Rome vous a donné envie de vous engager aussi dans l'armée du Saint-Père. C'est pour le coup que je redouterais une fluxion de poitrine ! Mon cher, croyez-moi, vous n'êtes pas fait pour la carrière militaire, malgré votre ardeur belliqueuse...

Que faites-vous à Montauzan ? — Et vous à Tourville ? allez-vous répliquer. Moi ? Eh parbleu ! je me chauffe, en bénissant le Ciel de ce qu'il me donne du bois, tandis que les villes regorgent de gens sans asile qui grelottent dans la rue. C'est triste, mon cher Constant, de penser que ce n'est point là une chimère ; il y a des gens qui meurent de froid ! Voilà un coin du champ où s'exerce la charité de notre divine religion. Que d'hommes, que de femmes s'en vont, par amour pour Dieu, à la recherche de la misère et portent la vie aux malheureux, en les nourrissant et en les réchauffant ! Cherchez parmi les beaux parleurs démocrates la pratique d'un pareil dévouement ; demandez-leur un sou ; ils le donneront peut-être, mais à condition qu'on le publie dans les journaux. Nous ne les rendrons pas meilleurs ; ne parlons donc pas d'eux inutilement.

Je travaille *un peu*, c'est-à-dire pas beaucoup. Pour m'excuser à mes propres yeux, je me dis qu'on peut s'instruire sans trop se fatiguer ; l'important est de savoir choisir ses lectures. Je viens de lire le *Siècle de Louis XIV*, dont l'analyse fait partie du programme pour le baccalauréat. La fin de l'ouvrage surtout m'a beaucoup intéressé ; l'auteur y traite des arts et des hommes dans ce siècle merveilleux ; à la vivacité des couleurs, on sent qu'il exprime des choses vraies...

31. — A M. L'ABBÉ V., A LYON.

Tourville, 13 novembre 1869.

CHER MONSIEUR,

NOUS sommes encore à Tourville, et peut-être encore pour plusieurs jours : nous attendons que l'hiver s'affirme ; s'il menace d'être rigoureux, nous retournerons à Nice ; dans le cas contraire, nous irons à Paris. En attendant, je travaille à ma manière, c'est-à-dire d'une façon assez décousue. Quelle que soit notre résidence d'hiver, je mettrai plus d'ordre dans mes études ; c'est indispensable à mon âge, autrement je resterai ignorant toute ma vie.

Du côté de l'âme, les épreuves ne m'ont pas manqué, et, hélas ! je n'en suis pas toujours sorti à mon honneur. Cependant j'ai grand désir de tout faire pour DIEU ; de plus en plus j'aime à penser à lui...

Je voudrais apprendre à faire oraison (1), mais je ne sais comment m'y prendre. Quelquefois, dans la journée, mon cœur et ma pensée se tournent vers DIEU, et alors j'éprouve beaucoup de joie. Doux instants où l'on converse avec DIEU ! On voudrait alors ne plus boire, ni manger, ni dormir, ni s'occuper de rien ; on aimerait mieux se tenir ainsi constamment auprès de DIEU. Je lisais, l'autre jour, la *Vie de sainte Thérèse*, et je voyais que c'est par l'oraison qu'elle s'était élevée insensiblement à cet entier détachement du monde que je désire tant posséder. La longueur de la route et la multiplicité des combats m'effrayent ; mais DIEU n'a-t-il pas aidé sainte Thérèse et tous les autres saints ? Parce qu'ils correspondaient à ses grâces bien fidèlement, il les avorisait de ses inspirations et de sa force divine dans ces oraisons où le cœur et l'esprit sont tout entiers plongés. Mais, ô JÉSUS ! c'est aussi tout mon désir de vous suivre et de vous aimer parfaitement ! Que ce mot *parfaitement* a d'attraits ! Il est si difficile à atteindre, cet état parfait, qu'on y doit travailler avec une bien grande ardeur. Saint Stanislas de Kostka, à dix-huit ans, était si pieux, si ardemment amoureux de Notre-Seigneur ! J'en ai plus de seize, et où en suis-je, Seigneur ? Quand je vois ma misère, je me demande comment je peux m'estimer quelque chose ; si au moins je ne m'estimais rien ! Avec quelle joie ce jeune saint embrassait les travaux les plus humiliants ! Comme il se réjouissait quand on le tournait en dérision ! Il ne voulait que DIEU, il était prêt à tout pour son

1. Noël faisait oraison sans le savoir, étant fréquemment uni à DIEU et s'entretenant affectueusement avec lui ; il veut parler ici de l'oraison méthodique, conforme aux règles tracées par les maîtres de la vie spirituelle.

amour et pour sa gloire. Je me dis aussi prêt à tout, mais quand vient la lutte, je suis le plus faible des hommes ; bien heureux encore lorsque je ne suis pas vaincu.

Ne pensez-vous pas, cher Monsieur, que l'oraison est le sentier le plus droit pour aller à Notre-Seigneur, pour obtenir ses grâces, pour apprendre à mépriser le monde et soi-même, et à se recueillir aussitôt sans avoir besoin de rappeler son cœur pour le fixer en DIEU ? Admirable état que celui de la contemplation d'une âme sortie d'elle-même pour demeurer en DIEU. Le jeune saint, dont c'est la fête, ne remarquait plus ce qui se passait autour de lui ; il obéissait sans ouvrir la bouche, et se méprisait d'autant plus facilement lui-même qu'il était parvenu à ne plus voir que DIEU.

Ne voir que DIEU ! quel spectacle ! C'est la vie du Ciel.

Un chrétien doit toujours avoir le temps de se sauver. Aussi, chaque matin, malgré les études, je prends un instant pour adorer DIEU et lui demander sa grâce ; vingt minutes de plus données à ce saint exercice ne feraient pas grand tort à mon travail et seraient, je le crois, très profitables à mon âme ; d'ailleurs mon âme ne doit-elle pas passer avant tout ? J'ai vu, je ne sais où, un petit volume intitulé : *Moyen court et facile de faire oraison ;* je regrette de ne l'avoir pas dans les mains.

Voudriez-vous m'indiquer ce que je dois faire à ce sujet, et la manière dont je dois le faire ? car je suis trop novice dans les voies de la perfection. Ce n'est pas de l'orgueil de désirer, de rechercher la perfection dans toutes ses actions, puisque c'est dans le but de plaire au bon DIEU. Je me tirerai peut-être très mal de l'oraison ; enfin le peu que je ferai sera un moyen de plus pour élever à DIEU mon pauvre cœur, qui a tant besoin de son puissant secours. Mon bien-aimé Sauveur est trop bon avec moi pour si peu que je fais en vue de lui plaire.

32. — A M. L'ABBÉ V., A LYON.

Nice, 4 décembre 1869.

CHER MONSIEUR,

ous voilà de nouveau installés à Nice pour l'hiver. Ce soir, je suis allé trouver un Père oblat, que j'ai choisi pour confesseur. Quoiqu'il soit italien, il comprend assez bien le français. Nous sommes convenus que j'irai le voir deux fois par semaine ; je suis donc rassuré de ce côté-là. Mon âme va se purifier de plus en plus, et je deviendrai plus alerte pour avancer dans la vertu. Ne suffit-il pas que je lui confesse simplement mes péchés sans entrer dans des détails intimes, en vue d'une direction particulière dont vous avez le soin vous-même ?

Je me félicite de posséder le petit livre que vous m'avez prêté. Ce soir, j'y lisais que c'est une très bonne chose de connaître son défaut dominant, parce que c'est de lui que viennent tous les autres. Mais comment arriver à le distinguer, ce défaut dominant ? D'après les inclinations et les fautes habituelles ? Le mien, quel est-il ?...

Je prie souvent saint Stanislas Kostka. Comme il a bien su se vaincre ! mais aussi jamais il ne levait les yeux dans la rue ou dans un lieu public quelconque, tant il redoutait la moindre atteinte à la pureté de son cœur ! Il finit par s'enfermer dans un couvent. Que je voudrais pouvoir aussi me séparer du monde, m'en retirer comme lui ! C'est la prière que je fais à Dieu bien souvent ; je supplie aussi la Sainte Vierge de venir à mon secours ; j'espère que je serai exaucé : sortir du monde, c'est alors vivre tout pour Dieu.

Je vous dirai que l'examen de conscience du soir est pour moi une cause d'ennui : c'est cependant un exercice fort utile, indispensable même ; pourquoi le fais-je avec dégoût ? Il y a peut-être deux raisons : d'abord je fais trop d'efforts pour me souvenir de mes fautes, dans la crainte d'en oublier ; en second lieu, au moment où je récapitule tous mes péchés de la semaine, je ne réussis pas à me rappeler tout ce que j'avais découvert dans l'examen de chaque soir, et cela me décourage ; mais j'espère que, me confessant maintenant deux fois par semaine, il me sera plus facile de ne rien oublier. Mon confesseur m'a fait entrevoir le bonheur de communier encore le jour de la fête de l'Immaculée-Conception ; comme je vais veiller sur tous mes sens jusqu'à mercredi, pour ne pas perdre la ferveur que le bien-aimé Jésus va apporter demain dans mon âme avec son corps sacré !

Je vais commencer à faire oraison. Encore une fois, cher Monsieur, je vous remercie beaucoup de m'avoir prêté ce bon livre, qui me sert de manuel dans cet exercice ; il me semble que mon âme en tirera grand profit. Je puis méditer sur toutes sortes de sujets, n'est-ce pas, suivant l'attrait qui m'y portera ? Voudriez-vous cependant, s'il vous plaît, m'en indiquer quelques-uns plus particulièrement appropriés à mes besoins personnels ?

Il me semble qu'autrefois j'avais plus de piété, plus de ferveur ; il n'y avait rien à quoi je ne préférasse la sainte Communion. Cependant pour rien au monde je ne voudrais perdre la ferveur ; c'est elle qui aide le mieux à résister aux tentations.

33. — A M. L'ABBÉ V., A LYON.

Nice, 24 décembre 1869.

CHER MONSIEUR,

JE suis toujours bien heureux de recevoir vos lettres ; elles arrivent souvent dans des heures de tristesse ou de tiédeur, et alors elles me réchauffent et m'excitent à prier avec plus d'ardeur. En ce moment, je ne suis pas sans inquiétude. Quoique je ne commette pas un plus grand nombre de fautes, il me semble que je suis moins fervent, moins touché et moins attendri, après mes confessions. Autrefois le Seigneur me faisait la grâce de laisser couler mes larmes quand je m'accusais de l'avoir offensé ; maintenant je suis dur et ne pleure jamais. Que cette sécheresse de cœur me peine ! Est-ce que ma contrition serait insuffisante ? Il me semble cependant que j'apporte plus d'attention à tous mes actes. Et ce qui m'afflige encore, c'est que je ne suis pas assez recueilli en DIEU ; je regarde, je parle avec une certaine dissipation, mon esprit n'est pas toujours occupé de la pensée de DIEU. Enfin, à peine viens-je de prendre de bonnes résolutions, de prier avec ferveur, qu'il faut aller se promener ; et la promenade emporte toutes ces résolutions ; on est forcé de regarder au milieu de tout ce monde, on ne peut pas rester les yeux fixés à terre ; alors on commence à y trouver un certain plaisir, et bientôt la vanité s'en mêle. Je crains de n'être pas assez bien mis, d'être jugé peu favorablement... Que tout cela est futile ! Le soir, examinant ma conscience, j'y trouve ces taches de vanité, et aussi la crainte d'avoir lancé quelques mots de trop dans la conversation avec des camarades. C'est que le monde ici est bien mesquin : rien que des formes de convention, rien que des préoccupations de toilette ; de mauvais exemples, à chaque instant, devant les yeux ; je suis condamné sans cesse à tout voir, tout entendre ; un camarade s'oublie et commet quelque légèreté : sur le moment je n'y prends pas garde ; mais, le soir, en repassant ma conduite, je ne vois rien de bon dans ma journée ; j'y vois, au contraire, bien des inutilités, quelquefois des choses troubles. Autrefois, à chaque instant, la simple vue d'un objet quelconque suffisait pour élever mon cœur à JÉSUS ; il me semble à présent que mon cœur est comme une fleur parfumée qui commence à se faner. Cependant ce que j'éprouve est plutôt un chagrin de n'avoir plus ces bonnes pensées qui me remplissaient de joie, que la crainte de n'être plus l'enfant du Seigneur, car je m'applique à ne pas l'offenser. Mais cette vie au milieu d'un monde si éloigné des bons sentiments, monde futile, souvent déshonoré, cette vie me pèse...

Quelle grâce le bon Dieu fit à sainte Catherine de Sienne de lui donner l'idée de se former une retraite au fond de son cœur pour y converser solitairement avec lui, même au milieu du monde ! Jusqu'à présent, ce n'est qu'à plusieurs jours d'intervalle et d'une façon décousue que j'ai pu méditer un peu, le matin ; mais je veux prendre quelques instants sur mon sommeil pour faire ce saint et fortifiant exercice ; à ce moment de la journée, rien ne me distraira de mon Dieu.

Veuillez, cher Monsieur, quand vous pensez à moi dans vos prières, demander à Dieu le recueillement intérieur, une joie douce et bienveillante, et en même temps une parfaite condescendance aux défectuosités de caractère des personnes qui m'entourent ; en voyant tant de mal dans le monde, il ne faudrait songer qu'à s'en détourner, sans le blâmer aigrement. Que la Vierge sainte daigne me retirer du monde pour m'attirer à Dieu, c'est le plus grand de mes désirs ; le verrai-je jamais exaucé ? Si j'étais seul sur la terre, si mon père ne réclamait pas mon affection et mon obéissance, je courrais vite me donner tout à Dieu, de quelque façon que ce soit. Quand Dieu voudra, et comme il voudra ! c'est ce que vous m'avez enseigné à répéter sans cesse.

---

34. — A M. L'ABBÉ V., A LYON.

Nice, 3 mars 1870.

Cher Monsieur,

E sors de maladie et ne suis même pas complètement guéri. Un érésipèle qui s'était fixé dans l'œil m'a fait beaucoup souffrir, surtout pendant trois jours. Aujourd'hui la douleur est à peu près passée, et je me dispose à profiter d'un beau soleil pour faire une promenade en voiture. Quel sentiment de bien-être on a après la maladie ! On remercie Dieu de vous avoir rendu le bonheur et la gaîté avec la santé. Pendant que je gardais la chambre, mon confesseur est venu me faire une visite ; elle a été un soulagement. Lorsque l'âme est bien purifiée, on a doublé sa force pour supporter le mal physique. Le médecin m'avait posé un bandage sur les yeux ; condamné à l'obscurité et au silence, je ne pouvais que songer, mais je songeais bien agréablement. Je m'imaginais être au séminaire, revêtu de la soutane, au matin du jour où je devais être consacré prêtre ; je me voyais au pied du saint autel, prêt à en gravir les degrés pour célébrer le saint Sacrifice, et je pensais, je disais : « Voilà, Seigneur, tout ce que j'ai désiré. » Quelle joie et quel honneur de tenir dans ses mains le Sauveur du monde ! Mais aussi quelle pureté DIEU demande à ses ministres ! Je m'en sentais bien éloigné, car je comprends toute l'étendue de mes imperfections. D'un autre côté, j'ai un désir ardent d'arriver à ce degré si élevé de piété et de sagesse où le Seigneur veut ses prêtres. En comptant les années, je reconnais que j'ai encore bien du temps devant moi ; mais cependant je n'en ai point à perdre.

OZANAM. (P. 162.)

Dans deux mois j'aurai dix-sept ans ; l'âge d'homme n'est pas loin pour moi. Saint Stanislas de Kostka était un saint à mon âge ; c'est qu'il n'avait pas perdu un instant. Dorénavant, je vais saisir toutes les occasions d'avancer dans la voie du perfectionnement, avec la grâce de DIEU ; j'irai *piano*, avec prudence, parce qu'autrement je suis si faible que je tomberais ; mais je réunis le peu de forces que j'ai pour vaincre tous les obstacles.

Pour cela, il faut d'abord une paix profonde dans l'âme ; cette paix est quelquefois troublée par la confession ; je crois que je me tourmente trop pour l'exactitude de l'examen de conscience, et pas assez pour la contrition. En premier lieu, j'oublie presque toujours la moitié des péchés que je devrais accuser ; j'en oublie de plus graves que ceux que je confesse ; sans doute, c'est parce que, les derniers jours de la semaine, je me souviens nettement des plus petites fautes récentes, et ma mémoire a perdu le souvenir des fautes plus importantes qui datent des premiers jours ; en sorte qu'après la confession ces dernières fautes me reviennent à l'esprit et me troublent ; j'en charge ma confession suivante, ce qui est encore une cause d'omission des fautes nouvelles. Il y a certainement un vice dans cette manière de faire ; ce vice, quel est-il et comment le corriger ? Faut-il négliger les petites fautes ou, du moins, ne pas m'y arrêter, et, plus tard, quand je me confesserai plus fréquemment, m'accuserai-je de toutes sans exception ? Veuillez me dire, cher Monsieur, si c'est ainsi que je dois agir.

J'affectionne mon confesseur de Nice : c'est un saint prêtre ; du reste, sa Congrégation n'est connue ici que sous le nom de *Saints-Hommes*. Quel magnifique témoignage que celui de toute une ville ! Ces religieux sont peu nombreux et très pauvres, et cette dernière qualité surtout est celle qui me les fait aimer.

Je lis l'*Introduction à la Vie dévote ;* je me sens enflammé du désir de devenir doux et humble, quand je vois ce grand saint François de Sales si bon, si indulgent. C'était une âme toute de miel ; aussi a-t-il pris par là bien des mouches, bien des cœurs pour JÉSUS.

Merci, cher Monsieur, de votre dernière lettre ; je ne sais quel transport de joie me saisit quand vous me dites que je suis l'ami de JÉSUS. Oh! non, je ne mérite pas encore ce titre ; mais je m'efforce de le mériter.

Je vais me remettre au travail ; à moins de quelque nouvel accroc, je suis presque certain d'avoir fait ma rhétorique à la fin de cette année ; une de plus pour la philosophie, et je passerai ensuite mon examen du baccalauréat ; au moins je l'espère.

35. — A M. L'ABBÉ V., A LYON.

Tourville, 26 avril 1870.

CHER MONSIEUR,

IL y a aujourd'hui cinq ans que j'ai fait ma première communion. Le souvenir de ce beau jour est tout resplendissant dans mon âme. Vous étiez auprès de moi, au moment où je recevais pour la première fois mon DIEU ; c'étaient les prémices de ses grâces, c'était un ruisseau de miel qui coulait de mes lèvres dans le fond de mon cœur. Jour de douceur ineffable ! je n'y puis jamais penser sans émotion. Cinq ans ! Qu'ai-je fait dans ces cinq années si précieuses ? Que de temps perdu ! Combien de fois j'ai reculé au lieu d'avancer ! que d'erreurs ! que de ténèbres ! que d'embarras ! que de faux attachements ! Mon cœur, où étais-tu quand tu n'étais pas avec JÉSUS ? Mais aussi que de grâces je rends à mon DIEU et à la Sainte Vierge, ma Mère, pour m'avoir si souvent relevé quand je tombais ! Aujourd'hui, après cinq ans, je retrouve encore mon cœur attaché à mon JÉSUS ; où serait-il allé sans la main de DIEU ? Quand je considère tous les bienfaits que le Seigneur a répandus sur moi, je suis confus du peu de reconnaissance que je lui en témoigne. Dès à présent je ne ferai plus rien pour le monde. J'entre dans un âge où les occasions de lutte se multiplient. Le seul moyen de n'être pas vaincu, c'est de me lier à mon Seigneur par un amour plus fort et plus épuré. Il y a cinq ans que j'ai fait ma première communion ; dans cinq autres années, où serai-je, que ferai-je ? Ce que mon DIEU voudra ; mais que mon âme soit toujours à lui ; voilà tout ce que je demande, et je le demande avec instance. La vie du monde, je l'abjure ; les maximes du monde, je les renie ; les livres du monde où l'amour terrestre domine, mais où l'amour de DIEU est oublié, méconnu ou dédaigné, je les brûle.

36. — A Mlle MARIE D., A POISSON.

Tourville, 2 juin 1870.

MA CHÈRE MARIE,

DEPUIS que tu m'as écrit ta bonne et longue lettre, j'ai fait le voyage de Lyon. C'est un vrai voyage, en effet, à cause des pataches qui, par leur lenteur et leur défaut de confortable, rendent le trajet deux fois plus long qu'il n'est en réalité ; aussi le faisons-nous le plus rarement possible. Mon père est cependant obligé d'y retourner demain pour affaire ; je garderai seul la maison et je ne me plains nullement de mon sort.

Je pense tout à fait comme toi, au sujet de la mort de M. le curé Château : la pensée de l'éternité est certainement la plus importante et la plus utile qui puisse occuper notre esprit ; que l'on soit au seuil de l'existence ou bien à la porte du tombeau, toujours on doit songer que le lendemain ne nous est pas assuré. Pour nous qui avons le bonheur d'être chrétiens, nous y trouvons un sujet de joie, en prévoyant au delà les délices du paradis.

Je lis actuellement les *Lettres* d'Ozanam. Il est mort au moment où, nourri de toutes les sciences, il allait écrire un ouvrage pour établir d'une manière plus éclatante l'union du progrès de la civilisation et de la religion catholique. C'est lui qui a fondé les conférences de Saint-Vincent de Paul, au milieu de la jeunesse catholique des écoles. Oui, ma chère Marie, ce Paris qui ne semble au premier abord qu'un foyer de corruption, recèle d'admirables institutions de charité. De jeunes étudiants se sont concertés sur la meilleure méthode de prosélytisme religieux ; ils ont reconnu qu'elle consistait à se répandre dans la classe indigente, pour y porter de bons conseils et un peu d'argent ; ils allaient chacun de son côté visiter eux-mêmes les membres souffrants de JÉSUS-CHRIST ; en descendant dans les plus bas étages de la société, ils portaient dans les cœurs la résignation et l'espérance. J'ai tort de mettre mes verbes à l'imparfait ; il en est toujours ainsi, et j'espère bien que cette association de jeunes gens pleins de savoir et de piété continuera à s'accroître, comme elle ne cesse de le faire depuis sa fondation. Quand j'habiterai une ville, je consacrerai une partie de mon temps à cette œuvre admirable, qui promet encore plus de fruits dans l'avenir qu'elle n'en a déjà donnés.

37. — A M. L'ABBÉ V., A LYON.

Tourville, 8 juin 1870.

CHER MONSIEUR,

DEPUIS que je vous ai quitté, samedi, il s'est passé plusieurs choses qui ne sont pas indifférentes au point de vue de mon avancement spirituel. Dimanche, jour de la fête de la Pentecôte, heureux de me trouver à Lyon pour célébrer cette solennité, j'ai communié avec ferveur, puis j'ai assisté à la grand'messe à la métropole. Les chants de la maîtrise, qui montaient vers la voûte du temple, et plus haut vers la voûte des cieux, retentissaient dans mon âme, dont ils faisaient vibrer toutes les cordes. Le saint Sacrifice célébré avec toute la pompe dont est capable la pauvreté de la terre pour honorer la Souveraine Majesté, surtout la communion de tous les jeunes séminaristes, futures recrues du sacerdoce catholique, n'étaient à mes yeux que le tableau d'une autre cérémonie éventuelle où j'aurais moi-même un rôle ; ce rapprochement m'a vivement impressionné. Le soir, j'assistai aux vêpres, je reçus la bénédiction du Saint-Sacrement, et, après le dîner, j'allai encore un moment au pied de l'autel, offrir mon cœur à DIEU, et le remercier des grâces qu'il y avait versées pendant ce grand jour.

J'ai pris l'habitude de ne pas laisser passer la journée sans dire une fois le chapelet. Avant de prendre mon repas, je m'étais mis à genoux pour le réciter sur les grains que Pie IX a bénits, lorsque mon père entra dans ma chambre et me fit de vifs reproches de ma mysticité. Il faut vite vous dire que pendant les repas, encore tout absorbé dans la douce préoccupation qui tenait mon cœur attaché à mon JÉSUS, je n'avais pas desserré les dents. Ma tante, qui dînait avec nous, en avait été étonnée et avait fait part à mon père du changement qu'elle remarquait dans ma personne et dans ma conduite ; ils pensaient l'un et l'autre que ma santé en souffrirait. C'est sous cette impression que mon père me venait gronder, en me disant que « j'étais dans une mauvaise voie ». Ce reproche, qui atteignait le sentiment encore vif que j'avais de l'amour de JÉSUS, me fit d'abord fondre en larmes, mais je me calmai bientôt ; je réfléchis aux paroles de mon père, qui avait qualifié de *passion* mon empressement et ma mysticité. Le mot était juste. Sur le moment, je m'étais écrié en moi-même : « Oui, mon DIEU, c'est une vraie passion dont mon cœur est possédé ; je vous aime avec passion ; » puis, observant que ce qui est passion ne dure pas, et prévoyant que si mon amour était une passion, il n'alimenterait pas mon cœur pendant tout le reste de ma vie, je me consolai et remerciai DIEU, dans le fond de mon âme, de ce qu'il avait permis que mon père me grondât de la sorte. Je réprimai l'orgueil qui aurait pu se glisser dans mon cœur, en me faisant prendre les élans passionnés et peut-être accidentels qui s'en échappaient pour le véritable amour, qui ne doit jamais s'amoindrir...

38. — A M. CONSTANT G., A MONTAUZAN.

Tourville, 8 août 1870.

MON CHER CONSTANT,

IL ne s'agit plus de crier : « A Berlin ! » c'est notre territoire qu'il faut défendre ; nous venons de perdre une grande bataille. Paris s'agite ; l'état de siège y est proclamé ; si nous ne remportons pas de suite une éclatante victoire, nous sommes perdus. La France est en deuil ; moi, son enfant, je le porte dans mon cœur. Si nous devons vaincre, ce sera aujourd'hui ou demain ; sinon, nous allons être écrasés. Venez vite, mon cher ami, me rejoindre. J'attends par le retour du courrier une lettre qui m'annoncera le jour et l'heure de votre arrivée. Si vous prenez la voiture publique, on ira vous attendre à Sainte-Foy. Le temps me dure de vous voir et de causer avec vous.

Pouvait-on s'attendre à de semblables événements ? Oui ; même on devait s'y attendre ! Le silence des Prussiens m'effrayait, et la vantardise de mes compatriotes me fait maintenant mal au cœur. La Chambre est convoquée : que va-t-elle faire ? Et notre malheureux Empereur qui ne sait pas où a passé Mac-Mahon ! La situation est désolante.

Nous sommes désespérés d'être si loin de tout ; heureusement la famille M... est au Fenoyl, et tous les jours elle reçoit directement un journal de Paris qui nous apporte les nouvelles les plus récentes. Quand vous serez ici, nous irons tous les soirs au Fenoyl nous enquérir de nos destinées. La France catholique est en prières : que Dieu ait pitié de notre chère patrie ! Il faut redoubler de ferveur, mon cher ; puisque nous ne pouvons aller nous battre, au moins prions pour ceux qui défendent notre pays !

Je m'arrête ; venez et nous continuerons ce triste entretien. Réponse par retour du courrier pour m'annoncer votre arrivée, et à bientôt. Soyons tout disposés à prendre les armes ; si l'ennemi met le pied sur les bords du Rhône, plus de dispense d'âge, tous soldats, soulèvement en masse !

---

39. — A M. L'ABBÉ V., A LYON.

Tourville, 30 août 1870.

CHER MONSIEUR,

VOTRE lettre satisfait tous mes sentiments. Vous voulez bien m'assurer de votre intérêt, et, mieux encore, de votre affection. Vous me donnez des conseils que je m'applique à suivre ; enfin, vous m'encouragez par des paroles qui m'éclairent, me fortifient, et sont pour moi une source de bonnes résolutions. Aussi bien, vos lettres, je les appelle « vos chères lettres » ! Oui, je l'aime vraiment, ce petit morceau de papier où sont empreints des caractères tracés par votre main ; j'ai pour lui une sorte de respect ; j'éprouve un grand plaisir à le porter sur mon cœur ; je ne me résigne à l'enfermer dans un tiroir de mon secrétaire que lorsque je l'ai bien lu et relu. N'est-ce pas une vraie joie que d'écouter une âme qui parle à votre âme de choses aussi douces et aussi attrayantes ? DIEU est un sujet d'interminables entretiens ; quel bonheur de songer que, non seulement ici-bas, mais encore durant toute l'éternité, il nous sera donné de nous occuper de ce bon DIEU ! Quand une âme éprise de DIEU a rencontré sur la terre une autre âme également amoureuse de cet aimable objet, elles se plaisent à se communiquer leurs sentiments. On parle si peu de DIEU dans le monde ! Si j'aime à exprimer les impressions que produit sur moi le spectacle de la nature, c'est surtout parce qu'il rappelle son Créateur, type éternel de la souveraine beauté. L'histoire du temps passé et les événements contemporains me semblent un sujet inépuisable d'entretiens intéressants, surtout si on les considère comme le vaste cadre des manifestations de la puissance et de la gloire de DIEU dans l'humanité. Mais où je jouis le mieux de la présence de mon DIEU, c'est quand la voix du Paraclet se fait entendre au fond de mon âme ; alors toutes les portes se ferment sur elle, et une sorte de pudeur me tient la bouche close ; il y a comme un parfum qui l'enveloppe de ses douces émanations et qui perdrait son plus précieux arome, s'il venait à s'échapper au dehors ; ce sont des accords mélodieux que l'oreille de chair ne peut saisir, que la langue est inhabile à exprimer ; c'est le don secret de DIEU, c'est la sève qui pénètre et sature la moelle de l'âme et qui entretient sa vie ; elle ne doit pas se répandre à travers l'écorce de l'arbre, mais s'écouler lentement au cœur du tronc...

Lors même que ces visites intimes sont finies, JÉSUS ne m'abandonne pas : je continue à remplir mes devoirs religieux comme d'habitude, je me confesse, je communie, et j'y trouve, comme toujours, une grande force et une grande joie.

Un de mes amis a passé huit jours avec moi ; il vient de partir ; il me semble que j'ai recouvré la liberté depuis que je suis seul, et cependant j'étais heureux de l'avoir.

Faut-il, en société, à midi, faire le signe de la croix pour réciter l'angélus, ou se contenter de le dire mentalement ? Il me semble que, si l'on entend la cloche, on doit faire un signe de croix ostensible, et, dans le cas contraire, se contenter de prier à voix basse sans aucun signe extérieur. Eclairez-moi, s'il vous plaît, là-dessus.

Je lis le petit *Manuel à l'usage des Séminaristes ;* j'envie leur sort ; peut-être un jour sera-ce le mien ? Plaise à DIEU que ce vœu soit exaucé !

Adieu, cher Monsieur, laissez-moi espérer que vous ne cesserez pas de m'aimer ; imparfait comme je suis, j'ai bien besoin que vous vous occupiez toujours de moi, soit en dirigeant mes pas sur la terre, soit en priant notre Père qui est dans les Cieux.

---

40. — A Mlle MARIE D., A POISSON.

Tourville, 6 septembre 1870.

MA CHÈRE MARIE,

Nous avons reçu hier la lettre de ton père écrite le 2 septembre. Vous ignoriez encore nos immenses désastres et la proclamation de la République. En apprenant, dimanche, la débâcle de nos armées et la captivité de l'Empereur, nous nous sommes aussitôt mis en route pour Lyon. A notre arrivée, aucun tumulte dans les rues ; les murs étaient tapissés de décrets avec l'en-tête de *République Française* en grosses lettres ; des groupes stationnaient devant ces placards. Le journal vous a donné les noms des hommes qui sont au pouvoir à Paris. A Lyon, on attend le préfet que va nous envoyer le Gouvernement provisoire. C'était un spectacle nouveau pour moi que celui de sentinelles en habits civils, devant l'Hôtel de Ville, la Bourse, la Banque, partout où il y a des corps de garde. De longues files d'hommes se dirigeaient vers le fort La Motte pour s'y faire armer, tandis que d'autres en revenaient avec le fusil sur l'épaule, la baïonnette au bout, le drapeau rouge déployé.

Si les Prussiens envahissent votre pays, ne cherchez pas à vous défendre. Nous savons de source certaine que les villages qui, sans se départir d'une contenance ferme, n'ont pas opposé de résistance armée, ont été sauvés du pillage ; moyennant les prestations en denrées qui leur ont été imposées, on les a laissés en paix. Chez ceux, au contraire, qui ont, en pure perte, employé la force contre l'ennemi, tout a été mis à feu et à sang. Ce n'est pas que les Prussiens soient à vos portes ; mais il est bon de prévoir d'avance la conduite à tenir, le cas échéant. Il est aussi du devoir de chacun de demeurer chez soi pour maintenir l'ordre, pour soutenir la confiance. Il est évident que chaque localité devra prendre l'initiative de l'administration municipale. Déjà quand on va chercher des ordres à l'Hôtel de Ville de Lyon, on vous répond : « Arrangez-vous ! » Tout honnête homme a donc une mission publique à remplir en ce moment.

Je demande à chaque instant à DIEU qu'il me remplisse de l'esprit de

force ; la fermeté est la première des vertus dans une République nais-
sante. Au besoin, mettons-nous en état de partir pour l'autre monde ;
celui-ci est vraiment un monde de tribulations. Avouons que notre
orgueil a mérité le châtiment que Dieu nous inflige ; tous les maux
viennent de ce vice que l'homme apporte en naissant. Dieu a toujours
puni les orgueilleux, nations ou individus. Le seul moyen d'échapper à

JULES FAVRE. (P. 170.)

sa colère est de faire pénitence ; mais saurons-nous seulement accepter
nos malheurs comme une expiation ? Rien ne le fait pressentir ; au
contraire, suivant l'expression de Bossuet, « nous allons nous enfonçant
de plus en plus dans l'iniquité. »

Oui, nous enfonçons, et bientôt la boue qui s'ouvre sous nos pieds
recouvrira notre tête, et l'on ne verra plus à la surface que les derniers
tourbillons de l'immense naufrage où notre vaisseau aura péri.

Mais courage quand même, et ne cessons pas de prier ! Si nous voyons de mauvais jours ici-bas, nous verrons aussi la lumière éternelle promise aux justes.

Suis aveuglément les conseils de nos parents : ils savent mieux que nous ce qui nous convient. Mon père n'a-t-il pas tout abandonné pour m'emmener passer les hivers dans le Midi ? Nous aurons plus tard les moyens de leur prouver notre reconnaissance d'une manière effective. En attendant, aimons-les tendrement ; leur affection est notre trésor le plus précieux en ce monde, où tout s'effondre autour de nous.

41. — A M. JOSEPH U., AU HAVRE.

Tourville, 6 septembre 1870.

MON CHER JOSEPH,

Nous voilà où Dieu nous voulait, dans une humiliation profonde, au fond d'un abîme d'où nous ne sortirons plus avec gloire, si nous en sortons. La France en arrive à ce point inévitable où une trop grande prospérité matérielle conduit toujours les nations. C'est la dernière des nations de race latine qui conservait quelque prestige ; le coup de grâce est donné, nous voilà au rang de l'Italie et de l'Espagne. Pauvre patrie ! j'espérais mieux pour toi ; je te croyais grande : ce n'était qu'un lambeau de pourpre à franges d'or qui cachait tes plaies à nos yeux. Ce voile brillant est levé, et nous reculons d'horreur ; ton sang s'échappe de tes blessures mal fermées, tu pâlis ; est-ce que tu vas mourir ? Oh ! non, pas encore. Ce n'est pas que seuls nous puissions la sauver ; mais, tant que nous vivrons, notre patrie aura des défenseurs.

Je ne sais pourquoi ces aspirations belliqueuses viennent éclore sous ma plume ; elles sont sur mes lèvres, mais mon cœur est en défaillance...

Vous ne regrettez pas l'Empereur à présent que vous le connaissez. Je ne l'appelle pas un scélérat, bien loin de là ; mais je l'accuse de légèreté, d'imprévoyance, d'incurie, et, dans un chef d'État qui s'est imposé lui-même à une nation, ces fautes prennent les proportions du crime. Ah ! il n'était pas Français !...

Vous avez vu de vos propres yeux, à Paris, dans ce foyer d'infection, la corruption de notre époque : l'irréligion, le cynisme, et une multitude de vices plus hideux les uns que les autres. Il n'y a pas de remède à cela ; les pervers ne se convertiront pas, ils sont frappés d'une cécité incurable. Mais nous, mon bon Joseph, nous qui avons la grâce de la foi, nous qui avons été élevés dans la crainte de Dieu, c'est nous qui devons faire pénitence, prier pour nos malheureux concitoyens, pour ceux qui n'ont pas cessé d'être nos frères, selon notre divine religion. Vous avez contesté la raison d'être des monastères ; comprenez-vous maintenant à quoi ils servent ? comprenez-vous de quelle utilité sont ces vies sacrifiées à Dieu pour le genre humain ? Ah ! qu'elle est noble, qu'elle est importante cette mission du sacrifice ! Ils prient si nous ne prions pas ; et si nous obtenons de Dieu la grâce de savoir prier à notre tour, ce sont ces supplications des moines qui auront tout fait !

Écrivez-moi, Joseph, pour me parler de vous. Osez-vous former des projets ? Voulez-vous rester au Havre, ou bien rentrer à Paris ? Qu'il ferait bon vous sentir ici ! Qu'il serait pénible, au contraire, de penser qu'une armée prussienne nous sépare ! Ne serait-il donc absolument pas possible de vous réfugier à Tourville ? Les voies de communication ne sont pas encore interrompues. On se réconforterait, on prierait ensemble ; mais seuls, que ferez-vous ? que ferons-nous ? Nous serons bien malheureux, mon père et moi, vis-à-vis de nous-mêmes, l'angoisse dans l'âme, lisant la terreur dans les yeux l'un de l'autre ! Mes raisons ne se discutent pas, elles se sentent...

42. — A M. CONSTANT G., A MONTAUZAN.

Tourville, 18 septembre 1870.

Mon cher Constant,

Toujours bon, toujours gracieux, cet ami ! Votre lettre, mon cher Constant, est un chef-d'œuvre d'affection : les termes en sont vrais, les pensées tendres, douces comme la rosée. J'ajouterai à toutes vos énumérations des véritables qualités de l'amitié, cette autre qui ne manque pas non plus de justesse : l'amitié se resserre davantage après une légère bourrasque. A votre tour, essayez d'en faire l'expérience : quand vous supposerez, à tort, bien entendu, que mon affection pour vous diminue, écrivez-moi quelques dures vérités, et aussitôt vous recevrez une réponse des plus affectueuses. Du reste, je vous en préviens, et peut-être déjà vous en êtes-vous aperçu, mon malheureux caractère a besoin de ces petits coups de fouet qui mordent l'amour-propre. En attendant, malgré la douceur de votre réponse qui contredit ce système, je suis enchanté de mon ami Constant.

Je crois, mon cher, que, pour vous, notre société pendant quelque temps serait... faut-il dire profitable ? eh bien ! oui, profitable. Vous comprenez ma pensée : ce n'est pas entre amis, comme vous le faites fort bien observer, qu'on doit redouter l'ambiguïté des mots. Je veux dire que la société de quelques camarades influerait heureusement sur votre esprit : l'esprit se dilate, à la chaleur de la conversation ; ça fait du bien. Laissez-moi croire que nous vous aurons, il le faut même ; et puis, j'espère que vous vous établirez chez nous pour quelque temps sans fausse honte ; je vous promets, sinon des divertissements, du moins d'agréables causeries. Je serais si content d'être entouré de mes amis ! J'aimerais tant à voir partir notre petite caravane pour l'église, où l'on demande à Dieu de sauver notre France !

Votre opinion est très sensée, vous avez la vraie sagesse : il faut être plein de bons désirs, mais agir avec modération ; car avec ma manière on n'aboutit pas à grand'chose. Vous l'avez bien vu, je suis d'abord tout feu, tout flamme, mais il ne faut pas longtemps pour que je sois abattu et incapable de quoi que ce soit.

Vous me demandez mon opinion, mon cher Constant ; c'est celle de bien des gens, et la voici : jusqu'à la fin de cette guerre, nous serons constamment battus. Il ne nous reste plus ni officiers, ni troupes éprouvées ; il n'y a que de jeunes recrues sans éducation militaire, inhabiles au maniement des armes : voilà pour les provinces. Quant à Paris, il sera pris par la famine, à moins que les Prussiens, qui ont leurs desseins dont je n'ai pas la confidence, n'aiment mieux lancer des obus dans son enceinte ; alors ce sera plus vite fini, voilà tout. On nous posera des conditions analogues à celles déjà faites à Jules Favre, sans doute même plus dures, parce que nous aurons fait plus de résistance et qu'il nous faudra payer les frais de la prolongation de la guerre.

Toutefois, vous avez raison, mon cher ami, la France n'est pas morte ; elle est même encore très vivante ; mais le coup est rude et il n'en faudrait pas deux comme celui-là pour l'anéantir. Si nous survivons à ces désastres, nous nous verrons entourés de ruines fumantes et de ruisseaux de sang ; ce sera à nous à déblayer ces ruines, à répandre la bonne semence pour que notre patrie, retrouvant sa fécondité, produise encore de nobles et virils rejetons. La tâche sera lourde, et si la lâcheté se glisse dans les veines, alors nous sommes perdus sans remède. Ecoutons donc mugir le torrent à notre porte, non pour défaillir, mais pour nous donner du cœur, et usons notre huile dans des veilles studieuses, après avoir étayé les murailles de la maison ; si les ondes furieuses nous emportent, mourons en appelant Dieu à notre secours, mourons obscurément, mais en poussant le cri du chrétien, citoyen d'une nouvelle patrie où l'on ne meurt plus.

Dans une lettre que m'a écrite un prêtre que je considère comme un saint, il me dit qu'il n'a pas une minute de répit : « Le bon Dieu bat le rappel, ajoute-t-il, il faut bien recevoir les âmes. Comme les desseins de Dieu sont admirables ! les moyens que l'on prend pour le chasser des cœurs sont précisément ceux qui l'y font rentrer. Depuis que j'ai le bonheur d'être prêtre, je n'ai jamais vu tant d'âmes touchées de Dieu. » Allons ! puisqu'il y a des âmes qui retournent à Dieu, il n'y a pas encore lieu de désespérer. Je n'attends que peu de chose de nos masses éparses de soldats et de nos mauvais fusils, mais j'attends tout de Dieu. Peut-être y aura-t-il une intervention étrangère le jour où Paris sera pris. Mais ce qui me cause le plus de douleur, c'est de songer que les luttes avec les Prussiens ne nous préservent pas des luttes avec nos propres concitoyens. Si ce pauvre peuple des villes voulait être raisonnable, s'il voulait comprendre qu'en détruisant le capital il détruit le travail, et qu'en pillant il ne se donne du pain que pour un jour ! Mais non, excitée par des sectaires farouches et de coupables ambitieux, la foule aveugle propage l'incendie et détruit des richesses que personne ne défend plus, et dont tous auront à regretter la ruine.

Adieu ! souvenez-vous, quoi qu'il arrive, que nous sommes frères dans le sein de notre mère l'Eglise, et que nous espérons un même ciel.

43. — A Mlle MARIE D., A PARAY-LE-MONIAL.

Tourville, 24 septembre 1870.

MA CHÈRE MARIE,

Les événements sont si foudroyants, en peu de temps il peut arriver tant de choses, qu'on ne sait que conjecturer des absents. Aussi les lettres vont-elles devenir plus précieuses, à mesure que les difficultés des communications et les dangers se multiplient. Chacun va se trouver cerné chez soi, et, si l'on ne peut plus s'écrire, les angoisses de l'incertitude rendront la vie intolérable. Profitons donc de la possibilité qui nous reste de nous faire connaître les uns aux autres, par quelques lignes jetées sur le papier, l'état de nos santés et de nos esprits. Encourageons-nous mutuellement, et quand les communications seront devenues impossibles, nous ne cesserons pas, chacun de notre côté, de remonter par nos prières à la source de toute force et de toute consolation, et nous serons sûrs que là, en présence de Dieu, nous nous retrouverons encore.

Je suis si bien préparé à tout apprendre, que si l'on venait me dire demain que tout ce que nous avons d'hommes sur pied pour nous défendre est tué ou pris, et que Paris est occupé par l'ennemi, je n'en éprouverais qu'une immense douleur sans le moindre étonnement. Mes deux amis U. et leur mère ont quitté Paris et sont venus se réfu-gier à Tourville. Nous vivons dans un état de fièvre continuelle. Mon père a d'assez graves préoccupations au sujet des élections à la Consti-tuante. Pour mes jeunes amis et moi, la légèreté du caractère l'emporte, et nous rions encore plus souvent que nous ne sommes tristes. Tu sais, du reste, que je suis naturellement un peu insouciant ; je ne me tour-mente pas, pas assez pour des maux qui ne m'atteignent qu'indirecte-ment ; aussi la présence de mes amis ne fait que développer cette dispo-sition personnelle.

Tous les jours, me conformant au programme de mes études classi-ques, j'élève mon esprit jusqu'aux sphères de la philosophie, où n'attei-gnent pas les agitations, les bruits, le tumulte de ce bas monde ; je me retire en moi-même comme dans une forteresse inaccessible, ou bien je lève les yeux vers le ciel, où se meuvent dans leurs paisibles évolutions des millions d'astres sous la main puissamment ordonnatrice de Dieu. Je prie, et c'est surtout dans ces épanchements du cœur que l'âme trouve le mieux le repos auquel elle aspire ; j'ai donc raison de vous inviter à nous réunir dans le sein de Dieu, parce que là seulement on se trouve dans la paix.

J'ai éprouvé un certain contentement quand j'ai appris que vous êtes allés habiter Paray. Là, au moins, vous n'êtes plus seuls ; et puis j'ai gardé de cette petite ville une bonne impression. Ce canal bordé de chaque côté d'un long rang de peupliers, ces rues propres et tranquilles, ces toits aux pentes inclinées qui donnent à chaque maison l'apparence d'un petit monument, l'église dont les flèches ont une élégance originale, et surtout le souvenir des révélations du Cœur de Jésus à la Bienheu-reuse Marguerite-Marie, tout cela donne à Paray l'aspect d'une ville pieuse et calme, d'une ville du moyen âge, peu déformée par les bana-lités de l'architecture moderne.

Ici, nous-mêmes nous aurions tort de nous plaindre de notre rési-dence. La vieille tour n'a rien perdu de sa douce tranquillité ; les pins où murmure la brise, les vaches aux pâturages, la charrue dans les sil-lons, les divers travaux champêtres, la nature dans toute sa fraîcheur, forment toujours un joli tableau sur lequel se reposent complaisamment les yeux ; quand nous entendons le jeune berger qui siffle en gardant son troupeau, et le vieux laboureur qui presse le pas tardif de ses bœufs, nous ne pouvons croire que tous les hommes valides sont sur les champs de bataille, que le canon gronde aux portes de Paris, et que la cavalerie prussienne parcourt les campagnes de la Champagne et de la Normandie, brûlant, pillant, égorgeant tout ce qui se trouve sur son passage. Oh! le poignant contraste!...

Je ne quitte guère la tour qu'aux heures des repas et pendant mes récréations, qui consistent à jouer au billard avec mon père; nous ne sommes forts à ce jeu ni l'un ni l'autre. Cette fantaisie d'avoir un billard chez nous, quand nous savons à peine pousser une bille, me rappelle celle de l'ex-juge de paix de Saint-Laurent, qui s'est payé un magnifique piano à queue, de Pleyel, pour avoir le bonheur de jouer l'air *j'ai du bon tabac...* avec un seul doigt; naïve complaisance!

Je te disais donc que je ne sors à peu près jamais de la tour, où je me livre à tous les entraînements d'une étude attrayante. Je considère avec amour ces simples volumes reliés ou brochés, jaunes, bleus, verts ou rouges, qui cachent sous leur modeste couverture des trésors inestimables, comme l'humble violette qu'on ne voit pas, mais qu'on devine à son parfum. Mes bons livres rangés en ordre sur leurs rayons, comme je les aime!

Je lis avec délices les conférences du P. Lacordaire. Cette lecture me sert de repos après une journée que je remplis le mieux que je peux. Ce que je regretterais surtout, si j'étais obligé d'aller dans le monde, c'est ce repos du soir composé des suaves pensées que favorise le calme de la nuit. Aussi je crois bien que ce besoin de solitude, le soir, pour repasser le travail de la journée et pour préparer l'œuvre du lendemain, me fera tenir éloigné du monde, sans toutefois faire de moi un sauvage. En attendant, j'ai à Tourville tout ce qu'il me faut; les événements nous retiennent prisonniers, mais cette captivité ne me déplaît pas du tout.

44. — A M. L'ABBÉ V., A LYON.

Tourville, 29 octobre 1870.

CHER MONSIEUR,

MON père va à Lyon; j'en profite pour vous envoyer le bulletin de mes deux santés. Le bon DIEU en prend soin: grâces lui en soient rendues! L'hiver qui commence ne produit pas de mauvais effet sur moi. Quand, le matin, je vois le ciel brumeux, je vois aussi un beau soleil se lever sur mon âme. Ma solitude est plus complète que jamais: mes deux amis et leur mère sont partis pour la Bourgogne, où demeure leur famille. Je n'ai plus qu'un seul sujet de dissipation : quelques visites à une famille du voisinage. Quelquefois j'y laisse un peu de ma sérénité, parce que j'ai trop parlé ; mais enfin, c'est la lutte, et la lutte n'est pas une mauvaise chose, quand les ennemis ne sont ni trop nombreux ni trop forts.

Je reviens de me confesser ; ce que le prêtre m'a dit m'a transporté au troisième ciel : il m'a permis de communier demain, puis le jour de la Toussaint et encore le jour des Morts. Trois visites de mon DIEU aussi rapprochées ! Je vais bien m'y préparer. Aujourd'hui, demain et après-demain, je serai seul ici : trois jours où je vais n'avoir d'autre société que celle de mon DIEU ; mais quel ami ! je ne cesserai de converser avec lui.

Vite un mot sur mes ennuis, car mon âme n'est pas toujours dans la joie. Le plus pénible de tous, c'est une idée qui me poursuit partout, quand mon DIEU ne domine pas mon cœur par le sentiment de sa présence ; c'est le démon qui, pour combattre mon immense désir d'appartenir exclusivement à DIEU, fait miroiter à mes yeux la pensée du mariage. Vous ne pouvez vous imaginer combien est cruelle cette lutte dans mon esprit. D'un côté, aimer à se voir, dans l'avenir, revêtu du ministère sacré, et de l'autre, se complaire à considérer l'état saint du mariage comme une chose aimable, comme une carrière sociale où l'on peut faire autant de bien que dans l'état ecclésiastique, c'est une alternative douloureuse. Mais quand la pensée de l'éternité se présente à mon esprit, quand le CHRIST en croix tombe sous mes yeux, alors je ne désire plus que souffrir, afin d'enlever d'assaut les hautes murailles de la citadelle du paradis. Pour mieux fixer ma résolution, je me l'affirme à moi-même, et je demande à DIEU de me faire périr sur l'heure, plutôt que de me laisser vivre pour aimer au monde autre chose que lui. Alors seulement je retrouve la paix, alors je me vois gravissant les degrés de l'autel comme autant d'échelons qui me rapprochent du ciel ; je me vois dans cette longue robe de prêtre qui est le contraire de la livrée du monde, foulant aux pieds ses fausses joies, et les échangeant contre celles de l'apostolat des pauvres. Quelle consolation, en effet, de consoler les malheureux ! Je songe aussi quelquefois que je ne verrai peut-être jamais ces beaux jours rêvés, et que le bon DIEU me prendra dans son sein avant l'âge d'homme. Oh ! alors, ne serai-je pas encore plus heureux ? Alors je posséderai mon DIEU pour toujours, les luttes seront finies, les larmes auront cessé de couler, je serai enivré d'amour !

Dans tous les cas, Tourville m'offre tous les avantages d'un monastère : j'y travaille et j'y prie, j'y écoute la voix d'en haut. DIEU veuille

m'y laisser longtemps ! Il m'y formerait à cette vie intime où il tient la première place, et l'âme, à ses pieds, la seconde. J'ai beaucoup de livres qui parlent de DIEU, je puis écrire sur DIEU, je puis penser à DIEU. Le ciel vient-il à s'éclaircir, je prends le chemin de l'église, et, pendant quelques instants, je demeure agenouillé devant le saint autel, d'où découle toujours un ruisseau de grâces. Ce que j'espère est trop beau ! je ne sais si mon DIEU permettra que j'en jouisse jamais comme je le savoure d'avance ; à sa sainte volonté ! En ce moment, mon âme est en paix avec lui. Demain je le reçois, malgré mon indignité ; n'est-ce pas assez ? n'est-ce pas tout ? Aussi je borne mon regard au soir du jour où je respire, et je dis à mon âme : « Respire en DIEU ! quand il t'appellera, tu ne feras que changer de demeure. »

J'unis ma faible voix à la vôtre, cher Monsieur, pour louer le Seigneur et lui demander la paix sur la terre comme au ciel.

45. — A M. L'ABBÉ V., A LYON.

Tourville, 9 novembre 1870.

CHER MONSIEUR,

Si nous nous décidons à quitter Tourville, je crains de ne pas m'arrêter à Lyon, et par conséquent de ne pouvoir vous dire adieu ; mais il n'est pas bien sûr que nous abandonnions notre logis ; ma santé supportera, je crois, les rigueurs de l'hiver dans nos montagnes ; l'air y est pur, c'est beaucoup pour moi. Seulement, je dois l'avouer, j'ai peur que l'ennui ne nous gagne. Moi qui me réjouissais tant de ma solitude, je commence à la trouver longue, et la privation complète de toute société me pèse déjà un peu. Cependant j'ai mon DIEU avec moi, j'ai sa pensée constante ; ne devrais-je pas trouver que c'est assez pour vivre heureux ? J'hésite à répondre que ce n'est point assez, de crainte d'une équivoque qui ressemblerait à un blasphème. Voici ce que je veux dire : sans doute, ce n'est pas parce que je n'ai que la compagnie de DIEU que je m'ennuie, c'est parce que je ne l'ai pas assez. Si j'étais au couvent, si j'entendais, à certaines heures, la cloche qui m'appelle à l'office, je ne m'ennuierais pas, j'en suis certain. Je saurais qu'à telle heure il faut faire certaines prières, à telle autre, méditer ou faire un exercice physique indiqué ; tout cela forme une règle qui tient lieu de compagnie, et puis il y a des grâces d'état. Mais ici, en ce moment, avec la solitude d'un moine, j'ai la plus entière liberté de mes actions, et cette liberté me lasse beaucoup. Le matin, je ne peux plus assister à la messe ; il fait trop froid pour que je m'aventure jusqu'à l'église. Je ne prends point de récréations dehors, et je ne travaille pas non plus à un moment précis, en sorte que je n'ai ni une direction pour mes occupations sérieuses, ni aucun relâche normal, du matin au soir. Cette indécision de tous les instants hache ma vie en mille pièces qui ne parviennent pas à faire un tout homogène, et j'en souffre. Mon goût serait d'être astreint à des heures de classes. J'aimerais, au sortir de la classe, la conversation d'un ami de mon âge, ayant les mêmes goûts que moi, les mêmes aspirations, même avec un but différent. Mais ce serait trop doux à mon cœur, et mon DIEU, qui connaît très bien avec quelle facilité mon âme s'éprend de tout ce qui est bon et beau, de ce qui me cause du plaisir, mon DIEU ne me donne pas cet ami. Je bénis sa sainte volonté, car elle est certainement en faveur de mon avancement spirituel. Au moins je n'ai devant les yeux, dans la solitude, aucun objet qui soit de nature à m'attacher au monde. Ce qui me prouve que ce n'est pas de la solitude elle-même que je souffre, c'est que j'embrasserais avec transport celui qui viendrait me prendre, avec le consentement de mon père, et m'emmènerait dans un cloître. Ah ! je vous le promets bien, quand mes vingt ans seront sonnés, je n'attendrai pas une seconde de plus pour entrer au séminaire. Le monde aura beau se présenter à mon esprit avec toutes ses joies, même les plus pures, il ne m'attardera pas ; il aura beau me montrer, avec le mariage, une place honorable dans la société, rien, non, rien ne me détournera de ma résolution ; elle est bien prise, je veux me sauver avant tout. Si je ne suis pas assez instruit pour devenir prêtre, je me ferai frère dans quelque couvent, où la robe de bure me couvrira jusqu'au jour de ma mort, jour où j'irai jouir de mon DIEU ! D'autant mieux que, je le sais très bien, je suis extrême en tout, et, si je restais dans le monde, je serais capable de devenir vicieux. Non, non ! mon DIEU a parlé trop haut à mon cœur ; je servirai les pauvres, pauvre moi-même, ou bien je me réfugierai dans le cloître pour livrer mon âme à tout l'entraînement de la contemplation. Comme DIEU voudra !

En ce moment je suis heureux, parce que j'ai la paix de mon DIEU ; je ne pense pas à l'avenir ; je lutte contre le démon qui m'attaque, sans songer à celui qui m'attaquera demain. L'ennemi qui me fait la guerre avec le plus d'acharnement, une guerre sans éclat, mais meurtrière, une vraie guerre de francs-tireurs, c'est l'impatience ; il me harcèle, parce qu'il a beaucoup de buissons pour se cacher : les relations de tous les instants avec mon père sont remplies de pièges ; je pourrais appeler cela une guerre intestine. Mais, le *Combat spirituel* me l'apprend, l'impatience n'est pas un ennemi qu'il faut fuir comme l'impureté ; il faut, au contraire, se mesurer avec lui en toute occasion ; puisque je ne quitte jamais mon père, tant que je ne serai pas complètement mâté, j'aurai à combattre à toute heure. Plaise à DIEU de me fortifier par ces petites luttes ! Plaise au DIEU des combats de faire de moi un vaillant soldat sur ce champ de bataille où de Moltke n'a rien à voir !

46. — A M. L'ABBÉ V., A LYON.

Lyon, 9 décembre 1870.

CHER MONSIEUR,

ÊTRE à Lyon sans pouvoir aller vous embrasser, je vous assure que cela est cruel. Arrivé hier au soir de Tourville, le froid et la neige me retiennent, ce matin, dans l'appartement que je ne quitterai que pour monter en fiacre, puis en wagon, ce soir à dix heures. Si près de vous, je ne vous verrai donc pas, et peut-être quatre mois vont-ils ajourner au printemps ce bonheur que je me promettais aujourd'hui. DIEU ne le veut pas, et cependant il me semble que cette visite m'aurait fait tant de bien ! J'aurais fait provision de courage pour tout l'hiver. Vous m'auriez fortifié, vous m'auriez embrasé d'une nouvelle ardeur pour mon avancement spirituel. Puisqu'il en est autrement, je me résigne, mais non sans beaucoup soupirer. J'aurais eu d'autant plus besoin de vous entretenir pendant quelques instants, que je sens le démon de la vanité faire de nouveaux efforts pour me gagner, maintenant que la solitude ne m'abrite plus contre ses attaques. Malgré tout, j'espère bien me soutenir par la grâce de DIEU. Une seule chose me fait trembler, c'est la crainte de perdre ces grâces dont il n'a pas dédaigné de me combler. Ma solitude était si pleine de sécurité en compagnie de mon JÉSUS ! Il me parlait fréquemment avec tant de douceur ! Il mettait des larmes suaves dans mes yeux, des soupirs délicieux dans ma poitrine. Etais-je triste, accablé ? quelques dizaines de chapelet faisaient vite retourner mes regards vers le ciel, et la consolation la plus abondante pleuvait dans mon âme. Oh ! la douce et chère grâce de mon JÉSUS ! Oh ! les pensées enivrantes, avant-goût de la béatitude angélique ! Cour céleste descendue dans mon cœur, où les Bienheureux mêlaient leurs voix dans un cantique mélodieux à la gloire du Seigneur, êtes-vous disparue pour jamais ? Ne reviendrez-vous pas sous un ciel pur, comme sous un ciel brumeux, rafraîchir mes espérances, qui se flétrissent au contact de la société ?

Cher Monsieur, je tremble, j'ai peur de ce monde, j'ai peur de son regard, de son atmosphère, j'ai peur de toutes ces choses que je n'aime pas, mais qui charment mes sens en attristant ma conscience, j'ai peur de ces combats dont j'ai perdu l'habitude. Mais qui sait ? peut-être ma solitude m'aura-t-elle plus fortement trempé ; peut-être aura-t-elle donné à mon âme le précieux avantage de s'isoler pour offrir à DIEU, dans le secret de son intérieur, les prémices de ses affections.

Aussi espéré-je, comme saint Bruno, en quittant ma Chartreuse, de ne pas tout perdre au sein de ma Rome agitée, de Nice, la cité frivole, la reine de la vie dissipée. J'y connais un prêtre modeste, ignoré même de ce monde religieux qui n'a malheureusement pas cessé d'être *mondain*, au moins par la forme. Ce prêtre ignoré est mon confesseur ; en m'approchant de lui, je respire un parfum caché pour tant d'autres, le parfum de la retraite. Il ne parle pas très bien le français, vous ai-je dit, mais il parle la langue des Saints, ce qui vaut beaucoup mieux ; j'ai à peine besoin d'entendre ce qu'il me dit, je me contente de voir ses lèvres doucement entr'ouvertes, ses yeux profonds d'où s'échappe un rayon de charité et d'amour de DIEU, son visage pâle et amaigri par les privations de toutes sortes, et cela me suffit ; alors je suis rempli d'une nouvelle force, je suis calme et je retourne au monde, le cœur rasséréné.

Mais pourquoi faut-il passer à Lyon sans que je puisse vous voir ! Je suis cruellement puni de ma vanité d'hier dont je vous parlais tout à l'heure ; la pénitence est dure. J'en prendrai ma revanche en vous écrivant souvent ; ce sera un grand bonheur pour moi, si vous avez la bonté de recevoir mes lettres, quoique la plupart du temps elles ne veuillent pas dire grand'chose. Mais quand elles ne feraient que dire : *Vive Dieu !* ne serait-ce pas déjà beaucoup ? Je n'ose pas vous demander une réponse à toutes : vos heures sont trop précieuses, d'autant plus que les fêtes de Noël approchent. Il me suffira de savoir que vous ramenez beaucoup d'âmes à DIEU, que de temps en temps vous demandez au saint Enfant Jésus d'avoir pitié de moi ; cette pensée remplacera vos lettres et mon cœur débordera de reconnaissance. Il vous portera sans cesse au ciel en s'élevant vers mon DIEU, à qui je vous offrirai avec mes humbles prières. Le respect et l'affection que je vous porte découlent de mon respect et de mon amour pour le Seigneur Jésus...

C'est l'an prochain que je compte me présenter au baccalauréat. Je vais m'y préparer avec assez de soin pour ne pas être refusé ; mais si je n'étais pas reçu après deux épreuves, je n'en tenterais pas une troisième.

47. — A M. HENRI B., A LA PÉROLLIÈRE.

Nice, 19 janvier 1871.

MON CHER HENRI,

VOUS avez donc envie de recevoir une lettre de Nice? Il est d'autant plus facile de vous satisfaire que je suis moi-même enchanté de causer un moment avec vous. J'ai bien là, dans un coin, quelques gros livres classiques qui ont l'air de me dire : « Est-ce que nous n'allons pas un peu travailler ? » mais je ne me donne pas la peine de leur répondre et... je continue avec vous.

Il faut d'abord vous apprendre une chose, à moins que vous ne la sachiez déjà : c'est qu'à Nice on ne voit point de neige, excepté sur les grandes montagnes qui se dressent au nord et qu'on appelle les Alpes Maritimes ; il n'y fait pas froid non plus, en comparaison des terribles gelées de nos régions. Cependant s'il arrive qu'on aperçoive de légers glaçons sur les ruisseaux des rues, tout le monde de s'écrier : « Mais c'est affreux ! que venons-nous chercher ici ? on y grelotte ! » Voyez l'ingratitude des hommes ! Nous avons un ciel presque toujours bleu, un soleil splendide ; mais parce qu'on a rencontré, une fois, un petit glaçon, voilà qu'on peste contre les *frimas* de ce pays fortuné ! N'est-ce pas que vous seriez bien joyeux, si, au lieu de regarder par la fenêtre les pauvres petits moineaux qui cherchent dans la neige quelque graine pour ne pas mourir de faim, vous alliez les entendre chanter avec leurs camarades, pinsons et chardonnerets, sur les arbres, dans la campagne ? C'est mon principal plaisir dans ce beau pays de Nice, quand le grec et le latin ne me retiennent pas au logis. On ne peut résister à l'envie d'aller flâner au soleil, sous les oliviers, qui ont un seul inconvénient, dont on ne se plaindrait pas chez nous en cette saison, celui de ne pas donner d'ombre ; et alors, grec et latin, on oublie tout... C'est justement pour cela que je vous estime plus heureux que moi ; confiné au coin du feu par la neige, tout vous invite au travail et rien ne vous en détourne.

Je suis un peu téméraire en vous faisant un aussi séduisant tableau de Nice. Hier, il est tombé une telle quantité d'eau, qu'un pont, en bois, il est vrai, et construit à l'américaine ou à l'italienne, a été emporté par le torrent qui descend des montagnes ; il est même tombé de la grêle, et, pour compléter la tempête, un tremblement de terre a secoué toute la ville. Ce matin, plusieurs personnes m'ont demandé si je n'avais pas eu peur de voir notre toit s'effondrer sur ma tête : car les maisons de Nice aussi sont construites à l'italienne, c'est-à-dire que les murs ont à peu près l'épaisseur d'une feuille de carton. Personne de plus étonné que moi à cette nouvelle ; je n'avais pas ressenti la moindre commotion ; il faut bien ajouter qu'on m'eût secoué par les épaules que je ne me serais peut-être pas réveillé pendant la nuit. Aujourd'hui, un soleil des plus radieux nous dédommage de notre réclusion forcée d'hier.

Me voilà redevenu troupier de fantaisie, comme aux Halles : dans une caserne du voisinage, un sergent, du nom pompeux de *Dumance*, me montre la manière de tenir la tête droite, les pieds en dehors, les bras ballants sans raideur... en attendant des exercices plus difficiles. Malgré ma bonne volonté à m'exercer au métier des armes, je ne compte guère être soldat, au moins pour cette guerre.

Aucune nouvelle de Joseph U... depuis un mois ; le pauvre garçon a peut-être été tué dans les combats qui se sont livrés autour du Mans.

Continuez-vous à faire des dessins pittoresques des horreurs de la guerre ? J'aurais besoin de les avoir sous les yeux, pour raviver dans mon esprit le souvenir des massacres qui nous impressionnaient si vivement au commencement. Ils se sont renouvelés si souvent depuis, qu'on finit par oublier les premiers et par confondre les uns avec les autres. Vous grandissez, mon pauvre Henri, au milieu d'une immense désolation ; notre pays tombe, tombe ; où va-t-il ?... Si, au moins, tous les citoyens de l'avenir étaient comme vous, grâce à l'excellente éducation que vous recevez, on se consolerait en songeant qu'un jour la France aura encore des enfants dignes d'elle ; mais, hélas !... ils ne seront pas tous comme vous.

Allons, la leçon d'anglais me réclame. Étudiez-vous aussi l'anglais ? Ça n'est point désagréable, je vous assure ; demandez à votre père de vous le faire apprendre ; à votre âge, vous n'y aurez aucune peine.

Au revoir, mon cher Henri ; portez-vous bien, vous et toute la petite bande de frères et de cousins que nous vous chargeons d'embrasser pour nous...

---

48. — A Mme GASPARINE D., A LYON.

Nice, 18 février 1871.

MA CHÈRE COUSINE,

E bénis vos charmantes épîtres pour plusieurs raisons ; la première, c'est tout simple, parce qu'elles sont charmantes ; la seconde, parce qu'elles m'arrivent toujours au beau milieu d'un rhume et me font oublier, un moment, les tristesses de la réclusion. Comme la Providence m'a doté d'une nouvelle grippe, j'espère qu'elle me réserve une prochaine compensation dont vous avez les éléments dans la main.

Depuis trois ou quatre jours, je garde la chambre et me lève à midi ; est-ce ennuyeux ? d'autant plus que le soleil vient à travers les vitres m'inviter à la promenade. On jouit à Nice, en ce moment, d'une série de beaux jours qui font croire à l'été : pas un nuage au ciel ! Ce temps splendide est bien un peu la cause de mon rhume : dimanche, nous avons fait, mon père et moi, une longue excursion sur les collines ; nous montions sans pouvoir nous arrêter, tant le coup d'œil, à chaque pas, grandissait en étendue comme en beauté : la mer bleue, les Alpes blanches, les côtes avec leurs promontoires et leurs baies en festons, c'était magique ! et, pendant ce temps-là, une brise fraîche me saisissait traîtreusement à la gorge pour me conduire au violon, c'est-à-dire dans ma chambre, où je suis encore.

Vous avez lu dans le journal le récit de nos échauffourées de Nice. Je ne pourrais vous donner d'autres détails que ceux qui m'ont été racontés ; je ne m'étais pas fourvoyé dans la bagarre. Cela m'a semblé d'abord tout bonnement une farandole ; mais la chose, dit-on, a été plus grave qu'elle n'a pu le paraître. J'en ai jugé ainsi moi-même par les deux mille soldats qui sont arrivés de Toulon, et dont on a fait grand étalage ; deux petites pièces de campagne suivaient l'infanterie ; elles étaient traînées à bras ; c'est vous dire qu'elles n'atteignaient pas la dimension des canons Krupp, et que, sans doute aussi, elles seraient moins meurtrières. Grâce à Dieu, on s'est contenté de les promener dans la ville, au grand ébahissement de la population, qui avait l'air de demander ce que signifiait tout cet attirail. Puis, deux jours après, on a vu déboucher de l'avenue de la gare un escadron de cuirassiers, dont je regrette beaucoup de n'avoir pu admirer l'effet ; il a dû être *épatant*, comme dirait un de ces malheureux assiégés de Paris, non moins affamés de néologismes que de pain. Les Niçois n'ont pas tenté d'élever des barricades. Mais ce qui peut être plus dangereux, de mauvais sujets se réunissent le soir et se mettent à l'affût, pour tâcher de surprendre quelque soldat français isolé et le frapper dans l'ombre à coups de couteau ; on compte déjà plusieurs victimes de ce guet-apens, et ce n'est pas la fin, dit-on. Nous ne sommes pas bien loin de la Corse : on se ressent du voisinage.

Et vous, allez-vous avoir les Prussiens ? Ils n'auraient qu'à faire un pas de plus pour entrer à Bourg et rançonner votre ville natale. Le lendemain, Lyon verrait, à l'horizon du nord, les pointes brillantes de leurs casques. Espérons que l'Assemblée nationale sera assez sage pour conclure la paix.

Ma tête est encore trop faible pour me permettre d'écrire plus long-temps. Je vous quitte, ma chère cousine, en vous souhaitant toute espèce de bonheur.

49. — A Mlle MARIE D., A POISSON.

Nice, 23 février 1871.

MA CHÈRE MARIE,

J'AI ta lettre là, sous mes yeux ; et je m'aperçois, à sa date, qu'il y a juste un mois que je te dois une réponse...

Vous recevez les journaux ; que pensez-vous des émeutes de Nice ? Ce qu'en pensent les journaux, naturellement ; eh bien, ils ont exagéré la chose. J'ai la chance d'être dans une ville quand il s'y passe des aventures comme celles-là ; déjà je me trouvais à Paris pendant les échauffourées de juin 1869. Il est vrai qu'elles deviennent si fréquentes de tous côtés, que tout le monde peut facilement se procurer ce genre de spectacle.

A Nice, l'administration a été maladroite, comme partout en France depuis le 4 septembre. Un journal séparatiste paraissait en toute liberté depuis longtemps ; il aurait fallu l'écraser dans l'œuf, au moment de son éclosion : on ne l'a pas fait ; puis, quand il a eu accompli son œuvre de discorde, on a voulu user de rigueur ; la populace a riposté à coups de pierres, quelques mauvais garnements, à coups de couteau ; il a été nécessaire alors d'amener des soldats et des canons. Je les ai vus, ils faisaient pitié ; tout ce que nous avons de bon est maintenant entre les mains des Prussiens. Quelques arrestations ont fait avorter cette cons-piration à peine ébauchée. Malheureusement les coups de couteau ont fait quatre ou cinq victimes parmi les soldats ; on ne le dit pas en ville, je l'ai appris d'un sergent qui a été légèrement blessé d'un coup de pierre à la main dans la bagarre. Mon père a assisté, par hasard, à l'un des épisodes ; il se trouvait sur une terrasse qui borde la rue où les pierres ont commencé à pleuvoir. Il a fait *chorus* avec quelques autres passants, en criant *bravo !* aux gendarmes à cheval qui chargeaient les piètres garnements soudoyés pour ameuter le peuple. Une demi-heure auparavant, j'avais traversé la même rue, où régnait le plus grand calme. Rien de plus facilement inflammable que la populace ; un attroupement, un mot mis en circulation, quelques cris, et tout est en feu. Des scènes grotesques ont agrémenté cette révolution en miniature.

FLORENCE. (P. 29.)

Un beau matin, en plein marché, une mégère se met à crier à pleins poumons : « Vive la guerre ! » Une autre commère, sa voisine, répond en la dévisageant : « Vive la paix ! » La première lui tombe dessus à coups de poings drus et corsés. Riposte et bataille en règle ! Bellone et Minerve continuaient à hurler en s'arrachant les cheveux, quand deux gendarmes, attirés par ce vacarme, les séparent à grand'peine et les conduisent au poste, sans pouvoir les empêcher de se menacer encore du poing, de la langue et du regard. J'arrivais au même moment : la scène était à croquer. Les lazzis, les applaudissements et les sifflets de la foule ajoutaient à l'originalité du tableau.

Le lendemain, nouvelle rencontre belliqueuse, cette fois entre deux hommes ; mon père en a été témoin. Un confiseur de notre quartier allonge un vigoureux coup de pied à un malheureux roquet, qui se sauve en poussant des cris aigus. Le maître du caniche, grand gaillard à mine farouche, avait vu le coup ; il vous apostrophe le confiseur en termes menaçants, et, comme ma Bellone de la veille, il finit par lui administrer une volée de coups de poing et de coups de pied ; c'était la peine du talion ; mais, à la différence de la bataille des dames, aucun gendarme n'a paru à l'horizon, au grand regret du pauvre confiseur, qui roulait sur le trottoir comme une dragée. Une heure après, je passai devant sa boutique : il était tristement assis à son comptoir, avec le visage d'un homme qui sortirait d'un bain turc. On assure que la politique n'est pas étrangère à l'événement.

Tu t'amuserais en voyant les personnages étranges qu'on rencontre ici à chaque pas, types provençaux, gascons, italiens, barbaresques, qui se démènent comme des marionnettes et s'égosillent comme des sourds. J'aimerais, si je savais écrire, à *pourtraicturer* ces méridionaux avec leurs qualités et leurs travers, dont l'exagération en tout est le principal caractère. En attendant, espérons que nous conserverons Nice ; dans le cas contraire, l'Italie aurait à nous restituer tout l'argent qu'on a dépensé dans ce pays-là depuis l'annexion ; or, l'Italie n'a pas le sou. Le seul parti à prendre est d'expédier à la frontière les agitateurs et les meneurs séparatistes. Avant un quart de siècle, Nice sera aussi français de cœur que Cannes, Toulon et tout le Var.

Donne-moi beaucoup de détails sur tout ce qui vous intéresse. Le pays où vous êtes ressemble si peu à nos régions maritimes, que c'est un agrément pour moi de me représenter, en te lisant, comment les choses se passent en même temps dans des milieux si dissemblables. L'aspect de vos campagnes, quoique triste encore, ne m'apparaît pas pour cela dépourvu de charme. Il prête à la mélancolie, il fait aimer l'intérieur de la maison, le *home*, cette si douce chose. Le foyer, où la bûche pétille, égaye la chambre, à la place des rayons du soleil absent. La lecture a plus d'attraits quand rien ne vous invite au dehors, et si l'on rencontre dans son livre quelque description du printemps, si vivement désiré, l'espérance la revêt de couleurs plus brillantes qu'elles ne sont en réalité. Qu'il fait bon, dans nos campagnes du Nord, sentir la première brise du printemps ! Comme l'œil aime à se reposer sur les premières pousses des arbres verdoyants ! Les oiseaux secouent leurs ailes, semblant se ressouvenir qu'ils n'ont pas fait leur toilette depuis plusieurs mois ; ils commencent à gazouiller, bientôt ils pourront se cacher sous les taillis. Une hirondelle fidèle revient au nid de l'an dernier ; son petit cri de joie annonce qu'elle a retrouvé son domaine. Oh ! je n'ai jamais désespéré d'assister encore au renouveau du printemps chez nous.

50. — A M. L'ABBÉ V., A LYON.

Nice, 4 mars 1871.

CHER MONSIEUR,

IL faut bien vous tenir un peu au courant de la manière dont je passe mon temps, pendant ce carême. Malheureusement je ne puis me conformer aux prescriptions de l'Eglise ; le jeûne, pas même l'abstinence, ne me sont encore permis par les directeurs de ma santé physique. Plus tard, espérons-le, je serai capable de suivre les ordonnances de ma Mère l'Eglise, à laquelle j'aime à obéir strictement. Je tâche de compenser ces irrégularités forcées par plus de ferveur dans mes prières et plus d'assiduité à mes visites à Notre-Seigneur dans les églises. J'assiste aux sermons de M. l'abbé Lavigne dans l'église de la colonie étrangère, et je fais mon possible pour entendre la messe tous les jours. Plus d'une fois cependant, je suis arrivé trop tard pour assister au saint Sacrifice tout entier ; à l'avenir, je serai plus *diligent*, ce qui veut dire, d'après l'étymologie du mot, que *j'aimerai* mieux le bon DIEU.

Mon cœur se plaît dans ces exercices de piété, et cette heure que je passe au pied de l'autel est presque toujours pour moi l'heure des consolations divines ; je cause amoureusement avec mon DIEU, je lui demande avec instance de me faire bientôt gravir les degrés de cet autel, mon unique espérance, de daigner bientôt descendre lui-même dans mes mains. Oh ! si vous saviez combien cette pensée m'est douce ! Non, rien au monde ne peut lui être comparé.

L'autre jour, j'allai dans le monde ; au retour, j'éprouvais de nouveau des doutes sur la sincérité de ma vocation sacerdotale. Mais, le lende-

main, je revins devant DIEU dans son église. Quel calme je trouvai là !
Ah ! m'écriai-je, ne serait-ce pas folie d'aller m'engager dans une voie
où j'entrevois, à côté de quelques sujets de satisfaction, mille causes de
chagrins cuisants, tandis que voici s'ouvrir devant moi une carrière où
je n'aperçois pas la plus petite épine sous les fleurs, en la parcourant
dans tous les sens par la pensée ? non, je n'hésiterai jamais plus. Le
monde à présent m'offrirait tout ce qu'il renferme de plus séduisant, je
suis sûr que jamais il ne me donnerait ce que me promet la vie sacerdotale. Sans doute de nouvelles inquiétudes, même des dégoûts, viendront
encore m'assaillir au sujet de ma vocation, mais je ne laisserai pas pour
cela de persévérer dans mon dessein, parce que j'ai la certitude que
DIEU *seul* peut remplir mon âme. Quelle plénitude dans cet amour ! rien
n'y pèse ; les chagrins de la vie s'y transforment en joies ; tout y est
matière à nous faire louer DIEU ; dans le monde, au contraire, tout est
vanité, illusion, mensonge. Quand on a contemplé la Vérité même, le
reste est vide, et l'âme y végète comme une plante sur un rocher aride.

Demain, je reçois l'Hostie sainte, le pain de vie ; avec cette nourriture on ne défaille plus ; elle me soutient pendant une semaine ; que
sera-ce quand je la recevrai tous les jours !

Saint Jérôme, voulant se donner à DIEU, était obsédé par des fantômes impurs, et l'image des voluptés terrestres le poursuivait sans
cesse ; a-t-il pour cela renoncé à son dessein ? Non ; il s'est retiré dans
un désert, où il a passé plusieurs mois dans des tourments horribles ; il
pleurait, il gémissait, il frappait sa poitrine à coups de cailloux. C'est
ainsi que j'aimerais vivre, plutôt que de renoncer à me donner à DIEU.

Quelquefois certaines préoccupations me persécutent ; mais, le plus
souvent, elles s'évanouissent à la récitation du chapelet.

Mes études, que je ne puis continuer qu'à bâtons rompus, entrent
pour beaucoup dans mes inquiétudes ; ce n'est pas que je reste sans rien
faire, mais je ne fais rien comme les autres, et j'ai tout lieu de craindre
de me mettre par là au-dessous du niveau moyen des intelligences de
notre époque. Si telle est la volonté de DIEU, je m'y résignerai, mais
non pas sans en souffrir.

Il ne se passe pas un seul jour sans que je pense à vous, ce qui arrive
même plusieurs fois par jour : le matin, dans ma prière ; à la messe,
j'offre l'Hostie sainte par vos mains ; dans la soirée, en récitant le chapelet, je cause avec vous dans le cœur de JÉSUS tout le long d'une
dizaine ; puis, toutes les fois que je l'adore devant le Saint-Sacrement,
votre souvenir m'est présent, avec celui de JÉSUS, de Marie, de Joseph
et de tous mes amis du ciel.

Une simple réflexion avant de finir : c'est dans ces temps de licence et de dévergondage de l'esprit humain que Dieu a voulu faire proclamer et définir par son Église l'Infaillibilité d'une seule intelligence en matière de foi, et que devant cette intelligence tous les fronts doivent s'incliner. O mystères admirables ! vous paraissez monstrueux et impies aux enfants du siècle ; mais pour nous, éclairés par l'Esprit-Saint, vous nous apparaissez resplendissants de cette Raison que le Verbe a divulguée sur la terre !

51. — A Mlle MARIE D., A POISSON.

Nice, 17 mars 1871.

Ma chère Marie,

Je tiens à ne plus mériter tes reproches de paresse et à ne pas t'autoriser par mon mauvais exemple à mériter les miens. Ta dernière lettre m'a beaucoup intéressé en me mettant au courant de tes occupations. Pour tâcher de te contenter à mon tour, je vais te raconter ce que je fais du matin au soir et du soir au matin. Cette seconde partie du cadran sera vite décrite : je dors sans m'éveiller une seule fois, ce qui suffirait à reposer de fatigues infiniment plus grandes que les miennes. Cependant mes journées sont assez bien remplies : trois matinées par semaine sont consacrées à des exercices gymnastiques, dont l'efficacité se mesure à la lassitude qu'ils me procurent. Ces jours-là, je suis moulu ; mais aussi il faut voir comme ma taille se redresse ; il faut voir le visage épanoui de mon père en me regardant grandir de tous les centimètres que mes épaules perdaient en se courbant ! Les Grecs faisaient entrer la gymnastique pour une large part dans leur programme d'éducation ; c'est rationnel : il faut que tout se développe dans l'homme, le corps aussi bien que l'esprit et le cœur. De nos jours, l'Université sacrifie deux choses capitales à une foule d'autres qui ne sont que secondaires : c'est le développement physique et le développement moral de l'enfant. On ne tient à avoir que de petits savants, et quels savants pour la plupart !

Depuis près de deux mois, j'ai suspendu toutes mes études classiques. Le climat du Midi est trop excitant : mon cerveau n'y peut soutenir un travail assidu ; si je devais habiter Nice continuellement, je renoncerais à jamais passer n'importe quel examen que ce soit. Mais j'espère, en retournant à Lyon, me remettre au travail, afin de pouvoir, au mois d'août prochain, tenter l'épreuve du baccalauréat. Dans le cas contraire, j'y renoncerais encore pour cette année, et je me livrerais à d'autres travaux moins fatigants.

Si j'ai fait peu de progrès en latin et en grec, je puis dire qu'il n'en est pas ainsi pour l'anglais ; je le lis déjà sans beaucoup de difficulté, et quelques semaines de séjour en Angleterre m'auraient bien vite façonné l'oreille à la prononciation. Je comprends parfaitement ce que me raconte mon professeur ; mais je dois ajouter qu'il prononce très distinctement les syllabes, qualité rare chez les Anglais. La construction grammaticale de leurs phrases ne ressemble en rien à la nôtre.

Grâce à cette suspension de leçons, j'ai trouvé le temps de faire quelques promenades avec mon père. Nous en avons une favorite ; c'est la route qui surplombe la mer entre Nice et Villefranche, quatre kilomètres de parcours, en longeant un côté de la rade superbe qui deviendrait le plus beau port de la Méditerranée, sans contredit, si l'on dépensait quelques millions à construire une digue pour l'isoler de la pleine mer. Puis nous faisons le tour de cette rade par une route en corniche qui la domine. A un certain endroit, nous avons sous les yeux le plus gracieux tableau qu'on puisse imaginer : au premier plan et tout à fait à nos pieds, quelques bouquets de pins maritimes, accrochant leurs racines aux rochers de la falaise, qui surplombe le golfe à une grande hauteur et presque à pic, laissent apercevoir, à travers leurs troncs nerveux et les larges parasols de leurs têtes penchées sur l'abîme, une flotte majestueuse de navires français et américains, que la brise et les vagues balancent coquettement sur la nappe bleue des eaux. Cette nappe immense, qui se confond avec le ciel à l'horizon, est mouchetée de barques rapides, qui font le service des vaisseaux immobiles dans la rade. A l'arrière de ces petites barques, flotte leur pavillon national ; celle-ci porte le drapeau tricolore, que les Prussiens n'ont pas fait baisser sur la mer ; celle-là vogue avec sa banderole rayée de blanc et de rouge, portant au coin le ciel étoilé qui réunit la mer et les cieux, symbole de la puissance des Etats-Unis s'étendant partout sous le ciel et sillonnant toutes les mers.

Cette grande nature excite dans mon cœur un religieux enthousiasme pour la splendeur de l'univers. C'est à travers ce voile de la Divinité que notre infirmité peut le mieux admirer sa puissance infinie et sa bonté sans borne. C'est pour l'homme qu'elle a formé cette terre et ces cieux, pour l'homme qui les regarde à peine et qui souvent n'y voit rien qu'une œuvre de hasard, pour l'homme si imparfait, si pervers, tandis que le monde physique est admirablement pondéré dans toutes ses parties !

On est tenté de devenir misanthrope en montant vers DIEU ; on le voit si beau, si bon, si vrai, qu'on ne peut s'empêcher de médire de cet homme si méchant, si faux dans toute sa vie. Mais quand on redescend de Dieu vers l'homme avec Jésus-Christ, on ne le voit plus avec les mêmes yeux ; on ne voit plus alors les plaies du lépreux pour le maudire, mais seulement pour les panser et les guérir.

Pour avoir une âme vraiment chrétienne, il faut monter vers Dieu dans la contemplation de son œuvre, et en redescendre avec lui dans la contemplation des misères humaines, dans l'Esprit-Saint, c'est-à-dire dans la Charité.

Figure-toi que nous ne sommes à Nice que pour quinze jours ! Nous faisons déjà quelques projets pour le retour : passer quarante-huit heures à Marseille ; aller saluer Notre-Dame de la Garde en haut de cette belle colline d'où la vue plonge au loin sur la ville et sur la mer ; nous arrêter, si c'est possible, dans un couvent de Prémontrés près d'Avignon, pour y célébrer les fêtes de Pâques avec les moines revêtus de pompeux ornements. Cet ordre est institué dans le but de conserver les vraies traditions du culte extérieur ; c'est, dit-on, magnifique ; je serais très heureux de le voir et surtout d'entendre les orgues de l'église, dont on dit merveille ; mais encore faut-il compter avec ma santé et avec le mistral, qui souffle presque toujours à Avignon.

---

52. — A M. L'ABBÉ V., A LYON.

Nice, 30 mars 1871.

Cher Monsieur,

Aujourd'hui nous avons commencé la retraite préparatoire à la communion pascale. Pendant huit jours, je vais m'efforcer de ne pas détacher un seul instant mes yeux de la Croix. La messe du matin avec l'instruction, les chants des vêpres avec le sermon, la prière du soir au pied des saints autels, et mille élans du cœur remplissent la journée, qui s'écoule ainsi dans la paix. Je puis vous le dire à vous, cher Monsieur, mon plus grand bonheur est de me séparer de tout le monde et d'aller seul me prosterner dans une église, pour y épancher mon âme devant Dieu : mystérieuse communication aussi réelle, plus réelle même, puisqu'elle est plus intime, que celle de la conversation avec les hommes ; ce n'est plus la voix articulée, c'est la voix du cœur, musique plus suave et plus tendre que celle qui s'échappe des harpes d'or des Anges ! Quand je suis parvenu à m'échapper de la société de mes camarades, je cours plein d'allégresse dans une église, et je m'y repose dans le silence des passions. Je fuis, dois-je le dire ? même la société de mon père, pour me diriger en toute liberté vers cette église où demeure mon Père céleste et mon Sauveur, qui m'a enfanté à la grâce en mourant pour moi. Si quelquefois je ne trouve pas dans l'église la tendresse et la componction du cœur, j'y trouve toujours le calme qui répare des forces épuisées.

Je lis tous les jours, à présent, un chapitre du livre de l'*Ecclésiastique* ; je suis charmé de cette grande et noble poésie, si charmé que je ne songe plus à ouvrir les poètes, les profanes, qui sont séparés de l'Ecclésiastique de la même façon que la terre l'est du ciel. Je vais me mettre à apprendre par cœur l'Evangile ; petit à petit, j'arriverai à le savoir tout entier, au moins je l'espère.

Nous ignorons encore la décision que nous devons prendre pour passer l'été ; elle est complètement subordonnée aux événements. Tout est bouleversé ; la queue veut marcher devant la tête ; Satan souffle de nouveau la révolte qui a attiré sur lui une condamnation éternelle ; le principe de l'autorité divine une fois détruit, que restera-t-il ?

Si nous demeurons à Lyon, quel bonheur n'aurai-je pas à aller servir votre messe ! Comme je prierai bien à côté de vous, quand vous portez Notre-Seigneur dans vos bras !

Adieu, cher Monsieur, pardon encore de vous retenir si longtemps pour si peu ; mais non, pas pour *si peu ;* le cœur d'un enfant qui s'épanche dans celui de son père, c'est beaucoup.

53. — A M. L'ABBÉ V., A LYON.

Tourville, 1er mai 1871.

CHER MONSIEUR,

E prends la plume en revenant de l'église, où les bons habitants de la paroisse se réunissent pour célébrer le mois de Marie, au déclin du jour. C'est un doux moment que celui de cette prière faite en commun avec des âmes simples et croyantes, telles que les aime Notre-Seigneur JÉSUS-CHRIST. Les voûtes de l'église ne retentissent pas des sonores accords de l'orgue, ses murs ne sont point éclairés par les mille flammes des lustres ; mais l'oraison y est pure, et *præstat fides supplementum sensuum defectui.* Oh oui ! la foi remplace tout ; le sentiment de la puissance et de la magnificence de la Divinité ne pénètre pas les sens ; mais ce sentiment s'impose par le mystère de la croix de bois, à moitié cachée dans la pénombre et projetant sur les dalles de la nef la forme indécise de ses bras immenses qui doivent atteindre aux extrémités de la terre. Les dix minutes qui nous séparent de l'église sont aussi dix minutes de contemplation. J'ai vu, ce soir, la lune que Marie a sous ses pieds ; j'ai vu les douze étoiles qui se développent en auréole autour de sa tête, et mon regard s'est perdu dans ce monde brillant que mon DIEU fait rouler sous sa main.

Aujourd'hui nous sommes rentrés dans l'arène pleins d'une force nouvelle, vous pour exercer avec une puissance surhumaine le saint minis-

— Le lac de Côme. (P. 29.) —

tère que DIEU vous a confié, moi, faible et pauvre enfant, pour tenter de plaire à mon Maître, et d'acquérir les vertus sacerdotales que je le supplie de m'accorder, préparation lointaine aux grandes fonctions dont chaque jour me rapproche en m'en apportant le suave parfum. Il me vient au cœur comme des bouffées de ce monde nouveau vers lequel je m'avance, attiré par toutes les merveilles que mon Ange m'en dit. Qu'il doit faire bon sur la poitrine du Sauveur, être tout le jour avec lui ! Communier sans le porter dans ses mains, c'est bien doux ; mais ce n'est pas cette action complète du sacrifice, toute renfermée dans la Messe ; c'est recevoir JÉSUS-CHRIST, mais ce n'est pas être avec JÉSUS-CHRIST

lui-même prêtre et pontife. Et puis, il est si dur d'être obligé de rentrer
dans le monde, où il faut parler, agir comme les autres, tandis que le
prêtre, tout le jour, peut demeurer avec son DIEU ; s'il a quelques rapports avec le monde, ce sont des rapports religieux, dans lesquels il ne
sépare pas un instant sa pensée de son DIEU ; il prêche, il baptise, il
confesse, il donne des conseils pour le bien de l'âme, il visite les pauvres
et les malades, il donne à l'indigent l'aumône que lui a confiée le riche,
et tout cela qui compose la vie du prêtre, tout cela c'est la vie de JÉSUS-
CHRIST lui-même ; c'est lui qui agit, lui qui parle, qui console, qui donne.
Oh ! qu'elle est admirable cette vie de JÉSUS-CHRIST !

Depuis une dizaine de jours, cher Monsieur, mes aspirations sont
moins ardentes ; cependant je ne m'aperçois pas que je pèche plus souvent ; peut-être même, au contraire, me suis-je mieux préservé du péché.
Les tentations assurément ne me font pas défaut ; je me contente alors
de penser à Marie, de lui adresser une parole de confiance, et surtout de
penser à mon sacerdoce futur, horizon qui par sa pureté me fait toujours
prendre en patience les orages quotidiens. Ma sérénité s'obscurcit quand
l'idée me vient que je pourrais me marier et ne pas être prêtre ; alors
c'est une sorte de désespoir ; alors je m'effraye, j'appelle tous les Saints
à mon secours ; je me dis que, si je savais qu'il en dût être ainsi, j'irais
plutôt m'enfermer de suite dans un cloître et raser ma chevelure pour
ne plus paraître aux yeux des hommes qu'au jour du jugement.

---

54. — A Mlle MARIE D., A POISSON.

Tourville, 9 juin 1871.

MA CHÈRE MARIE,

MA filleule est venue au monde ; après-demain, le baptême ; l'enfant
se porte à merveille. On va passer l'été à contempler des poupons.
Le fils d'A. D., qui a déjà dix jours, est aussi, paraît-il, un luron doué
d'un fort bel appétit. Le temps nous dure de connaître ce nouveau cousin, et lundi, sans doute, nous irons lui faire une visite à Lyon...

Si nous ne subissions pas la gêne générale, nous n'aurions pu résister
à la tentation diabolique d'aller voir fumer les ruines de Paris, de ces
monuments que nous avions admirés, il y a peu de temps, dans toute
leur splendeur. J'aurais voulu repaître mes yeux de ce spectacle étrange,
et savourer l'horreur qu'il inspire. Ces ruines de la capitale se seraient
photographiées au fond de mon cerveau, et quand on m'aurait parlé du

gouvernement d'un pays par les masses populaires, je n'aurais eu qu'à fermer les yeux, et, contemplant l'image de Paris incendié, il me semble que j'aurais trouvé des accents si indignés, des couleurs si vives pour réfuter ces doctrines insensées, que mes contradicteurs les plus convaincus se seraient laissé désarmer. Mais, sans avoir vu ces désastres, je me les représente très bien, et je n'ai pas assez de malédictions pour les fanatiques barbares qui ont commis de tels forfaits. Plus coupables encore sont ceux qui, détruisant dans les cœurs toute foi religieuse et par conséquent toute crainte, ont déchaîné la furie de leurs passions envieuses et de leurs instincts brutaux. Voilà les conséquences des prétendus glorieux principes révolutionnaires : les pères avaient guillotiné Louis XVI, les petits-fils brûlent les palais des rois. Depuis quatre-vingts ans la France continue à glisser sur cette pente effroyable. Espérons qu'une réaction énergique va se produire contre les doctrines qui enfantent tant d'horreurs. Voilà où l'on arrive quand on s'est lancé à corps perdu dans une voie : plus on est allé loin dans cette course effrénée, plus il est difficile de rebrousser chemin. A la rescousse, les vrais pionniers de la civilisation, les valeureux apôtres de la vérité ! La vérité, c'est le Verbe divin, c'est l'Évangile, qui nous ordonne d'obéir à l'autorité constituée, et de nous aimer comme des frères qui n'ont qu'un père, Dieu, le lien des cœurs, des nations et de l'humanité.

Que ne suis-je plus instruit ! Que n'ai-je l'éloquence inspirée des docteurs de l'Église ! « Vive Dieu ! » m'écrierais-je, et je fondrais sur le mal comme l'archange Michel sur Lucifer révolté. Où sont les rebelles ? où sont les malheureux insurgés ? Je les embrasserais, je leur parlerais le langage de la concorde ; on verrait bien qui se lasserait le dernier. Ah ! les bonnes armes que les armes chrétiennes !

55. — A M. CONSTANT G., A MONTAUZAN.

Tourville, 13 juin 1871.

MON CHER CONSTANT,

AUSSITÔT que le rhume et ses accessoires me le permettront, j'irai passer une journée à Lyon pour me munir de divers objets indispensables, avant de nous rendre aux eaux de la Bourboule. Je ne puis donc vous dire le moment exact où je ferai cette rapide tournée à la ville ; mais si ma bonne fortune ou votre bonne amitié, ce qui reviendrait à peu près au même dans cette circonstance, voulait nous y faire ren-

contrer pour nous embrasser avant une séparation de plusieurs mois, je
bénirais ma bonne fortune ou votre bonne amitié qui vous conduirait à
Lyon le même jour que moi. Dans cet espoir, je vous aviserai d'avance
de mon départ.

Tout en vous écrivant, je tousse, j'éternue, je maugrée contre la température détestable qui ne sait se décider à être franchement chaude ou
franchement froide ; aujourd'hui soleil brûlant, demain bise glacée, toute
la mise en scène du fantasque mois d'avril, qui se prolonge jusqu'en
juin, à mon grand déplaisir. Comment voulez-vous qu'on garde une
humeur égale quand un soleil ardent vous chauffe le cerveau pendant
qu'un vent, qui ressemble à un revenant de décembre, se glissant entre
les vêtements et l'épiderme, vous donne le frisson ? On dirait qu'Eole,
avec ses sourcils épais et pendants, perd la tête dans son royaume, à
moins qu'on ne se soit mis en république chez lui...

Je comprends votre envie d'escalader le Puy-de-Dôme : c'est une des
plus belles montagnes que je connaisse ; c'est le plus glorieux géant des
monts d'Auvergne : il a contemplé les luttes héroïques de Vercingétorix ;
il a servi de piédestal à la science, le jour où Pascal fit l'expérience de
la pesanteur de l'air. Le Puy-de-Dôme a près de trois cents mètres de
moins que le pic de Sancy, qui domine le Mont-Dore, mais il est à plus
de cent coudées au-dessus de lui par la renommée. D'ailleurs, placé
comme il est à l'une des extrémités de la vaste plaine de la Limagne, il
semble plus élevé que lui ; enfin il emprunte une majesté particulière au
voisinage des importantes villes de Clermont et de Riom, qui s'étendent
à ses pieds, ainsi qu'aux volcans éteints dont les autres Puys, ses vassaux,
lui composent une ceinture d'un caractère étrange...

---

56. — A M. L'ABBÉ V., A LYON.

Tourville, 18 juin 1871.

CHER MONSIEUR,

IL y avait déjà plusieurs jours que je m'effrayais des attaques réité-
rées du démon, qui voulait absolument me faire désirer une chose
pour laquelle mon éloignement n'est plus douteux. Sans cesse il me
mettait dans l'esprit la pensée du mariage, et me représentait qu'en
devenant prêtre, je me soumets à un célibat obligatoire jusqu'à la mort,
et que je pourrais, un jour, en avoir du regret ; car rien ne me garantit
maintenant contre ce regret pour l'avenir. Cette incertitude me jetait

dans une hésitation très pénible. Aujourd'hui une occasion, insignifiante
en apparence, m'a fait trancher toute indécision, ou plutôt j'ai été amené
à prendre une décision très franche presque sans m'en apercevoir. Je
devais aller dîner dans une famille du voisinage, et j'y serais allé avec
plaisir, car je ne suis pas guéri du goût de la dissipation ; mais, d'un
autre côté, je redoutais le danger d'y rencontrer de jeunes dames ; or,
plus elles sont honnêtes, plus je suis exposé à retrouver dans leur société
l'occasion de nouvelles perplexités sur ma vocation. Un léger rhume et
la pluie ont été un prétexte suffisant pour me dispenser de ce dîner. Ce
matin, j'avais communié ; ne valait-il pas mieux rester en la compagnie
de mon DIEU, de mon Maître, de mon bien-aimé JÉSUS ? O le bon, le
doux, le délicieux Seigneur !

Mon père est parti seul ; je suis resté, et je suis allé me mettre à
genoux devant le crucifix. Là, j'ai commencé cette prière : *Consécration
du cœur aux Cœurs de Jésus et de Marie*, prière si belle parmi celles qui
composent la visite au Saint-Sacrement, dans le *Manuel de piété à
l'usage des Séminaristes*. Arrivé à ce point : « et si, comme vous semblez
le dire à mon cœur, vous allez me conduire dans un saint asile pour me
former vous-même, à l'ombre du sanctuaire, aux fonctions augustes, etc.,»
les larmes ont coulé de mes yeux et je n'ai pu m'empêcher de m'écrier :
« Mon JÉSUS ! se pourrait-il que je vive dans le monde, quand votre
amour est si bon, si beau, quand vous me l'avez déjà tant de fois fait
sentir à moi-même ? » Et j'ai ajouté : « Fiançons nos cœurs ; dès ce jour
je me considère comme attaché à vous par des liens que le sacrement
de l'ordre viendra rendre indissolubles. » Et me voilà fiancé au Seigneur
JÉSUS ! Quand l'union se consommera-t-elle ? Ce beau jour est encore
trop loin dans l'avenir pour que je puisse en déterminer l'époque ; mais,
en attendant, c'est une grande paix, une sécurité complète qui enveloppe
mon âme à cette heure ; et, quoique le démon cherche encore à me
troubler par des suggestions de découragement et de regret d'avoir lié
ma vie à DIEU, je n'en demeure pas moins heureux, consolé dans mon
espérance, confirmé dans mes désirs, avec une résolution plus inébranla-
ble de ne me proposer que DIEU pour mon unique but, et de lui appartenir sans retour.

Chose singulière ! si la crainte de m'engager pour jamais à ne pas me
marier m'empêchait de me faire prêtre, ce ne serait pas une raison pour
que je me marie ; non, dans ce cas-là, je voudrais être soldat célibataire,
ou Frère sans vœux dans un couvent. Mais il est à peu près certain que
j'engagerai ma liberté avec mon DIEU dans les vœux sacrés du sacerdoce. Je ne cesse toutefois de répéter souvent : « *Fiat voluntas tua sicut*

in cœlo et in terra. » Je n'ai pas eu tort, n'est-ce pas, cher Monsieur, de fiancer mon âme à Jésus ? Je suis déjà tout joyeux de voir qu'ainsi je commence à vous ressembler.

Et Pie IX ! Oh ! quelle joyeuse solennité se prépare en son honneur ! C'est vendredi, vingt-cinquième anniversaire de son élection à la Chaire de saint Pierre, que je regretterai surtout de ne pas être prêtre, pour offrir le saint Sacrifice avec des transports infinis d'allégresse. « Oh ! le grand Pape ! le grand Pape ! » ne puis-je m'empêcher de répéter. Comme il est beau avec ses cheveux blancs que la tiare pesante ceint depuis vingt-cinq ans ! Vous dire comme je l'aime, c'est impossible, mais vous le comprenez bien. Et ne pas pouvoir aller me réjouir avec vous, à cette occasion qui nous touche de si près l'un et l'autre ! Mais nous partons directement pour l'Auvergne, sans passer par Lyon. Je vous écrirai de la Bourboule, où nous prendrons les eaux pendant une vingtaine de jours. Vous allez bien prier pour le fiancé de Jésus, n'est-ce pas ? Je rougis de lui avoir voué une âme aussi laide.

Il faut que vous veniez, cet été, passer avec nous le temps que vous voudrez dans notre retraite de Tourville. Vous verrez de près combien j'ai de respect humain, d'impatience vis-à-vis de mon père ; vous me jugerez là mieux que vous ne pouvez le faire, en m'entrevoyant seulement quelques minutes, de loin en loin, à Lyon, ou bien en lisant mes lettres, où j'écris tout ce qu'il y a de bon en moi, et pas assez ce qu'il y a de mauvais. Quel bonheur de vous posséder, ne serait-ce que quelques heures !

Je suis parrain d'une petite fille qui promet d'être bien sage, car, le jour de son baptême, je l'ai consacrée solennellement à Marie. Priez, s'il vous plaît, pour cette toute jeune chrétienne.

57. — A M. HENRY B., AU CHATEAU DU FENOYL.

La Bourboule, 27 juin 1871.

Mon cher Henry,

JE me souviens qu'un soir, au Fenoyl, vous m'avez demandé dans quel pays j'allais ; je viens vous le dire maintenant que nous y sommes arrivés, et que j'ai sous les yeux le pays et les gens. La Bourboule est un petit trou, ou plutôt un grand trou, dans une profonde vallée, au cœur même de l'Auvergne. Des bois qui tapissent de hautes montagnes, des rochers abrupts et des eaux courantes en abondance, voilà le paysage que votre imagination achèvera, en en disposant les diverses parties. Quant aux habitants, il suffira, je crois, de vous dire qu'étant en Auvergne, ce sont des Auvergnats. Ce nom va faire naître dans votre esprit l'image de bons hommes tous plus lourdauds les uns que les autres, vêtus de pantalons bleus, de blouses bleues, de cravates bleues, de chapeau bl..., non, les chapeaux sont noirs et tout ronds, avec de larges ailes, raides comme du carton. Le blanc est représenté dans cet assortiment de couleurs par deux sabots taillés à coup de hache dans un tronc d'arbre, et qui conservent un cachet rustique du meilleur effet.

Mais tant qu'on n'a pas entendu la voix des Auvergnats, on ne connaît pas la partie la plus attrayante de leur personne. On ne comprend d'abord qu'une chose, c'est que leur idiome est tout en *â* : les Auvergnats sont les Doriens de la France ; tous ces *â* sont reliés entre eux par des sons gutturaux que les corbeaux ne manqueraient pas de classer dans leurs dictionnaires, s'ils en avaient ; en un mot, c'est un vrai *charabia*. Maintenant vous connaissez les Auvergnats aussi bien que moi. On ne s'amuserait guère à la Bourboule, si l'on n'y rencontrait que des hommes bâtis de la sorte, quoique, au demeurant, ils soient d'assez bonnes gens. Au fait, on ne s'y amuse pas, et je ne vous conseillerai jamais d'y venir prendre les eaux, à moins que vous n'en ayez sérieusement besoin, ce qui n'est pas le cas, grâce à Dieu. Restez donc dans votre Fenoyl si vert et si riant ; cela vaut mieux que toutes les eaux du monde.

Les eaux ! ce mot ne sort pas de mes oreilles. D'abord chacun s'aborde en disant : « Quand donc finira-t-il de tomber de l'*eau* ! » Le fait est qu'il pleut sans cesse. D'un autre côté, c'est un désœuvré qui consulte sa montre, prend un air rayonnant et annonce à la société que c'est l'heure d'aller boire un verre d'*eau*. Elle est si bonne vraiment, l'eau de la Bourboule, pour qu'on s'en aille aussi gaiement à la source ! Pour mon compte, je ne suis pas du tout de l'avis de ce monsieur qui disait, ce matin, qu'il lui trouvait une saveur de bouillon de veau, tout simplement ! Enfin le torrent, qui s'appelle déjà la Dordogne et gronde là tout près, ne cesse de faire entendre à mes oreilles un langage de sa façon, qui veut dire : *de l'eau, de l'eau, de l'eau !* J'en ai par-dessus la tête ; aussi je pousse des soupirs à chaque minute, pour m'assurer que je ne suis pas encore noyé. Oh ! comme j'aime mieux nos chères montagnes du Lyonnais, et que l'Auvergne et ses habitants me les font encore plus vivement regretter ! Vivent Tourville, les Halles, le Fenoyl ! Voilà des noms amis et qui me rappellent de doux souvenirs.

Trois semaines d'Auvergne, ce sera bien assez ; ensuite... nous courrons vite vous revoir.

Nos santés sont bonnes ; la mienne surtout paraît s'accommoder à merveille de ce vilain séjour, de ces bains louches, de ces verrées d'eau saturée d'arsenic. Comprenez-vous qu'il faille ainsi s'empoisonner pour se guérir ?

Je vous embrasse de tout mon cœur, mon cher Henry, et j'envoie aussi un gros baiser à chacune des bonnes petites joues qui fleurissent au château.

---

58. — A M. L'ABBÉ V., A LYON.

Tourville, 5 août 1871.

CHER MONSIEUR,

DEPUIS hier soir, Tourville s'est peuplé de parents que j'attendais avec une vive impatience. Nous les garderons, je pense, jusqu'après la fête de l'Assomption. Ces dix jours vont m'être une bonne occasion d'exercer ma charité en ne disant point de mal de mon prochain, mon humilité en me taisant sur mon propre compte, enfin ma chasteté en gardant bien mes yeux. Nous allons voir si ma vertu est à l'épreuve, ou bien si, au contraire, ma piété n'est pas seulement un vernis, simple décor de mes actions, sans en être la substance même.

Depuis que je vous ai quitté, j'ai été trop scrupuleux, dans le mauvais sens du mot. Dimanche dernier, je n'ai pas osé communier, quoique vous me l'eussiez permis, parce que j'avais dit quelques paroles légères où je craignais d'avoir compromis ma conscience.

Jeudi passé, j'ai eu le bonheur de m'approcher de la Sainte Table, et, ayant la permission de communier encore dimanche, j'allais m'en abstenir à cause d'une tentation à laquelle il me semblait que je n'avais pas opposé assez de résistance ; mais je me suis confessé une seconde fois et ma conscience a retrouvé la paix ; cependant le démon, qui paraît vouloir à toute force m'ébranler dans ma confiance envers JÉSUS-CHRIST dans son sacrement, tente de me persuader que j'ai été coupable, ce matin, en faisant causer M. le curé, dans la sacristie, au moment où il descendait de l'autel, ce dont j'aurais dû m'abstenir, j'en conviens. Comme j'ai abolument besoin de la grâce sanctifiante qui se puise dans la sainte communion, j'irai, malgré tout, demain à la Sainte Table, avec un complet abandon de moi-même. Mon DIEU considérera ma bonne volonté plutôt que ma faiblesse et ne m'imputera pas ce manque de respect, qui m'a échappé, ce matin, envers sa divine Majesté.

Que cette vie est triste! Je la supporte encore quand la grâce de DIEU me soutient; mais cette grâce vient-elle à se voiler, le découragement s'empare de mon âme et me fait souffrir cruellement. Pourquoi faut-il être si longtemps séparé de DIEU? Je souhaiterais de mourir, si je ne pensais pas que la croix est le chemin royal qui conduit au ciel. Mourir! mourir! mais cependant pas avant d'avoir porté mon DIEU dans mes mains! Si j'étais prêtre, je serais plus pur, je serais plus charitable, je

PADOUE. (P. 29.)

serais plus humble, je pourrais manger sans crainte le pain de vie quotidien. Mais je me sens si faible que je prendrais peut-être l'habitude, comme saint Charles Borromée, de me confesser chaque matin avant de dire la sainte messe.

Quand je songe à la grandeur de DIEU, je suis rempli de frayeur, en voyant toutes mes actions entachées de volonté perverse, trop inclinée vers le mal et très peu vers le bien. Une vie de silence et de mortification, de larmes et de plaies volontaires, voilà ce que je demande à mon DIEU pour me purifier de mes péchés, pour me rendre plus digne d'approcher de lui.

Adieu, cher Monsieur ; j'espère qu'après l'Assomption vous ne me ferez pas attendre votre visite tant désirée. Nous serons seuls et j'y tiens absolument, pour pouvoir jouir entièrement de votre présence pendant tous les instants que vous me donnerez.

59. — A M. L'ABBÉ V., A LYON.

Tourville, 14 août 1871.

Cher Monsieur,

Nous voici à la veille de la grande fête de l'Assomption de la Bienheureuse Vierge Marie ; je m'apprête à la célébrer avec joie. Cette joie, bien entendu, je la cherche dans le plus intime de mon âme, et je n'aurais pas de peine à la trouver, si ma conscience n'était troublée à chaque instant. Mon Dieu est bon, il me donne son saint Esprit, il me donne cette joie spirituelle qui procure une si grande aisance de mouvements et d'actions ; mais le corps est là avec ses nécessités, la chair pèse de tout son poids sur le cœur et l'engourdit. Ainsi, hier, j'ai eu le bonheur de recevoir la sainte communion, et puis toute la soirée s'est passée en causeries mondaines, en une sorte de dissipation ; dissipation n'est peut-être pas le mot propre ; ce serait plutôt expansion, débordement de toutes les forces du corps et de l'âme. Si vous saviez, cher Monsieur, comme je suis ardent à me laisser entraîner, dans la société de mes camarades ! Je ne me sens plus moi-même ; je cours, je crie, je dis mille folies, je ne prête plus aucune attention à ce que me dit mon père, rien de sérieux ne me touche, heureux encore si je m'arrête à la pensée de Dieu, quand elle se présente à mon esprit ; en un mot, je suis alors un véritable enfant terrible, un gamin, comme on dit vulgairement lorsqu'on rit de la pétulance des petits garçons. La présence d'un marmot de neuf ou dix ans suffit pour me mettre en pareil état ; alors je m'amuse avec lui à tous les jeux bruyants de l'enfance, et je préfère cela à toutes les sociétés du monde, à moins que ce ne soit des sociétés d'élite, où je puis, en écoutant parler, plutôt m'instruire que simplement me distraire. Je me reproche souvent ce débordement de gaîté, cette folie, disons le mot ; et puis, semblable occasion se renouvelle-t-elle, c'est comme si je n'avais pris là-dessus aucune résolution. Aussi je me réjouis de ce que ces jeux bruyants n'existent pas au séminaire ; là, je pourrai acquérir, je l'espère, l'air sérieux, la gravité de maintien qui convient à un chrétien, à plus forte raison à un jeune lévite...

J'ai perdu un objet auquel je tenais beaucoup, pour deux raisons, que vous comprendrez quand je vous aurai dit que c'est le petit crucifix bénit par le Saint-Père, et que vous m'avez donné, à votre retour de Rome. Puis-je oser vous demander si vous n'en auriez pas un autre disponible ? Je ne sors pas de ma chambre sans saluer l'apparition de la Vierge que vous m'avez rendue sans cesse présente dans la statue dont vous m'avez fait cadeau.

60. — A M. CONSTANT G., A MONTAUZAN.

Saint-Rambert-en-Bugey, 1er septembre 1871.

MON CHER CONSTANT,

AVANT de quitter Saint-Rambert, où je suis depuis huit jours, je veux vous donner de mes nouvelles...

Laissez-moi d'abord vous raconter ma première partie de chasse. J'étais avec mon père ; nous gravîmes les pentes escarpées des montagnes qui nous entourent ici de toutes parts, escortés de quatre chiens courants accouplés deux à deux, et qui se traînaient mutuellement avec des hurlements à faire peur. Après une heure de marche, nous parvînmes au sommet du mont au lever du soleil, et nous lâchâmes les chiens dans le bois. Le sol était sec à se fendre, le vent, violent à briser les arbres. N'exagérons rien : il suffit de dire qu'il y avait beaucoup de vent et point d'humidité. Les chiens cependant levèrent un lièvre, mais ils perdirent la piste presque aussitôt. Ce lièvre, au dire d'un paysan qui travaillait près de là, a passé à une cinquantaine de pas du bout du canon de mon fusil, et je ne l'ai pas vu ! C'était une affaire manquée ; il ne restait plus qu'à revenir ; c'est ce que nous fîmes sans trop de mauvaise grâce.

Vous voyez qu'il n'y a pas eu, dans nos exploits et nos aventures, de quoi écrire une Iliade ni une Odyssée...

Il court encore dans l'air une certaine odeur de révolution qui ne laisse pas que d'être très peu rassurante ; je ne sais ce qui nous pend à l'oreille. Les campagnes sont travaillées par des agents de l'Internationale ; hier, assis à la porte d'un cabaret, dans un village des environs, nous avons entendu, par la fenêtre ouverte, un individu s'exprimant avec facilité, qui déblatérait contre M. Thiers et les réactionnaires, et, tout en regrettant les excès de la Commune, préconisait ses doctrines. Que de mal ces sourdes agitations produisent dans les masses ignorantes, et que l'avenir paraît sombre quand on voit les progrès que font dans les campagnes ces idées subversives, qui se traduiront par un vote révolutionnaire aux prochaines élections ! Nous ne sommes pas au bout de nos malheurs. Voyez-vous, mon cher ami, les hommes, même les meilleurs, recherchent partout leur intérêt ; si les prolétaires veulent faire des révolutions pour avoir des richesses, les riches ne s'y opposent que lorsqu'ils craignent pour leurs propres biens. Chacun d'eux se dit que, dans la débâcle, on l'épargnera, et que le voisin aura seul à souffrir. Bien plus, il y en a qui n'hésitent pas à faire cause commune avec l'ennemi, à hurler avec les loups, pour peu que cette trahison leur paraisse augmenter leurs chances personnelles de n'être pas dévorés. Lâches et égoïstes ! Oh ! mon cher Constant, soyons des hommes désintéressés, c'est-à-dire n'attendons de récompense que de DIEU !...

61. — A M. L'ABBÉ V., A LYON.

Poisson, 5 septembre 1871.

CHER MONSIEUR,

E voici dans le Charollais depuis samedi ; nous comptons y rester encore une quinzaine de jours ; ensuite, après une semaine passée chez d'autres amis, nous regagnerons Tourville. Le temps me dure surtout de me remettre au travail. Il est à peu près décidé que nous habiterons Montpellier cet hiver...

J'ai fait connaissance, aux eaux de la Bourboule, d'un jeune homme qui est professeur au lycée de Montpellier, et qui me sera d'un grand secours dans cette ville pour le choix de mes camarades et de mes professeurs. C'est un garçon religieux, autant que j'ai pu en juger pendant les quinze jours passés ensemble.

Ces derniers temps n'ont pas été bien sanctifiés, et je remarque avec douleur combien ma piété est faible, puisque le moindre dérangement dans mes occupations et le moindre changement dans mon entourage me troublent et me dissipent aussitôt. Je vais par soubresauts : un jour, je ne pense presque pas à DIEU ; le lendemain, je suis plein d'amour pour lui et ne puis m'empêcher de pleurer en songeant qu'il est mort pour moi ; souvent la matinée me trouve fervent, et la soirée bien tiède. Oh ! qu'il est triste d'être ainsi ballotté, jeté à bas, relevé en haut, de minute en minute, sans pouvoir remédier à ces chutes fréquentes et les arrêter pour toujours ! Ce ne sont pas de ces gros péchés qui vous éloignent de Dieu tout d'un coup, et vous laissent abasourdi pendant plusieurs jours, mais des concessions presque continuelles faites à l'esprit du monde, des désirs de plaire, des paroles un peu flatteuses, des complaisances capricieuses pour une personne plutôt que pour une autre, des compliments reçus avec trop de plaisir, des mots un peu vifs à l'adresse de son père, quand ses observations vous contrarient. Mon Dieu ! quand donc le monde m'aura-t-il oublié, et quand aurai-je totalement oublié le monde ? Heureusement, cher Monsieur, que j'ai pris l'habitude de réciter le petit office de la Bienheureuse Vierge ; de cette manière-là, je ne suis pas exposé à passer toute la journée sans prier Dieu un seul instant. Au milieu du jour, j'ai à dire vêpres et complies, et ces beaux psaumes raffermissent mon courage, en replaçant mon esprit en Dieu ; puis, vers quatre heures, je tâche de me trouver seul pour réciter matines et laudes. Alors il me semble que je suis déjà prêtre, et le reflet de cette pensée embellit si bien mon existence actuelle, que je supporte tous les tracas du monde sans trop d'impatience. O beauté sacerdotale ! tu m'as ravi, et ton image n'a qu'à se présenter à mon âme pour la transporter au-dessus d'elle-même et l'élever jusqu'au ciel.

Ne m'oubliez pas, cher Monsieur ; si vous trouvez un petit instant pour m'écrire, faites-le, s'il vous plaît, pour l'amour de Dieu ; peut-être votre lettre m'arrivera-t-elle au moment où l'ennemi de mon salut cherchera à me séduire, et votre parole, en pénétrant dans mon âme, y portera Dieu, en en chassant le démon.

62. — A M. L'ABBÉ V., A LYON.

Tourville, 6 octobre 1871.

CHER MONSIEUR,

DEPUIS trois jours, j'aurais commis bien des péchés d'envie, si l'envie qui me tenait au cœur avait été un péché. Auprès de moi se trouvait mon cousin le séminariste, le fils du docteur B., et j'avais sans cesse les yeux attachés sur lui en me disant : Quand donc en serai-je là ? Je vois arriver les mois, les années, non avec cette joie du jeune homme qui brûle d'atteindre sa majorité pour se lancer dans le monde et y jouir de son indépendance, mais avec cette joie intime, ce bonheur profond d'un cœur épris d'une beauté céleste, qui voit venir ce jour des noces mystiques après lesquelles il a si souvent soupiré.

Je suis seul à présent, et ma solitude ne me pèse pas une once. Quand Jésus est présent, tout plaît, tout est aimable, tout vous parle de lui, tout vous tient compagnie en vous représentant l'image de Dieu. Ces pensées occupent mon esprit, pas assez complètement toutefois pour que le démon ne trouve encore le moment de me surprendre et de me troubler...

J'ai surtout grand besoin d'espérance. Souvent mon cœur serait près de s'élever à Dieu, quand le souvenir d'un péché vient glacer ma confiance et figer mon élan, si je puis parler ainsi. Je considère ma vie criblée de fautes ; je me dis : Si c'était le moment de mourir, tous ces péchés, comment me seraient-ils comptés devant Dieu ? Oh ! oui ! j'ai grand besoin d'espérance ; cette vertu me manque presque totalement. Si je pouvais oublier toute la distance que ma faiblesse et mes péchés ont mise entre Dieu et sa pauvre créature, je me jetterais plus amoureusement dans ses bras. Je sais bien que Jésus-Christ a dit que quand un enfant demandait de la nourriture à son père, celui-ci ne lui donnait pas un serpent pour un poisson, ni une pierre pour du pain ; mais malgré tout, lorsque des péchés oubliés dans mes confessions, péchés que je regarde comme graves, me reviennent en mémoire, je ne pense plus qu'à bien les retenir pour m'en accuser à la première occasion, et mes efforts pour cela me font quelquefois oublier le reste. Cependant je ne cherche qu'à plaire à Dieu ; je voudrais me voir tout converti en lui.

Mon rhume persiste, et j'ai bien peur de ne pas pouvoir aller faire la sainte communion dimanche. Au moins la ferai-je le plus amoureusement possible dans le fond de mon cœur ; le matin, j'offre toujours le saint Sacrifice à Dieu par vos mains, et je lui dis que nous sommes tous deux ensemble au pied de l'autel, implorant son secours sur Pie IX, sur l'Eglise, sur la France, sur nous et sur les défunts. Pourquoi faut-il que je sois toujours si loin de vous, que je ne puisse réellement offrir le saint Sacrifice avec vous ?

63. — A M. L'ABBÉ V., A LYON.

Tourville, 14 octobre 1871.

Cher Monsieur,

E voilà guéri ; j'espère que rien ne m'empêchera d'aller demain à la messe et de recevoir la sainte communion.

Il y a déjà quinze jours que nous ne nous sommes vus, et depuis je n'ai pu rien faire pour me rendre agréable à Dieu, si ce n'est de chanter, chaque jour, pendant quelques instants, les cantiques d'action de grâces que David modulait sur sa harpe. Mais si mes chants sont d'autant plus agréables à Dieu qu'ils sont exécutés avec plus de plaisir, j'ose espérer qu'il aura prêté quelque peu son oreille à ma voix ; car c'est avec une vraie joie que je dis ces psaumes.

Hier cependant, j'ai eu la mauvaise idée de commencer la lecture d'un roman traduit de l'anglais ; ce n'est pas qu'il soit mauvais, mais les préoccupations que cela m'a occasionnées m'ont un peu détourné de Dieu, et m'ont fait lire mon petit office avec nonchalance. Je me suis promis de ne pas en lire d'autres à l'avenir, parce que l'âme n'a rien à y gagner. D'ailleurs pour moi, je le sens bien, il n'y a plus aucune joie en dehors du service de Dieu. Quand je suis avec lui, je lui parle et j'éprouve un sentiment de bien-être et de contentement qui m'ôte l'envie de toute autre occupation. Quelquefois il est assez bon pour mouiller mes yeux de larmes, quand ma pensée se repose en lui ; c'est un bienfait que je trouve inestimable.

Mais aussi sa bonté pour moi m'engage à un service plus exact, à une attention plus scrupuleuse sur toutes mes pensées et mes actions, pour qu'il ne s'y glisse rien d'impur, rien d'orgueilleux, rien de l'esprit de révolte.

J'ai commencé, hier soir, à lire la Vie de sainte Thérèse, dont nous faisons la fête. Je terminerai cette lecture ce soir ; j'y trouve un grand attrait. Je découvre quelquefois des points de lointaine ressemblance entre cette vie et la mienne, et je voudrais que rien ne m'empêchât, dans ce moment même, de fuir le monde, comme sainte Thérèse l'a fui. Il faut faire son salut, à tout prix ; dussé-je mener la vie d'un mendiant, d'un lépreux, d'un être partout rebuté comme un objet de dégoût, je voudrais embrasser cette vie-là, plutôt que demeurer dans le monde, où je tremble à chaque pas de me perdre.

Encore deux ans à peine, et je serai délivré d'un si grand souci. Une fois engagé dans la carrière ecclésiastique, j'y pourrai sans obstacle me vouer tout à Dieu, il daignera alors me guérir de ma tiédeur, qui nuit à mon avancement dans la perfection. Cette perfection est toujours devant mes yeux, mais loin, bien loin ! Néanmoins je la poursuis sans désespérer de l'atteindre un jour. N'est-ce pas notre but à tous ? Pourquoi tant de chrétiens sourient-ils d'un air d'incrédulité en l'entendant dire ? C'est qu'ils ne songent pas du tout à leur destinée. Un écueil dangereux pour moi, sur ce point-là, c'est la faiblesse avec laquelle je me laisse dominer par quelque idée fixe, telle, par exemple, que celles qui se rapportent à

mes études. Une pareille idée m'obsède, m'absorbe au point de m'empêcher de prier Dieu avec attention et ferveur. Puis-je espérer de devenir
plus maître de moi à l'avenir ?...

64. — A M. L'ABBÉ V., A LYON.

Tourville, 24 octobre 1871.

Cher Monsieur,

QUE vous dire de votre lettre que je reçois, sinon qu'elle me cause
une grande joie ? Vous êtes toujours la bonté même, ou plutôt
vous empruntez à la Bonté même les sentiments que vous me témoignez. Je vous avouerai que depuis quelques jours votre pensée ne m'a
presque pas quitté un seul instant. Jusque-là votre souvenir me revenait
souvent pendant la journée, mais ce n'était pas cette attention continuelle de mon esprit tourné vers vous. Je trouve tant d'ennui dans le
commerce du monde, que cette répulsion de mon cœur rejette ses affections du côté de l'ami qui ne m'apparaît jamais sans Dieu. Ma crainte
est de ne pas mériter tous ces bons sentiments dont vous me gratifiez ;
je suis encore si orgueilleux, rempli de tant de vanité, si rebelle au joug
paternel, qui est cependant bien doux !

Vous ne connaissez pas mon âme à fond ; vous verriez que l'égoïsme
y tient une place considérable ; je m'aperçois, et j'en suis effrayé, que je
ne songe presque pas à ceux qui m'entourent, que je ne pense qu'à moi ;
que ce soit au moins pour surveiller mes actions, pour contrôler le
mobile qui me fait agir ! Mais il y a là un principe d'égoïsme, car tout
ce qui arrive à mon prochain me laisse trop indifférent. Je crains que la
charité chrétienne ne soit pas au niveau qu'elle devrait avoir dans mon
âme.

Vous me parlez d'un avenir que je ne puis me représenter sans être
vivement ému, mon entrée dans le saint état ecclésiastique. C'est la
pensée qui me soutient le plus. Je serai tout à Dieu, je le servirai sans
cesse, je le porterai tous les jours dans mes mains, je ferai de sa chair
mon pain quotidien, et je le distribuerai aux autres. C'est trop beau
pour être vrai ! Jamais mon cœur ne sera assez pur pour donner à mon
corps le privilège de toucher Dieu, de le consacrer surtout. Je supplie
le Seigneur, s'il veut faire de moi un de ses serviteurs, de me sanctifier
avant que je sois prêtre, de me détacher de toutes choses terrestres
avant d'appartenir au Roi du ciel.

NOTRE-DAME DE LA GARDE. (P. 191.)

205-210

Je souffre vraiment, cher Monsieur, quand il faut assister à ces repas dont les conversations mondaines occupent tout le temps. Vivre avec des hommes qui ne parlent jamais de DIEU ! Je n'ai qu'une parole à lui adresser quand il me veut dans ces réunions : *Fiat voluntas tua !* Mais mon chagrin me fait souvent verser des larmes en secret ; douces larmes, il est vrai, que DIEU fait sortir du fond du cœur, et qui sont toujours suivies d'une paix et d'une sérénité qui se reflète sur le visage.

Si au moins ces pieux sentiments changeaient ma conduite ! Mais non ; l'occasion se présente-t-elle de me faire valoir en société, je me laisse aller, et je perds tout le fruit de ces bénédictions que DIEU n'avait pas refusées à son pauvre et faible serviteur. Voilà ce qui me condamne, et il vaudrait cent fois mieux être sec et sans goût sensible pour DIEU, avec une solide humilité, que d'abandonner DIEU quand il vient de me donner sa grâce.

J'avais eu le désir de communier demain pour mettre l'intervalle de huit jours entre cette communion et celle de la Toussaint ; puis j'hésitais, ne me trouvant pas assez fervent pour m'approcher aussi souvent de la sainte Table ; enfin votre lettre est venue me décider ; savez-vous comment ? Vous me demandez de prier encore davantage pour vous, et j'ai pensé qu'en offrant JÉSUS-CHRIST à son Père, j'obtiendrais tout. Tout ce que j'obtiendrai sera pour vous ; c'est le seul moyen que j'aie pour reconnaître **vos** bontés, mais ce moyen est bon, surnaturellement bon. Demain donc j'ose encore appe'er DIEU en sa pauvre créature ; il pardonnera ma hardiesse importune à raison de mon intention, et quand je lui aurai dit que vous en êtes la cause, à vous il pardonnera.

Je prierai aussi pour les défunts qui vous sont chers, et je vous remercie beaucoup pour le souvenir des miens que vous portez au saint autel. J'aurai sans doute le bonheur de vous embrasser avant le jour des Morts ; si DIEU ne change rien à ce que nous avons projeté, nous serons à Lyon mardi soir, veille de la Toussaint, et j'espère qu'il ne sera pas trop tard pour que je puisse vous trouver ce soir-là même. Trois ou quatre jours après, nous comptons partir pour Montpellier.

En attendant, je jouis ici des derniers jours de la saison. Mon rhume a bien fait de ne pas durer pour me permettre de respirer, encore un peu de temps, notre air pur et embaumé des bois de pins. Le soleil est si gai quand il darde ses rayons du matin sur la campagne étincelante de givre ! Vous savez, cher Monsieur, mon goût pour la course au village, peu d'instants après le lever du soleil, et vous comprendrez sans peine tout le charme que prête à cette promenade matinale la belle nature encore toute transie des fraîcheurs de la nuit, et joyeuse de sentir les premières tiédeurs du jour. Sont-ce mes yeux de chair, dis-moi, philosophe matérialiste, qui ressentent de si douces émotions ? Oh ! qu'il est consolant de savoir qu'on a une âme immortelle, et que tout doit la porter à aimer l'Être souverain qui a créé l'univers !

Pardon, cher Monsieur, de vous retenir si longtemps ; voilà ce que c'est d'être si bon, on ne peut plus vous quitter.

65. — A Mᴵˡᵉ MARIE D., A POISSON.

Lyon, 6 novembre 1871.

MA CHÈRE MARIE,

LES fêtes que nous venons de célébrer m'ont singulièrement touché par leur splendeur sous les voûtes de nos cathédrales. Mercredi, c'était la Toussaint, jeudi, la Commémoration des Morts, vendredi, la messe du Saint-Esprit pour la rentrée des tribunaux. L'église primatiale avait revêtu ses plus beaux ornements pour ces trois solennités, auxquelles je n'ai pas manqué d'assister. DIEU apparaît bien grand à travers ces chants et ces déploiements de magnificences, au-dessus de ces prêtres marchant gravement autour de l'autel, sur lequel s'immole la Victime sacrée. L'orgue envoyait jusqu'au sommet des gigantesques ogives ses accents qui retombaient sur nos têtes comme un souffle des cieux. L'âme cherche volontiers à embrasser DIEU qui se révèle ainsi ; mais DIEU se montre plus haut, toujours plus haut ; et ce n'est pas sans tristesse que cette âme doit reconnaître que, tant qu'elle est captive du corps, elle reçoit seulement les miettes des grâces que DIEU daigne laisser tomber en elle, pour répondre à son immense désir de le comprendre, de le posséder, de s'identifier avec lui. Oh ! qu'il est au-dessus de tout ce que l'homme peut imaginer pour donner une faible idée de sa grandeur ! Servons-le, ma bonne Marie, dans toute la simplicité de notre cœur ; aimons-le sincèrement et disons-lui sans cesse : « Mon Dieu ! vous êtes bien grand, bien puissant, bien terrible ; mais vous êtes notre Père. »

66. — A M. CONSTANT G., A MONTAUZAN.

Lyon, 7 novembre 1871.

IL ne faut jurer de rien. — L'homme propose et DIEU dispose. — Qui croyait aller à Pékin ne va pas même à Sérézin.

Voilà trois proverbes, mon cher Constant, dont le dernier est de mon

invention. Faites-en l'application à votre ami Noël, et vous serez dans
la vérité ; car Messieurs Ducreux, qui s'étaient bien promis de ne jamais
passer la mauvaise saison dans l'affreux climat de Lyon, qui avaient
annoncé leur prochain départ pour le Midi, qui devaient même prendre
la route de Montpellier dès le milieu d'octobre, les voilà encore à Lyon,
aujourd'hui 7 novembre. « Ils n'iront pas même à Sérézin, » puisqu'ils
ne bougeront pas d'ici cet hiver. N'est-ce pas une chose bien surpre-
nante ? Mais par cela même « qu'il ne faut jamais jurer de rien, que
l'homme propose et que DIEU dispose, » il se pourrait fort bien qu'après
maintes journées de brouillards, et, par suite, maintes réflexions sur la
niaiserie de se condamner à en souffrir, quand il est si facile de faire
autrement, il se pourrait, dis-je, que nous abandonnions bientôt notre
nouveau domicile, d'autant mieux que mon père s'est déjà enrhumé.

Enfin voici la situation : nous avons loué au mois un petit appartement
meublé, avec cuisine, et Claudine arrive de la montagne, à la fin de cette
semaine, pour faire notre ménage, pourvu que l'indisposition de mon
père ne persiste pas ; Dieu le veuille ! Cette après-midi, le docteur doit
venir nous voir, et nous allons connaître son opinion sur la décision que
nous avons prise sans son conseil. Le temps est humide, et malgré cela
je me porte bien, mes bronches sont en bon état ; c'est ce qui nous rend
audacieux.

Je vais sans retard me mettre en quête de professeurs pour les
sciences, pour l'anglais et pour l'harmonium. Si nous passons un quartier
d'hiver à Lyon, j'espère que vous m'y viendrez voir : nous serons si
rapprochés ! Il y a, même pendant cette saison, de ces beaux jours où
le soleil fait briller la neige comme des diamants, et la glace des rivières
et des étangs comme des miroirs. Vous choisirez ces beaux jours d'hiver
pour venir faire de bonnes promenades avec votre ami, qui sera si heureux de vous retrouver. Nous parcourrons les allées du parc de la Tête-
d'Or, et nous admirerons ensemble l'adresse et l'agilité des patineurs
sur le lac. Que je serais fier de me sentir acclimaté au milieu des frimas
du Nord, de frapper du pied, moi aussi, la surface de la glace solide, de
respirer cet air tout imprégné de molécules neigeuses qui lui donnent
une si grande légèreté ! Mais... « l'homme propose et DIEU dispose. »

Nous avons quitté Tourville, il y a juste aujourd'hui huit jours ; j'ai
assisté aux belles cérémonies de la Toussaint et des Morts à la cathédrale ;
je ne manque jamais l'occasion d'entendre les chants et la musique
d'église, parce qu'ils correspondent directement à mes sentiments les
plus intimes et les plus chers.

Votre lettre m'a fait un vrai plaisir : je vous comprends bien, la famille

a des charmes à *nuls autres pareils*, comme on aurait dit au temps de
Louis XIV ; pour tempérer la déception qui nous saisit quand ces
charmes nous échappent, ceux de l'étude et de la méditation ne sont
pas toujours suffisants, quelle que soit leur vertu...

67. — A Mlle MARIE D., A POISSON.

Hyères, 30 mars 1872.

MA CHÈRE MARIE,

LE fameux voyage dans le Midi a failli ne pas avoir lieu : un jour
mon rhume allait mieux, le lendemain la toux revenait de plus
belle, et tout était remis en question. Enfin, le Jeudi-Saint, avant-hier,
nous nous sommes décidés à nous mettre en route. Le soir, nous cou-
chions à Avignon ; je toussais déjà moins, mais, depuis, la guérison n'a
pas fait un pas de plus en avant. Il faut bien dire que le temps n'y prête
guère : il pleut, il vente avec violence, le soleil reste obstinément caché
derrière les nuages qui couvrent tout le ciel, la mer est sombre et bru-
meuse. Cependant quelques indices du retour du soleil nous sont signalés
ce soir, et je compte que demain, pour le grand jour de Pâques, il voudra
ressusciter et briller d'un éclat inaccoutumé.

Hier, nous avons couché à Marseille. Le plus grand nombre des personnes qui dînaient dans la salle du restaurant faisaient gras. Quel
contraste avec l'hôtel de l'Europe, où nous avions déjeuné, le matin, à
Avignon ! Là on nous a prévenus qu'on ne servait en gras que dans les
chambres particulières, à la demande expresse des voyageurs, et l'on
nous a servi un déjeuner maigre dans la salle à manger. Ils sont rares
maintenant les établissements publics où l'on conserve le respect pour
les lois de l'Eglise. Aussi, quel peuple sommes nous devenus !

En revoyant ce pauvre Hyères, j'ai l'esprit plein des souvenirs les
plus tristes. Cette place des Palmiers où j'ai si souvent joué avec les
petits enfants de mon âge, c'est là surtout où je me rappelle avoir vu se
promener ma mère ! Nous avons passé devant la maison que nous habitions ; elle m'a semblé plus sombre que les autres et comme recouverte
d'un voile de deuil. Dix ans se sont écoulés depuis qu'elle était là, bien
près de sa fin. Encore dix ans, je serai un homme fait ; dix ans plus
tard, l'âge mûr sera venu pour moi ; dix ans encore, et je ne serai pas
loin de la vieillesse... si j'y arrive jamais. Qu'est-ce que la vie ? Si nous
ne devions pas ressusciter avec Celui qui nous a appris à mourir, la seule

pensée du dernier jour serait assez terrible pour briser notre fragile enveloppe. Espérons donc ! toùt est là, c'est le secret de notre force à nous chrétiens.

Je n'entreprends pas de te raconter notre voyage. Quelques notes que je vais rédiger, chaque soir, te le feront connaître à notre retour. Je ne m'attacherai pas à décrire minutieusement les pays que nous traversons ; tous les guides en apprendront autant à qui voudra se donner la peine de les consulter. Je m'amuserai surtout à faire ressortir quelques détails du voyage, quelques incidents qui font que ce ne peut pas être le voyage du premier venu ; je me contenterai d'écrire comme je parle, et de ne dire que ce qui pourra intéresser nos intimes ([1]).

68. — A Mᵐᵉ GASPARINE D., A LYON.

Florence, 10 avril 1872.

MA CHÈRE COUSINE,

Nous sommes à Florence ; ce n'est pas sans un certain étonnement que nous nous trouvons si vite transportés au cœur de l'Italie. Il y a huit jours, nous circulions dans les rues et sur les quais de Nice, et aujourd'hui ce sont les bords de l'Arno qui nous servent de lieu de promenade ; les voyages ne sont plus rien. Hier nous avons franchi la grande chaîne des Apennins en quelques quarts d'heure ; avant-hier, pour descendre en Lombardie, nous mettions encore moins de temps ; merveille nouvelle à travers tant d'autres merveilles ! conquête du siècle présent en face des chefs-d'œuvre des siècles passés ! Chaque âge a son génie ; si le nôtre a celui de la science appliquée à l'industrie, il est loin d'égaler ceux où vivaient nos pères, sous le rapport de la poésie et de l'art. Ainsi, aujourd'hui même, je me trouvais en face de la maison où naissait le Dante, il y a cinq siècles ; je contemplais les diverses toiles de Raphaël, de Léonard de Vinci, du Titien, de Paul Véronèse, du Corrège, du Guide ; je m'extasiais devant les statues de bronze et de marbre de Benvenuto Cellini, devant les œuvres immortelles de Michel-Ange, peintre, statuaire, architecte. On surprend dans ces merveilles le rayon d'en haut qui éclairait et fécondait les génies où de pareilles conceptions ont pu éclore. On comprend, devant ces chefs-d'œuvre, que la peinture, la sculpture et l'architecture ont dit leur dernier mot.

---

1. La mauvaise santé de Noël Ducreux, pendant ce voyage, ne lui a pas permis de réaliser ce projet.

Le détail de nos pérégrinations ne vous intéresserait pas beaucoup ; je tiens cependant à vous dire que le premier moment, en Italie, a été pour moi des plus pénibles, et cette impression doit être la même pour la plupart des étrangers. A Vintimiglia, sur la frontière, les douaniers et les soldats piémontais, qui font la police, n'ont rien de séduisant et ne vous donnent pas l'avant-goût des merveilles dont ils sont les gardiens ; ce sont des bouledogues à la porte d'un palais. Une mauvaise indication de notre guide nous a fait descendre, le soir, pour y coucher, à Oneglia, petit port de la côte de Ligurie ; il a fallu passer la nuit dans une affreuse auberge, où nous nous sommes rendus sous une pluie battante. Le malheureux hôtelier, qui n'en pouvait mais, a dû essuyer la décharge de notre mauvaise humeur. Mon père était un peu souffrant depuis plusieurs jours ; son indisposition s'est aggravée à Gênes, où une forte indigestion a failli nous arrêter net ; heureusement, il s'en est remis.

Bref, nous couchons à Oneglia, et le lendemain à Gênes. La pluie ne cessait d'inonder les rues ; nous l'avons affrontée pour visiter la « cité superbe », et nous nous disposions à poursuivre notre route en avant, quand, le dimanche matin, un soleil splendide nous a décidés à revenir en arrière, à dix kilomètres environ, pour voir la villa Pallavicini, où le mauvais temps nous avait empêchés de nous arrêter. Sur une colline qui domine la mer, l'or mis au service du talent d'un moderne Le Nôtre a tracé des sentiers enchantés au travers d'arbres et d'arbustes des contrées chaudes, verts comme sont nos forêts pendant l'été. Des arcs de triomphe, des kiosques, des édicules et des statues en marbre blanc s'élèvent à chaque pas au milieu de cette verdure. De loin en loin des perspectives sont ménagées sur la mer azurée et scintillante, que longe la double rivière de Gênes ; un petit lac surtout, véritable décor de féerie, caché dans les bosquets qui l'entourent de tous côtés, excepté du côté de la mer, a fait nos délices. La villa Pallavicini est une perle.

Autre coup d'œil d'un autre genre. Pendant que le train qui nous emportait de Gênes à Plaisance franchissait le dernier tunnel des Apennins, prévenus par le guide, nous avions la tête à la portière, attendant le débouché. Tout à coup la plaine de la Lombardie apparaît immense devant nous, et les Alpes, rayonnantes sous leur manteau de neige, ferment l'horizon ; ce sont de ces levers de rideau qui ne font pas regretter l'opéra. Mais où j'ai ressenti la plus vive émotion, c'est au débouché d'un tunnel des Apennins entre Bologne et Florence : figurez-vous une plaine à perte de vue, verdoyante, étincelante de lumière, semée de villes et de hameaux, avec une brume bleuâtre à l'horizon. On a cette apparition au haut d'une montagne boisée, dont les pentes descendent de vallons en vallons, que la voie ferrée sillonne successivement. Si vous savez que cette plaine est la Toscane, que cette brume bleuâtre enveloppe les tours de Florence et celles de Pise, et que la montagne qui vous porte est une croupe des Apennins, votre cœur battra plus vite, et votre front rougira de plaisir. C'était bien l'Italie cette fois, la vraie Italie, on ne pouvait s'y tromper. Le pays que nous venions de quitter n'était que le Piémont, la Lombardie ; c'était le barbare, l'homme du Nord, l'envahisseur de ces plaines riantes qui ne sont pas faites pour lui. Et puis, il me semblait voir Rome dans le lointain, la coupole de Saint-Pierre, Pie IX ! C'était une illusion, hélas ! et, cette fois, nous ne les verrons pas. Nous reviendrons de Florence à Bologne, à Venise, à Vérone, à Milan, à Turin, à Lyon. J'aurai un vrai bonheur à revoir ma chère France, et cependant il n'y a pas huit jours que je l'ai quittée. Avant-hier, nous avons couché à Parme, le lendemain à Bologne. Dans toutes ces villes d'Italie, il y a des choses superbes, mais le temps nous manque pour tout voir ; on n'en prend qu'une idée générale, en courant comme nous le faisons.

Florence possède un musée fort riche, peut-être le plus riche du monde, qu'il faudrait plusieurs mois pour visiter. Tous les jours, nous irons y passer une heure ou deux.

Nous ferons une excursion à Pise, si le rhume de mon père n'augmente pas. J'espère bien qu'il en sera guéri avant notre retour à Lyon ; n'y aurait-il pas une véritable inconséquence à rapporter un rhume d'Italie ?

Je renonce à prendre des notes de voyage ; le soir, quand je rentre à l'hôtel, j'ai hâte de me mettre au lit.

---

69. — A M. L'ABBÉ V., A LYON.

Tourville, 20 mai 1872.

Cher Monsieur,

Nous sommes réinstallés dans notre solitude ; je la voudrais encore plus profonde, plus loin du bruit, du mouvement du monde, qui se font sentir de temps en temps jusque chez nous. Ainsi, aujourd'hui, une visite m'a pris une demi-journée, et le démon profite de ces occasions extraordinaires pour susciter en moi des sentiments de vanité, des pensées qui ternissent le miroir si changeant de la pureté de l'âme. Alors

l'esprit se détache un peu de DIEU et pense aux joies de la terre. Oh !
qu'il est pénible de vivre ainsi par soubresauts ! Qu'il serait doux, au
contraire, de couler, loin du monde, des jours paisibles et cachés dans
le cœur du Père ! Mais, comme vous me le disiez une fois, ces accidents
ne sont que des toiles d'araignées qui n'arrêtent pas la marche ; on les
écarte de la main, et tout est dit. Cette journée a donc été un petit
nuage dans le ciel pur dont DIEU avait favorisé mon âme, ces jours
derniers ; mais déjà il fuit, mes pensées reprennent leur cours ordinaire,
et demain on n'y songera plus. Il faut que je vous raconte un songe qui
a rempli tout mon sommeil pendant la nuit dernière. Je me voyais
revêtu de l'habit sacerdotal, j'étais au séminaire ; vous exprimer la joie
qui inondait mon âme est impossible. Tout à coup mon père, inconso-
lable de notre séparation, vint me chercher, et je quittai la sainte maison
sans trop de chagrin, parce que je me disais : « Me voilà bien *ecclésiastique ;* quelques jours, quelques mois de retard, peu importe ; je porte
maintenant l'habit du CHRIST et bientôt je reviendrai au séminaire ; »
en effet, avant de m'éveiller, mon songe m'y ramenait. A mon réveil,
mon âme respirait encore la joie de ce sommeil illuminé, et tout le jour
je n'ai cessé de répéter : « Oui, mon DIEU, je suis bien à vous ! »

Ce matin, je me suis encore approché de la sainte Table. La conviction que je serai bientôt ecclésiastique me donne de la hardiesse au-delà
de toute expression. Ma pensée est que je suis tout à DIEU, que rien ne
m'en séparera plus, qu'il faut m'unir à lui le plus souvent possible et
avec une entière confiance.

Mes journées s'écoulent ainsi dans la paix ; le séminaire est au bout
de l'été ; je vois avec plus de plaisir que de peine la fin des mois courir
à ma rencontre. Mon éducation intellectuelle occupe bien aussi mon
esprit ; mais la joie du cœur est si pleine qu'elle déborde et inonde tout
le reste. Je me suis remis à mes études de philosophie, de grec et de
latin. Voici mes intentions, il faut que je vous les fasse connaître dès
maintenant ; bien entendu, elles sont subordonnées à la volonté de
DIEU, dont vous serez pour moi un des oracles les plus dignes de foi.
Mon ancien professeur, que j'ai vu à Lyon il y a quelques semaines,
m'a dit qu'il serait téméraire de ma part de tenter l'épreuve du baccalauréat au mois d'août, du moins que ce serait pour moi un surcroît de
travail que je ne pourrais certainement pas supporter, dans l'état actuel
de ma santé. Je pense donc, sans avoir subi cette épreuve, entrer au
séminaire à la rentrée des classes, dès le mois d'octobre prochain.
Là, je poursuivrai concurremment mes études élémentaires de théologie
et mes travaux préparatoires au baccalauréat, dont je subirai l'examen

au mois de novembre. Pour le moment, il m'est impossible de songer à d'autre séminaire qu'à la Maison des Chartreux de Lyon. Mon père

GÊNES. (P. 216.)

veut, comme vous le savez, habiter dans la même ville que moi, et il n'y a pas d'autre ville que Lyon où il puisse demeurer sans que je sois sous

le même toit que lui. Là est notre famille, qui fera une puissante diver-
sion à l'isolement dans lequel il va se trouver dès que nous ne vivrons
plus ensemble. Séparation moins cruelle encore pour moi que pour lui.
Moi, j'aurai le bon DIEU qui est tout, tout !

70. — A M. L'ABBÉ V., A LYON.

Tourville, 28 mai 1872.

CHER MONSIEUR,

IL faut encore que je m'arrête et que j'attende le bon plaisir de la
Providence pour me remettre au travail. Voilà bientôt huit jours
que je garde la chambre, et dimanche dernier, je n'ai pu assister à la
messe. Une hémorragie bronchiale, renouvelée d'il y a deux ans, est
cause de tout ce désordre dans mes habitudes et dans mes projets. Cher
Monsieur, je pleure souvent sur mon avenir constamment mis en question
par la faiblesse de mon tempérament. Pourrai-je jamais entrer au séminaire ? Pourrai-je supporter le genre de vie qu'on y mène ? DIEU le sait.
Ce crachement de sang est dû, selon l'avis du médecin, à un développement excessif de tous les organes : cet hiver, j'ai encore grandi outre
mesure. Heureusement pour mon avenir, malheureusement peut-être
dans mon véritable intérêt, cet accident est sans gravité ; cependant je
me sens toujours mal à l'aise, mon cœur bat souvent trop vite, j'ai des
douleurs répandues un peu dans tout le corps ; à chaque instant, des
faiblesses m'avertissent que la santé n'est pas revenue. Je n'ose donc pas
encore travailler assidûment, de peur d'attirer le sang à la tête, ou du
moins dans les parties supérieures du corps. Deux volontés se combat-
tent en moi : la volonté de tout mettre en œuvre pour bien me porter
afin que ma santé ne soit pas un obstacle à mes desseins, et la volonté
de me rendre capable, par l'étude, des fonctions que j'aurai à remplir un
jour. Lutte pénible, et d'autant plus que la victoire est pour un même
but, l'entrée au séminaire.

Quoi qu'il en soit, je vais tourner les efforts de mon esprit vers l'étude
du latin et de la philosophie, double connaissance nécessaire pour l'étude
de la théologie. Ayant peu de forces à dépenser, il faut que je les emploie
toutes à l'objet essentiel.

Aujourd'hui j'ai lu quelques lettres d'Henry Perreyve, écrites à peu
près à l'âge où je suis ; j'y trouve toutes mes aspirations exprimées en
termes admirables ; j'y trouve ma douleur à la vue des infirmités physi-

ques qui sont un obstacle toujours renaissant devant mon désir d'être prêtre. J'ai pleuré en lisant ces lettres, parce que mes sentiments devenaient plus vifs en prenant une forme plus saisissante sous la plume d'Henry Perreyve, parce que ces traits étaient aiguisés à la même flamme qui nous aura consumés tous deux, lui plus ardemment que moi.

Comme lui peut-être serai-je contraint à passer encore quelque temps dans le monde avant de revêtir la livrée de Jésus-Christ. Peut-être... mais cette pensée me fait saigner le cœur ; depuis plus de six mois, les premiers jours d'octobre de 1872 m'apparaissent comme le terme tant désiré de ma vie laïque, et franchir ce terme en restant dans le monde ne pourrait être qu'un châtiment que la Providence m'infligerait pour toutes mes infidélités. Ne l'ai-je pas mérité ? Mon Dieu, ayez pitié de moi !

Aussitôt que je serai en assez bon état pour pouvoir supporter le voyage de Lyon sans fatigue, nous irons consulter mon médecin sur les eaux à prendre cette année. Alors j'aurai le bonheur de vous voir et de vous entretenir de bien des choses, de mille pensées suscitées par mon désir incessant de vivre pour Dieu sur la terre.

Au milieu de ces agitations apparentes, de ce doute suspendu sur l'avenir, Dieu me fait la grâce d'une sérénité inaltérable. J'aime sa divine Providence autant que si elle aplanissait les sentiers sous mes pas, au lieu de les rendre plus ardus.

Ma pensée est presque toujours avec vous. Adieu.

71. — A M. L'ABBÉ V., A LYON.

Tourville, 11 juin 1872.

Cher Monsieur,

E n'ai plus qu'une idée, une idée fixe, celle de préparer mon âme aux grandes fonctions où je me crois appelé dans les desseins de Dieu. Il faut qu'avant d'être apôtre j'aie acquis les vertus d'un apôtre. L'humilité, la douceur, la soumission, une pureté sans tache, une charité éprouvée dans toutes les paroles et les actions : voilà les trésors qu'il faut gagner, et je me reproche à moi-même toutes les occasions que je manque de les acquérir. Ainsi, me trouvé-je en société, je ne puis renoncer à la vanité de paraître aimable, de plaire, de faire de l'esprit ; bien souvent, après avoir lutté un instant avec la grâce de Dieu qui me sollicite à la modestie, je m'abandonne à cette vanité ; mais les remords ne se font pas attendre.

Je suis encore plus coupable à l'égard de mon père ; il ne se passe presque pas de jour que je ne prenne de l'humeur, parce qu'il m'aura contredit, ou parce qu'il ne sera pas entré dans mes idées ; plusieurs fois par jour, hélas ! je me surprends à avoir des paroles plus aigres que d'habitude. Dès qu'un sujet de dissipation se rencontre sur ma route, voilà la pensée de Dieu qui s'éloigne de moi, et je suis moins docile, et mes regards sont moins purs, et ma langue est moins charitable. O mon Dieu, que j'ai donc besoin de vous ! Il faut constamment élever son cœur là-haut, il faut dire : *Sursum corda !* Puisque la force d'attraction de la terre est si puissante, déployons nos ailes pour nous en détacher.

Je les sens bien, ces deux mouvements méconnus, l'un naturel qui pousse en bas, l'autre surnaturel qui attire en haut. L'homme est là, entre le ciel et la terre, sollicité fortement à la chute naturelle, et manquant de forces propres pour résister et s'élever. C'est la condition de l'humanité tout entière, c'est la lutte qui durera autant que le monde. Heureux ceux que Dieu n'abandonne pas à eux-mêmes et qu'il attire à lui ! Quelquefois je suis tenté de me décourager ; mais, voyant le gouffre béant sous mes pieds, je m'écrie en suppliant : *Deus, in nomine tuo salvum me fac, et in virtute tuâ judica me.* Quel puissant secours on trouve dans ces chants sublimes de David que nous répétons, vingt-huit siècles après lui, dans les offices de l'Eglise catholique ! Dieu m'a fait une grande grâce le jour où il m'a inspiré la résolution de réciter le petit office de la Bienheureuse Vierge Marie.

A bientôt le bonheur de vous embrasser. Prions en attendant, cher ministre de Dieu.

---

72. — A M. L'ABBÉ V., A LYON.

Tourville, 17 juin 1872.

Cher Monsieur,

Nous n'irons à Lyon que dans une semaine. Je n'attends pas si longtemps pour m'entretenir avec vous.

Ma santé se raffermit de plus en plus, et cependant il faudra aller aux eaux ; l'accident qui s'est renouvelé dans mes bronches m'y oblige encore, mais je ne trouve plus que ce soit un plaisir.

J'ai mis la cognée à la racine de bien des vices. Ainsi, il n'y a guère

que huit jours, ma conduite envers mon père était loin d'être irréprochable ; je ne dois même pas encore parler trop haut des quelques jours
que je viens de passer sans mauvaise humeur ; c'est trop récent, et ma
constance dans la pratique du bien n'est pas suffisamment éprouvée.
Mais, avec la grâce de DIEU, que je ne cesse de lui demander, connais-
sant trop bien ma faiblesse, j'espère fermement persévérer dans cette
bonne voie. Encore une fois, je me tais bien vite sur ce sujet, sachant
par expérience que c'est au moment où je me réjouis de ma bonne santé
que je tombe malade, au moral comme au physique. D'ici au mois
d'octobre, il faut que j'aie entouré mon père d'un véritable culte ; je le
lui dois bien, et trop longtemps je le lui ai rendu avec avarice, comme
Caïn a fait par rapport à DIEU.

Je ne vous entretiendrai pas de toutes les embûches que me tend le
démon. Il voudrait à toute force me faire abandonner la pensée d'être
prêtre ; il sent bien qu'une fois engagé dans le saint état ecclésiastique,
il n'aura plus qu'une faible prise sur moi. Je le combats de deux
manières : d'abord par l'invocation de la *Mère immaculée ;* je puis
affirmer que j'ai toujours senti, quand ma prière était sincère, le secours
de Marie ; en second lieu, par l'affirmation de mon intention d'être
prêtre, mais prêtre pauvre, dépouillé de tout, sans aucune consolation
terrestre, sans autre satisfaction que celle du bien accompli ; et, certes,
ce n'est pas peu, je pense : cette pensée-là fait la terreur du démon. Je
crois que la richesse et le luxe favorisent beaucoup les tentations de
l'impur damné.

Quand il voit que je lui échappe par ce côté, il me présente des désirs
bons en eux-mêmes, mais dangereux par leur exagération. Ainsi,
l'autre jour, mon esprit n'a pu se détacher, pendant plusieurs heures,
d'un projet singulier qui consistait à fonder une sorte de Trappe mitigée,
où les moines partageraient leur temps entre la culture du sol et le
travail intellectuel ; dans ce travail rentreraient l'évangélisation, les
missions dans les campagnes environnantes. Eh bien! cette idée m'a
poursuivi comme une tentation ; le démon me poussait jusqu'à régler les
heures des exercices et les moindres détails. Quelle folie, à ce qu'il
semble ! Et tout cela ne devait se faire qu'après la mort de mon père,
que mon affection recule à vingt ans dans l'avenir ! Une autre fois,
c'était la pensée de publier un ouvrage ; alors je ne pouvais détourner
mon esprit de ce qui serait la matière de la préface, et je jetais sur le
papier quelques pensées. Je suis malheureux d'être ainsi fait qu'une
idée s'empare de moi tout entier et me fait oublier tout le reste, si ce
n'est cependant que je serai prêtre ; cette idée-là est le pivot de ma vie.

Vendredi prochain, j'ai l'intention de faire la sainte communion ; c'est la fête de saint Louis de Gonzague, à qui j'ai une dévotion particulière, et, de plus, c'est le vingt-sixième anniversaire du pontificat de notre bien-aimé Pie IX, dont la pensée ne me quitte pas plus que celle de ma vocation, que celle de votre bienheureux sacerdoce. Pie IX est pour moi le Père en qui je vois tous les catholiques mes frères. Vous, vous êtes mon père à moi, le père de mon pauvre cœur. Vendredi donc, nous prierons ensemble plus particulièrement.

---

73. — A M. CONSTANT G., A MONTAUZAN.

Saint-Honoré-les-Bains (Nièvre), 28 juin 1872.

MON CHER CONSTANT,

LE docteur que nous avons consulté a jugé, comme je le juge moi-même, qu'il n'y a rien de grave dans mon état, et au lieu de m'envoyer aux Pyrénées, dont les eaux seraient trop actives, il m'a conseillé la station thermale de Saint-Honoré, dans la Nièvre. Les malles étaient faites, le départ a suivi immédiatement la consultation. Hier matin, à sept heures, nous prenions l'express de Paris ; à neuf heures et demie, nous stationnions à Villefranche, où j'aurais bien voulu m'arrêter pour vous serrer la main ; à dix heures, le train entrait en gare de Chagny ; là nous déjeunons, changeons de ligne, et, après avoir traversé le Creusot, nous descendons à Cercy-la-Tour. Une voiture nous a chargés, et, en moins de deux heures, elle a franchi la distance qui nous séparait de Saint-Honoré. C'est un trou, mais un trou verdoyant. En ce moment, une soixantaine de baigneurs y prennent les eaux ; tous les jours il en arrive deux ou trois ; on peut espérer d'en voir le nombre s'élever jusqu'à cent ou cent cinquante ; mais pour nous, habitués à la solitude, c'est un détail. Je me trouve beaucoup mieux ; les bains me feront certainement du bien.

Vous voilà de retour ! Je n'aurai plus à tracer sur l'adresse de mes lettres ce beau nom de Draguignan ; c'est dommage, ce n'est pas tous les jours qu'on a occasion de l'écrire ; il n'y a que vous pour avoir eu le courage d'y passer six mois. Et cependant, quels charmes Draguignan a-t-il de moins que les autres pays ? L'agrément du séjour ne tient pas au lieu lui-même, il est dans l'âme de celui qui l'habite, et je crois qu'on peut être heureux partout, comme dans toutes les conditions de la vie. Voyez les Saints ! ils se trouvaient bien partout et toujours ; c'est qu'ils étaient sans cesse en présence de Dieu, qui leur tenait lieu de tout. Le vrai bonheur est donc de tout quitter pour Dieu. Heureux ceux qui savent le comprendre !

Je ne sais combien de temps il nous faudra séjourner ici. Je me suis fait accompagner de trois ouvrages où je puiserai chaque jour ma nourriture intellectuelle, car on ne doit jamais oublier que le corps n'est pas seul ; s'il a faim de pain et de viande, et si l'appétit est un signe de santé, on peut dire que l'âme, elle aussi, a faim de certains aliments, et que cette faim de l'âme indique qu'elle est pleine de vie. Mes compagnons de voyage sont donc les *Leçons de Philosophie* de l'abbé Noirot, le *De Officiis* de Cicéron, texte et traduction, et l'*Histoire moderne et contemporaine* de Duruy et Ducoudray.

Adieu, mon cher Constant ; écrivez-moi, votre lettre sera bienvenue dans cette station thermale, où ce ne sont pas les fêtes bruyantes qui risqueront de nous faire oublier nos amis. Le sage dit quelque part qu'il faut se *récréer*, mais ne jamais se *dissiper ;* ce programme est facile à suivre ici.

74. — A M. L'ABBÉ V., A LYON.

Saint-Honoré-les-Bains, 1ᵉʳ juillet 1872.

CHER MONSIEUR,

IL me semble que le temps des épreuves approche. J'ai oublié de vous dire, dans notre dernier entretien, que j'avais subi, pendant quelques-uns des jours précédents, des tentations assez pénibles contre la foi. Ce qui m'avait servi à les combattre par les seules lumières de ma raison, c'est que le démon outrepassait presque toujours les bornes dans les raisonnements qu'il me suggérait, en venant bientôt jusqu'à nier le bon sens lui-même. Depuis, ces tentations ne m'ont plus obsédé. Mais ce qui me fait dire que je crains un temps d'épreuves, c'est que ma pensée a plus de peine à se tenir unie à Dieu ; elle est inquiète, impatiente ; elle se sent faible, chancelante, vide au point d'éprouver une certaine difficulté naturelle à se représenter nettement même des objets familiers ; elle est quelquefois, pour ainsi dire, absente dans le courant des actes ordinaires de la vie ; elle est misanthrope, taciturne, variable comme un nuage, et cependant elle se complaît en elle-même et voudrait être admirée ; en un mot, elle n'est pas dans une bonne assiette. Je vois bien que ce n'est point du tout l'état où devrait se trouver une âme livrée à la piété .. Ma conscience me répond qu'il faut se vaincre en tout ; cela me paraissant hors de doute, je laisse aller mon imagination, puisqu'il est impossible d'y mettre un frein, et je m'applique à me vaincre. Qu'il y ait des consolations ou non, du plaisir ou de la peine, la pensée de Dieu ou l'oubli de sa présence, je veux me vaincre et tâcher d'être doux et humble en toutes circonstances. Tout le reste peut être obscur ; cela du moins est clairement mon devoir. Malheureusement ma faiblesse est telle que si je prends de très bonnes résolutions au moment où Dieu veut bien me donner sa grâce, tout s'en va en fumée quand je demeure livré à moi-même. Je serai doux, me dis-je, je veux être d'une humeur toujours égale ; cinq minutes après, mon père me fait observer que mon front se rembrunit, que je suis maussade; et bienheureux suis-je alors si je ne réponds pas avec impertinence. Triste vie !

Pour mes études, également livré à moi-même, je fais comme pour mon âme : je me dispose à tout embrasser ; des horizons immenses se dévoilent à mon esprit, il me semble que je suis grand, que ma pensée est noble. Fais-je un effort pour fixer cette lueur ? elle s'évanouit. Sans cesse à la poursuite de ces idées générales et synthétiques qui enveloppent tout un vaste système, j'oublie de travailler, d'apprendre, et quand mon rêve s'est effacé, il ne reste que déception et amertume. Oh! quelle dure condition de sentir que Dieu existe sans pouvoir l'embrasser, de vivre enveloppé de ténèbres qui cachent les pièges où trébuchent l'intelligence et la volonté ! Dans ces instants de chute et de désenchantement, je me dis à moi-même qu'il n'y a qu'une vie régulière, celle du moine ; au cloître, on répète sans cesse : Dieu, Dieu, Dieu, jusqu'à la mort ; on foule aux pieds la science, le monde et ses jouissances ; on vit de Dieu dans la simplicité de sa conception, dans l'unique contemplation de son éternité.

Cher Monsieur, ç'a été un grand malheur pour moi de ne pouvoir me livrer à l'étude d'une manière suivie et méthodique ; j'aurais appris de mes maîtres à exprimer ma pensée en la guidant, en la contenant et en la jetant dans un moule. Faute de maîtres, ma pensée ballotte au hasard dans mon pauvre cerveau. Je m'en consolerais si j'étais un Saint, si j'étais bien pieux, bien doux, bien humble ; je ne demanderais rien de plus. Hélas ! je n'ai rien non plus dans mon pauvre cœur à offrir à Dieu.

Je ne peux pas être prêtre encore. Mon père ne fait aucune opposition à ma vocation ecclésiastique, mais il se réserve de juger si ma santé me permettra, dès cette année, de prendre ce grand parti. Je ne vous dis rien de plus à ce sujet ; quand j'irai à Lyon, nous en causerons.

75. — A M. L'ABBÉ V., A LYON.

Saint-Honoré-les-Bains, 8 juillet 1872.

CHER MONSIEUR,

J'ATTENDAIS qu'il se fût passé un certain temps depuis ma dernière lettre pour oser vous écrire de nouveau. Dans un pays étranger, où l'on est sans relations, on éprouve encore davantage le besoin de communiquer avec les amis qu'on a laissés derrière soi, surtout quand

TURIN. (P. 217)

leur amitié correspond aux plus hautes affections de notre cœur, à l'amour de DIEU. Vous êtes le premier de tous mes amis, vous qui connaissez le fond même de mon âme.

J'avais oublié, dans mes précédentes lettres, de vous faire part d'un souvenir qui m'était revenu à l'esprit, à l'occasion de Jean P..., lorsque vous m'eûtes parlé de lui. Il se rattache à une époque de ma vie où je valais encore moins qu'à présent, où j'étais même un assez mauvais sujet, sans m'en trop douter. C'était à Saint-Gervais. Je crois bien que vous vous y trouviez aussi en passant. J'avais pour camarades des jeunes gens plus âgés que moi, et dont les paroles étaient loin d'être édifiantes. Hélas ! moi-même je tenais aussi des discours qui auraient pu blesser des oreilles

chastes. J'étais de la bande de ces jeunes gens, et ma faute en m'associant à eux était d'autant plus grande que vous m'aviez prémuni, avant
mon départ de Lyon, contre des liaisons pareilles. Au milieu de la saison,
arrive Jean P. qui, bien entendu, se garde de faire chorus avec nous.
« C'est un bigot, » dit un de mes camarades, en voyant l'air réservé de
ce jeune homme. Être un garçon religieux ou être un bigot, c'était la même
chose pour ce jeune libertin, qui englobait l'un et l'autre dans le même
mépris. Ce sarcasme m'est resté sur le cœur ; je voudrais aujourd'hui en
avoir été moi-même l'objet de la part de ce mauvais sujet ; mais non,
j'étais son camarade ! Aussi, quand j'ai appris que P. portait l'habit ecclésiastique, j'ai reconnu que Dieu bénit sa fidélité, et moi, pour ma légèreté
condamnable, je mérite d'être tenu longtemps éloigné du sanctuaire.

Quand je me rappelle toute ma vie passée, cher Monsieur, je ne puis
croire que j'aie été coupable à un aussi haut degré. Je ne puis comprendre que mes fautes, mes péchés si souvent répétés, n'aient pas rebuté la
bienveillante condescendance de mon Dieu. Après toutes ces années
voilées d'une apparence de pratiques religieuses, mais souillées de fautes
innombrables, après toutes ces années, Dieu daigne encore m'appeler,
oui, il m'appelle d'une voix si douce que j'en demeure confus. Aujour-
d'hui mon existence se partage entre des tentations grossières et des
jouissances divines vraiment ineffables ; et, ordinairement, ces deux états
si opposés se succèdent immédiatement comme par un dessein de Dieu,
pour me montrer la faiblesse de ma nature et la puissance de sa grâce.

Parfois les créatures font beaucoup d'impression sur moi ; d'autres fois,
je ne les vois que pour m'écrier : « Qu'il fait bon mépriser le monde ! »
Dans ces moments de paix, il me paraît impossible que je puisse varier
sur le choix d'un état, et, quelques minutes plus tard, la tentation dissipe
cette clarté et jette des ténèbres dans mon esprit. Mais alors il me suffit
presque toujours de me représenter moi-même revêtu de l'habit ecclésiastique en présence des personnes que j'ai sous les yeux, pour éprouver
aussitôt que ce n'est qu'une illusion passagère, et que mon cœur demeure
fermement fixé au dessein d'être prêtre. Le sacerdoce sort donc vainqueur
de cette lutte ; si j'y pressens des difficultés à surmonter, le monde, d'autre
part, ne m'en présente pas moins, et de plus grandes encore.

Ma santé est assez bonne ; je puis travailler un peu, je lis surtout le
De Officiis, dans le texte latin.

Adieu, cher Monsieur, laissez-moi bien unir mon esprit au vôtre, afin
que cette union soit pour moi une école où j'apprenne à vivre en bon
ecclésiastique. Je ne songe qu'à me préparer le mieux possible au grand
acte de mon entrée au séminaire.

76. — A M. CONSTANT G., A MONTAUZAN.

Poisson, 27 juillet 1872.

MON CHER CONSTANT,

A dernière lettre était à peine partie que j'avais du regret de vous l'avoir envoyée ; elle a dû vous paraître singulière, mystique, enfin pas du tout à sa place. Excusez-moi : j'ai quelquefois le tort de me laisser absolument dominer par certains sentiments ou certaines idées qui n'ont rien de commun avec ceux qui servent d'aliment ordinaire à la simple amitié, dont l'essence, quelle qu'en soit la pureté, n'est pas la même que celle de l'amour de DIEU. Je me heurte à cet écueil surtout quand je vis dans l'isolement depuis un peu de temps. Comme alors les événements sont peu variés autour de moi, ils n'ont pas de prise sur mon attention, et, dans ma correspondance, je laisse aller ma plume au courant des réflexions qui naissent spontanément dans un esprit replié sur lui même : c'est comme une chaîne qui me captive et dont je n'ai pas la force de briser les anneaux.

Je veux vous raconter aujourd'hui, en quelques mots, le charmant petit voyage que nous venons de faire, en revenant de Saint-Honoré. Nous avions donné rendez-vous, au Creusot, à trois personnes de ma famille qui habitent le Charolais. Il nous a fallu plus de deux heures pour parcourir, sans nous arrêter, les ateliers de cette immense usine, une des plus vastes du monde. D'abord ce sont des fours où le minerai de fer est mis en fusion ; la fonte qui en sort brute est jetée dans la fournaise où elle s'épure ; la gueule des fourneaux vomit des flammes plus blanches que rouges, tant elles sont ardentes ; le fer en découle en ruisseaux de feu ; il est recueilli sur des rouleaux cannelés et mouvants qui lui impriment différentes formes : ici des fils de fer de tous calibres, là des rails, ailleurs de larges plaques qui grincent et sifflent en s'arrondissant sous le tranchant d'un ciseau rotatoire. Ensuite on passe dans des galeries dont les proportions peuvent se comparer à celles de la gare de Perrache, à Lyon ; c'est là que les pièces diverses destinées à être ajustées ensemble sont moulées, taillées, rabotées, percées, ciselées, toujours sous l'action de mille instruments gigantesques mis en mouvement par la vapeur, et que guide la main exercée de l'ouvrier.

Pauvres ouvriers ! tous les jours exposés à ces flammes ardentes qui leur dessèchent les entrailles et la peau ! Quelle existence !

Brûlés, noircis, épuisés par des sueurs abondantes, ils sont là enchaînés à l'usine, sans pouvoir songer jamais à la quitter pour respirer l'air pur des champs, pour vivre de la vraie vie sous ce ciel qui est le toit naturel que la Providence a donné à nos têtes. Leurs yeux, quand vous passez, se tournent furtivement de votre côté, et l'on peut lire dans ces regards perçants un sentiment de haine et d'envie. Ces regards m'ont attristé ; voilà des hommes pervertis par de dangereuses doctrines, qui sans doute ne comprendront jamais que c'est une loi nécessaire de la société qu'il y ait des travailleurs, des manouvriers, et des hommes livrés aux spéculations de la science ou appliqués au gouvernement, à la gestion de la fortune publique ou privée ; ces cœurs endurcis ne savent pas s'ouvrir au doux sentiment de la fraternité humaine ; ils ne voient que des ennemis dans ceux qui ne sont pas courbés comme eux sous le poids du labeur musculaire. Combien plus heureux sont les paysans, les cultivateurs, qui élèvent leur famille au milieu des champs qu'ils arrosent aussi de leurs sueurs, mais qu'ils voient fructifier, s'améliorer, et qu'ils peuvent, de plus, espérer d'acquérir un jour ! Vous avez bien raison, mon cher ami, de préférer la campagne à la ville ; la vie la plus douce est celle des champs.

Vous savez qu'au Creusot on fabrique toutes sortes de choses en fer et en acier, surtout de grosses pièces pour l'armature des navires, pour la construction des ponts et des toitures, et particulièrement les locomotives de chemin de fer. Croiriez-vous qu'il ne faut pas plus d'une semaine, ici, pour monter une locomotive ? N'est-ce pas merveilleux ? A quoi l'on peut arriver par la puissance des machines-outils, par la division de la main-d'œuvre, la spécialité des chefs d'atelier et des ouvriers, le tout obéissant à une discipline rigoureuse et savamment dirigée !

La ville du Creusot, née d'hier, pour ainsi dire, compte déjà plus de vingt-cinq mille âmes. Cette population est à peu près toute composée des ouvriers et des employés de l'usine ; le reste consiste en boulangers, bouchers, épiciers et autres fournisseurs des choses nécessaires à la vie matérielle. Le bourgeois proprement dit, c'est-à-dire le rentier, est un être inconnu au Creusot....

Je voudrais, à l'heure qu'il est, avec ma manie de nouveautés, étudier le dessin et la peinture. Le souvenir des musées d'Italie me poursuit partout, et je lis avec le plus vif intérêt les ouvrages qui traitent de l'art italien, et décrivent les œuvres qu'il a produites ; malheureusement le temps et les forces me manquent....

Cet hiver, il faudra encore fuir nos climats humides. Je vous ai déjà dit que nous ne savions où aller. Le médecin n'admet pas Nice, Hyères, ni les côtes de la mer en général. Il voudrait nous voir, cet hiver, habiter Pau, Rome ou bien Le Caire. Nous n'avons rien décidé.

77. — A M. CONSTANT G., A MONTAUZAN.

Montreux, 25 septembre 1872.

MON CHER CONSTANT,

APRÈS plusieurs étapes sur la route qui conduit en Suisse, nous voici à Montreux, terme de notre voyage. A peine débarqué, j'ai commencé la cure aux raisins, et je la continue scrupuleusement. N'en riez pas, s'il vous plaît, c'est un traitement sérieux. Au troisième jour, j'en suis déjà à mes quatre livres de raisin entre matin et soir ; à la fin de la semaine, dix livres ne me feront pas peur, et, si nous passons la quinzaine ici, une pleine corbeille ne fera que blanchir. Je croyais bonnement que cette cure se faisait au naturel, qu'on allait se gorger de raisins dans les villes, moyennant quelques sous. Erreur complète ! on achète ses raisins chez les divers marchands du pays, qui vous les vendent *huit* et *dix* sous la livre, rien que cela ! Encore parle-t-on d'en augmenter le prix. C'est que Montreux est peuplé d'étrangers ; ses nombreux hôtels et pensions en sont littéralement combles. Pour notre compte, tout en ayant annoncé notre arrivée plusieurs jours d'avance, nous avons dû attendre vingt-quatre heures une chambre ouvrant sur le lac, toute petite et dans laquelle on a fait entrer à grand'peine deux lits. Ces légères incommodités d'installation sont bien vite oubliées, grâce au merveilleux paysage qui se déroule devant nos regards : le Léman, les côtes abruptes de la Haute-Savoie, le fond du lac qui s'ouvre en une large vallée pour donner passage au Rhône, au pauvre petit Rhône encore à l'état de torrent. L'horizon, de ce côté-là, est hérissé de pics neigeux, dont les teintes varient à chaque heure du jour. Quant à la côte suisse elle-même, sur laquelle s'élève Montreux, ses plans inclinés à partir de Lausanne sont couverts de verdure ; la vigne y mêle son feuillage vert-tendre aux branches touffues du chêne et du hêtre, sur lesquels tranchent, surtout au sommet des montagnes, des bouquets de sombres sapins. Tout cela est parsemé de villas, de maisons champêtres aux volets verts, avec des toits d'ardoises qui étincellent au soleil comme les eaux du lac. De distance en distance, on voit poindre un clocher qui domine et le village et les bois, pour montrer à tous les regards sa croix « plus près du ciel ». Cette croix, jadis, hélas ! protégeait des cœurs plus dignes de l'aimer. Elle fut presque partout taillée et élevée par des mains catholiques, par les pères de ceux qui en méconnaissent aujourd'hui la royale dignité ! L'église catholique est réduite ici à une petite chapelle, où l'autel s'est réfugié avec son tabernacle, ses fleurs et ses statues, avec la Madone exilée de tous les temples du pays de Vaud et fuyant une persécution muette, les regards du mépris !... N'oubliez jamais, mon cher ami, de prier pour ces pauvres hérétiques.

J'ai retrouvé à Montreux la population errante de toutes les nations du monde, ces étrangers que nous avons si bien connus à Nice ; vrais Juifs-errants cossus, ils ont toujours cinq sous dans leur bourse, ce qui les fait chérir de tous les hôteliers et trafiquants des pays qu'ils parcourent. Ce sont des Russes, et, parmi ces Russes, des habitants du Caucase... pas du tout sauvages, comme vous pourriez vous le figurer. Si vous saviez que je me trouve, à table, à côté de deux dames de ces confins asiatiques, vous me croiriez en danger de mort ; tout ce qui ne touche pas à nos frontières, nous le prenons volontiers pour patrie d'anthropophages. Par le fait, ces barbares sont beaucoup plus civilisés que nous : ils parlent quatre ou cinq langues, connaissent l'Europe entière, les mœurs et les coutumes de chaque peuple ; certes, y a-t-il beaucoup de Français de qui on en puisse dire autant ?...

---

78. — A Mlle MARIE D., A POISSON.

Tourville, 23 octobre 1872.

MA CHÈRE MARIE,

MON père regarde l'avenir avec de si sombres pressentiments, qu'il m'a demandé ce que je ferais si nos moyens actuels d'existence venaient à nous manquer. Comme je n'avais pas encore prévu le cas, quoiqu'il soit très prudent de le faire, je me suis mis à réfléchir, et je n'ai rien trouvé dans ma pauvre personne qui me rendrait capable de gagner mon pain. Un esprit superficiel peut se moquer de ces préoccupations ; cela ferait rire surtout ces jeunes efféminés dont toute la vie n'est qu'un gaspillage de temps, d'argent et de santé.

Eh bien ! comment s'y prendraient-ils pour ne pas mourir de faim ? Louis-Philippe, quand ses biens eurent été confisqués, s'est vu contraint, pour vivre, de faire l'école dans un village de Suisse ; cette leçon lui a servi de ligne de conduite, puisqu'il a exigé de ses fils qu'ils apprissent un état manuel, un vrai métier, où il faut arroser son travail de la sueur de son front. Que deviendrions-nous, pauvres gens, si l'on appliquait, un jour, la théorie économique de certains communistes, d'après lesquels le travail manuel mérite seul une rétribution ?

Pour ces sectaires, tout ce qui n'a pas pour objet, pour but immédiat, la satisfaction du corps, le bien-être physique, n'est pas un travail. Si ce système vient jamais à être pratiqué en France, il ne me resterait qu'à plier bagage, pour une bonne raison, c'est que j'y mourrais de faim. Le monde est assez grand pour m'offrir un asile, assez hospitalier pour me donner le toit et le couvert, en échange du peu de bien que je pourrais faire à mes hôtes. En attendant, travaillons, c'est le plus sûr ; je n'ai point d'autre ambition que de demeurer honnête homme et bon catholique ; avec ces prétentions-là on peut encore se faire brûler vif, au cœur de Paris ; c'est même une manière de se rendre utile.

Je pense que vous êtes inondés à l'Etang comme nous ici, bien plus que nous, car vos terrains compacts retiennent l'eau. Il est heureux que ces pluies n'aient pas eu lieu au printemps ; car alors le soleil ardent de l'été dernier aurait transformé votre Charolais en bourbier infect, et les fièvres y auraient sévi comme à Rio-Janeiro. Mais les semailles, comment pourra-t-on les faire ? J'entends des plaintes de tous côtés, et je m'en veux d'être si peu sensible au malheur de nos pauvres paysans. L'agriculture m'est restée si étrangère, que je ne songe jamais, au milieu des champs où je vis, à regarder une plante, une bête, un pré, n'importe quoi se rapportant à l'exploitation des domaines. Mon père, qui aurait désiré que son fils eût ces goûts-là, a été bien servi par la Providence !

Ta convalescence doit marcher à grands pas. Il faut attendre la plénitude de la santé avant de te permettre une grande dépense de forces.

Tu m'écriras souvent, cela ne te fatiguera pas comme un devoir, et ne sera pas pourtant sans quelque fruit pour ton instruction. Ce qu'il importe d'abord de bien savoir faire, c'est d'exprimer clairement et même élégamment sa pensée. L'étendue des connaissances ne vient qu'en second rang ; la science n'est qu'un don accessoire de la divine Providence. Mais ce qui est capital, c'est d'avoir l'âme haute, l'esprit droit, le cœur tendre et compatissant, c'est de savoir comprendre Dieu au spectacle de toutes ses œuvres. Eh bien ! tout cela ne se trouve pas dans les livres. Ils nous aident sans doute à élever ce bel édifice d'une vie agréable à Dieu, mais ils ne sont pas les auxiliaires nécessaires de la vertu. C'est en nous-mêmes que nous devons chercher les grands moyens d'y parvenir ; nous sommes le principe de l'œuvre, notre amélioration en est le but. Ne sortons pas entièrement de nous-mêmes, et, dans le sanctuaire intérieur où réside la divine Bonté, venons souvent lui demander la force, la consolation, la paix et la joie d'une bonne conscience. Je ne parle pas en prédicateur, ma chère Marie, mais en homme qui n'a qu'un désir, celui de voir autour de lui tout le monde aussi heureux que possible.

79. — A M. L'ABBÉ V., A LYON.

Lyon, février 1873.

CHER MONSIEUR,

PAR ordre du docteur, je garde la chambre ; il ne m'est donc pas permis de vous aller voir samedi, et ce sera pour moi une véritable privation que vous adouciriez bien par une courte visite. Il me semble que rester plus de huit jours sans échanger quelques paroles avec vous me ferait un grand vide ; vos bonnes paroles, vos conseils de père et d'ami sont un baume pour des plaies que d'autres remèdes ne peuvent guérir. Le combat de la vie est plus laborieux dans certaines périodes, et, en ce moment, il n'est pas sans douleurs et sans effroi pour moi. L'ennemi s'est emparé de ma citadelle, et me harcelle en rase campagne. Quand on a, pour se retirer et se mettre à l'abri de ses coups, le rempart de la foi, de la confiance en DIEU, ses traits les plus acérés ne nous effraient pas ; mais quand il nous en a chassé, quand il nous a privé de ce secours sans égal, le combat devient âpre, inégal, et l'âme est vite haletante.

Je profite de ce que j'ai la plume à la main pour vous esquisser le tableau général de mon état actuel ; je le ferai mieux que dans une conversation décousue, où les idées ne se présentent pas avec autant de suite.

Il y a moins de tendresse qu'autrefois dans mes sentiments de piété ; mon esprit tend trop à se substituer à mon cœur, et à mettre des considérations abstraites, métaphysiques, à la place des actes simples d'adoration au pied de la crèche ou de la croix. Ainsi quand les tentations contre la foi viennent m'assaillir, elles me troublent l'âme jusqu'à ce qu'une *raison* plus ou moins bien définie, plus ou moins claire, l'ait satisfaite ; mais alors, il est vrai, je remercie DIEU avec effusion et je le prie ardemment de me conserver ma foi jusqu'à la fin. Cela m'arrive dix, vingt, cent fois par jour, je pourrais dire sans cesse. De temps en temps, une lumière plus vive vient éclairer mon esprit et réchauffer mon cœur, et un doux repos s'étend comme une couche sous mon âme fatiguée.

Je regrette ma naïve confiance du jeune âge, des premières années de ferveur. Comme les larmes d'amour étaient bonnes alors ! comme le bonheur était complet ! Je me console néanmoins en pensant qu'il n'est pas nécessaire d'avoir une dévotion sensible. Qu'importe, me dis-je, pour la gloire de mon DIEU, qu'une pauvre créature comme moi soit plus ou moins joyeuse ? *Adveniat regnum tuum !* Voilà la prière que j'adresse à Dieu du matin au soir ; voir arriver ce beau règne, c'est toute mon ambition.

MONTREUX.

(P. 231.)

Ce qui est plus grave, c'est que je considère trop facilement mon prochain comme peu agréable à Dieu, peu religieux, peu digne du nom de chrétien. La charité me fait défaut, et j'en accuse mon orgueil. Les catholiques me scandalisent, le reste des hommes me dégoûte, et quand ce sombre tableau de l'humanité s'est fortement emparé de mon esprit, vous comprenez combien il est facile au démon de me souffler ces paroles : « Les hommes sont toujours des hommes ; ce sont des créatures de DIEU qu'il ne saurait damner, car alors il aurait créé toute l'humanité pour son malheur ; tout est donc pour le mieux. » Cela n'est nullement logique, et c'est cependant ce que me répète tous les jours ce damné Satan. Et moi, tout attristé, quelquefois tout bouleversé, je dis à Jésus-CHRIST : « Quand même je verrais le monde entier se précipiter dans le mal, je m'attacherais à vous, ô mon Sauveur ! » Mais saint Pierre n'avait-il pas fait la même promesse à son divin Maître, en le suivant chez Caïphe ?

Si vous n'avez encore rien dit de moi au supérieur du grand séminaire de Lyon, n'en faites rien. Il est probable que nous allons nous fixer à Alger ; nous causerons de cela la première fois que j'aurai le plaisir de vous voir.

---

80. — A M. L'ABBÉ V., A LYON.

Lyon, 2 mars 1873.

CHER MONSIEUR,

JE suis un grand coupable, je n'ai pas fait la sainte communion ce matin. Pourquoi ? Parce que, hier soir, le démon m'a persuadé que j'avais fait ma confession sans soin et sans un véritable regret de mes fautes. Vous voyez là le fond de mon caractère, ma pusillanimité. Hier soir, dans mon lit, j'ai versé des larmes sur ma misère, j'ai affirmé à mon JÉSUS que je ne l'en aimais pas moins, que, si je n'allais pas le recevoir, c'est que j'avais crainte de l'offenser. Après ces pleurs, j'ai été plus calme ; il me semblait que je venais d'obtenir le pardon d'une tiédeur qui dure depuis déjà longtemps. Tiédeur, foi chancelante, voilà ce que j'ai à me reprocher et ce que je crois n'avoir pas expié par mes confessions. Ma vie m'apparaît pleine de taches, pleine de mauvais penchants, de réticences, d'hésitations pour le bien, de petites fautes qui me font glisser vers le mal, et qui m'apparaissent comme voisines de véritables crimes. Le mal, le vrai péché, me semble facile à commettre ; j'ai toujours peur d'y adhérer, ou, au moins, de ne pas le rejeter assez franchement.

Voyez-vous ces luttes perpétuelles ? Ce n'est pas de la lutte que je me plains, c'est de ma faiblesse dans trop de circonstances. Un regard, une parole, un moment de découragement ou d'abandon aux plaisirs du monde, tant de choses qui donnent, sur le moment, d'amers regrets et qu'on a oubliées le lendemain, qui ne reviennent à l'esprit qu'après la confession, s'accumulent dans la mémoire, et se présentent ensuite sans cesse à nos yeux pour nous effrayer et nous empêcher d'avancer dans la bonne voie ! Eh bien, voilà mon cœur soulagé ! Il a suffi qu'il exhalât sa plainte tout d'une haleine, et que son meilleur ami l'ait entendue.

81. — A M. L'ABBÉ V., A LYON.

Lyon, 2 avril 1873.

CHER MONSIEUR,

UNE fois de plus il me faut garder la chambre, et même le lit, une bonne partie de la journée. Hier soir, pour compliquer l'accès de fièvre bilieuse qui m'est survenu, un léger crachement s'est produit : c'est l'effet d'une impression de froid, d'après le médecin, qui n'en conçoit d'ailleurs aucune inquiétude. Aujourd'hui je suis faible, la digestion du peu d'aliments que j'ai pris est difficile ; mais, en somme, je suis sur pied, et j'espère bien pouvoir vous aller trouver avant le Jeudi Saint.

Je me suis aperçu, pendant cette petite indisposition, d'une chose que je devrais savoir : c'est que je manque de patience avec ceux qui m'entourent ; je suis de mauvaise humeur ; il y a loin de là à la souffrance acceptée avec joie. En un mot, je suis faible de cœur comme de corps ; je n'ai pas encore acquis cette force qui est l'apanage du vrai chrétien ; le but de la vie est de l'acquérir ; peut-être aurai-je fait un pas, cette fois ; une autre fois, je m'efforcerai d'en faire un autre. Le découragement n'est pas loin quand arrivent ces défaillances qui me font craindre de n'être jamais bon à rien. Et cependant, quelle ardeur quand je pense au sacerdoce, quand je me représente le Sauveur entre mes mains ! j'en pleure souvent de joie. Il est vrai que, deux minutes après, DIEU veut que je touche du doigt ma misère, en permettant au démon de me tenter de la manière la plus violente ; ce sont des doutes universels qui s'attaquent aux fondements mêmes de la foi, souvent aux fondements de la raison.

Je vais être privé, encore cette année, des imposantes cérémonies de la Semaine Sainte. Je ne saurais vous dire quel plaisir je me promettais d'y assister. DIEU ne le veut pas, puisqu'il me veut malade... et moi je veux bénir sa sainte volonté.

Quand mon père m'a vu cracher le sang, il l'a attribué à un excès de travail, mais je crois qu'il se trompait. Quoi qu'il en soit, il m'a dit alors : « Je ne veux pas que tu passes ton examen de baccalauréat. » J'ignore si cette interdiction sera maintenue. Au surplus, M. le supérieur du grand séminaire m'avait déjà dit qu'il ne voyait pas grande utilité pour moi à passer cet examen en ce moment ; qu'il en voyait une plus grande à ce que j'étudiasse la philosophie scolastique, qui serait une préparation nécessaire aux études de théologie que je vais commencer au mois d'octobre prochain.

Priez bien pour moi ; priez DIEU de me donner la *passion* de sa sainte volonté.

82. — A M. L'ABBÉ V., A LYON.

Lyon, Jeudi Saint 1873.

CHER MONSIEUR,

IER la crise a été plus forte que tous les autres jours depuis que je suis malade ; néanmoins elle n'aura pas de conséquences graves ; il me semble que je vais déjà beaucoup mieux ce matin ; mais je n'ose pas m'en trop flatter, parce que ces accidents d'hémoptysie arrivent quand on y pense le moins. Le médecin m'a permis de respirer l'air extérieur, et je viens de laisser la fenêtre de ma chambre ouverte pendant une demi-heure sans en être incommodé, ce qui me donne l'espoir de pouvoir assister à la messe de midi, le jour de Pâques. Je prie le bon DIEU qu'il fasse luire son plus beau soleil ce jour-là.

En me condamnant à garder la chambre pendant cette sainte semaine, où les églises retentissent sans cesse de chants touchants et sublimes, DIEU, bien loin de m'empêcher de remplir mes devoirs, m'impose celui de la patience, le plus conforme à l'état de son divin Fils dans ces mystères de la Passion. Je vais m'efforcer de bien vivre en union avec le Sauveur traîné au supplice et mis au tombeau, jusqu'à sa glorieuse résurrection. L'Évangile à la main, je le suivrai sur ce chemin de douleur où il nous a appris à porter notre croix. L'Évangile est mon unique consolation quand je ne peux pas m'approcher des sacrements. La prière même m'est pénible, mais la lecture de l'Évangile me ramène toujours la paix.

Il faut souffrir pour comprendre un peu ces paroles de JÉSUS-CHRIST au jardin des Oliviers : « Mon Père, que ce calice s'éloigne de moi ;

toutefois, que votre volonté soit faite. » Le tentateur, qui a eu l'audace
de s'approcher du Sauveur à cette heure d'amertume, s'approche bien
plus hardiment de nous, misérables créatures. Il nous souffle des paroles
de révolte contre cette douleur qui a été imposée à l'homme par DIEU
lui-même après sa chute. Il veut, cet ange de ténèbres, nous pousser à
nier la douleur, pour nous faire nier le mal ; il veut déifier le mal. Mais
l'homme souffre, et c'est par cette douleur même qu'il peut vaincre le
mal, en expiation de sa chute. C'est ainsi que la douleur est transfor-
mée, et que la mort, qui n'est que la consommation de la douleur, est le
gage de la résurrection glorieuse. Toutes ces grandes notions sur la
douleur et la mort sont des enseignements du Verbe fait chair, qui est
venu au monde exprimer dans sa Passion le drame toujours nouveau de
la lutte du mal contre le bien. Il a terrassé le *Prince de ce monde* avec
ses propres armes, la douleur et la mort ; puis, par sa résurrection immortelle, il a mis le sceau au triomphe de la vérité sur l'erreur, du bien sur
le mal. Voilà la transfiguration de la douleur ; voilà pourquoi les chrétiens savent souffrir et mourir.

Esprit merveilleux de la foi, qui ne varie jamais à travers les siècles,
en sorte que le souffle qui animait nos premiers martyrs est le même qui
nous anime aujourd'hui ! Je bénis le souverain Maître de ce qu'il m'a
donné ce bienfait de la foi, et le prie de me le conserver.

Je cherche à me procurer de l'eau de Lourdes, non pour éprouver la
puissance de la Sainte Vierge, mais pour faire acte de confiance envers
elle.

Les moindres circonstances qui me rappellent ma prochaine entrée
au séminaire m'émeuvent profondément : ainsi, l'autre jour, ce détail va
vous paraître un peu puéril, il s'agissait de me faire tricoter des bas, et
mon père a fait acheter pour cela de la laine *noire*. Il est donc bien vrai
que le moment approche ! Oh ! qu'il fait bon voir venir le jour où toutes
nos aspirations ici-bas seront satisfaites !

83. — A M. CONSTANT G., A MONTAUZAN.

L'Étang, 20 juin 1873.

MON CHER CONSTANT,

VOTRE lettre m'est parvenue à Paray-le-Monial, et comme je n'avais
que deux jours à y passer, je n'ai pas espéré vous y voir venir
avant mon départ. Aujourd'hui nous sommes à la campagne, à Poisson,

chez mon oncle D.; demain nous partons pour Genève. Moi aussi j'aurais été bien heureux de votre société en prenant part aux belles fêtes
de Paray ; mais que mon absence ne vous y fasse pas renoncer. Rien de
plus imposant que ces solennités religieuses. Les multitudes réunies
pour implorer le DIEU du ciel et de la terre offrent un spectacle rare et
digne d'être admiré des anges eux-mêmes. DIEU et Patrie ! ces deux
noms s'adressent à deux cordes du cœur qui vibrent jusqu'à faire couler
les larmes ; c'est précisément le cas du pèlerinage de Paray. Vous y
verrez la France aux genoux de JÉSUS-CHRIST, des soldats héroïques
dans leur défaite prosternés devant la Toute-Puissance, et des femmes
de Metz en habits de deuil, portant leur bannière de velours noir recouverte d'un crêpe. Vous entendrez des chants qui vous remuent jusqu'au
fond des entrailles, entre autres le beau cantique implorant le Sacré-
Cœur pour Rome et pour la France.

Vendredi dernier, trente mille poitrines poussaient les cris de « Vive
Pie IX, pontife et roi ! Vive la France ! Vivent la Lorraine et l'Alsace !
Vive l'armée ! » L'émotion me coupait la voix et je ne pouvais que
pleurer. D'ailleurs je n'avais pas honte de mes larmes, il y en avait dans
tous les yeux. Choisissez pour votre pèlerinage un jour de grande
affluence. Il est vrai qu'il est plus difficile alors de se loger et de se
nourrir ; mais n'importe, le spectacle d'une multitude dans ces conditions-
là est trop grandiose pour ne pas le préférer à ses aises pendant une
journée. Tâchez de vous trouver à Paray dimanche prochain ; les
Lyonnais y reviennent, et peut-être un groupe de députés y sera-t-il en
même temps.

N'oubliez pas qu'en arrivant à la gare vous devez demander au comité
votre billet de logement. S'il devait être aussi difficile de trouver à
manger dimanche prochain que vendredi dernier, je vous conseillerais
d'apporter à Paray un morceau de viande froide et même du pain. Mais
je ne pense pas que la foule soit aussi considérable.

Jusqu'à ce moment les pèlerins de tous les points de la France ont
offert au Sacré-Cœur plus de cent trente bannières ; le nombre en
augmente tous les jours.

Hier, dix mille Nantais et Savoisiens étaient à Paray.

Le mouvement s'accentue de plus en plus ; on éprouve un plus grand
besoin du secours d'en-haut, à mesure que l'on sent mieux l'insuffisance
des moyens humains pour nous sauver. L'instruction, l'éducation, la
réforme des lois et des institutions politiques et sociales ne produisent
pas leurs effets instantanément, et l'heure présente est pleine de périls.
Je ne vois qu'un principe de régénération prompte, tel qu'il nous la faut

si nous ne voulons pas mourir : La Toute-Puissance divine, Dieu le Père, le Dieu du mystère à qui l'on ne va que par Jésus-Christ, est le Maître souverain des consciences et des cœurs ; il faut le supplier, et le supplier par l'unique voix qu'il entend, la voix de Jésus-Christ.

La dévotion au Sacré-Cœur est profondément mystique en apparence, elle est souverainement pratique en réalité. Le cœur n'est-il pas le centre et le foyer de la vie ? Il envoie le sang vital dans toutes les veines du corps et il nourrit son développement. Il y a dans ces considérations d'analogie un abîme dont notre œil ne sondera les profondeurs lumineuses que dans l'éternité ; mais en ce monde, nos intelligences et nos volontés inclinées devant Dieu pour l'adorer, nos cœurs unis au Cœur sacré de Jésus, voilà le secret de notre vie spirituelle et chrétienne. La communion est la chaîne mystique qui attache les cœurs des hommes au Cœur de Jésus ; elle est le canal du sang de l'Agneau, source de notre régénération ; elle est le banquet éclairé par des lumières ineffables. Arrivez à Paray, mon ami, avec un cœur pur, détaché de la terre, prêt à recevoir les grâces que le Sacré-Cœur veut y verser, et, après avoir reçu, sous l'espèce du pain, le corps de notre Dieu, vous sentirez une vie nouvelle, un sang nouveau courir dans vos veines, une vigueur et une énergie inconnues jusqu'alors remplir tous vos membres ; le Cœur de Jésus, je vous le promets en son nom, vous montrera clairement votre voie, ou, au moins, il vous apprendra ses divines volontés et ses vues toutes miséricordieuses sur vous. Il a promis des merveilles à la B. Marguerite-Marie Alacoque pour tous ceux qui l'imploreront et se donneront à lui.

Au mois d'août, vous viendrez m'embrasser à Tourville, avant de me laisser partir pour l'Afrique.

84. — A M{ll} MARIE D., A POISSON.

Lac de Genève, à bord de l'*Helvétie*, 27 juin 1873.

Ma chère Marie,

APRÈS vous avoir quittés, nous sommes allés coucher à Mâcon, d'où nous sommes repartis ce matin à six heures par l'express ; à onze heures, nous étions à Genève ; il nous restait le temps de déjeuner et de faire un tour de promenade sur les beaux quais de la ville, avant de nous embarquer.

Je t'écris sur le grand vapeur l'*Helvétie*, un bon marcheur qui nous

déposera à Évian à quatre heures. Je suis entouré d'Anglais, excentriques comme toujours ; les dames chargées de vêtements multicolores, et
les messieurs en culottes courtes ou dans des pardessus qui les enveloppent des pieds à la tête. Le ciel est superbe, le lac aussi bleu que lui,
la côte plus verte encore que vos riantes campagnes du Charolais, parce
qu'elle a les pieds dans l'eau. A l'horizon, les pics neigeux des Alpes
étincellent au soleil. Quel dommage que vous ne soyez pas avec nous
pour partager notre admiration !

Tout à l'heure une troupe de musiciens nous régalait, sur le pont,
de morceaux plus mondains les uns que les autres, et que leurs auditeurs
avaient l'air de trouver en parfaite harmonie avec l'ensemble du tableau.
Ce n'est pas mon avis ; en face de cette nature grandiose, j'aimerais
mieux être seul ou dans l'intimité de quelque bonne âme disposée
comme moi à en savourer paisiblement les charmes. La foule qui m'en-
toure, occupée à lorgner une villa, un pic, une voile blanche, me donne
sur les nerfs ; elle cause étourdiment, elle admire tout haut et d'une façon
banale. Peut-être est-ce moi qui suis énervé.

De Culoz à Genève, nous avons voyagé avec un grand gaillard
d'outre-Manche qui apportait de Londres, sur son dos, en vue des
ascensions qu'il projette, un paquet de corde d'aloès, une pioche et un
sac de toile ; c'est son unique bagage ; figure ouverte, expression calme
et résolue, type anglo-saxon pur sang ; d'ailleurs poli, ce qui ne gâte
jamais rien dans un homme, surtout dans un Anglais, chez qui on ne
s'attend guère à rencontrer cette qualité.

Ce personnage est encore notre compagnon de route sur le bateau ;
je suppose qu'il va débuter par le mont Cervin, le plus escarpé des pics
abordables.

Excusez-moi de ces pattes de mouche, c'est la faute de l'*Helvétie* qui
se heurte au ponton de Thonon ; encore quelques minutes et nous serons
à Évian. J'espère que vous ne nous abandonnerez pas à notre malheureux sort, et que vous allez nous écrire. N'allez pas croire que nous
sommes des heureux de ce monde, parce que nous passons notre vie à
le parcourir dans tous les sens. Le bonheur est au foyer, dans les habitudes prises ; il est dans l'affection et l'estime mutuelles, dans les entretiens de famille ; ici, j'ai beau chercher du regard, je ne trouve que des
visages inconnus, froids, et qui deviendraient peut-être hostiles si j'af-
firmais devant eux mes croyances religieuses et mon peu de goût pour
les plaisirs mondains.

Voilà Évian ! A tout à l'heure...

Nous sommes installés dans une chambre de l'hôtel Fontbonne, dont

BERNE. (P. 90.)

les fenêtres ouvrent sur le lac. En face, Lausanne étale ses blanches maisons sur un coteau couronné de forêts. A droite, la côte se relève, c'est le contrefort des hautes montagnes du Valais. A l'arrivée du bateau, une dizaine de curieux, venus sur le port, n'ont pas tardé à se disperser, tout désappointés de ne voir débarquer que deux voyageurs de la plus modeste apparence.

Évian par lui-même est un coin où l'on ne trouve que l'ennui, si l'on n'a pas en soi des ressources contre cet ennemi intime. Je vais faire de mes livres les compagnons de mes loisirs, et puis, à quelques pas de l'hôtel, j'ai l'église, où je suis sûr de trouver tout ce dont j'aurai besoin. N'importe, c'est l'exil, et l'exil est toujours dur. Dans quelques jours je pourrai vous donner des détails sur la manière dont nous vivons ici. Pour le moment, nous nous occupons, mon père, veux-je dire, s'occupe à remiser nos effets dans les armoires de notre campement. Quant à moi, paresseux, je flâne, je m'approche de la fenêtre. Un piano se fait entendre ; que joue-t-il ? — Un quadrille, hélas !... Je demande à la Providence de mettre sur mon chemin un camarade aimable avec qui je puisse échanger quelques idées ; la solitude de la foule me donne froid au cœur.

L'occasion s'est présentée de parler anglais pendant le trajet de Mâcon à Genève, et je n'ai pas ouvert la bouche ; voyez mes belles résolutions ! mais c'est plus fort que moi.

Vous allez retourner à Paray, dimanche prochain ; je souhaite que, ce jour-là, le pèlerinage soit assez nombreux pour vous offrir de nouveau un de ces spectacles qu'on ne saurait plus oublier. A cette occasion, votre hospitalité nous a été plus précieuse que dans des circonstances ordinaires.

Nos respects affectueux à vos hôtes de Paris, avec qui nous aurions aimé passer plus de temps.

85. — A M. L'ABBÉ V., A LYON.

Évian, 4 juillet 1873.

CHER MONSIEUR,

N venait de me dire que vous êtes très occupé, que votre zèle surpasse même vos forces, quand je reçois votre lettre. Je vous assure que je suis profondément touché de cette marque de sympathie et de bonté à mon égard, surtout quand je le mérite si peu. Mon âme est rassérénée et vos chères paroles l'ont remplie de Dieu. Dieu m'éprouve souvent, mais il connaît ma faiblesse et me tire de l'abîme de maux où je me trouve plongé par ma faute, dès que je lève les yeux vers lui. Quand je m'écrie : « *In te, Domine, speravi ; non confundar in æternum,* » une force surnaturelle vient sur-le-champ me soutenir, et je tombe à genoux pour remercier mon divin Sauveur. La confession que j'allais faire au moment où je vous écrivais, il y a huit jours, m'a rendu la paix. Si la lutte s'est renouvelée ensuite, j'étais le plus fort et je redoutais moins les défaillances d'un cœur abusé.

Dimanche et mercredi, la sainte communion a produit aussi en moi ses fruits toujours merveilleux : la paix, la paix, la paix ! La douleur poignante et la tristesse que j'éprouvais d'abord changèrent petit à petit de nature. Je sentis que la lutte s'engageait au dedans de moi entre le monde et Jésus-Christ. C'était, d'un côté, la chair et les plaisirs, le théâtre, la danse, les affections terrestres, et, de l'autre, la mortification, la vie recueillie, pure, sans faiblesses, sans autre amour que celui de Dieu et du prochain.

La lutte était sérieuse, bien caractérisée.

Quelquefois il me semblait que je me trouvais livré à moi-même, au milieu de toute une jeunesse frivole, rieuse, spirituelle, où je me représentais faisant bonne figure, et alors la tentation était violente de retourner au monde. D'autres fois, au contraire, je me sentais pénétré de la grandeur du sacerdoce, je me voyais prêtre, aimant la souffrance, prenant la terre en pitié et la considérant avec un sourire qui montait de la profondeur des régions célestes de l'âme, et aussitôt une paix ineffable enveloppait tout mon être comme un manteau qui le cachait au monde pour ne laisser entrer que Dieu. Je ne pourrais exprimer ce sentiment intime de la paix en Dieu, mais vous le connaissez assurément, et vous me comprenez.

J'ai trouvé l'arme avec laquelle je devais forcer le démon à battre en retraite. Il s'agissait simplement de me considérer comme séquestré et séparé absolument, par une sorte d'abîme naturel, de ce que Notre-Seigneur a appelé « le monde ». Alors, immédiatement, toutes les personnes qui m'entouraient m'ont semblé n'avoir avec moi plus rien de commun que le caractère de chrétien, qui est le côté surnaturel de l'homme, et cette réserve, cette retenue que je demandais à Dieu depuis si longtemps, ne m'a plus paru chose si difficile.

Le démon, qui me voit appuyé sur ma foi, ma confiance en Dieu, revient à son grand moyen de l'incrédulité. Il tâche de jeter sur les lumières de la révélation ce voile tissé par l'enfer, dont il a, pendant plusieurs mois, obscurci mes regards. Il semble que Dieu veuille me tenir en haleine, et cette Providence divine agit sagement vis-à-vis d'un serviteur aussi léger et aussi orgueilleux que moi.

Je ne vous ai presque pas parlé de mon pèlerinage. Je me contenterai de vous dire que, depuis, la dévotion au Sacré-Cœur a été pour moi une source intarissable de consolations. Le petit livre de Mgr de Ségur, intitulé *Le Mois du Sacré-Cœur*, m'a beaucoup servi pour commencer l'union de mon cœur avec celui de Jésus. Je vous le recommande, et si je ne suis pas trop téméraire pour donner des avis en pareille matière, je crois qu'on peut en conseiller la lecture aux personnes dévotes et sérieuses. Depuis que je m'adresse au Cœur de Jésus, la vie me semble moins lourde, et souvent les nuages qui obscurcissent le ciel de l'âme se dissipent aux rayons enflammés de ce soleil. Comment oublier, au reste, les promesses du Sacré-Cœur relatives aux prêtres ? « Ils convertiront les pécheurs les plus endurcis. » Le fait est que l'amour émané de cette source fond notre cœur comme la cire, et répand dans tout notre être une chaleur pénétrante qu'il est impossible de ne pas communiquer à ceux qui nous approchent. Je parlerais jusqu'à demain sur ce sujet !... Excusez-moi.

86. — A M. L'ABBÉ V., A LYON.

Bex, 27 juillet 1873.

Cher Monsieur,

Votre réponse est arrivée comme un écho de ma lettre ; l'honneur pour moi est d'avoir éveillé un pareil écho, car il me prouve que je suis bien en communion d'idées et de sentiments avec vous. D'ailleurs ne sommes-nous pas toujours ensemble et ne causons-nous pas intimement de ce qui nous est également cher ? Ce matin, par exemple, où je porte mon Dieu dans ma poitrine, où j'écoute les divins enseignements de sa bouche adorée, ne suis-je pas à côté de vous dans le sein du Père éternel, assis à la même école, avec le même Maître qui est Jésus-Christ ?

Mais où je ne puis me placer près de vous, c'est quand il s'agit de fidélité, d'amour, de zèle, et de toutes les vertus sacerdotales que vous cultivez depuis bientôt quinze ans. Alors, je vous regarde comme un frère aîné, plus avant que moi dans les bonnes grâces de Dieu ; et cette pensée encore me rapproche de vous, parce qu'elle me montre à suivre le chemin que vous-même avez parcouru.

Je puis dire que je vis d'espérance, en ce moment. Tout ce qui me parle du sacerdoce fait tressaillir mon cœur comme un souffle du ciel ; tout ce qui tend, au contraire, à me le faire oublier ou à l'éloigner de moi, m'offusque et me blesse profondément. Ces jours derniers, une fatigue de tête m'empêchait d'étudier les livres de philosophie scolastique que j'ai apportés ici, et les distractions successives d'une saison d'eaux sont aussi un obstacle à mon instruction préparatoire. Eh bien ! tout cela m'irritait, parce que je craignais d'arriver au séminaire sans connaître les questions sur lesquelles on m'interrogera avant de m'admettre comme élève de théologie, et de me voir contraint de faire une année de philosophie qui retarderait d'autant mon entrée dans les ordres. DIEU a guéri mon impatience, ou plutôt il a corrigé ma résistance à ses volontés ; ce matin, pendant mon action de grâces, il m'a dit qu'il veillait à tout, et que je lui faisais injure en m'inquiétant de ce qui appartenait à sa Providence. Le fait est que j'aurais bien tort de manquer de confiance, après toutes les preuves de bonté que j'ai reçues de lui.

Enfin, me voici au seuil du séminaire ; est-ce bien croyable ? Les événements vont se précipiter, les étapes se succéderont rapides, et je serai à la veille de monter à l'autel sans avoir encore pu envisager toute l'étendue de mes devoirs nouveaux et de l'honneur insigne de porter DIEU dans le monde, de le représenter parmi les hommes. Quatre ans pour devenir prêtre ! mais c'est un siècle qu'il faudrait ; je me trompe, l'éternité ne serait pas trop. Il faut donc courber la tête, adorer la volonté de Celui qui a institué le sacerdoce, et qui a établi princes sur la terre de pauvres hommes comme nous.

Je ne puis retenir mes larmes à la pensée que mes mains porteront un jour le salut du monde ; ces mains qui ont fait tant de mal, toucheront la pureté même, la sainteté même ; il me semble que l'Hostie consumera mes doigts indignes. Puissé-je tous les jours sentir davantage mon néant ! C'est tout ce que je pourrai apporter à DIEU, le jour de ma consécration sacerdotale. Que de larmes ce jour-là ! Vous serez près de moi, je l'espère bien, quand je célébrerai ma première messe ; vous m'assisterez, comme on dit ; je vous assure que je n'oublierai jamais une pareille assistance dans un pareil moment.

M. Gaston de G., le jeune Breton dont je vous ai parlé, entrera dans l'ordre des Jésuites, chez lesquels il a été élevé. C'est un ange de piété ; son front sans nuage respire le calme de la foi robuste, ses yeux bleus expriment une douceur vraiment évangélique. Je le contemple parfois comme un être béni de DIEU et choisi pour le sanctuaire, tandis que moi, je n'ai plus ce front sans nuage et ce regard d'une pureté immaculée. Les tentations du doute ont préparé des rides à mon front ; le trouble des passions a obscurci mes yeux (¹). Je suis tout étonné parfois, en me voyant dans un miroir, de trouver à mon visage une expression sérieuse, presque sévère, et de saisir un regard songeur dans mes yeux autrefois si peu accoutumés à la réflexion du doute. Toutes ces luttes mûrissent le caractère ; mais la candeur de l'enfance s'en va, et je serais tenté de la regretter. Dans ces moments-là, qui sont fréquents dans ma vie et arrivent inopinément, je cherche un refuge, dans l'avenir, auprès du pauvre ou du malade à qui je porterai le pain ou le remède qui doit lui rendre la vie. Comme pour saint Vincent de Paul, le pauvre sera mon sauveur dans la tempête où le démon menace ma foi. A toutes les objections qui se présentent, je réponds invariablement : « Je crois, » et je me tiens en paix sur la parole de saint Thomas d'Aquin : « *Sola fides sufficit.* »

---

87. — A M. L'ABBÉ V., A LYON.

Tourville, 25 août 1873.

CHER MONSIEUR,

U'IL est triste d'avoir une mauvaise santé ! Voilà trois jours que je suis réduit au silence et à l'inaction par un nouveau crachement de sang, heureusement assez léger. Ma famille était ici pour nous faire ses adieux, et j'ai dû me contenter de jouir de la présence de mes parents, sans pouvoir prendre part à la conversation. Mais c'est le moindre des inconvénients. L'état de faiblesse inséparable de ces rechutes me donne des inquiétudes au sujet de mes études et de mes années de séminaire. Et cependant chaque fois qu'après un accident de ce genre je fais à DIEU le sacrifice de ma volonté, je m'en trouve fortifié et rasséréné. La maladie, surtout celle qui épuise les forces, donne une singulière douceur à l'esprit, à l'âme ; il semble que ce soit la chair qui soit matée, domptée, et que l'esprit gagne beaucoup à cette souffrance.

Quoi qu'il en soit, plus les obstacles se multiplient sur la route qui conduit au but, plus s'accroît mon désir de l'atteindre. Le détachement se fait petit à petit, chaque jour, des choses de la terre, des affections purement humaines ; ou, du moins, ces affections se doublent d'un sentiment nouveau puisé dans les entrailles du christianisme et qui a beau-

---

1. Inutile de faire remarquer que ces confessions ressemblent à celles de sainte Thérèse ; Noël conserva toujours une foi parfaite et une parfaite innocence.

coup de ressemblance avec le zèle apostolique. On aime pour faire du bien, et non pour retirer un bien personnel de l'amour qu'on donne. Je suis heureux quand j'inspire quelque sympathie, parce que ce n'est pas moi que je veux faire aimer, mais la vertu, mais Dieu. Recevoir de Dieu toutes les grâces pour les répandre sur les êtres que sa Providence place autour de nous, n'est-ce pas la principale fonction de la vie sacerdotale ? C'est celle que j'envie le plus et que je m'efforce d'ébaucher chaque jour.

Quelle douce chaleur pénètre le cœur quand nos regards se promènent sur les hommes, et que nous disons : Voilà nos frères, pour lesquels nous sommes prêts à donner notre vie, que nous n'aimons que pour leur faire du bien ! Je suis heureux quand je regarde un jeune couple bien uni ; je le bénis de tout mon cœur, et ce que j'éprouve de joie vient de cette pensée que je puis être assez indépendant de toute affection particulière pour aimer tous les hommes sans distinction. Je me sens au-dessus des personnes mariées par cette prérogative du saint état auquel Dieu m'appelle, et ce spectacle de l'union du mariage chrétien me remplit de l'image plus belle de mon union avec l'Eglise, de l'union de mon âme avec Dieu. Que tout cela est caché, profond, mystérieux, et pourtant bien réel ! Il est certain que l'amour de Dieu et de son Eglise est plus pénétrant, plus ardent, plus enivrant que tous les amours de la terre. L'Eternelle Vérité, Bonté et Beauté a des chemins inconnus aux regards qui se repaissent de la créature. Le transport du cœur fait jaillir les larmes, et l'émotion contenue allume dans la poitrine une flamme qui brûle sans consumer et éclaire sans aveugler. C'est un même Esprit, comme dit saint Paul, qui produit ces fruits de la grâce en nous ; car nous en retrouvons la saveur dans les écrits des saints et des mystiques de tous les siècles.

Il est étrange que le trop grand désir de connaître par l'intelligence étouffe ces sentiments affectueux de l'âme. La tentation vient souvent de sonder plus avant les mystères de notre religion ; et le mal que le démon nous fait avec cette arme ne peut être guéri que par un acte d'amour qui résume tous les sentiments de confiance, d'espérance et de foi chrétiennes. Mais le combat lui-même est bon. C'est au milieu d'une lutte contre l'Esprit de ténèbres que l'Ange de lumière apparaît souvent tout à coup. La tentation est comme le ressort qui nous prête son concours pour nous élancer vers Dieu. La négation énergique du mal est l'affirmation la plus méritoire et la plus réelle du bien.

Dans un mois, je vous embrasserai une dernière fois avant de quitter le sol de notre pauvre Europe, la moins pauvre encore des cinq parties du monde ! Et dans deux mois j'aurai quitté le vêtement équivoque du laïque ; l'ennemi pourra insulter ma soutane : je souffrirai tout pour Jésus-Christ.

88. — A M. L'ABBÉ V., A LYON.

Tourville, 31 août 1873.

Cher Monsieur,

Condamné à garder la chambre pendant que tout le monde est à la messe, je ne puis mieux utiliser mon temps, après avoir terminé mes prières, qu'en venant causer avec vous. Il faut bien prendre son mal en patience ; mais que cet état continu de faiblesse et ces rechutes fréquentes sont propres à nous jeter dans la tristesse et le découragement ! Ma pauvre tête est incapable d'aucun travail, et tout à l'heure, quand j'aurai fini ma lettre, je devrai me reposer assez longtemps avant d'entreprendre quelque autre occupation. Cela me fait peur pour cet hiver ; comment pourrai-je suivre mes camarades d'études au séminaire ? Ne faudra-t-il pas interrompre tous les huit jours le travail commencé ? A la grâce de Dieu ! Mon seul désir est d'entrer au séminaire ; je vais y entrer ; ensuite, arrivera que pourra.

Nous avons l'intention de quitter Tourville vers le 20 septembre. Vous pouvez donc vous attendre à me voir à cette époque, à moins que ma santé ne mette obstacle à un déplacement, ce qui ne me paraît pas probable. Je sais que le synode s'ouvre le 22, et que vous y assisterez, en qualité de curé titulaire. A ce moment-là, il serait peut-être difficile de vous rencontrer ; cependant je veux vous embrasser avant de partir pour Alger, où l'on veut bien m'admettre. Si je me trouve à Lyon avant l'ouverture du synode, et que vous le jugiez convenable, je prendrai votre heure pour rendre visite, avec vous, à Mgr l'Archevêque. Je me conformerai sur ce point à vos instructions.

J'ai le défaut d'être trop porté à révéler les phénomènes de mon âme ; plusieurs fois j'ai eu lieu de le regretter, et, malgré ces conséquences, je ne suis pas encore corrigé. L'*Imitation* renferme un chapitre intitulé : « Qu'il est aisé de s'échapper en paroles. » Rien que ces mots nous devraient tenir en garde contre une loquacité nuisible. Quand on recherche trop la conversation des hommes, c'est qu'on néglige d'écouter la voix de Dieu, qui ne cesse d'éveiller les échos de notre âme, hélas ! bien souvent assoupie. Parfois aussi, quand on a fait un effort pour résister à ce désir de parler, et qu'on s'isole secrètement, Dieu vous réserve alors ses plus tendres consolations et ses plus doux entretiens.

Je me trouvais, il y a quelques jours, avec un ami dont le souvenir pour moi se rattache à toutes les distractions de mon adolescence à Nice, et nous ne manquions pas de causer de sujets qui peuvent encore avoir conservé des charmes quand Dieu n'est pas venu dans l'âme en faire naître de plus puissants. Cette conversation est une distraction, non pour mon cœur, ces choses-là ne me touchent plus, je crois pouvoir le dire, mais pour mon esprit ; et vous ne sauriez vous imaginer le remords qui s'empare de moi après des entretiens de cette nature. Il me semble que c'est un véritable sacrilège d'occuper mon esprit de pareilles futilités ou légèretés, quand il a compris le néant du monde et la sainteté de Dieu. Je voudrais alors, oui, je le voudrais effectivement, me renfermer dans un cloître pour échapper à tous les souvenirs du monde et ne vivre que de la pensée de Dieu. Jésus-Christ, l'Eglise, la vanité du siècle, je ne sors plus de ces sujets-là. Mes études suspendues laissent libre cours à mes pensées, et elles s'envolent en procession vers les Cœurs de Jésus et de Marie, honorés partout à cette heure, ou bien vers l'avenir, à l'autel de ma première messe, que je contemple d'un œil humide, avec une émotion indicible et le soupir d'un désir ardent. Je porterai mon Dieu dans mes mains, je l'embrasserai avec amour, je le presserai sur ma poitrine ! O divine fête ! ô céleste moment ! Il me semble qu'un torrent de délices coulera alors dans mon sein. Pourquoi n'est-ce pas demain ? Il faut gémir encore, il faut pleurer, il faut lutter, il faut obéir, il faut se sanctifier, et je suis loin, bien loin de là !

89. — A M. PAUL B., A LYON.

Tourville, 6 septembre 1873.

Mon cher Paul,

Ma lettre arrivera à Lyon en même temps que vous, si vous êtes fidèle à la date que vous m'avez indiquée pour votre retour. Je voudrais bien pouvoir me cacher sous ce pli, pour vous dire de vive voix ce que je ne puis que vous écrire, et vous serrer la main autrement que par la poste. Vous comprendrez sans peine que des préparatifs pour huit ou neuf mois d'absence absorbent tout le temps qui nous sépare du départ.

Il faudra donc s'exiler sans avoir dit adieu à l'un de ses bons amis, et surtout sans lui avoir fait part, dans une causerie intime, d'un des plus grands actes de sa vie. C'est, en effet, l'objet de ma lettre, mon cherPaul.

Ce qui dans mon enfance était un rêve, plus tard un projet, va devenir une réalité : j'entre au séminaire. Je n'ai pas besoin de commenter cette parole, vous en comprenez toute la portée. Si je ne vous ai pas parlé plus tôt de mes desseins, c'est que la prudence en pareille matière n'est jamais excessive, et que notre avenir comme notre cœur est entre les mains de Dieu.

Sur le vapeur.

(P. 241.)

Ma santé semblait devoir mettre obstacle à l'accomplissement de cette intention ; la Providence a su concilier toutes choses. C'est dans un excellent climat, à Alger, que je ferai mon séminaire ; en outre, c'est en qualité d'externe, vivant avec mon père, que je suivrai les cours de théologie. Les deux vers de La Fontaine, en détournant le sens qu'y attachait la malignité du poète, peuvent donc m'être justement appliqués :

Dieu prodigue ses biens
A ceux qui font vœu d'être siens.

Et maintenant, mon ami, vous avez le secret de toute ma vie, vous savez quelle est mon étoile dans le ciel où elles fourmillent. Il y en a sans doute de plus brillantes aux yeux des hommes, je ne crois pas qu'il en soit de plus belle aux yeux de DIEU. A moi désormais de prouver que je ne suis pas trop indigne de pareille faveur. Mais autant est enivrant le spectacle de l'idéal qui nous échappe, hélas ! autant est triste et froid le sentiment toujours vivant de notre bassesse. Aussi, vais-je quêtant partout une prière, et je connais trop votre nature généreuse pour douter un instant que vous la refusiez à un ami qui vous tend la main.

90. — A M. PAUL B., A LYON.

Tourville, 13 septembre 1873.

MON CHER PAUL,

SI vous pouviez lire dans mon cœur, vous le verriez encore tout ému de l'effusion avec laquelle vous m'avez fait part de vos sentiments. Tout le long du jour votre lettre m'a trotté par la tête, et j'avais les larmes aux yeux en méditant les confidences d'un ami. Il me semblait, en vous lisant, entendre déjà devant DIEU l'aveu secret de ces sentiments intimes que l'homme a tant de honte à laisser paraître, et qu'il épanche pourtant avec un si grand soulagement dans le sein du prêtre, dans le sein de celui qu'il considère comme le représentant de DIEU, son père et son ami. Vous ne priez pas depuis longtemps, me dites-vous. Votre lettre est une prière, mon cher Paul, car elle exprime avec force, avec conviction, l'amour du bien, du beau, de DIEU en un mot, et la haine de ce qui est laid, du mal. Pourquoi penser que je vous soupçonne, mon pauvre ami, d'une dépravation que ni une parole, ni une action ne m'ont jamais laissé soupçonner ? Et quand bien même quelque ombre m'eût apparu glissant à la surface de votre âme, ne savais-je pas qu'au fond règnent la droiture, la bonté, le respect des grandes et saintes choses, ce noble sentiment qui a toujours conquis mes sympathies ? En tout cas, quoique je sois bien pénétré de cette pensée, que ce que vous voulez bien appeler les qualités de votre ami n'est pour rien dans le choix que la Providence a fait de moi, de préférence à tant d'autres plus dignes de ce privilège, je suis tout heureux et tout fier de songer qu'en cette qualité d'ami je puis espérer, avec la grâce de DIEU, de voir mon souvenir vous être utile. Oui, une pensée pieuse est une véritable bénédiction du Ciel, c'est une goutte de rosée sur la langue brûlée, dans *la gorge en feu* de l'homme qui a trop connu le monde. Oh ! ne vous privez pas, mon cher Paul, de la consolation qu'apporte la prière au cœur découragé ! Ne laissez pas perdre ces germes excellents que la Providence a déposés dans votre sein, pour que vous les fassiez fructifier ! Vous seriez plus coupable que bien d'autres, moins favorisés que vous des dons de DIEU.

Vous le voyez, je me laisse aller à vous donner des conseils, encouragé que je suis par les confidences de votre précieuse lettre, que je garde dans mes petits papiers comme futur souvenir de ce beau temps où je me prépare à franchir le seuil du séminaire, et de cette franche cordialité avec laquelle mon ami a accueilli la nouvelle de ma détermination.

Nous nous embarquerons, à Marseille, le 23 de ce mois. D'ici là, j'espère recevoir de vous une lettre datée de Londres, comme vous me le promettez.

Je ne doute pas que votre voyage dans la Grande-Bretagne ne soit pour vous une source de jouissances. Vous parlez l'anglais sans aucune difficulté ; or, on n'a de l'agrément en pays étranger, qu'à condition d'en comprendre et d'en parler la langue.

Les brouillards ont déjà sans doute envahi cette gigantesque cité de Londres, considérée comme leur patrie d'adoption, et où l'on représente toujours les gens attelés à leur parapluie, vrais canards de carrefour que la nature, pour être juste, a dû douer des qualités de l'amphibie. Il m'est agréable de songer que vous ne vous éterniserez pas sous ce ciel terne et brumeux. Si Londres produit sur vous la même impression que sur mon père, vous bondirez de joie en revoyant Paris au retour. C'est encore là, paraît-il, le boulevard de la civilisation aimable et le rendez-vous des plaisirs délicats, et il serait difficile à n'importe quelle autre cité de plaire davantage par la facilité que chacun y trouve de satisfaire ses goûts.

Je vous quitte, mon cher Paul, jusqu'à Alger, d'où je vous écrirai...

91. — A M. L'ABBÉ V., A LYON.

Alger, 26 septembre 1873.

CHER MONSIEUR,

EXCELLENTE traversée, temps exceptionnellement beau, pas le moindre malaise. C'est un vrai bienfait de la Providence, que j'attribue d'abord à la bonté de DIEU et ensuite aux ferventes prières de nos parents et amis ; les vôtres assurément y ont tenu la première place.

J'ai été ravi de ce beau voyage ; la journée de mercredi, passée tout entière sur le pont dans la contemplation de l'immensité, et les deux soirées du mardi et du mercredi, compteront dans ma vie parmi les plus belles, les plus enivrantes. Mercredi, fête de Notre-Dame de la Merci, à huit heures du matin, je me suis transporté par la pensée à l'église Saint-Joseph, et j'ai offert le saint Sacrifice avec vous pour implorer la bénédiction de Dieu sur tous ceux qui l'aiment et font sa volonté, sur vous qui êtes prêtre et qui avez charge d'âmes, sur moi qui le serai, j'espère, un jour, et qui contribuerai à ce que *son règne arrive*.

Je ne m'attendais pas, en débarquant à Alger, cette belle ville mauresque et arabe, d'un aspect si séduisant, à tous les déboires que la Providence m'y réservait. Ce matin, nous sommes montés au grand Séminaire de Kouba, qui est à huit kilomètres de la ville ; l'air vif nous a surpris tout d'abord, et le médecin résidant en cet endroit, pour qui j'avais une lettre de recommandation, nous a prévenus qu'il y faisait assez froid l'hiver. En outre, aucune maison convenable pour nous loger dans le voisinage ; la seule que la nécessité pourrait nous obliger à louer est distante du séminaire de quelques centaines de mètres. Pendant la mauvaise saison, il faudrait donc franchir cet espace deux fois par jour, et mon père y voit de nombreux inconvénients que je suis forcé de reconnaître moi-même.

Je vous assure que nous sommes redescendus de Kouba bien tristes et découragés ; j'en ai été malade. En présence de tant d'obstacles toujours renaissants, l'imagination, la folle du logis, battait déjà la campagne ; je m'irritais, j'allais jusqu'à repousser *à priori*, et dorénavant jusqu'à nouvel ordre, toute idée d'entrer au séminaire, quand je me suis aperçu de la supercherie de l'ennemi de tout bien, qui profitait de la circonstance pour tâcher de mettre des bâtons dans les roues de ma vocation.

« Je tenterai tout, me suis-je dit, plutôt que de renoncer à mon dessein. » Et aussitôt j'ai prié mon père d'envoyer une dépêche à Lyon pour obtenir de Mgr Callot, évêque d'Oran, qui s'y trouve en ce moment, la même faveur que j'avais obtenue pour Alger.

D'autre part, nous avons fait prendre des informations sur le grand Séminaire d'Oran. Toutes ces difficultés m'aigrissent sensiblement, je le dis à ma honte ; si j'étais bien soumis à la volonté de Dieu, je passerais avec calme par toutes les épreuves que sa Providence m'impose ; mais je manque de foi, ce n'est pas douteux pour moi, maintenant. J'hésite, souvent je pèse le pour et le contre ; je me dis : « Où est la vérité ? »

Et puis, Dieu en soit loué et béni, sa sainte grâce prend le dessus. Un immense désir d'être prêtre s'empare de moi ; je fais le sacrifice de ma vie, de mes goûts, de mes idées surtout, qui sont pétries d'orgueil, et j'y joins un acte formel d'adhésion à la croix, symbole d'anéantissement et de mortification.

C'était, à Kouba, la fin de la retraite diocésaine ; il y avait synode ce matin ; nous avons été présentés à Mgr Lavigerie, qui nous a accueillis avec une bonté toute paternelle. Quand mon père lui a dit que j'allais entrer au grand Séminaire, il m'a caressé la joue tout doucement du revers de la main, en souriant et en m'encourageant.

Ma visite au Père Chevrier, à Lyon, avait apporté aussi à mon âme un surcroît de paix et de bonne volonté. Il m'a donné sa bénédiction, que je sollicitais, et en me relevant il m'a dit : « Nous irons jusqu'au bout, n'est-ce pas ? Nous serons prêtre pour faire du bien aux pauvres hommes ; il en est tant besoin ! » Les enfants déguenillés qui jouaient dans la cour m'ont vivement ému, et je me suis senti pris d'un immense désir de faire ce que faisait si bien, si grandement, si saintement l'abbé Chevrier.

Bénissez-moi à travers la mer, cher Monsieur, cher ami, cher père. Plus votre enfant est affligé, plus votre cœur s'ouvre à lui, je le sais. Demandez à Dieu, demandez encore tout ce qui lui manque ; il me semble *que je n'ai rien.*

---

92. — A Mlle MARIE D., A POISSON.

Alger, 26 septembre 1873.

Ma chère Marie,

Nous sommes au milieu de mille préoccupations au sujet de notre établissement pour l'hiver. Bien des obstacles inattendus ont surgi sur ma route, et je ne saurai que dans quelques jours le parti qu'il faut prendre. En un mot, Kouba, où se trouve le grand Séminaire d'Alger, est sur un plateau découvert que le vent du nord balaie constamment : les poitrines faibles n'y trouvent pas le milieu qui leur convient ; d'un autre côté, il est impossible de nous procurer un logement dans le voisinage du séminaire, comme nous l'espérions. Nous attendons une dépêche qui nous apprendra si la ville d'Oran nous offrirait des conditions préférables. Dans ce cas-là, nous refaisons nos malles et nous prenons le train pour Oran : dix-sept heures de trajet en chemin de fer.

La Providence me ballotte bien longtemps et durement, mais elle a ses vues qu'il n'appartient pas à l'homme de sonder.

Quel magnifique voyage nous venons de faire, ma chère Marie ! Cette Méditerranée sous un ciel sans nuages, avez ses flots bleus dont l'azur se fond dans celui du ciel à tous les points de l'horizon, avec les belles îles Baléares que nous avons côtoyées entre Majorque et Minorque, endormies au milieu de cette immensité, calmes comme de gigantesques tortues aquatiques, cette Méditerranée offre le coup d'œil le plus séduisant et le plus grandiose à la fois qu'il soit possible de rêver. Mercredi, toutes les heures qui se sont écoulées entre le lever du soleil et dix heures de la nuit, je les ai passées sur le pont, en contemplation devant les chefs-d'œuvre de Dieu.

Et le soir ! quand les voiles de la nuit s'étaient déployés à la suite du soleil descendu derrière l'horizon, les étoiles inondaient de leur douce clarté cette mer immense qui murmurait sous nos pieds ; la brise, aussi tiède qu'un zéphyr, venait caresser nos visages, et nous nous sentions glisser sur l'eau, à travers la nuit, comme sur les ailes d'un oiseau. Je conserverai de cette traversée le plus délicieux souvenir. Pendant les trente-six heures de trajet, pas une secousse, pas un malaise : c'est extraordinaire, ni plus ni moins ; tous les passagers, habitués à faire fréquemment ce voyage, disaient qu'ils n'avaient jamais eu pareille chance.

Ainsi, remercions le bon Dieu et sa sainte Mère, car la protection divine est trop apparente pour que personne ose la contester.

Les passagers étaient si nombreux que nous n'avons pu obtenir nos deux lits que dans une cabine de quatre ; je devrais dire des boîtes plutôt que des lits ; les couchettes sont superposées deux à deux, en sorte que le coucheur de dessous a, sur toute sa longueur, à deux pieds au-dessus de lui, un fond de matelas soutenu par des lames en acier. Bien entendu, je couchais dans la boîte de dessous, et les deux soirs, quand venait le moment de se mettre au lit, je prenais un plaisir d'enfant à m'enfiler dans cette case. Mon père, qui ne trouvait pas très confortable même la couchette supérieure, se tournait et retournait longtemps avant de s'endormir, en faisant crier toutes les lames d'acier qui le tenaient suspendu au-dessus de ma tête, ce qui n'était pas un surcroît d'agrément pour le pauvre dormeur de dessous.

A la hauteur des îles Baléares, mercredi, vers midi, nous avons vu tout à coup bondir hors de l'eau et à la file un troupeau de marsouins qui prenaient leurs ébats ; ils ont la forme de grosses carpes, avec la taille de petits porcs. Tu sais qu'on les appelle les *singes de la mer :* ils sont vraiment bien nommés ; leurs cabrioles dans l'air, où ils s'élancent d'un bond, nous ont donné un spectacle bien divertissant.

Nous n'avons passé qu'à un kilomètre à peine de la côte méridionale de l'île Minorque, qui m'a paru assez dénudée dans cette partie. La capitale, Port-Mahon, s'est démasquée tout à coup derrière un promontoire ; c'est une petite ville aux maisons bien blanches, à laquelle sa situation au bord de la belle Méditerranée donne un aspect gracieux. L'île Majorque paraît immense ; les derniers contours de ses côtes échappaient à notre regard et allaient se perdre dans la brume de l'horizon, en décrivant une courbe en arrière qui produit un vaste golfe au nord. C'est, paraît-il, une terre privilégiée par son climat, qui favorise la culture des plantes équatoriales ; les orangers de Majorque ont une réputation universelle et incontestée.

Hier matin, j'ai été réveillé dans ma cabine par le va-et-vient de passagers qui s'appelaient, se cherchaient comme des gens peu soucieux du sommeil de leurs voisins ; je commençais à grommeler, quand j'ai distingué les mots : « Nous arrivons ! Alger est en vue depuis plus d'une demi-heure et vous n'êtes pas encore debout ! » J'allais me précipiter comme tout le monde, quand mon père m'a retenu d'un mot dans ma boîte : « Tu vas prendre froid. » Enfin, comme le piston de la machine s'était arrêté, nous avons jugé qu'il était temps de s'habiller. J'étais sur le pont quand le débarquement commença. Le soleil sortait rouge, comme une grosse orange, de la mer obscure, et colorait les gradins superposés des maisons arabes toutes blanches ; une tiède brise agitait les cordages ; la tourbe bigarrée des Maltais, des Grecs, des Espagnols, des Kabyles, se pressait sur le pont du paquebot pour s'emparer des bagages ; les barques, conduites par des matelots d'une saleté sordide, rivalisaient de vitesse pour atteindre plus tôt le pied de l'escalier de bois qui met le bâtiment en communication avec la mer : c'était féerique ; j'étais ahuri. Cette belle nature surtout captivait mes yeux. Les arêtes du petit Atlas s'éclairaient des rayons du soleil levant ; ses croupes, qui descendent successivement une à une pour venir mourir à la grève, étalaient le luxe de leur végétation. Le spectacle était grandiose et bizarre à la fois.

Arrivés dans la ville, je ne dirai pas le mouvement, mais l'agitation de ce peuple malpropre, nonchalant quoique remuant, nous captive d'abord. Si tu voyais ces Arabes drapés dans leurs grands burnous, leurs femmes dont le visage est couvert par un voile qui ne laisse voir que les yeux, les Kabyles avec leur tête à moitié rasée et coiffée d'un fez crasseux, tout ce monde les bras et les jambes nus, tu serais ébahie, et tu te demanderais si c'est un rêve ou une mascarade.

Nous sommes descendus à l'*Hôtel de la Régence ;* le négro qui nous y a porté nos bagages a bien eu l'effronterie de nous demander douze francs pour son salaire. Le propriétaire de l'hôtel, attiré par le ton un peu vif de notre discussion avec ce vilain personnage, l'a traité de voleur, de canaille, et enfin l'a mis à la raison en le menaçant de la police. Le négro a empoché les cinq francs que mon père lui a offerts et qui étaient le double de ce qui lui était dû ; il court encore...

Tu sauras qu'il y a, par semaine, trois départs de dépêches pour la France ; mais attends une nouvelle lettre avant de nous écrire, car nous ignorons encore où il faudra nous l'adresser. L'incohérence de celle-ci te représente l'état de mon esprit ; tout y danse, tout s'y mêle. J'avoue pourtant que ces nouveautés me plaisent. Ma santé est meilleure ; j'aime à croire que ce beau climat la fortifiera. Il fait une chaleur de juillet ; cependant, la brise de la mer la tempère un peu.

---

93. — A M. PAUL B., A LYON.

Alger, 6 octobre 1873.

Mon cher Paul,

Vous devez croire que nous avons sombré en mer ; voilà bientôt quinze jours que nous nous sommes embarqués à Marseille, et depuis il nous est arrivé mille histoires ; rassurez-vous, rien de Robinson. La traversée au contraire a été magnifique...

Alger, vu du port, présente un aspect étrange et tout à fait oriental. Les maisons arabes, aussi blanches que la neige, couronnées par des terrasses, sont entassées les unes sur les autres sur le penchant de la colline comme des blocs de pierre de taille dans la carrière d'où on les extrait. Les quais sont construits à l'européenne. La population est un mélange de Français, de Maures, d'Arabes, de Juifs, d'Espagnols, de Mahonais, d'Italiens et d'autres peuples encore, qui sortent on ne sait d'où ; on baragouine toutes les langues ; le français est peut-être celle qui me blesse le plus l'oreille ; parlé comme il l'est ici, c'est l'accent de la Provence *arabianisé.* On n'entend que cris, que jurons, que disputes ; les gens se bousculent au lieu de se garer les uns des autres. Les inimitiés de race se donnent libre carrière ; ainsi, l'Arabe hait le Juif et *vice versa ;* cette hostilité se traduit à chaque instant par des scènes publiques où les coups se mêlent aux injures. Un jour, nos Turcos, qui sont des Arabes habillés en soldats français, après une dispute avec des Juifs, vinrent demander au gouverneur d'exterminer tout ce qu'il y avait de Juifs à Alger, rien que ça. Il a fallu les menacer de les fusiller tous, s'ils touchaient à un seul Juif.

Il est bien temps de vous demander des nouvelles de ce fameux voyage d'Angleterre que vous projetiez, la dernière fois que je vous ai vu. En passant à Lyon, il nous a été impossible de trouver une minute pour aller frapper à la porte de votre appartement ; d'ailleurs c'était dimanche, et, ce jour-là, vous êtes toujours à Écully. Au moins aurions-

Le cardinal LAVIGERIE. (P. 257.)

nous dû déposer une carte chez votre concierge. Excusez-nous de n'en avoir rien fait ; on est si occupé, si préoccupé surtout à la veille d'un voyage comme celui de l'Afrique !...

Ma santé nécessite toujours de grands ménagements ; dernièrement encore j'étais souffrant ; la température barbaresque ne laisse pas de m'éprouver un peu. En ce moment, nous avons ici la chaleur de notre été d'Europe. Je me demande ce qu'elle doit être au temps de la canicule. Un peu de pluie ferait du bien à tout ce qui a vie dans la nature.

Si vous voulez faire un voyage amusant après un voyage instructif, venez en Algérie après avoir visité l'Angleterre. Les études de mœurs y sont faciles, tout le monde ici vit dans la rue, en plein soleil. Venez nous chercher, l'an prochain, au printemps. *Ce n'est pas la mer à boire,* ce n'est que la mer à traverser ; je vous promets plus de plaisir sur cette belle Méditerranée, patrie des tons chauds et des zéphyrs, que sur le Pas-de-Calais, vrai tuyau de cheminée ramoné par le vent.

J'attends une lettre de vous qui me parle des brouillards de Londres, et qui me fasse part surtout de vos observations humoristiques sur ces braves Anglais, pour qui vous connaissez mes vieilles sympathies...

94. — A M. L'ABBÉ V., A LYON.

Alger, 6 octobre 1873.

CHER MONSIEUR,

'AI bien des choses à vous raconter. Depuis ma dernière lettre, nous avons passé par tant de péripéties que je ne sais par où commencer. Il me semble plus simple de vous dire tout de suite que l'air de Kouba, où se trouve le grand Séminaire, étant trop vif pour mes bronches, nous avons cherché un moyen de concilier les exigences de ma santé avec celles de ma vocation, et que, Dieu soit loué ! nous avons réussi, au moins je l'espère.

Après avoir pris l'avis de M. Comte-Calix, notre compatriote, ancien grand vicaire du diocèse d'Alger, nous sommes allés trouver le Supérieur des Jésuites de la maison d'Alger, pour lui demander s'il ne posséderait pas en ce moment, dans sa résidence, un Père disposé à enseigner la théologie à un commençant. Après y avoir réfléchi, il nous a donné une réponse affirmative.

Ma santé alors, — il y a trois ou quatre jours, — était assez chancelante pour me faire craindre de ne plus pouvoir commencer mes études théologiques cette année, car je doutais fort d'être en état de suivre les cours d'un grand Séminaire. Cette combinaison, qui nous permettait de choisir un logement bien exposé au soleil dans l'intérieur de la ville, qui m'épargnerait le danger de fréquentes sorties pour aller au grand Séminaire et en revenir, et celui de longues séances dans des salles de conférences ou d'études d'où le confortable est complètement absent, cette combinaison nous a souri, et nous l'avons aussitôt adoptée.

Il fallait l'autorisation de Mgr l'Archevêque d'Alger ; nous nous sommes rendus chez lui, ce matin, en toilette de cérémonie ; son accueil a été

parfait, il a eu pour moi la bonté d'un père, m'a fait des observations,
est entré dans des détails sur ma santé, m'a engagé à ne pas travailler
beaucoup, à faire de l'exercice, et, afin de pouvoir m'y livrer plus facilement, il m'a fait remarquer qu'il serait peut-être plus convenable de ne
pas prendre la soutane de suite ; mais, sur mes instances, il m'a accordé
le droit de la porter. Il m'a dit que les études de théologie étaient peu
de chose en comparaison de la discipline ecclésiastique, à laquelle on ne
se forme qu'au séminaire, ce que je comprends très bien ; il a ajouté que
puisque ma santé ne me permettait pas de suivre, cet hiver, les cours
d'un grand Séminaire, mais seulement de recevoir des leçons particulières, il m'engageait à tenter au printemps de la vie de séminariste, ce
que j'espère bien faire ; enfin il m'a congédié en me donnant sa bénédiction, et en m'invitant à l'aller trouver aussitôt que je serai prêt à
prendre la soutane, afin qu'il la bénisse.

Ainsi c'est un fait accompli, je vais vivre en ecclésiastique, quoique
en dehors du séminaire, pendant quelques mois. Notre logement est
loué, non loin des Jésuites. Dans quinze ou vingt jours, je porterai la
livrée du Seigneur. Chaque matin, j'irai assister à la messe d'un Père,
ou bien même je la servirai en surplis. Les exercices multipliés qui se
font dans leur chapelle me permettront de mener une vie pieuse et
recueillie ; j'aurai ma leçon, puis mes heures d'étude fixées, réglées ; ma
vie sera disciplinée, soyez-en sûr. Ensuite, au printemps, vers le mois
de mai, si la température est assez douce à Lyon, j'y retournerai pour
achever mon année au séminaire de Saint-Irénée, en qualité d'externe.
Nous verrons cela, et nous aurons le temps de prendre des dispositions.
Après tant de déceptions et d'ennuis, j'envisage les choses très froi-
dement. Je suis content, parce que je sais qu'il n'y a pas pour moi à
présent d'autre vie possible que la vie du séminariste. Tout ce qui ne
me ramène pas à Dieu, ce qui ne me parle pas de Dieu, me fait dormir
debout. Je ne songeais plus depuis longtemps qu'à être au service de
Dieu ; je vais y entrer, cela me suffit. Je ne m'étonne pas de mon calme,
je me considérais déjà comme ecclésiastique, je me voyais, en esprit,
revêtu de la soutane ; la réalité ne me troublera pas, parce que la réalité,
ce n'est pas seulement ce qui est accessible aux sens, c'est aussi et surtout l'état vrai du cœur, des dispositions intimes dont l'extérieur n'est
que l'expression et, pour ainsi dire, le vêtement. Et puis, savez-vous ce
qu'on a dit, à voix basse, il est vrai, mais enfin ce qu'on a projeté ? C'est
le séminaire de *Rome* pour l'an prochain ! Après tout, je vais mener la
vie que je mènerais à Rome, si je suivais comme externe les cours du

Collège romain moins le milieu de l'atmosphère catholique qu'on y respire par tous les pores. Vivre dans Rome simplement, c'est presque
vivre dans un séminaire ; c'est au moins l'effet que ça me produit vu de
loin. Quel bonheur si notre grand Pontife Pie IX vivait encore à la fin
de 1874 ! Je pourrais lui baiser les pieds et recevoir cette bénédiction
qu'on se glorifiera et s'estimera heureux plus tard d'avoir reçue, comme
celle d'un saint et d'un grand Pape. Je vais faire provision de santé,
cette année, pour être robuste l'an prochain, et avaler d'un trait six
grands mois de séminaire à Rome ; quelle grâce ce serait !

Mgr d'Alger n'habite presque jamais la ville même ; sa résidence
habituelle est à Saint-Eugène, au séminaire arabe-français. Aujourd'hui
il se trouvait à la Maison-Carrée, qui est distante d'Alger de douze
kilomètres ; c'est la maison des Missionnaires du Sahara et du Soudan.
Quels hommes que ces missionnaires ! Ils ne sont pas seulement médecins des âmes, mais aussi des corps ; ils vont à l'âme des Musulmans en
pansant leurs blessures ou en guérissant leurs infirmités. Si vous les
voyiez drapés dans leur grand burnous blanc, avec leur bonnet rouge
qui couvre un crâne rasé, et le collier de grains blancs et noirs passé
autour du cou, et laissant pendre sur leur poitrine une croix d'un noir
d'ébène qui se détache sur le fond blanc de leur robe, vous vous deman-
deriez, comme cela m'est arrivé à moi-même, ce que sont ces Arabes
chrétiens, si graves, si nobles, avec une expression de visage si douce et
si bienveillante ; ce sont les Pères du désert qui partent trois par trois,
s'enfonçant dans des contrées où, pendant de longs mois, ils n'ont d'autre
consolation que celle du chrétien qui fait du bien à ses semblables,
vivant en Européens habitués à la propreté, au milieu d'Arabes sor-
dides, couverts de vermine, fanatisés et corrompus par les doctrines
fatalistes et sensuelles du Coran. J'irai dans quelque temps voir ces
saints missionnaires, pour obtenir d'eux quelques détails sur ces voyages
apostoliques dans le désert, et je vous ferai part de leurs relations.

95. — A Mlle MARIE D., A POISSON.

Alger, 7 octobre 1873.

MA CHÈRE MARIE,

JE crains de ne point t'avoir donné d'adresse dans ma dernière
lettre, ce qui m'expliquerait ton silence. Du reste, il suffit que tu
mettes deux ou trois jours seulement entre la réception de ma lettre et

ta réponse pour que je n'aie celle-ci que deux semaines après t'avoir écrit. Nous n'avons que trois départs de courrier pour la France par semaine : le mardi, le jeudi et le samedi. C'est une vraie fête quand on signale le paquebot qui apporte les dépêches de France. Quelques minutes après son entrée dans le port, les rues et les places sont encombrées de vendeurs de journaux ; jolis journaux, par parenthèse, tous rouges, ou à peu près. Le dépouillement des lettres à la poste dure trois heures : alors chacun s'y rend en foule pour retirer son courrier.

Jusqu'à présent, le nôtre n'est pas volumineux ; ce sont des déceptions toujours nouvelles et plus amères, quand un paquebot, sur lequel on fondait des espérances, n'a rien apporté. On se console en supputant les chances pour celui qui va suivre. Ainsi, hier lundi, rien de vous, et plus rien de personne jusqu'à jeudi ! Cela est très pénible pour nous ; encore si nous formions ici des relations qui affaibliraient un peu le regret de celles de France ; mais la chose paraît difficile...

Il faut que je te raconte la visite que nous avons faite, hier, à Mgr l'Archevêque d'Alger. C'était à la Maison-Carrée, établissement des Missionnaires du Sahara et du Soudan. Une voiture de place nous y a conduits en une heure par la route la plus poudreuse dont une imagination d'Européen puisse se faire l'idée ; mais non, rien ne peut te faire concevoir l'épaisseur de ce lit de poussière, où les jambes de nos pauvres chevaux enfonçaient presque jusqu'au genou. Comme nous étions en toilette, frac et chapeau haut de forme, nos vêtements n'ont pas tardé à être tout à fait gris.

Présentés à Monseigneur, nous avons de suite été à notre aise avec ce haut dignitaire de l'Eglise. Il m'a fait asseoir à côté de lui, m'a tâté le pouls, m'a examiné les gencives, et, après ces préliminaires, il m'a dit en souriant que je n'étais pas bien malade. Sur la question pour laquelle nous lui rendions visite et sollicitions sa bienveillance, il s'est montré très accommodant. Ainsi, je suis autorisé à faire une partie de ma première année de théologie en mon particulier, à porter l'habit ecclésiastique, et au printemps, après examen, à recevoir la tonsure ; puis il nous a donné sa bénédiction toute paternelle. Je m'en suis retourné content. Le soir même, nous avons arrêté l'appartement que nous avions en vue. Il est situé au centre du quartier européen, à côté de la grande place du Gouvernement ; les fenêtres des deux pièces que j'occuperai regardent la mer, le port, et, dans le lointain, les monts du petit Atlas. Nous serons mur mitoyen avec la grande mosquée ; on entend de la fenêtre les chants des Musulmans, aussi monotones que le cri de la cigale.

Cet appartement ne sera pas libre avant une quinzaine de jours ; mais la domestique peut dès à présent y occuper une pièce. En attendant, nous prenons nos repas, tantôt dans un restaurant, tantôt à l'hôtel.

Tu excuseras le décousu de ma lettre ; je suis d'une paresse invincible ; c'est, sans doute, un effet du climat ; sous ce ciel africain, on éprouve le besoin de ne pas se fouler la rate, et je laisse courir ma plume, qui bat la campagne sans que je fasse le moindre effort pour la brider. Pourvu que je n'aille pas bientôt ressembler à ces Bédouins indolents que l'on rencontre errant dans les rues par bandes désœuvrées, ou accroupis isolément le long des murailles, dormant ou marmottant des prières ! Quand j'aurai recueilli une plus ample provision d'impressions intéressantes, je te les raconterai mieux que je ne saurais le faire aujourd'hui.

96. — A M. L'ABBÉ V., A LYON.

Alger, 21 octobre 1873.

CHER MONSIEUR,

A dernière lettre se ressentait encore des impressions pénibles que j'ai éprouvées au commencement de mon séjour à Alger. Ma déception était d'autant plus amère que mon empressement avait été plus vif et mes espérances depuis plus longtemps éveillées. Cependant j'avais la ferme confiance que DIEU ne m'abandonnerait pas au moment décisif pour l'exécution de mon dessein. J'avais raison d'espérer ; j'avais même eu tort de craindre un seul instant. Sa Providence admirable éclate pour moi ici plus que jamais ; rien ne réussit de ce que j'attendais, pour que tout réussisse ensuite d'une autre manière au delà de mes désirs : voilà, si je ne m'abuse, une marche des événements qui dénote l'action immédiate de la Providence.

Depuis quinze jours à peu près je travaille avec un Père Jésuite. Nous avons commencé par aborder, sans nous y attarder longtemps, quelques matières de philosophie dont la connaissance est indispensable pour celui qui veut entreprendre l'étude de la théologie. Ces sujets sont difficiles pour une tête faible comme la mienne ; mais ce mode d'enseignement particulier me permet de marcher suivant mes forces, à pas comptés. Au séminaire, il aurait fallu galoper avec les autres, sans jamais s'arrêter. Donc, pour mes études, il y a avantage à ce que les choses aient tourné ainsi. Aux autres points de vue, il en est de même, vous allez voir comment. A Kouba, j'aurais été en dehors du séminaire,

dont j'aurais seulement suivi les cours ; la règle de la maison me serait
demeurée étrangère ; les exercices de piété du matin étaient inabor-
dables pour moi à cause de l'heure à laquelle ils ont lieu. A Alger
même, où nous demeurons à proximité des PP. Jésuites, je vais à la
messe tous les matins, avant ma leçon. Dans l'après-midi, à la chapelle
des Pères, il y a de fréquents exercices de piété, qui se renouvellent
pour les fidèles des différentes nationalités dont Alger est peuplé. Le
dimanche, la bénédiction du Très-Saint Sacrement n'est pas donnée
moins de cinq fois dans la journée. Il m'est donc possible de suivre
quelques-uns de ces exercices. Enfin, avec l'agrément de Mgr l'Archevêque, j'espère prendre la soutane avant la Toussaint. Chaque matin, je
compte aller servir la messe en surplis. Il me semble que l'habit ecclésiastique va me faciliter singulièrement le genre de vie que je mène, et
que j'y trouverai des consolations.

Depuis quelque temps, la lutte s'est engagée dans mon âme entre une
disposition à la mauvaise humeur et ma volonté qui veut la rendre toujours égale ; il faut combattre aussi certains affaiblissements qui résultent soit d'une fatigue physique, soit du découragement moral. Pour
tous ces maux, la soutane sera un remède, un secours puissant, je le
sens. Je demande à Dieu chaque jour de me donner l'esprit ecclésiastique, et j'éprouve déjà que ma prière ne reste pas stérile. Le détachement du monde se fait petit à petit. On commence par ne plus rien voir
dans la rue, puis autour de soi ; enfin l'âme habite avec elle-même, ou
plutôt avec son modèle, qu'elle pose sans cesse devant ses yeux. En
guise d'oraison, je lirai, chaque matin, quelques versets de l'Evangile,
qui me serviront de sujet de méditation ; c'est le manuel du sacerdoce,
c'est le guide du chrétien.

Je prie bien pour vous, cher Monsieur, et souvent votre souvenir
m'attendrit. Je songe au bonheur de vous revoir, de vous embrasser,
avec cet habit ecclésiastique dont je vous parle depuis si longtemps.
J'espère aussi qu'avant de retourner en France, Monseigneur me donnera la tonsure, aux Ordinations de Carême ; à Alger, ces ordinations
n'ont pas seulement lieu aux Quatre-Temps, mais à chaque instant dans
le cours de l'année ; les besoins de la mission arabe l'exigent.

Le R. P. supérieur des Jésuites s'appelle le Père L. C'est lui que j'ai
prié de vouloir bien se charger de ma direction spirituelle. Il m'a autorisé à faire la sainte communion tous les vendredis en l'honneur du
Sacré-Cœur. Le Sacré-Cœur de Jésus est mon plus doux reposoir ; j'y
demeure souvent dans la plus profonde paix. Il dit sans cesse : « Paix ! »
et mon pauvre cœur se met aussitôt à battre à l'unisson de ce divin

modèle ; il semble que c'est le sang de Jésus qui coule de cette divine source dans mon cœur et lui communique la vie. Oh ! que cette dévotion est salutaire ! Les saints Cœurs de Jésus et de Marie sont sur la terre le paradis de ceux qui les aiment et les prient. Adieu, adieu, je voudrais bien vous embrasser. Que nous sommes loin ! Assurez-moi que vous êtes près de moi par la pensée et aussi par le cœur : ce souvenir adoucira les chagrins qui quelquefois me remplissent d'amertume.

97. — A M. CONSTANT G., A MONTAUZAN.

Alger, 25 octobre 1873.

VOTRE long silence, mon cher Constant, commence à m'inquiéter. J'ai tout lieu de supposer que vous êtes malade, en apprenant par les journaux que la température s'est tout à coup refroidie dans nos régions. Vos crises d'asthme, si elles sont très pénibles, ne durent pas longtemps heureusement ; il m'est donc permis d'espérer qu'avant peu vous m'aurez rassuré. Votre santé, que je désire tant voir s'affermir, laissera toujours à désirer, je le crains bien, tant que vous n'aurez pas pris le parti d'habiter des climats moins rigoureux et moins humides que les nôtres.

Nous en sommes là tous deux, mon pauvre ami ; il faut accepter le sort que la Providence nous fait, et profiter des avertissements qu'elle nous donne. Une vie usée par la maladie ne saurait être longue ni fructueuse ; malgré la meilleure volonté, si la santé manque, si l'instrument fait défaut, les desseins généreux, les sages projets restent dans la région des songes. Aussi, quoiqu'il m'en ait coûté et m'en coûte encore beaucoup, je m'applaudis d'être venu habiter Alger, au moins pendant quelque temps. Si je suis mieux portant l'an prochain, j'ose espérer de n'y pas revenir, et alors je chercherai une combinaison nouvelle où seront conciliées les exigences de ma santé et celles de ma vocation. Rome est toujours l'objet de mes rêves ; mais les événements qui menacent de bouleverser cette ville pourraient bien retarder l'exécution du projet que je caresse d'y passer plusieurs mois, sinon plusieurs années.

Pour le moment, je suis occupé à guérir un rhume que j'ai ramassé sous les palmiers et les bananiers du jardin d'Essai. C'est un parc fort beau, dans lequel les plantes exotiques sont cultivées soit pour l'agrément du jardin lui-même, soit pour en retirer un produit. L'oranger n'est pas un arbre de cette région, il y est rabougri et n'y pousse qu'à

regret ; la campagne n'en possède aucun bois que je sache, tels que ceux
des environs de Nice, de Cannes, ou de Menton. Nos côtes des Alpes

NOTRE-DAME DE FOURVIÈRE. (P. 129.)

Maritimes sont certainement plus pittoresques que le rivage algérien ;
je n'ai joui nulle part d'un plus beau spectacle de la nature qu'au cap
d'Antibes, ou des hauteurs de la Corniche de Villefranche.

Les promenades sous le ciel d'Afrique ne doivent pas être trop prolongées ; on s'y fatigue vite, et cette fatigue engendre la fièvre. Une particularité de ce climat est une alternative de pluies torrentielles et de soleil éclatant ; l'air perd rarement son extrême douceur au milieu de ces changements dans l'état du ciel.

Nous sommes enfin installés dans notre appartement. Mon bon père a affecté à mon usage les deux pièces qui regardent le sud-est et dont les fenêtres s'ouvrent sur le port, la rade et les montagnes éloignées de la Kabylie ; c'est une vue qui ne manque pas d'un certain grandiose, quoique la pleine mer me soit cachée par l'allongement du cap Matifou. Je vois entrer tous les bâtiments, paquebots, vaisseaux marchands à voiles ou à vapeur, navires de guerre ; le *Kléber* est en ce moment dans le port. Quand un coup de canon signale un vapeur à l'horizon, si je suis libre, nous prenons le chemin du jardin Marengo qui s'élève et s'étage sur le versant de la montagne où la ville est bâtie, et qui regarde le nord. De là, notre œil plonge sur une immense étendue de mer, et il ne tarde pas à découvrir à l'horizon un filet de fumée s'élevant vers le ciel ; c'est le messager qui nous apporte des nouvelles de France ; il lui faut encore deux heures pour atteindre le port. On attend ce moment avec impatience.

Si je n'avais pas ici des occupations sérieuses et les consolations de la religion, je ne pourrais pas résister à l'envie de regagner le sol natal. Mais, avec DIEU, on se plaît partout, parce qu'il comble à lui seul tous les vides que fait dans le cœur l'absence de la famille et des amis.

Le R. P. D., mon professeur, est un véritable ami pour moi. Les liens qui se sont déjà formés entre nous se resserreront encore, lorsque je serai *un peu* ecclésiastique. Quelle science que cette philosophie de saint Thomas, base de la théologie sacrée ! Les pauvres petits philosophes d'aujourd'hui ne sont que des pygmées à côté de ce colosse. Il faut voir ces bibliothèques de religieux pour comprendre quelles lumières la révélation a jetées dans les intelligences, et quelles forces elle a communiquées aux hommes pour penser et écrire. Des séries d'in-folio, qui ne sont qu'un enchaînement de formules admirables, font ployer les rayons, et si l'on en ouvre un au hasard, une seule phrase vous transporte dans un monde inconnu que nos pauvres intelligences ne soupçonnaient même pas, et où DIEU se révèle dans tout l'éclat que peuvent supporter nos faibles organes. Ces merveilles devraient faire réfléchir les incrédules ; mais ceux qui ne veulent pas croire rejettent *à priori*, sans examen : c'est plus commode.

D'un autre côté, il y a de tristes réflexions à faire, je vous assure, sur l'état de ce malheureux peuple arabe qui vit dans les ténèbres d'une religion abrutissante, et qui n'a sous les yeux, de la part des Européens, que des exemples fort peu propres à inspirer le respect de la sainte religion à laquelle ils appartiennent. C'est un spectacle des plus affligeants pour un cœur épris de la divine Beauté et Vérité. Quand je compare les merveilles opérées par le christianisme dans les âmes, ces magnifiques vertus de charité, de chasteté, de mortification, aux turpitudes d'une religion inventée par les hommes, je rends à Dieu d'immenses actions de grâces pour le bienfait de la révélation.

Qu'un vrai chrétien est une noble créature, mon cher ami! Son visage reflète son âme, qui a Dieu pour modèle; son sourire fait penser aux anges, et l'on sent que dans sa poitrine bat un cœur nourri du sang d'un Dieu!

Je songe avec chagrin, mon pauvre ami, que ma lettre va peut-être vous trouver malade, étendu sur votre lit; ayez confiance; pensez au Cœur agonisant de Jésus; je vous y donne rendez-vous.

98. — A M. L'ABBÉ V., A LYON.

Alger, 7 novembre 1873.

Cher Monsieur,

Il me reste quelques instants, ce soir, avant de me mettre au lit, et je ne puis mieux les employer, pour me préparer d'une manière éloignée à la communion de demain, qu'en venant causer avec vous. Votre bonne lettre était attendue avec impatience à chaque courrier. Toutes les fois que je voyais poindre à l'horizon le paquebot qui nous apportait des nouvelles de la patrie absente, je me demandais s'il ne contenait pas un bout de lettre de mon cher Père spirituel pour le pauvre exilé.

Ma vie s'arrange dans la paix. Chaque matin, la messe, une petite méditation sur l'Evangile, et ma leçon de philosophie jusqu'au déjeuner. Le soir, la prière à l'église et quelquefois aussi le chapelet. Cette récitation du rosaire est chaque jour pour moi l'exercice le plus suave, le plus consolant, le plus fortifiant qu'on puisse imaginer. Je le crois propre à guérir toutes les langueurs morales, toutes les maladies de l'âme. La première dizaine est pour l'Eglise et le Souverain Pontife, les pécheurs incrédules, hérétiques, schismatiques; la seconde, pour la France; la troisième, pour vous et pour vos paroissiens; c'est que j'apprécie toute la grâce que Dieu m'a faite en me mettant entre vos mains, et j'essaie de m'acquitter quelque peu envers lui et envers vous par cette petite aumône de mon cœur et de mes lèvres.

Mes études vont tout doucement : je suis obligé à de grands ménagements, quoique ma santé paraisse s'affermir. Nous en sommes encore à la philosophie, et pour longtemps sans doute ; mais je ne m'en plains pas, ayant reçu de mon professeur l'assurance que cette étude me permettrait d'avancer ensuite plus rapidement en théologie.

Il faut que je vous entretienne de mes espérances. Mon désir serait d'être tonsuré le plus tôt possible pour appartenir à l'Eglise par des liens plus étroits, mais je ne veux rien précipiter. Pour recevoir la tonsure, il n'est pas nécessaire d'avoir commencé la théologie. A Rome, beaucoup de jeunes gens et même d'enfants la reçoivent dès leurs premiers pas dans l'étude du latin : je crois donc qu'aux ordinations de Carême, dans la seconde quinzaine de février, je demanderai à Monseigneur de vouloir bien m'admettre au nombre de ses clercs. Mon père a fait quelques objections à ce que je prisse la soutane de suite, je me suis incliné ; mais je compte qu'à la fin du mois rien ne s'opposera à ce que je revête l'habit ecclésiastique pour le saint temps de l'Avent et la fête glorieuse de l'Immaculée Conception ; j'aimerais à quitter ce jour-là les vêtements mondains et à me revêtir des insignes de la pureté, du blanc surplis. Je charge la Sainte Vierge de régler cette affaire.

Le ciel d'Afrique n'a pas usurpé sa réputation. Depuis trois ou quatre jours, nous jouissons d'un soleil radieux, et si chaud, qu'il faut, en plein midi, fermer les persiennes des fenêtres pour se garantir de ses rayons. Je bénis Dieu qui m'a conduit ici, et qui m'y a préparé tous les éléments nécessaires pour commencer ma vie de séminariste sans nuire à ma santé. Je ne veux pas sonder l'avenir, je ne veux rien prévoir pour l'année prochaine, mais elle est pleine d'éventualités qui me serviront à souhait. Dieu ne m'abandonnera pas à mi-chemin. Une fois tonsuré, je serai dans la voie qui conduit au sacerdoce, et pour moi c'est le principal ; le temps, le lieu, les circonstances appartiennent à la Providence, qui les dispose toujours en vue de notre bien. La foi fait notre bonheur parce qu'elle nous fonde dans la paix. Voilà, pour ainsi dire, l'extérieur de ma vie.

Le côté intime vous est connu ; vous pouvez lire dans mon âme comme dans un livre ; vous savez que je suis très changeant, très mobile, très orgueilleux ; les fluctuations de ma volonté ne sont plus un secret pour vous ; c'est ce qui vous force à me voir petit, misérable, et par conséquent à prier pour moi. Je sais que votre amitié m'est acquise, je puis vous le répéter sans crainte de vous sembler indiscret ; mais je vous supplie de ne pas vous laisser aveugler par ce sentiment d'affection que vous avez pour moi. Vous savez qu'un confident chrétien, qu'un prêtre, qu'un Père spirituel, doit avoir certaines sévérités pour ses enfants qui lui confessent habituellement leurs fautes. Si j'insiste sur ce point, c'est que je tremble de tomber dans l'orgueil, de me croire quelque chose parce que je reçois des témoignages d'estime des gens de bien. Oh ! je voudrais mépriser toute estime humaine, même la vôtre, cher Monsieur, oui, la vôtre ! Jésus a été abandonné de tous, même de ses plus chers disciples, et je pourrais vouloir qu'on m'aimât, qu'on me flattât, qu'on me soutînt par des encouragements et des louanges ?

99. — A Mlle MARIE D., A POISSON.

Alger, 15 novembre 1873

MA CHÈRE MARIE,

Nous vous sommes bien reconnaissants de votre assiduité à entretenir les exilés des nouvelles de leur famille et de leur pays. Ta lettre, partie dimanche, est arrivée jeudi ; le service de la poste se fait bien. Cependant, le courrier qui part de Marseille le jeudi subit souvent des retards assez considérables, pour peu que la mer contrarie le mauvais paquebot qui fait ce service. Grâce à cela, une de vos lettres ne nous est parvenue que quatre jours après le délai réglementaire. Je songe à vos brouillards, à vos froidures, en t'écrivant à dix heures du matin, la fenêtre ouverte du côté du couchant, pendant que, du côté du midi, l'autre fenêtre a son abat-jour baissé pour nous défendre d'un soleil trop chaud.

Il y a quatre jours que nous jouissons de ce très beau temps. Le matin, dès six heures et demie, le premier rayon de lumière vient jouer à travers les lames des volets de ma chambre et m'invite à sortir du lit ; j'ouvre alors une fenêtre, et le spectacle magnifique d'un lever de soleil sur les monts de Kabylie et la baie d'Alger se présente à mes yeux encore demi-clos. A l'autre extrémité du jour, le soir, la lune éclaire à son tour ce même paysage, et noie en des flots d'argent la surface tranquille du golfe.

La Providence est bien bonne d'avoir préparé, dans sa grande œuvre de la création, de tels refuges pour les pauvres invalides chassés des climats froids.

On se préoccupe beaucoup ici, en ce moment, des éventualités poli-
tiques. Notre sort est dans les mains de Dieu ; tu as raison de prier.
Toute la France prie aujourd'hui et priera surtout demain, à la sainte
Table, pour cette patrie coupable et aveugle.

Depuis ma dernière lettre nous n'avons pas fait de promenades particulièrement intéressantes. Cependant le jardin d'Essai m'a plu et m'a
fait penser à toi tout spécialement. Les plantes exotiques y croissent en
pleine terre ; la connaissance de la botanique serait nécessaire pour
classer ces nombreuses variétés de végétaux en genres, espèces et
familles. Une immense allée de palmiers sert d'avenue du côté de la mer,
et une allée de gigantesques platanes, du côté des collines de Mustapha
et de Kouba, qui s'étendent parallèlement au rivage, dont elles ne sont
distantes que de quelques centaines de mètres. C'est la même chaîne de
collines que la fenêtre de ma chambre regarde et qui nous dérobe la
vue de la plaine de la Mitidja, mais non celle des sommets du Petit-
Atlas, qui s'élèvent au delà de cette plaine et nous apparaissent couverts
de neige depuis une huitaine de jours.

Dans le jardin d'Essai, les bananiers importés des tropiques forment
de petits bois où il est interdit de pénétrer, pour prévenir la maraude ;
leurs fruits pendent en grappes vertes, ils sont farineux et savoureux.
Nous en avons souvent sur notre table, au dessert. Les autres fruits de
ces régions sont ceux de l'arbousier, qui ont un peu la forme de la fraise ;
les goyaves, qui ont le goût de la fraise et de la framboise mélangées ;
les raisins semblables à ceux de Calabre ; je ne parle pas des poires et
des pommes, qui sont très abondantes et qui nous viennent, en général,
de Médéah et de Millianah, dont l'altitude, bien supérieure à celle
d'Alger, procure à cette région un climat beaucoup plus tempéré. La
figue est déjà passée, mais elle mûrira de nouveau dans deux ou trois
mois. Les patates, sorte de pommes de terre sucrées, poussent surtout à
Malaga et en arrivent par bateaux. Tout cela semble un peu étrange au
commencement ; ça ne manque pas, en effet, d'un certain cachet d'originalité pour nous autres Européens, mais on s'y habitue bientôt.

Voici mon père qui rentre avec la demi-douzaine d'huîtres que j'avale
tous les matins, par ordonnance du docteur. Je te laisse donc un moment
pour aller déjeuner ; à tout à l'heure...

L'horloge de la mosquée sonne onze heures et quart, et le paquebot
qui emportera cette lettre va lever l'ancre à midi ; abrégeons.

Je voudrais bien voir ta mère ici : cette chaude atmosphère la gué-
rirait de ses douleurs de rhumatisme. Et puis, que de jolies promenades
à faire dans les environs ! Un de ces jours nous prendrons le train pour

Bouffarik ; une autre fois nous irons jusqu'à Blidah et aux gorges pittoresques de la Chiffa, où l'on voit encore quelques singes à l'état sauvage ; plus tard nous ferons le voyage d'Oran, à quatre cent vingt kilomètres d'Alger. J'aimerais bien à voir aussi le désert ; mais le long et pénible trajet en diligence me fait peur. Nous avons fait le calcul que nous sommes aussi loin de l'Équateur que du cap Nord, ce qui nous rapproche beaucoup de vous, dans le mirage de l'imagination.

Que n'ai-je, pour vous aller dire bonjour de temps en temps, les ailes de mon moineau et la liberté que nous lui avons rendue, tant il nous paraissait malheureux dans sa cage ! Mais ce serait, je ne vous le cache pas, pour revenir ensuite à Alger, où l'on se sent vivre bien mieux que dans les froids brouillards de nos pays.

Le sifflet du paquebot donne le premier signal du départ et fait courir ma plume ; j'espère que tu auras ma lettre dans trois ou quatre jours. Encore une fois, merci pour ton empressement à nous écrire ; tu as compris quel plaisir tu nous procures. Je te souhaite de n'être jamais dans le cas de faire toi-même l'expérience de la dure nécessité qui nous tient éloignés de tout ce qui nous rattache le plus à la terre.

100. — A M. PAUL B., A LYON.

Alger, 20 novembre 1873.

MON CHER PAUL,

UNE nouvelle indisposition m'oblige au repos. Je le mets à profit en écrivant à mes amis, que la philosophie et la théologie ont eu le tort de me faire trop négliger. Cette étude est très absorbante : les heures de classe sont la moindre partie du temps qu'elle exige ; la méditation d'un sujet une fois commencée ne cesse pas de harceler l'esprit, qui ne peut se contenter de conclusions imparfaites.

Mais oublions-les un instant et causons de choses moins abstraites, et mieux appropriées au goût d'un homme qui n'est pas fait du tout pour vivre dans l'atmosphère d'une cellule et de la bibliothèque d'un cloître.

J'ignorais que vous fussiez allé jusqu'en Écosse, et je me demande aujourd'hui ce que vous alliez y faire, vous qui dédaignez les spectacles de la nature. Mais, si j'ai bonne mémoire, ce pays renferme des chantiers importants de constructions navales, de grandes usines métallurgiques et d'autres industries pleines d'intérêt pour l'œil observateur d'un philanthrope, ami du progrès et des arts utiles. Si le peu de goût pour les paysages dénote un esprit positif qui s'intéresse plus à l'homme et au monde moral qu'au reste de l'univers, je me félicite de ce que je commence à vous ressembler un peu sous ce rapport.

Je crois plutôt qu'on finit par se blaser, en fait de beautés naturelles, jusqu'à demeurer de glace, même sous le soleil brûlant de l'Afrique. Un panorama grandiose se déroule sous mes yeux toutes les fois que je veux me donner la peine de mettre le nez à la fenêtre, et je m'aperçois que je ne fais plus un pas pour l'admirer. Le port, la rade, la baie, les grands monts de Kabylie, le tout baigné dans des flots de lumière sous la calotte embrasée du ciel africain, certes, il y a là de quoi tenter un artiste ou un poète ; ce spectacle n'est pas acheté trop cher par une traversée de trente-six heures. Eh bien ! j'en suis arrivé à contempler ce tableau de l'œil le plus indifférent du monde. Décidément, mon cher, je suis mûr pour la Trappe.

Et cependant un dernier regard sur le monde m'arrêterait encore au seuil. C'est la vue des misères dévorantes contre lesquelles lutte la pauvre humanité. Hier, dans le cours d'une promenade sur les collines qui s'élèvent au sud d'Alger, de vastes bâtiments, au bord de la route, ont attiré notre attention. Arrivés devant la porte, nous lûmes cette inscription : « *Petites Sœurs des Pauvres.* » Sonner, entrer, demander à visiter la maison, fut l'affaire d'un instant, et, guidés par la Sœur-Mère, une humble servante de DIEU qui a consacré sa vie à la plus admirable mission, nous voilà parcourant les dortoirs, les réfectoires, où des vieillards infirmes ou indigents nous saluent au passage ; au milieu d'eux, ces douces créatures, qu'on appelle les Petites Sœurs des Pauvres, adoucissent leurs derniers jours par leurs soins matériels et les éclairent des clartés de la vie future, dont elles soulèvent le voile devant leurs yeux. Partout sur les murs la croix divine, mise là sans doute autant pour expliquer au sceptique ébahi le secret d'une aussi étonnante abnégation, que pour consoler et encourager les pauvres pensionnaires. Mes yeux se remplissaient de larmes discrètes en présence de ces scènes de la vie réelle où le mysticisme de la croix a imprimé son cachet de surnaturelle beauté. Il faut aller dans ces asiles de la plus sublime vertu pour entrevoir une lueur de la vraie et solide religion.

De retour à Alger, en traversant ces rues bruyantes où la foule des démagogues coudoie la foule des Juifs et des Musulmans, moins mauvais qu'eux, je songeais à la beauté morale que je venais de contempler dans toute sa splendeur, et ce souvenir me faisait trouver encore plus laid le monde sceptique et dépravé de la rue. Alger est un foyer de corruption ; c'est ce qui sert à expliquer que tout le monde à peu près y soit républicain. Plus d'autorité, plus de loi, plus de morale, plus de frein ; la matière réclame ce qu'elle appelle ses droits, le moule de la discipline et de l'ordre s'est brisé, et les turpitudes s'étalent au grand soleil, prétendant avoir droit à la lumière. Un jour viendra, et j'espère qu'il n'est pas trop éloigné, où le balai, seul instrument qui convienne à une

Le Sanctuaire de Paray-le-Monial. (P. 240.)

pareille exécution, débarrassera le pavé de ces immondices et les poussera dans l'égout. Il y a ici deux journaux qui vomissent chaque jour les injures les plus grossières contre tout ce qui est respectable et sacré. Mon sang bouillonne dans mes veines quand elles arrivent à mes oreilles, et j'ai besoin de toute la patience chrétienne et de la soumission exigée de nous, pour ne pas les maudire et les condamner. Mon ami, ne vous dites jamais républicain devant moi, je vous en supplie. Ce nom, ici, cache de telles horreurs, il est associé dans mon esprit à de si profondes antipathies, à une haine si sacrée, que je serais désolé de vous voir affublé des couleurs qui le représentent et enveloppé dans son drapeau.

101. — A Mlle MARIE D., A POISSON.

Alger, 23 décembre 1873.

MA CHÈRE MARIE,

E te réponds par retour du courrier, pour te montrer combien je suis reconnaissant de ton affectueuse lettre. Le bulletin de santé que je t'envoie est meilleur ; les forces reviennent et promettent même de doubler avant peu ; pour t'en donner une idée, je vais te raconter deux promenades, d'au moins sept kilomètres, que nous avons faites par le plus beau temps qu'on puisse rêver sous le ciel africain. L'une dans un ravin où les plantes grimpantes étalaient sur les branches d'oliviers sauvages leurs immenses grappes de fleurs. Une excellente route carrossable y suit les méandres d'un ruisseau toujours à sec, excepté cependant quand une pluie torrentielle le transforme en véritable fleuve. Les prairies verdoyantes semées de pâquerettes formaient sur les deux penchants du ravin un tapis riant à l'œil et d'un aspect tout à fait printanier. Au débouché, les collines s'abaissent tout à coup pour démasquer un moulin, dont le monotone tic-tac rompt le silence de ces lieux déserts, et la mer qui déroule au loin sa nappe azurée. Délicieuse nature qui fait oublier par moments que c'est la terre d'exil !...

Deux jours après, autre promenade plus gracieuse encore sur les collines de Mustapha, le paradis terrestre algérien. Ces collines s'étagent en pentes douces, parsemées de blanches maisons mauresques et hérissées de cactus. Pendant deux heures, nous avons parcouru à petits pas une route plane et ombragée de loin en loin de bouquets d'oliviers et de caroubiers ; la vue s'étend à droite sur la côte, qui ressemble à un vaste tapis vert, formé par les primeurs qu'y cultivent les maraîchers pour les envoyer à Paris et à Londres, où elles figureront sur la table des gourmets opulents.

Au delà de la côte, c'est la baie d'Alger, qui s'arrondit avec grâce, comme pour former une base architecturale au massif gigantesque des monts de Kabylie couverts d'une neige récente qui étincelle au soleil.

Voilà pour les yeux ; mais ce qui complète le charme de ce site enchanteur, c'est la brise tiède et douce qui vous enveloppe comme d'un voile de gaze, et produit sur la peau et dans les bronches une impression que ni la poésie ni la science ne sauraient exprimer. Tu reconnaîtras à ce détail un valétudinaire avide de santé, et qui se délecte dans un milieu où il se sent renaître à la vie. Le fait est qu'après une si longue promenade j'avais le droit de m'attendre à de la fatigue, et qu'au bout d'une heure de repos je me suis trouvé plus fort et plus dispos qu'avant de me mettre en route ; c'est là un signe certain d'amélioration dans mon état général. Mais assez parlé de ce vilain sujet, qui est malheureusement une préoccupation continuelle pour mon père et pour moi.

Pour en finir, j'ai repris mes leçons avec joie ; ce repos forcé m'était plus pénible que le travail lui-même.

Nous nous apprêtons à célébrer la fête *mondaine* de Noël chez notre Esculape, qui, ce jour-là, se métamorphose en Carême ; il nous a engagés à déjeuner pour manger une dinde engraissée dans quelque ferme de colon de la Mitidja. Hier, nous étions assis à la table de la famille P., par l'intermédiaire de laquelle j'ai fait connaissance avec un jeune séminariste que sa santé oblige à quitter Kouba, et qui va se réfugier, pendant les mois d'hiver, à l'hôpital militaire, où je pourrai l'aller voir assez souvent. Je suis très satisfait de cette nouvelle connaissance.

Avant d'être malade, j'avais été en partie de plaisir à la maison de campagne des PP. Jésuites, et je voulais te parler alors de ce que j'y avais vu. Je me souviens aujourd'hui que le point capital de ma relation devait être la description d'un magnifique porc-épic que les chiens de la ferme avaient tué, le matin même, dans une des vignes environnantes, non sans avoir couru quelque danger, puisque l'un d'eux avait eu une jambe traversée par un dard, que cet animal, en se défendant, lui avait décoché avec force à la distance de trois pas. J'ai admiré aussi deux peaux de chacals, écorchés de la veille, et que le jardinier me dit être les moins beaux des *cinq* ou *six cents* qu'il avait tués dans sa vie.

Hier, je voyais une voiture de place chargée d'un sanglier qui portait à la patte une étiquette de chemin de fer ; le chasseur, avec son fusil en bandoulière, amenait la victime de quelque station déserte de la plaine de la Mitidja, où ces animaux abondent ; mais ils n'atteignent pas en grosseur ceux de nos pays ; ils ne pèsent guère, en moyenne, qu'environ quarante kilos. Notre table est souvent servie de perdrix, bécassines et autre menu gibier que le médecin m'ordonne comme mets fortifiants. Vous voyez que l'Algérie n'est pas aussi déshéritée de la nature qu'on pourrait se le figurer ; c'est même une riche et belle région, à laquelle il ne manque que des bras, des capitaux et des habitants honnêtes, pour devenir un pays privilégié, une florissante colonie.

Pour le moment, rien de semblable, malheureusement ; mais en revanche, c'est un climat incomparable. Aujourd'hui, 23 décembre, après une pluie douce, le soleil brille dans un ciel bleu, et je suis obligé de me réfugier dans un coin obscur de ma chambre pour n'être pas aveuglé par ses rayons, qui caressent cette feuille de papier ; puissent-ils l'imprégner d'une tiède haleine, elle qui vous porte tous mes souhaits !

J'ai les larmes aux yeux en songeant aux longues séparations qu'il nous faudra supporter encore ; mais mon émotion vient surtout de ce que je me transporte par la pensée à l'instant solennel où toute ma famille sera réunie autour de moi pour offrir à DIEU par mes mains le saint Sacrifice. Oh ! priez bien pour moi si indigne d'un pareil honneur. Je demande à DIEU de vous combler de ses bénédictions, vous, vos biens et votre postérité ; demandez-lui, pour le pauvre Noël, d'en faire un bon prêtre, bien petit, bien humble, bien détaché de tout.

---

102. — A M. PAUL B., A LYON.

Alger, 6 janvier 1874.

MON CHER PAUL,

JE m'apprêtais à vous envoyer une longue lettre, ou plutôt une longue dissertation politique, quand vos souhaits de bonne année sont venus me rappeler que vous attendez de moi quelque bonne parole du cœur, et non une polémique d'où la meilleure amitié ne sort jamais sans un accroc. Renvoyons donc cette discussion aux calendes grecques, et causons en bons amis.

Chacun a ses chagrins, il y en a pour tout le monde. Les plaintes que vous laissez échapper trahissent une vraie douleur ; les larmes qui serrent la gorge sont amères, à la différence de celles qu'une joyeuse émotion fait couler des yeux : car il y a de douces larmes, mais ce monde ne les connaît pas. Les vôtres au moins ne sont pas des larmes de remords, et quand la conscience est calme, la consolation ne se fait pas attendre longtemps.

La confiance que vous me témoignez et l'abandon avec lequel vous me confiez vos peines, comme si j'étais capable de les guérir, me touchent profondément, je vous assure. Combien, en pareille circonstance, s'éveille plus vif que jamais dans mon âme le désir d'être le dépositaire de ces grâces que le Ciel dispense aux hommes par le canal sacré du ministère sacerdotal ! Mais ces lumières et cette vertu que Dieu exige de ses serviteurs avant de leur confier la mission de panser les blessures de l'âme, je ne les ai pas encore, hélas ! Tout ce que je puis faire pour vous, mon pauvre ami, c'est de prier Celui qui sonde les cœurs de vous inspirer la généreuse pensée d'offrir au Sauveur des hommes vos souffrances et vos douleurs. Elles seraient bientôt calmées par le baume divin qu'il vous verserait pour le prix de ce sacrifice.

Il y a des chagrins pour tous, vous disais-je en commençant. Je n'ajouterai rien aux vôtres en vous faisant le récit de mes petites peines. La santé, qui me fait toujours défaut, m'empêche d'avancer dans la voie où je voudrais courir. A chaque instant je me vois contraint d'interrompre mes études théologiques. Dieu sait quand j'arriverai ! Au moins ces peines-là trouvent-elles dans leur caractère même un adoucissement. Se plaindre à Dieu de ce qu'on ne peut pas le servir avec assez d'ardeur et de dévouement, c'est déjà une consolation, et cette pensée que l'épreuve est une visite du divin Maître soutient plus que tous les encouragements du monde et même qu'un succès momentané. Je vous crois sans peine quand vous m'assurez que « le chemin du monde, quoique tout couvert de roses, est plus âpre que les sentiers ardus du plus dur ascétisme. » Et cependant comme on l'aime, ce monde ! Comme il en coûterait de le quitter ! Je le quitte pourtant avec joie ; après avoir côtoyé ses rivages riants pendant les vingt premières années de ma vie, je n'y ai pas trouvé un coin qui me permît le repos et la paix de l'âme. Avant deux mois j'aurai jeté au monde ce qui m'en reste, sa défroque, et je prendrai l'habit clérical à l'aspect austère, mais si doux aux épaules qui le portent ! *Jugum meum suave est, et onus meum leve.* C'est l'Évangile qui le dit.

Allons, du courage au début de la carrière ! Faisons le bien, mon ami, c'est l'unique consolation de cette triste vie. Vous avez entre les mains ce qu'il faut pour cela : la fortune, la considération, et dans votre poitrine un cœur généreux. Laissez-le faire ; il ne demande qu'à ne pas être contrarié. Laissez-le chercher sa joie dans le soulagement des misères humaines ; puisque Dieu ne vous appelle pas au don de vous-même, donnez à pleines mains cette brillante poussière d'or qui rend la vie aux pauvres membres souffrants de notre société. Croyez à l'efficacité de ce remède ; quand vous souffrez, courez aux Petites Sœurs des Pauvres ou aux Filles de Saint-Vincent de Paul, et déposez dans leurs mains l'obole qui soulagera et les indigents et votre propre cœur. Ce conseil n'est pas de moi ; le grand Lacordaire, qui savait traiter les maladies de l'âme, le donnait toujours.

103. — A M. L'ABBÉ V., A LYON.

Alger, 14 janvier 1874.

CHER MONSIEUR,

ES épreuves se multiplient, et je ne puis plus rien faire que me tenir dans une résignation absolue entre les mains de DIEU. Un gros rhume, qui pour moi est une véritable maladie, m'oblige depuis près de quinze jours à garder le repos, et à ne sortir qu'au milieu de la journée pour aller faire quelques pas au soleil. Il a fallu reconnaître, ce que je soupçonnais déjà mais sans vouloir me l'avouer, que la maison des Pères Jésuites est trop froide pour que je puisse, sans danger, y passer une heure à parler et à étudier. Je me vois contraint à renoncer à cette leçon et à me contenter de travailler seul, lisant un peu de théologie morale, et peut-être aussi un traité de dogme facile et abrégé, suivant l'avis de mon professeur.

Jamais je n'avais été aussi impressionnable et obligé à tant de précautions. Du reste, à vingt ans (c'est mon âge), beaucoup de jeunes gens d'une poitrine faible deviennent tout à fait phtisiques. Cette perspective m'effraie, et je suis prêt à tout faire pour la conjurer.

L'état de ma santé ne m'empêche pas seulement d'étudier, mais aussi d'assister aux cérémonies de l'Église, et même de faire la sainte communion. Je dois absolument trouver un moyen de remédier à une situation aussi déplorable. Le seul qui se présente à mon esprit est de m'attacher un prêtre capable de m'enseigner la théologie et qui me suivrait partout. Je ferais des démarches auprès de l'évêque du diocèse où je me trouverais pour obtenir l'autorisation d'entendre la messe de mon professeur dans ma chambre, et d'y faire la sainte communion en cas de maladie. A mon retour à Lyon, je m'occuperai de ce projet, s'il est réalisable. Assurément ce serait une grande grâce, dont je ne suis pas digne. Mes impatiences envers mon père, mes découragements fréquents, mes doutes, mes tiédeurs dans la prière et la méditation, que d'obstacles à la venue de la grâce ! Que de raisons pour DIEU de ne pas m'accorder la faveur que je lui demande !

Je m'excuse quelquefois de ma langueur dans les exercices de piété, en invoquant l'absence totale de règle dans laquelle je vis. Si vous saviez, cher ami, cher père, quelles sont mes souffrances quand je médite sur l'inconsistance de ma vie ! Suis-je en train de me livrer à la méditation, cette douceur m'est ravie par une visite qui survient ou par une question de mon bon père, qui n'a d'autre souci que le soin de ma santé, et ne me laisse pas le temps, pour ainsi dire, de penser à autre chose ; et il a raison, en somme, car tous les jours mes maux varient, mais ne s'en vont pas.

Prévoyant quelque misère pour ce printemps, je désirerais, si la maladie me laisse un peu de répit, recevoir ici la tonsure le jour de la fête de saint Joseph ; le Père supérieur des Jésuites, qui me confesse, ne me désapprouve pas. Cet espoir me fortifie un peu. S'il est déçu, je bénirai encore la Providence qui me reconduira à Lyon sous mes vêtements laïques. Mon pauvre cœur ! il faut apprendre à se laisser briser ! Mais je l'aurai bien mérité par mes résistances si fréquentes à la grâce.

Quelles sont les formalités à remplir pour obtenir à Lyon les lettres dimissoires qui me permettraient d'être tonsuré à Alger ? Je vous serais bien obligé de me le faire savoir.

Je vous embrasse, cher Monsieur, le cœur toujours plein d'espoir. Un évêque ne me refusera pas de m'ordonner prêtre pour que j'aie le bonheur de dire au moins une messe avant de mourir, et alors je m'en irais content.

104. — A Mᵐᵉ JOSÉPHINE D., A VAUGNERAY.

Alger, 21 mars 1874.

MA CHÈRE TANTE,

Je ne résiste pas plus longtemps au plaisir de t'envoyer les premiers mots de reconnaissance que ma plume peut tracer sur le papier. L'épreuve qu'il a plu à la divine Providence de me faire subir ne m'a semblé ni bien longue, ni bien douloureuse. Elle a, du reste, été l'occasion pour moi d'éprouver une fois de plus l'affection et le dévouement de mes bons parents, parmi lesquels tu tiens, avec ma tante D., la première place après mon père. A ce point de vue, ma maladie a été plutôt un sujet de joie et de consolation que de souffrance et de tristesse. Mon bien-aimé père, quoique vivement touché de tous les témoignages d'attachement qu'il a reçus alors de toutes parts, ne peut pas tenir le même langage que moi. Il a souffert, beaucoup souffert, et notre éloignement qui le privait de vos consolations l'a surtout tourmenté. Sa santé a certainement été meilleure cet hiver que les hivers derniers passés dans les brouillards de Lyon ; sans ma maladie, il aurait, je crois, atteint la fin de notre séjour ici presque sans aucune indisposition. Aujourd'hui, quoique son visage porte encore la trace de la fatigue physique et des émotions qu'il vient de subir, il paraît me suivre dans la bonne voie où je marche moi-même à présent. Nous luttons de bon appétit, et je veille à ce qu'il prenne sa part dans le régime fortifiant qui m'est ordonné. La viande saignante et le vin de Bordeaux reçoivent, au repas du milieu du jour, de rudes assauts. Pour mon compte, je ne pense plus qu'à manger. Le travail intellectuel m'étant encore interdit, c'est l'estomac qui joue chez moi le rôle prédominant. Le bon Dieu veut quelquefois des choses bien singulières ; mais il suffit qu'il les veuille pour qu'on ne cherche pas à le contredire.

La convalescence est peut-être plus ennuyeuse que la maladie : les plus minutieuses précautions ne suffisent pas toujours à conjurer les fausses digestions, les maux d'estomac, les coliques, etc. Hier, une promenade en voiture, au grand soleil, m'a un peu fatigué : un léger crachement de sang en est résulté le soir, ce qui ne m'était pas encore arrivé à ce moment de la journée. Patience ! Dieu achèvera son œuvre, pourvu que nous n'y mettions pas obstacle par notre faute.

Je t'écris de mon lit, pendant que le soleil du matin inonde ma chambre de lumière ; le ciel est d'un bleu que je n'ai jamais vu aussi limpide, même en Italie. Malgré tout, quel bonheur de retrouver notre France ! Dans un mois, j'espère, nous gagnerons Amélie-les-Bains ; nous y resterons, avant de faire notre pèlerinage de Lourdes, tout le temps que les beaux jours mettront à revenir à Lyon.

Je ne fermerai pas ma lettre sans te redire que mon cœur débordait de reconnaissance, pendant ma maladie, à chacune de vos lettres que mon père me lisait. Le trop-plein de mes sentiments se déversait en Dieu, et je crois qu'il n'aura pas refusé à un pauvre malade que vous soyez tous comblés de ses plus précieuses et de ses plus abondantes bénédictions. Mme G. D. nous a fait ses offres de service avec un dévouement qui m'a profondément touché. C'est une grande et belle âme que la femme d'A. D. Le souvenir du bon Philippe m'a été précieux, dis-le-lui bien. Merci aussi à tout le monde à Vaugneray, pour l'intérêt qu'on a bien voulu prendre au malade exilé. Avant-hier, pendant ma promenade, j'ai pu entrer dans une église et y adorer Jésus-Christ pour la première fois depuis ma convalescence ; ce sera pour moi un doux souvenir de la Saint-Joseph 1874. Je t'embrasse, ma chère tante, avec une effusion toute nouvelle, celle d'un homme qui revient à la vie ; mes sentiments ont doublé d'énergie ; je suis sûr que je t'aime deux fois plus qu'auparavant.

105. — A Mme GASPARINE D., A LYON.

Alger, 30 mars 1874.

MA CHÈRE COUSINE,

JE me propose, en vous écrivant, de répondre à la bonne lettre d'Antoine ; n'avez-vous pas qu'un cœur et qu'une âme ? Vous nous l'avez assez prouvé ces derniers temps. Mais il y a une chose que je tiens à vous dire à vous. Au plus fort de ma maladie, mon père m'a lu certaine lettre où vous offriez d'abandonner votre foyer, de quitter vos deux petits enfants pour traverser la mer et vous installer au chevet de mon lit ; un pareil langage m'a arraché les larmes des yeux ; j'ai pleuré, mais pleuré comme un enfant ; vous dire de quoi n'est pas difficile : j'ai pleuré de reconnaissance et d'admiration ; oui, je vous l'assure, ma cousine, c'est très beau ce que vous nous avez écrit là, et je ne l'oublierai jamais.

Il paraît que, cette année, le printemps veut arriver dans nos pays à son heure astronomique. « Ciel beau, » nous dit tous les jours le *Salut Public ;* mais je suis bien sûr que ce *beau ciel* de Lyon ferait une grosse tache sur celui d'Alger, si on en collait un morceau au-dessus de nos têtes. Nous sommes littéralement éblouis par la splendeur de cette voûte azurée que le soleil inonde de flammes. Chaque jour, nous nous faisons conduire en voiture sur une route plane, qui sillonne à mi-côte les campagnes de Mustapha supérieur. De là, l'œil plonge sur la Méditerranée, qui se confond avec le ciel dans la brume bleuâtre du lointain. A gauche, Alger, éblouissant de blancheur, trempe les pieds dans son port, où fument les paquebots qui partent ou qui arrivent. Un hémicycle immense limite la mer à droite, et, de ce côté, l'horizon présente l'admirable spectacle de montagnes superposées les unes aux autres et dominées, à l'arrière-plan, par les cimes neigeuses du Djurjura, les Alpes de la Kabylie ; l'effet de la neige sous ce ciel embrasé est indescriptible. Toutes les fois que je m'arrête pour contempler ce vaste et brillant tableau, je pense à vous, ma cousine, et à Antoine, qui savez goûter l'un et l'autre ces grandes scènes de la nature. « Regarde donc, mais regarde donc ! » dis-je sans cesse à mon père, qui, malgré mon appel, reste souvent plongé dans ses pensées, et ses pensées l'emportent toujours vers Lyon. Alors nous oublions l'Afrique, et nous recommençons à parler de vous, de nos projets pour l'été, les remettant néanmoins à la volonté de DIEU, car nous ne faisons pas la nôtre. La vie devient de plus en plus difficile pour nous ; ma santé a plus que jamais des exigences multipliées ;

mon père ne croit pas l'acheter trop cher en lui sacrifiant la sienne ; j'ose espérer que son dévouement ne restera pas stérile. Tous les deux aujourd'hui nous sommes en meilleure voie ; un peu de calme lui rendra ce que tant d'inquiétudes lui ont enlevé. Au retour, il jouira, ce pauvre père, d'une existence plus entourée. Le chez-soi, dont on apprécie moins à mon âge les charmes et la douceur, est aujourd'hui pour lui d'une impérieuse nécessité. Nous touchons enfin au mois d'avril ; j'espère bien que ce mois-là ne finira pas sans que nous ayons regagné la France. Plus tôt nous pourrons exécuter ce projet, plus tôt il nous sera permis de songer au retour définitif à Lyon.

Nous désirons vivement que le printemps ait définitivement ramené les beaux jours ; nous pourrions alors avancer l'époque de notre retour à Lyon. Cependant nous attendrons des nouvelles de la lune rousse. Si elle s'annonçait belle, nous verrions ce que nous aurions à faire. La chaleur est déjà si forte à Alger que nous songeons à prendre le paquebot du 14 avril, mais cela est encore subordonné à plusieurs circonstances que nous ne pouvons prévoir.

Quelle bonne semaine vous devez passer à Vaugneray, ce vieux foyer de famille ! Vos deux charmants bébés sauront rendre à la vaste demeure cette animation qu'y ont longtemps entretenue leur père et leur tante, puis plus tard leur oncle Charles et leurs cousins Athanase et Noël ; ma tante doit se rappeler ce temps-là... peut-être comme un cauchemar, où Noël a le rôle le plus bruyant. Remerciez bien cette bonne tante de la lettre qu'elle m'a écrite ; je regrette qu'elle n'ait pas reçu la première mon petit billet ; j'ai l'air ainsi d'avoir été prévenu.

Mon père joint ses bons sentiments aux miens pour vous les envoyer à tous sous ce pli. De gros baisers au turbulent Camille et sur les joues roses de *votre autre bijou.* Vous pouvez désormais, ma cousine, aussi bien que Cornélie, montrer avec orgueil vos deux beaux enfants à ceux qui vous demanderont de leur faire voir votre parure.

---

106. — A M. CONSTANT G., A MONTAUZAN.

Alger, 5 avril 1874.

MON CHER CONSTANT,

'AI enfin retrouvé un peu de santé. La crise aiguë d'où je sors m'a été favorable ; du moins les médecins s'accordent à me le dire. DIEU m'a protégé contre la violence du mal, ou plutôt sa Providence m'a mesuré l'épreuve. De souffrance, il n'en faut presque pas parler ; je ne me serais jamais douté des dangers que j'ai courus, si on ne me les avait fait connaître après coup.

Combien je vous suis reconnaissant, mon bon ami, d'avoir uni vos prières à celles de tous mes parents !

Ici, les PP. Jésuites, les Petites Sœurs des Pauvres, les Religieuses de la Doctrine chrétienne, les Sœurs de Bon-Secours ont supplié pour moi le Dieu qu'ils servent tous si bien. Je suis confus d'avoir été l'objet d'aussi touchantes attentions ; mais je bénis Dieu de ce que ma maladie a été le sujet de ces nombreuses et ferventes supplications, dont il a été grandement honoré et réjoui, cela n'est pas douteux.

Le R. P. L., supérieur de toute la colonie de l'Algérie, que vous avez peut-être connu à Mongré, où il a été professeur, m'a entouré d'une sollicitude vraiment paternelle. Deux fois il m'a apporté le bon Dieu dans mon lit. Si vous saviez, mon ami, les douces émotions qui agitent le cœur d'un malade quand il voit venir son Dieu à lui pour le soulager, le consoler et lui donner la force de résister aux maux du corps et de l'âme ! Oh ! l'on est presque heureux alors de la perte de la santé qui vous ménage une pareille joie !

Les forces reviennent vite ; une alimentation substantielle, accompagnée d'un véritable traitement par le vin pur, m'a déjà rendu une certaine vigueur que je ne ressentais plus depuis longtemps. Mais les bronches sont toujours bien faibles ; j'ai encore craché du sang pendant plus de quinze jours depuis ma convalescence, et, à chaque instant, je redoute de voir ces accidents se reproduire.

Le temps est magnifique en Algérie ; la chaleur est même trop forte, nous en souffrons. D'ici à la fin du mois nous rentrerons en France, mais pas de suite à Lyon, où l'air encore un peu trop froid pourrait me surprendre. Notre-Dame de Lourdes, à qui j'ai promis d'aller visiter son sanctuaire quand le mal menaçait de mettre mes jours en danger, m'a soulagé le soir même ; nous irons donc à Lourdes la remercier de sa protection. Tout compte fait, nous ne pourrons guère arriver à Lyon que vers le 20 mai prochain.

Je vous y verrai, j'espère, mon cher Constant. Vous n'aurez pas le plaisir de trouver votre ami sous l'habit ecclésiastique ; Dieu ne lui a pas accordé le bonheur de le revêtir cette année ; sa sainte volonté soit faite !

Vous reconnaîtrez à mon écriture que je bâcle ma lettre ; c'est afin de ne pas rester longtemps penché sur une table ; tout travail m'est interdit, et une lettre est déjà un travail pénible pour moi. Pauvre esprit ! quand donc ne seras-tu plus asservi à un corps si débile ? Quand est-ce qu'à ton tour tu le domineras ? Ce serait bien dans l'ordre naturel.

Mon père vous remercie de la part que vous avez prise à sa vive inquiétude. Je n'étais pas moi-même sans souci sur sa santé après ma maladie. La douleur l'avait brisé ; on en lit encore l'impression sur sa figure. Heureusement il s'en remet, et je vais rivaliser avec les soins empressés qu'il me donne pour conserver sa précieuse santé, comme il conserve la mienne par son dévouement incomparable.

Je ne vous parle que de moi ; excusez cet égoïsme, mon cher ami, chez un convalescent qui a trop pris l'habitude de tout ramener à lui, au milieu des attentions de tout le monde.

Cet été nous réunira, je l'espère, je le désire ; nous resterons ensemble plus longtemps que les années passées. Il faudra que vous veniez me *distraire*. C'est dans le programme des médecins.

---

107. — A Mlle MARIE D., A POISSON.

Alger, 24 avril 1874.

MA CHÈRE MARIE,

Nous aurions quitté Alger mardi dernier, si une rechute n'était pas encore venue se mettre en travers de nos projets. Heureusement elle a été combattue à temps, et la toux qui me tourmentait ne revient plus que le matin et rarement dans le jour. C'est à la chaleur du soleil combinée avec la fraîcheur du vent que je dois ce nouveau cadeau du climat d'Alger. Les névralgies continuent, comme par le passé, à être très douloureuses, quand elles passent à l'état aigu ; il est grand temps de s'en aller. Je ne songe plus qu'à me préserver de toute fatigue jusqu'à mardi, afin de n'être pas contraint à demeurer ici huit jours de plus. Un nouveau retard me ferait pleurer de dépit.

Ta longue lettre m'a fait passer un bon moment. Elle m'a fait savourer d'avance les causeries du même genre qui rempliront nos loisirs, quand j'irai trouver nos parents à l'Etang. Nous jaserons, surtout quand je n'aurai pas la force de lire ; il est vrai qu'il faudra que j'aie aussi la force de parler, car parfois il m'est impossible de faire autre chose que de fermer les yeux et de me laisser vivre ; alors vous me comprendrez, n'est-ce pas ? Vous ne me saurez pas mauvais gré de mon silence. Qu'il fait bon vivre avec ceux qui vous aiment ! L'affection sait deviner les moindres désirs ; celui qui en profite est d'autant plus reconnaissant de les voir compris, qu'il n'a pas même eu besoin de les exprimer.

C'est donc la dernière lettre que je t'écris d'Alger, du moins je l'espère. Avec quel bonheur nous monterons sur le paquebot ! C'est un beau vapeur des Messageries maritimes qui va nous faire traverser la mer, le *Péluse*, nom de la ville égyptienne assise sur une des bouches du Nil. Nous avons une recommandation pour le commandant du bord ; il est toujours avantageux d'être connu de lui. Comme nous pensions partir mardi dernier, nous avions déjà retenu notre cabine ; on nous la conserve pour le prochain départ ; placée au milieu de la longueur du bateau, elle est moins exposée au tangage, qui donne le mal de mer. Depuis quatre jours, après de véritables tempêtes, le temps est au calme plat ; espérons que rien ne viendra troubler l'atmosphère jusqu'à mardi, ou plutôt jusqu'à jeudi, jour de notre entrée dans le port de Marseille.

Malgré la satisfaction que j'éprouve à quitter Alger, je m'attends à un petit serrement de cœur au moment où la côte d'Afrique s'éloignera de moi pour disparaître. Toutes les fois qu'il faut dire adieu à un pays où j'ai vécu, où j'ai prié, et même où j'ai souffert, je ne puis me garantir d'un peu d'émotion. Mais quand mes regards ne rencontreront plus que le ciel et l'eau, ma pensée devancera sur sa route notre rapide vapeur, et ira saluer les plages de la France. Cette traversée emprunte à mes yeux les riantes couleurs de celle que nous fîmes en venant ici et qui m'a ravi.

Donc mardi, à six heures du soir, adressez une prière au Ciel pour les deux voyageurs. A ce moment-là nous lèverons l'ancre.

Nous resterons à Marseille le temps de nous reposer, puis nous gagnerons Amélie-les-Bains. Je t'écrirai de là.

Mon père ne va pas mal ; il s'occupe des préparatifs de départ, et cette occupation est loin de lui déplaire, sois-en convaincue.

108. — A M. L'ABBÉ V., A LYON.

Amélie-les-Bains, 12 mai 1874.

CHER MONSIEUR,

LAISSEZ-MOI tout d'abord vous sauter au cou et vous embrasser deux ou trois fois. Qu'il y a de temps que je n'ai eu le plaisir de causer avec vous, le bonheur de vous ouvrir mon cœur ! Bien souvent j'allais céder à l'envie de prendre la plume pour vous annoncer mon entier rétablissement, et toujours quelque malaise nouveau venait s'y opposer ; il faut compter plus que jamais avec les forces de ce pauvre corps, qui ne veut décidément pas marcher à l'unisson de l'âme. Quelquefois je me fais illusion, je me sens plein de courage, mais bientôt le souffle me manque et je tombe épuisé, haletant, propre à rien. Quoi qu'il en soit, tous ces longs retards ne font qu'irriter mes désirs ; je ne puis voir un jeune prêtre à l'autel sans me sentir vivement ému. Quand y monterai-je moi-même ? Oh ! priez que ce bienheureux moment ne soit pas pour moi dans un avenir trop éloigné ! Vous avez déjà bien prié pour moi pendant que j'étais malade, je le sais, j'en étais sûr dans ces moments-là, et je priais aussi tout bas avec vous plusieurs fois le jour.

Un peu de tristesse se mêle à ce souvenir ; des lettres venues de Lyon et qui me sont tombées sous les yeux racontent que vous avez parlé avec éloge de ce pauvre Noël ; j'en suis bien reconnaissant à votre amitié, mais je vous assure que cela m'afflige ; je ne mérite aucun éloge ; je n'ai pas souffert autant que vous croyez, et plus d'une fois j'ai eu de l'impatience depuis ma convalescence. Mon pauvre père, lui, ne me voit qu'avec les yeux d'une tendresse sans bornes ; c'est lui qui a pris de la prostration pour de la patience. Hélas ! je crains bien d'avoir abusé de cette grâce que Dieu m'a faite en me visitant par la maladie ; j'aurais dû devenir meilleur, et je ne sais si je ne suis pas plus méchant qu'auparavant.

Je ne puis penser encore à la bonté de Dieu pendant tout ce temps de péril pour ma vie, sans en être profondément ému. Dieu m'a donné encore une fois la vie, je lui rends grâces de me l'avoir bien fait sentir. Il m'a montré la mort, et sa grâce ne me l'a pas fait trouver trop dure.

Voir mon Père céleste, mon Jésus crucifié pour mon amour, m'endormir dans le sein de Dieu pour l'éternité, en compagnie de ma douce et bien-aimée Mère la Vierge Immaculée, eh ! que pouvait-il y avoir d'effrayant dans cette perspective ? Que tout cela sera beau ! m'écriais-je parfois en moi-même, et Dieu me remplissait de joie. Ce sont des grâces qu'on n'oublie pas. Je suis un grand ingrat quand je me retourne vers le monde, je suis plus coupable qu'un autre quand je pèche, parce que Dieu m'a traité en enfant de prédilection.

Je comprenais un peu, avant cette maladie, ce que sont les vertus de foi et de charité, mais j'ignorais totalement ce qu'est l'espérance ; je le sais aujourd'hui. Espérer, pour un chrétien, c'est aimer la mort pour voir Dieu, parce qu'il est beau, parce qu'il est bon, parce qu'il est tout notre amour.

Nous allons à Lourdes dans quelques jours. J'attends beaucoup de ce pèlerinage ; lumière et force nous sont plus nécessaires que jamais à mon père et à moi. Notre bonne Mère, qui nous a conservés l'un à l'autre, nous bénira. Si vous saviez comme mon père a été beau pendant que les médecins craignaient pour mes jours ! Oui, cette maladie a été un bienfait de Dieu. Vos prières, mon cher et vénérable ami, ont contribué à me rendre la vie. Que vous rendrai-je ? *Quid retribuam ?* Je prierai pour vous à Lourdes, en attendant que je prenne le calice du salut dans mes mains : *Calicem salutaris accipiam.* Oh ! oui, je le prendrai et j'y boirai avec délices ; ah ! quand serai-je prêtre ? Quand vous voudrez, mon Dieu.

Soignez un peu votre précieuse santé. Il faut faire durer vos services longtemps, c'est le devoir d'un bon serviteur. Voilà que Gros-Jean va en remontrer à son curé ! Non, je suis toujours votre enfant bien docile et bien affectueux. Je suis aussi votre frère et votre ami en Notre-Seigneur.

Mon père a voulu faire faire ma photographie à Alger avant d'en repartir. Je puis donc joindre à cette lettre ma mine de convalescent. Gardez-la en souvenir du *vieux Noël ;* le *jeune Noël* sera en soutane.

---

109. — A M. L'ABBÉ V., A LYON.

Vaugneray, 20 juin 1874.

CHER MONSIEUR,

Je ne puis plus passer quinze jours sans retomber malade...

Si ces rechutes fréquentes sont au détriment de ma santé, il faut avouer que l'âme y trouve son profit. Le silence auquel elles me condamnent me permet de m'unir plus intimement à Dieu et d'élever avec moins de peine mon cœur à lui. Je fuis la société des hommes, et ce qui pourrait paraître de la sauvagerie trouve son excuse dans l'état de ma santé. Dieu vient alors remplacer dans mon cœur tout ce dont il s'est vidé, et il le comble parfois si pleinement, que sa grâce déborde et inonde tout mon être ; je sens comme un sourire s'épanouir sur mes lèvres et des larmes remplir mes yeux avec un sentiment inexprimable de reconnaissance envers un Dieu si bon et si aimant. Non, vraiment, je ne suis pas à plaindre. Aussi quand ceux qui m'entourent vont se promener ou dîner chez les autres, ou prendre quelque autre plaisir, s'ils me disent en me quittant : « Pauvre Noël ! nous te laissons toujours seul ! » je ne réponds rien ; mais je pense en moi-même que je ne suis point seul, puisque Jésus est toujours présent à mon cœur, et que sa compagnie est plus douce que celle des hommes, fussent-ils les meilleurs et les plus aimables du monde. *Beatus qui intelligit quid sit amare Jesum et seipsum contemnere propter Jesum* ('). *Beatus !* oui, il est bienheureux celui-là ; ce n'est pas du plaisir, ce n'est pas de la joie, ce n'est pas du bonheur, il n'y a qu'un mot pour exprimer ce sentiment d'amour pour Jésus : la béatitude. *O beata solitudo, sola beatitudo !* Heureux Chartreux qui goûtent cela tous les jours de leur vie et jusqu'à la mort !

Dieu veut m'apprendre aussi à mettre en pratique la seconde partie de la sentence de l'*Imitation : Seipsum contemnere propter Jesum.* J'ai bon besoin d'apprendre ce mépris de soi ; mais aussi, quand j'y serai parvenu, je tiendrai le secret de la perfection. Tous mes efforts sont tournés de ce côté-là. Ne tenir pas plus compte de sa personne que si on n'existait pas, voilà l'expression pratique de la sentence. C'est encore l'amour de Jésus qui nous rend possible cette impossibilité de la nature. Pour la conduite de la vie, j'ai pris la résolution d'abdiquer complètement dans la volonté de mon père ; pour tout ce qui ne dépend pas de moi, je m'en remets à Dieu. Je me prémunis d'avance contre la tristesse que me causent mes fréquentes rechutes, en me répétant sans cesse : « Et que m'importe après tout, pourvu que la volonté de Dieu soit faite ! »

Toute la joie de mon cœur vient des sentiments de vive reconnaissance dont il est plein. Je ne puis que bénir mon Père céleste tout le jour et pour tout ce qui m'arrive. Vive Dieu ! Que ce cri est doux à l'âme !

Je ne vous parle que de moi quand je viens de prendre la résolution de m'oublier complètement. Je vous assure qu'il m'en coûte beaucoup de ne communiquer avec vous que par lettre. Vous finirez par vous composer de moi un portrait fait des seuls traits qui se montrent dans ce que je vous écris : l'amour de Dieu, la joie du cœur ; et ce portrait serait faux, bien entendu. Je voudrais me confesser à vous pour vous révéler toutes mes faiblesses, mes lâchetés, les petitesses de mon caractère et l'irrésolution de mes pas. Vous verriez alors une pauvre créature, mauvaise en elle-même, chez laquelle la nature est loin d'être domptée, et qui n'a d'autres mérites que les grâces d'un Dieu tout amour pour ceux qu'il a rachetés de son sang.

J'espère bien que le bon Dieu mettra sur ma route des hommes dont

---

1. Bienheureux celui qui comprend ce qu'est aimer Jésus et se mépriser soi-même pour Jésus *Imitation.*

le mépris m'apprendra à aimer la croix de Jésus-Christ. Sans cette épreuve je suis persuadé que l'orgueil resterait enraciné dans mon cœur.

Je passe souvent de longs moments à me représenter au saint autel de ma première messe. C'est loin, et c'est bien près. Vous serez à côté de moi alors ; nous serons près de Dieu !

Adieu, adieu ; il ne faut pas trop s'appesantir là-dessus pour ne pas pécher par impatience.

---

110. — A M. CONSTANT G., A MONTAUZAN.

Vichy, 17 août 1874.

Mon cher Constant,

'il fallait vous expliquer pourquoi j'ai tardé si longtemps à vous répondre, il me resterait à peine la place de vous dire autre chose. Depuis que j'ai reçu votre bonne lettre, il ne s'est pas passé huit jours où j'aie eu assez de force pour écrire. Trois crises d'hémoptysie coup sur coup, de plus en plus sérieuses ! La dernière m'avait mis à bas, il y a une quinzaine de jours. J'avais presque perdu l'espoir de retrouver jamais mon équilibre. Un pèlerinage à Ars, en me rendant à Vichy, a inauguré un mieux qui se maintiendra, j'espère.

Le médecin, après ces accidents répétés dans les voies respiratoires, n'a pas osé m'envoyer dans les montagnes de la Suisse ni dans un établissement hydrothérapique. Je suis à Vichy pour régulariser les fonctions de mon estomac ; mais je ne crois pas, après un premier essai, qu'il soit capable de supporter ces eaux. D'un autre côté, il faut attendre que la cicatrice de la trachée, qui laisse encore échapper le sang, soit fermée, avant de songer à aucun traitement par l'eau froide. Selon mes prévisions, ce sera dans le courant d'octobre que je pourrai peut-être oser l'entreprendre. Nous irons alors à Saint-Didier, près de Carpentras, dans le département de Vaucluse, climat tempéré, air salubre, maison bien tenue, paraît-il.

Chose étrange ! c'est en descendant de Vaugneray à Lyon que j'ai commencé à me trouver mieux ; l'air un peu lourd de la plaine est évidemment plus propice à mes bronches que l'air vif de nos montagnes. L'épreuve en est faite, je suis sûr de la chose à présent. Il est assez triste de constater que le pays où nous avons planté notre tente est inhabitable pour moi.

J'ai vu, du haut des collines d'Ars, vos coteaux couverts de vignobles, vos chers pénates du Beaujolais ; j'ai pensé à vous, ce jour-là, en parcourant les lieux empreints de communs souvenirs : cette gare de Villefranche où vous êtes venu m'attendre avec votre voiture ; cette route d'Ars que nous avons suivie en caravane avec toute votre famille ; doux écho du passé ! Ces lieux nous reverront-ils jamais ensemble, amis heureux de se retrouver après une si longue séparation, heureux de respirer en même temps cet air du pays natal, plus vivifiant que tous les autres, qui fait battre le cœur plus vite et colore les joues toutes rouges de plaisir ?

Un jour viendra, DIEU veuille qu'il ne se fasse pas trop attendre, où vous me conduirez de nouveau à Ars ; j'y célébrerai la sainte messe près du tombeau du vénérable curé, et vous me la servirez ; quel tableau touchant ! Regardez-nous d'ici réunis au pied de l'autel où votre ami offrira l'éternel sacrifice, et où vous répondrez à ses prières en représentant de l'Eglise. Je me sens envahi par l'émotion toutes les fois que je me représente portant mon DIEU dans mes misérables mains. Je vous vois souvent agenouillé devant moi, le jour de ma première messe, attendant de mes mains le corps de Notre-Seigneur JÉSUS-CHRIST. Pauvre ami ! avec quelle ferveur profondément sentie et tout affectueuse je vous adresserai ces paroles : « *Corpus Domini Nostri Jesu Christi custodiat animam tuam in vitam æternam !* » Oh ! priez un peu que cet heureux moment ne soit pas trop éloigné. Priez que ce soit moi qui bénisse votre mariage ; encore une occasion de vous dire quelques mots du cœur, en qualité de ministre de DIEU.

Je m'oublie à rêver avec vous de ces grandes choses qui sont le soutien de ma vie, le souffle de toutes mes actions, et je ne prends pas garde à la fatigue qui arrive et qu'il faut éviter à tout prix.

Mon père est un peu souffrant ; vous savez que sa santé a la mienne pour régulateur.

---

111. — A M. L'ABBÉ V., A LYON.

Lourdes, jour de la Toussaint 1874.

CHER MONSIEUR,

QUE de difficultés pour atteindre ce Lourdes tant désiré ! Le mauvais temps, la fatigue, tout a conspiré pour nous en tenir éloignés. Satan, je crois, devait se cacher sous tant d'entraves. Enfin nous y sommes depuis hier. Déjà nous l'avions traversé en allant à Pau, il y a une dizaine de jours ; mais mon état de santé ne me permettait pas alors d'affronter l'air un peu frais de la vallée. J'étais navré en voyant fuir derrière moi, devant mes yeux, cette grotte et cette église où depuis si longtemps j'aspirais à venir prier, pendant que le chemin de fer nous entraînait vers Pau. Mais quelle douce émotion en les contemplant de loin ! Les *Salve* s'échappaient de mes lèvres aussi nombreux que les tours de roues du wagon sur les rails. « A bientôt ! » nous écriâmes-nous du fond du cœur, mon père et moi. Aujourd'hui nos espérances sont réalisées. Le soleil, que je demandais dans mes prières, brillait hier à Pau de tout son éclat ; nous sommes arrivés à Lourdes par une température d'été. Sans perdre une minute, nous avons pris le chemin de la grotte. Je n'y ai dit que ces mots : « Merci ! merci pour la vie que vous m'avez conservée ! » C'était surtout pour dire ce *merci* que nous venions. Mais que d'autres *merci* n'avais-je pas à adresser à l'Immaculée Conception ! Merci pour avoir soustrait mon âme aux griffes du démon ; merci pour la pureté reconquise ou du moins préservée en maintes circonstances ; merci surtout pour cette grâce insigne de la vocation ! Oh ! avec quelle ardeur n'ai-je pas, ce matin, la main sur mon pauvre cœur qui venait de recevoir son DIEU, juré fidélité à la Trinité Sainte, et consacré toute ma personne et jusqu'aux battements de ce cœur à JÉSUS-CHRIST, mon Seigneur et mon Maître pour l'éternité !

Cette journée me réservait une autre émotion bien vive ; ce sont les Vêpres et ensuite les intentions spéciales dictées du haut de la chaire par un missionnaire de la basilique. Au *Magnificat*, la pensée que ces sublimes paroles avaient été prononcées par celle-là même qui dit, il y a seize ans, à la petite Bernadette : « Je suis l'Immaculée Conception, » s'est emparée tout à coup de mon esprit, et mon émotion est allée grandissant à mesure que les versets se succédaient dans le chant. Je n'ai pu retenir mes larmes quand on a dit : *Deposuit potentes de sede et exaltavit humiles;* j'ai embrassé d'un regard les grands de la terre, les Napoléon foudroyés par la main du Très-Haut, et Bernadette avec la foule des humbles pèlerins qui suivent en paix la voie du Ciel ; j'ai pensé à nos orgueilleux ennemis, aux fiers persécuteurs de notre Mère bien-aimée, l'Eglise catholique, aux Bismarck, aux Victor-Emmanuel, aux tyranneaux de la Suisse, qui reçoivent l'encens adulateur de peuples corrompus ou fascinés ; et puis j'ai contemplé l'homme humilié par les grands de la terre, l'homme conspué, honni, moqué, réduit à rien aux yeux du monde, pauvre, mendiant en face des potentats et des Crésus du siècle, notre Pie IX bien aimé. Vive Pie IX ! et puissions-nous vivre avec lui de sa vie de douleurs et d'humiliations ! Vive JÉSUS dont l'amour fait aimer les souffrances et même la mort !

J'attends demain avec impatience, parce que j'espère communier encore une fois dans l'église de la grotte. S'il faisait beau temps le soir, peut-être coucherions-nous une nuit de plus à Lourdes. Je n'ai pas besoin de vous dire si j'ai pensé à vous et à votre cher troupeau. Savez-vous l'idée qui m'est venue à l'esprit ? Il me semble qu'en priant pour vous, je participe un peu à votre apostolat, et cette pensée me console de ce que je ne puis encore me préparer à l'exercer moi-même. Je glane quelques épis, que vous joignez aux gerbes de blé pour faire le pain dont vous nourrissez votre troupeau. Veuille le bon DIEU permettre qu'il y ait beaucoup d'épis dans mon champ, afin que je vous envoie des gerbes de plus en plus touffues !...

112. — A Mᵐᵉ GASPARINE D., A LYON.

Pau, 17 novembre 1874.

MA CHÈRE COUSINE,

MON père a de la peine à se remettre du refroidissement qu'il a pris en venant de Lyon ici. Quoiqu'il n'y ait rien dans son état qui nous donne de l'inquiétude sérieuse, cela ne laisse pas que d'être très ennuyeux en se prolongeant, et cette existence à deux, où l'un soigne toujours l'autre, n'est certainement pas bien gaie. Heureusement nous sommes moins sensibles que d'autres à ces piqûres d'épines de la vie, dont nous avons une longue habitude ; l'homme se fait à tout ; c'est une philosophie consolante pour ceux qui ne sont qu'au début des ennuis et des peines.

Vous voilà en plein hiver à Lyon ; le climat de Pau n'est pas brillant non plus depuis plusieurs jours : de la pluie, et même du froid ; par bonheur, le froid ne va pas *crescendo*. Les Pyrénées, dont nous n'apercevons plus que les bases toutes blanches de neige, à cause des nuages qui en couvrent les cimes, nous réservent, pour le premier jour de ciel serein, un lever de rideau splendide. Figurez-vous les festons les plus fantastiques d'une longue chaîne de montagnes où se succèdent en foule des pics de plus de deux mille mètres de haut, qui se détachent en blanc sur un ciel bleu et scintillent sous les feux du soleil. J'attends avec impatience ce coup d'œil magique.

Avant la neige, nous avons pu admirer le panorama si renommé de

Pau dans toute la splendeur des jours d'automne. En face de nous, s'enfonce dans les flancs déchirés des montagnes la profonde vallée d'Ossau, barrée à son extrémité par le pic du Midi d'Ossau, qui a la forme d'un gigantesque pain de sucre. A droite et à gauche, la chaîne des montagnes s'en va zigzaguant les crochets les plus capricieux. A gauche surtout, les grands monts de Bigorre, qui dominent Lourdes, rivalisent d'imposante majesté avec les Alpes. De la vaste terrasse qui termine au midi la colline sur laquelle s'élève Pau, on aperçoit les hauteurs mêmes qui couronnent la ville de Lourdes et la grotte ; vues d'ici, elles sont bien humbles. Souvent, en humant l'air pur et tiède qui circule librement dans cette belle promenade, je me tourne vers l'Orient, et je salue du fond de mon cœur cette petite montagne qui abrita la Vierge dans ses apparitions.

Vous parlerai-je encore de Lourdes ? Mon père vous a décrit les lieux avec une exactitude que je n'ai pas la prétention de reproduire. Ce qui ne peut s'exprimer, ce sont mes impressions, nos impressions, veux-je dire. La grotte possède un charme, c'est le mot ; on y revient presque toujours quand on est à Lourdes, comme l'aiguille d'une boussole se tourne toujours vers le nord. Nous y sommes restés quatre jours sous l'empire de ce charme, subjugués par un attrait intime et tout-puissant ; la prière monte sans cesse aux lèvres dans ce lieu de bénédiction ; on prie sans y penser, sans avoir à faire le moindre effort pour détourner son esprit des objets extérieurs vers un idéal intérieur ; c'est que tout ce que les yeux rencontrent vous parle de DIEU et de la gloire de sa Mère. Là, on fait le signe de croix en pleine rue ; on se promène le chapelet à la main. A la grotte, on baise la terre comme si l'on n'avait jamais fait autre chose ; on boit à la fontaine, on s'y lave la figure, les mains, avec un entrain qui ressemble à de l'enthousiasme. En un mot, on peut dire que les choses qui seraient ailleurs fort extraordinaires, sont là de rigueur, et le cœur s'y livre avec effusion, sans que l'esprit songe même à les discuter. En partant nous avions l'air de conscrits qu'on arrache à leur mère, et nos yeux étaient pleins de larmes.

Nous sommes à peu près installés ; le bail d'un appartement, la provision de bois de chauffage au bûcher, celle du vin à la cave, sont autant d'attaches qui nous rivent à Pau. Jusqu'à présent, nous n'avons pas à regretter d'y être venus, ma santé semble se fortifier, l'indisposition de mon père ne s'aggrave pas. Mais Pau a son hiver, et quelquefois même un hiver assez rude ; il faut se résigner ici à passer souvent plusieurs jours de suite au coin de son feu ; le soleil alors est caché par de gros nuages qui courent de l'Occident à l'Orient, poussés par le vent de l'Atlantique, le seul à peu près qui se fasse sentir à Pau. C'est là le caractère particulier de son climat, et même ce qui en fait la valeur. On n'a pas pu démêler les raisons de son efficacité comme agent thérapeutique, mais le fait bien avéré est que certains malades, surtout ceux qui ont des crachements de sang, y vivent sans que ces accidents se reproduisent, et y recouvrent une santé relative. Pour moi, le voyage de Pau n'aurait eu de résultat que de m'amener à Lourdes, que je m'en féliciterais, abstraction faite de ses autres conséquences.

La ville est charmante : tout y est disposé pour recevoir les étrangers ; les gens de tous les pays peuvent s'y installer suivant leurs usages et leurs goûts. Les librairies et les pharmacies y abondent ; ce genre de négoce est assuré de ma clientèle, et tout ce qui s'intitule marchand de santé, pour l'âme ou pour le corps, m'attire immédiatement.

Nos relations se bornent jusqu'à présent à la famille C., dont nous vous remercions de nous avoir fait faire la connaissance, et aux RR. PP. Jésuites. Ces derniers seront pour moi un puissant secours contre l'ennui, lorsqu'il tentera de me prendre, ce qui pourra bien arriver quelquefois.

Mais où est la famille dans tout cela ? Ah ! ma chère cousine, il faut que mon père ait une forte dose de dévoûment et d'amour paternel pour sacrifier à ma santé ces relations intimes dont son cœur aimant est si avide ; il faut que le bon Dieu trouve son compte à nous détacher le plus possible des affections terrestres, ou plutôt des joies sensibles de ces affections, pour rompre avec autant de persistance les liens qui nous rattachent à tous nos chers parents. Allons ! ne parlons pas de ces choses affligeantes ; mais, si vous m'en croyez, donnez à vos enfants une santé qui les dispense de l'exil. Embrassez-les pour nous, ces chers petits, et recevez, ainsi qu'Antoine, nos meilleures amitiés.

---

113. — A M. L'ABBÉ V., A LYON.

Pau, 18 novembre 1874.

Cher Abbé V.,

Ah ! la bonne lettre ! Vous me traitez d'ami, d'enfant, de frère, et moi qui vous aime autant qu'ami, frère et enfant du monde peut aimer, je ne saurais vous dire combien vos affectueuses paroles me vont droit au cœur. C'est que j'ai vraiment beaucoup de titres à votre affection : sans compter que je suis le petit-fils d'une âme que vous avez envoyée au Ciel, vous me couvez du regard depuis onze ans, et en voilà plus de neuf que vous m'avez donné souvent la vie de l'âme, quand je la compromettais par un suicide moral ; voilà plus de neuf ans que vous m'éclairez, me guidez, me réchauffez. Que de fois, sans que vous l'ayez su, vos chaleureuses exhortations sont venues en pays lointain me tirer de ma torpeur et ranimer mon zèle pour l'avancement de mon âme !

Je repasse souvent dans mon esprit les voies par lesquelles il a plu à Dieu de me faire passer sous votre conduite ; vous étiez loin ; mais vous m'écriviez d'écouter Jésus parlant au-dedans du cœur, et vous me le persuadiez si bien que je me recueillais aussitôt pour écouter sa voix. Ç'a été là proprement l'œuvre de votre direction, et ce que vous ne m'écriviez pas, vous priiez Jésus de me le dire, sachant bien qu'il sait mieux que qui que ce soit dire à l'âme les choses de la vie éternelle. J'ai contracté envers Dieu des dettes infinies ; j'en ai contracté aussi de bien grandes envers vous : *Quid retribuam ?... Calicem salutaris accipiam et nomen Domini invocabo.* Oh ! quand je le prendrai dans mes pauvres mains ce calice si ardemment désiré, je l'offrirai pour vous, cher abbé V. ; nous l'offrirons ensemble, n'est-ce pas ? et d'abord à ma première messe, où vous serez debout à mes côtés...

Mais je suis affligé de ce que les hommes me croient bon ; si l'on pouvait lire dans mon cœur toutes les pensées mondaines, tous les calculs égoïstes, tous les mouvements désordonnés qui le souillent, on ferait de tristes réflexions sur les apparences trompeuses qui égarent l'opinion. Et puis, le démon de la vaine gloire qui ose me souffler à chaque instant à l'oreille que je suis un saint ; que cela est dur à entendre ! il me semble toujours qu'on va l'écouter et faire fuir l'humble Jésus. On sera bien heureux dans l'autre vie, où l'on se connaîtra tel que l'on est, c'est-à-dire rien par soi-même, mais tout par Jésus-Christ, et où la vue de la Divinité sera la même que celle de notre néant.

Cher abbé V., quand causerons-nous avec Dieu, avec ses Anges et ses Saints ? Qu'il fera bon dans la Jérusalem céleste ! Il me semble parfois que je m'y promène en compagnie de saint Augustin ou de saint Thomas, écoutant leurs leçons, qu'ils feront sous la dictée de Jésus-Christ. Je crois que le Ciel nous réserve une vie moins différente de la nôtre qu'on ne le pense généralement. La vue de la nature sera changée sans doute, mais non perdue. Il me semble que nous verrons tout transformé et glorifié en Dieu. Comme nous serons beaux ! vous, entouré de toutes les âmes que vous aurez envoyées au Ciel ; moi,... que sais-je ? mon unique désir pour le moment, dans l'ignorance où je suis des desseins particuliers de Dieu sur mon avenir, est d'être placé au chœur des

Vierges. Quelles délices d'être resté pur pour les embrassements éternels de l'Agneau !

Ma santé est vraiment meilleure depuis mon retour de Lourdes. Apparemment Notre-Dame a parlé de moi au bon DIEU. Nous sommes restés quatre jours à Lourdes : nous ne pouvions plus nous en aller ; j'avais l'âme navrée en saluant une dernière fois la grotte, pendant que le train nous remmenait à Pau. J'ai communié les quatre jours à Lourdes, et j'ai servi deux fois la messe. Je n'ai pas hésité à m'approcher quatre jours de la sainte Table, en me souvenant de cinq communions consécutives que vous m'avez fait faire à Lyon, il y a quelques années. Je vous dirai, au Ciel, toutes les joies intimes que j'ai goûtées ces quatre jours ; quatre jours bénis, quatre jours sanctifiés, quatre jours cachés dans la face du Père.

Adieu, cher abbé V. J'aimerais mieux ne rien vous écrire, vous dire seulement : Je vous aime, je pense à vous, je prie pour vous, et je suis quand même le pécheur que vous connaissez. Je vous assure que je tremble toujours que votre affection et la douceur avec laquelle les prêtres me traitent ne me perdent. Je voudrais un peu de sévérité pour châtier l'orgueil qui me ronge. Que DIEU vous en donne pour moi seulement. Je vous embrasse de tout mon cœur.

114. — A M. L'ABBÉ V., A LYON.

Pau, 17 décembre 1874.

CHER ABBÉ V.,

JE vous écris au coin du feu, dans la solitude. Mon pauvre père est un peu malade ; il a gardé le lit toute la journée. A chaque instant il lui arrive de prendre froid ; sa santé n'a jamais été bien solide, et les chagrins qui ont rempli sa vie n'étaient pas faits pour la rendre meilleure. Quand je le vois malade, mon esprit se porte de suite aux extrêmes ; je tremble de le perdre, et je suis bouleversé à cette seule pensée. C'est qu'on ne peut pas comprendre quelle est mon affection pour mon père, ce père que ses vertus me faisaient tant honorer dans mon enfance, qui, à la mort de ma mère, a rompu entièrement avec la société, où il occupait une place honorable, avec ses parents, ses amis, ses habitudes, pour me consacrer tous ses soins. Depuis, à mesure que je grandissais, je comprenais davantage l'étendue de son sacrifice, et je sentais plus vivement son amour paternel. Mais c'est aujourd'hui que je l'aime vraiment, comme il mérite d'être aimé, de toute la force de mon cœur et dans la mesure la plus large que DIEU ait pu mettre dans le cœur d'un fils pour son père. Ce qui me désole, c'est que je n'ai pu vaincre encore certains caprices d'enfant gâté, qui m'entraînent à chaque instant dans des fautes à son égard : mouvements d'humeur, taquineries, paroles aigres, intolérance, exigences, critiques, et mille autres saillies coupables qui jaillissent spontanément sous l'empire de l'habitude, et que je m'applique avec bien peu de succès encore à tarir dans leurs sources, qui sont l'égoïsme et l'amour-propre.

Je demande tous les jours à DIEU, surtout en récitant le chapelet, cette douceur perpétuelle, cette égalité d'humeur que rien ne peut modi-

— Au pèlerinage d'Ars. (P. 296.) —

fier ; j'espère fermement obtenir des grâces pour vaincre le *vieil homme* sur ce point, et je vous prie de recommander à DIEU cette bonne résolution quand vous lui parlez de moi.

Mon bon père marche d'un pas ferme dans une voie qu'il a su rendre plus étroite, afin qu'elle fût plus sûre ; je le remarque davantage encore depuis notre pèlerinage de Lourdes. Ma grave maladie de l'an dernier avait déjà fait d'un chrétien solide un chrétien pieux. La reconnaissance envers DIEU, en s'emparant du cœur si vaste et si généreux de mon père, y a fait germer d'autres sentiments précieux, que notre pèlerinage a mûris, et qui s'épanouissent aujourd'hui de plus en plus. Je ne désespère pas de le voir un jour s'appliquer exclusivement à la dévotion et aux bonnes œuvres, digne préparation à la gloire du Ciel. Ce jour, j'en ai l'intime conviction, sera celui de mon sacerdoce. Du moment où mon père aura vu monter à l'autel son fils, ce fils auquel il a consacré son existence, il vivra avec lui d'une vie toute en DIEU. Oh ! pourquoi ne puis-je encore apercevoir l'aurore de ce jour tant désiré !

Vous m'entretenez dans l'espoir que bientôt je pourrai rentrer dans la voie qui mène au sacerdoce. Où, comment, quand ? je ne le vois pas ; je n'ai pas la force de travailler ; le moindre coup de vent me met sur le flanc ; aucun pays ne m'offre un climat favorable avec des ressources pour mon instruction : toute l'impuissance de l'homme se trouve résumée dans cette situation. Eh bien ! je demeure aussi tranquille sur mon avenir que sur le présent ; DIEU me fait la grâce d'avoir une confiance entière dans sa Providence. Le comment, pour un chrétien, ne doit pas même venir à sa pensée. Est-ce que saint Pierre, saint Paul et tous les Apôtres se sont demandé comment ils accompliraient la mission que JÉSUS-CHRIST leur avait imposée ? Je m'occupe, pour le moment, de former en moi l'homme qu'il faudra être plus tard. DIEU me donne ce temps pour me préparer à la mission qu'il me confiera.

---

115. — A M. L'ABBÉ V., A LYON.

Pau, 1ᵉʳ mars 1875.

CHER ABBÉ V.,

Nous entrons dans le mois de saint Joseph, le patron de votre chère paroisse ; je vais bien prier pour elle et pour vous. Vous le prierez aussi pour moi, n'est-ce pas ?

Je viens d'être malade pendant une quinzaine de jours ; j'avais pris froid, et quand cela m'arrive, l'hémoptysie se reproduit aussitôt. Me voilà remis. Le médecin, homme très expérimenté, nous a donné de bons motifs d'espérer ma guérison. Nous savons au juste maintenant à quoi nous en tenir sur la nature de mon mal. C'est le sommet du poumon droit qui est légèrement atteint, sans toutefois qu'il y ait de lésions, chose qui serait grave. Outre cela, la pleurésie de l'an dernier a laissé le poumon gauche dans un état morbide qui ne se modifiera que par une reconstitution de tout l'organisme ; c'est un état rhumatismal qui favorise les congestions. Le médecin pense qu'avec une médication suivie, une existence surveillée très soigneusement, dix-huit mois environ suffiront pour me rendre à la vie commune, sans exclure toutefois pour l'avenir l'habitude de ménager ma santé ; quand on l'a aussi frêle, on doit se

résigner à vivre toujours avec l'épée de Damoclès sur la tête ; eh bien !
je ne vois plus grand mal à cela, on oublie moins facilement la mort !

Le véritable ennui dans les maladies des poumons, c'est de priver de
l'étude celui qui en est atteint. Défense absolue de s'appliquer, sous
peine de voir se renouveler une congestion. J'avais été un peu impru-
dent avant cette dernière rechute ; j'écrivais tous les jours, quelquefois
longuement, mes réflexions sur l'Evangile, et il a fallu payer ce plaisir
d'un recul de plusieurs semaines. Me voilà bien résigné et bien résolu à
ne plus du tout travailler de tête. Il m'est permis de lire, n'est-ce pas,
déjà beaucoup ? J'ai ma chère Bible, les *Etudes religieuses* des Pères
Jésuites, les *Leçons* de Mgr Freppel sur les *Pères de l'Eglise*. J'attends
une *Histoire d'Angleterre* en anglais, écrite dans un esprit catholique ;
sa lecture me servira à la fois d'exercice de langue et d'étude sur l'histoire de ce pays.

Chaque matin aussi je lis, dans le *Missale Romanum*, l'office, qui varie
tous les jours de Carême ; je ne saurais vous dire avec quel plaisir je
savoure ces belles prières liturgiques, cette belle composition de la
messe : Introït, Oraisons, Graduel, Trait, Epître, Evangile, etc., forment
un tout qui se tient, qui a un sens général bien saisissable à travers les
différentes expressions tirées des diverses parties de nos Ecritures.

Avec une latitude aussi grande pour la lecture, je n'aurais pas à me
plaindre, si la vie de l'esprit était tout l'homme. Mais il y a d'autres
besoins, ceux de l'âme ; et la sainte communion, l'un de ces besoins, est
même le plus pressant. Je suis bien souvent empêché de la faire au jour
fixé ; il se passe des semaines sans que je puisse sortir le matin à jeun.
Heureusement nous approchons de la belle saison, et je me promets de
me disposer d'ici là à m'approcher plus fréquemment de la sainte Table.
Le pain des forts me serait pourtant nécessaire en ce moment, pour
vaincre les mille faiblesses de l'esprit et du corps. Je bataille tout le
jour, et je vous assure que malgré les coups que je reçois dans la lutte,
je ressens une vraie joie quand j'ai déjoué les ruses de l'ennemi, ou
résisté à ses attaques. Il y a d'abord l'abattement physique et moral
contre lequel il faut réagir vingt fois par jour, et c'est d'autant plus difficile que je suis souvent désœuvré, obligé de prendre quelque récréation
sans *distraction*, et que l'esprit qui se replie sur lui-même est prompt à
se décourager et à faiblir. Alors, si je cède un cran, l'ennemi en fait
sauter deux, et, d'abattu que j'étais, je deviens maussade, puis impatient,
puis rebelle contre l'autorité de mon père, jusqu'à ce que, honteux de
ma lâcheté, je me jette aux pieds de Jésus pour lui demander pardon ;
je recommence donc à veiller sur moi-même, et ainsi de suite du matin

au soir. Il semble que ces rechutes continuelles devraient lasser ; je ne sais pas pourquoi, mais je me relève avec joie et presque avec plus de force qu'auparavant ; il est si doux de dire à Jésus : « Pardon, mon Dieu ! » et de se jeter dans ses bras ! Je crois alors entendre notre Sauveur disant à ses disciples : « Si ton frère a péché et qu'il se repente, pardonne-lui, et si, dans le même jour, il pèche sept fois et qu'il se repente autant de fois, pardonne-lui toujours. » Si Dieu enseignait aux hommes méchants à faire cela, lui, la bonté même, le pratique certainement envers chacun de nous.

Voilà ma vie ; c'est bien petit, bien humble, ce que je fais ; mais c'est pour le bon Dieu, et je suis content. Il me semble que je suis une petite fleur des champs, que les hommes peuvent fouler aux pieds, mais qui reçoit chaque jour la rosée du ciel, et qui dresse ses pétales humides vers lui comme pour le remercier. Je vis sous l'œil du bon Dieu, mon Père. Mon Père ! que ce cri est doux au cœur ! je le redis à chaque instant : « Mon bon Père qui êtes aux cieux, que mes lèvres sanctifient votre nom ; que votre règne arrive dans mon cœur ; que votre volonté soit faite dans tous les mouvements de mon être, dans toute mon existence, par toute ma vie ; » et mon âme est inondée de joie. Qu'importe que nous fassions telle ou telle chose sur la terre ? ce n'est pas ce qui demeure, c'est seulement le chemin. Monter vers Dieu, habiter par l'espérance dans le sein de Dieu en faisant sa volonté, tout est là. *Deus meus et totus meus.* Cher abbé V., quand serons-nous ensemble dans le paradis ? Quand verrons-nous notre Bien-Aimé ? Quand seront finies les douleurs de cette vie, où il faut vivre au milieu des méchants, voir sans cesse le mal, subir les tentations qui oppressent le cœur et menacent de le souiller ? Prions ensemble, priez pour mon bon père ; que nous gagnions, lui et moi, une belle couronne, pour être éternellement réunis dans le sein de Dieu. Mon père s'appelle Joseph ; recommandez-le à votre cher Patron. Adieu, cher ami.

---

116. — A M. L'ABBÉ V., A LYON.

Tourville, 18 août 1875.

Cher Abbé V.,

Nous sommes restés à Lyon encore quelques jours après la dernière visite que je vous ai faite. Notre retour à la montagne a été favorisé par un beau temps, qui depuis ne s'est pas démenti : j'en ressens déjà les bons effets, et je remercie la Providence de donner à mon père, comme à moi, quelque répit pour reprendre haleine. Sans doute je désire vivement recouvrer la santé, mais il me semble qu'au point de vue du Ciel, le seul vrai en somme, la maladie lui est préférable. Quand les forces me manquent totalement, que je n'ai plus qu'un souffle, que la chair, en un mot, est aussi matée que si je l'avais mortifiée par les plus grandes austérités, alors l'âme s'épure, la vie se spiritualise, et le cœur, dégagé de la terre, s'unit plus facilement et plus parfaitement à Jésus-Christ. Oui, vraiment, il fait bon souffrir ; et pourtant, en écrivant ces mots, je désire ne plus passer par les mêmes souffrances. Oh ! qu'il est difficile à la nature de céder la victoire à la grâce !

J'ai eu le bonheur de communier quatre fois depuis un mois ; ce bonheur, je l'ai goûté davantage, parce qu'il m'était refusé depuis long-temps. Hélas ! j'ai bien besoin de revenir à la communion fréquente pour dompter le caractère qui reprend ses saillies, depuis que l'aiguillon de la maladie ne me tient plus assez en garde contre elles. Je vous prie de tout mon cœur de recommander au bon Dieu cette spéciale inten-tion, quand vous lui dites un mot pour moi. Communier souvent, une fois par semaine, comme par le passé, je m'en contenterais ; mais il me faudrait au moins cela. Dimanche dernier, fête de l'Assomption, je vou-lais à tout prix m'approcher de la sainte Table pour fêter ma Reine et ma Mère. Malgré mon état de malaise, je me suis rendu à l'église. A l'Offertoire, il a fallu sortir, marcher inquiet, préoccupé, oubliant presque la communion, et cependant voulant la faire. Au bout d'un moment, je reviens à l'église ; le prêtre distribuait la sainte Hostie, et, sans presque y songer, me frappant seulement la poitrine, je me suis approché de la sainte Table. Ah ! j'ai bien demandé pardon au bon Dieu de ce laisser-aller, de ces négligences ; mais j'avais besoin de lui ; je le lui ai dit, j'espère qu'il ne m'en aura pas voulu. Rentré à la maison, j'étais si fati-gué que j'ai dû renoncer à aller à la seconde messe. Donc point de messe pour l'Assomption. Oh ! que de peines, cher ami, me coûtent ces irrégularités, ces inconséquences ! Je n'ai point de mesure, je suis impru-dent. Je manque à mille devoirs pour suivre mes goûts ; la messe aurait sans doute mieux valu que la communion.

Je me sens si lâche, si prompt à retomber dans les mêmes fautes, que je considère la rigueur de la Providence envers moi comme un juste châtiment de l'abus que j'ai fait de la Communion. Où vais-je, mon Dieu ? où me laissez-vous aller ? Et pourtant je vous prends à témoin que je vous aime, que je suis prêt plus que jamais à quitter le monde pour vous suivre.

117. — A M. ÉMILE M., A SAINT-MARTIN-EN-HAUT (¹).

Hyères, 11 novembre 1875.

MON CHER ÉMILE,

ous voilà installés à Hyères. L'air est doux ici, et la campagne présente, pendant presque tout l'hiver, l'aspect qu'elle a chez nous au printemps ; les oliviers ne perdent jamais leurs feuilles ; les chênes verts, les orangers et les pins, qui sont les arbres les plus communs avec l'olivier, ont aussi un feuillage persistant. Le jeune blé, qui commence à lever de terre, et les champs de légumes toujours frais, forment comme un riant tapis où l'œil aime à se reposer. Jusqu'à présent ma santé semble s'accommoder assez bien de ce climat ; mais les mauvais jours ne sont pas encore venus, et, même ici, il faut bien nous attendre à en avoir.

Tu as repris ton travail, et j'espère que tu continueras à t'y livrer avec ardeur. Je me rappelle qu'à ton âge, si j'aimais les jeux, je goûtais aussi vivement le plaisir de faire mes devoirs comme il faut, et je m'y appliquais de tout cœur. Ce n'est pas pour me vanter que je te dis cela, mais pour te montrer l'exemple. D'ailleurs, pour arriver au but que tu te proposes, il faut avoir une instruction que tu dois bénir DIEU de te rendre possible. Tant d'enfants sont privés de ce bienfait ! Mets donc à profit ce temps précieux où tu as de bons maîtres, pour apprendre d'eux avec zèle tout ce qu'ils t'enseignent. Enfin, mon cher Emile, fais voir dans toute ta conduite que tu es un enfant du bon DIEU. Il a pris possession de ton cœur, de ton esprit, de ton corps, de tout ton être, au jour béni de ta première communion. Conserve-lui soigneusement ce qu'il regarde comme son bien ; tu es à lui. Oh ! quel honneur et quel bonheur ! car il est aussi à toi. Les grâces, les joies qu'il répand dans une conscience pure sont les prémices du paradis. Sois fidèle à tes bonnes résolutions ; approche-toi régulièrement des sacrements, et, pour en retirer tout le profit possible, ne manque pas de t'y préparer d'avance ; invite JÉSUS-CHRIST à venir dans ton cœur les jours qui précèdent la communion. Aime notre bon Maître tendrement ; dis-lui souvent : « Doux Cœur de JÉSUS, soyez mon amour ! » Chaque fois que tu répètes ces paroles avec affection, tu peux gagner trois cents jours d'indulgences pour tes parents, pour ton pauvre père, qui souffre peut-être encore dans le purgatoire.

---

1. Enfant de douze ans, que Noël protégeait ; c'était le neveu de la personne qui l'a élevé lui-même, et qui ne l'a presque jamais quitté ; il était alors en pension chez les Frères Maristes.

N'oublie jamais de lire un chapitre de l'*Imitation de Jésus-Christ* dans le IVe livre, la veille du jour où tu dois communier. Il se trouve à la fin du *Manuel du chrétien* que je t'ai donné en souvenir de ta première communion. Ne crains pas d'user de ce bon livre ; lis souvent avec attention cette belle Imitation de Jésus-Christ qui a formé des saints. Tu trouveras sous ce pli la prière : « O bon et très doux Jésus, » que tu pourras réciter à genoux devant une image du crucifix après la communion, et par laquelle tu gagneras une indulgence plénière en y ajoutant cinq *Notre Père* et cinq *Je vous salue, Marie*, aux intentions du Souverain Pontife.

Mon père t'embrasse en te rappelant tout ce que tu sais déjà. J'en fais autant, mon cher Emile, en te recommandant à Notre-Seigneur et à sa sainte Mère.

---

118. — A M. PAUL B., A ANNECY (¹).

Hyères, 23 décembre 1875.

MON CHER PAUL,

EN relisant votre lettre, je vois qu'elle est datée du 15 novembre. Ai-je bien pu rester si longtemps sans vous dire combien je compatissais à vos misères ? Savez-vous ce que j'ai fait durant ce temps ? J'aime à croire que vous ne m'avez pas soupçonné d'avoir passé mes journées à me réjouir, à m'ébattre au soleil, sans prendre le moindre souci de vous. J'ai veillé près du chevet du lit de mon père malade ; il n'est pas encore guéri. Je vous demande si la vie était pour moi couleur de rose, seul, absolument seul avec mon cher malade, abattu comme on l'est quand on a la fièvre. Quand j'aurais voulu vous écrire, il fallait donner des nouvelles à toute la famille, et vous savez que je ne puis pas tenir la plume longtemps. Oh ! que j'aime mieux être malade que de soigner des malades ! On n'a alors qu'à se laisser dorloter ; c'est une vie de coq en pâte. Mais on n'a pas toujours le choix ; il faut être philosophe, c'est-à-dire prendre les choses comme elles viennent. Pourtant je ne considère pas la vie sous le même aspect que vous ; le côté du plaisir ne m'apparaît pas comme le principal, celui où l'on dépense son activité, où *l'on met toute son âme*. Dans l'ordre, le plaisir est un correctif de ce que le devoir a de trop âpre pour notre faible nature ; mais il n'est qu'accessoire ; il accompagne le devoir, à peu près comme ces bouffons.

Il y faisait son volontariat.

qui accompagnaient le prince allant en guerre, pour égayer les instants
de loisir que laissait le combat. Je prends ma comparaison dans un
monde qui vous est à présent familier ; mais j'ai bien peur que vous n'y
ayez encore trouvé aucun sujet de rire ; le temps des bouffons est passé.

Je me reproche de venir faire la morale à un brave garçon qui rêva
de se faire l'apôtre de ses compagnons d'armes ; noble dessein sans
doute ! mais vous voyez qu'il n'est pas si facile que ça d'être apôtre,
surtout au régiment. Et pourtant, il y a encore, sous ces enveloppes
grossières, des âmes où certaines cordes pourraient vibrer ; mais quelle
main est assez délicate pour toucher ces cordes ? quel bras assez long
pour sonder l'abîme où quelquefois l'âme est tombée ? Je n'ai pas besoin
de vous le dire, vous le devinez, vous l'avez compris, vous le savez. Quoi
qu'il en soit, mon brave ami, votre désir était celui d'un cœur généreux,
et si vous avez quelque confiance dans votre ami Noël, croyez-moi, il y
a pour vous un excellent moyen de faire du bien à ces malheureux trou-
piers ; donnez-leur le bon exemple, apprenez-leur le chemin de l'église
en y allant remplir vos devoirs ; vous aurez beaucoup plus fait de la
sorte que par les plus éloquents discours. Dites cependant de bonnes
paroles aux jeunes recrues ; votre supériorité, que vous avez trop de
tact pour rendre blessante, donnera un grand poids à vos paroles. Quant
aux vieux loustics, vous savez mieux que moi que la dignité seule nous
sied dans nos rapports avec eux.

Je reprends ma lettre que j'avais interrompue, et, après l'avoir lue, je
me demande si je vous l'envoie. Chose étrange, je ne puis prendre la
plume pour vous écrire sans que les idées les plus sérieuses s'imposent
à mon esprit et à ma phrase. D'où vient cela ? Sans doute de ce que je
vous aime, je vous le dis franchement ; il n'y a qu'aux indifférents que
je fais des *mamours*. Vous me connaissez assez pour savoir que je suis
morigéneur, et ce défaut ne date pas d'hier, puisque, à l'école, tout
enfant, on m'appelait le *conseiller*. Mais au fond, sans me vanter, je ne
me crois pas méchant, et si j'aime à faire la leçon, ce n'est pas, je vous
assure, que je me croie meilleur qu'un autre ; c'est simplement un signe
de vocation. Vous passerez bien, à présent, à votre ami, ce que vous
aimerez peut-être un jour, quand il sera votre curé. Mais c'est trop
parler de moi ; je suis bien peu intéressant à côté de mon pauvre Paul,
que je ne plains pourtant qu'à demi, puisqu'il est philosophe ! Vous allez
faire provision de souvenirs pour toute la vie ; le régiment est une école
d'enseignement très varié ; tout dépend du parti qu'on sait en tirer. Les
uns s'y font bons, les autres mauvais ; mais je suis sans inquiétude pour
vous ; cette grossièreté que vous coudoyez ne saurait avoir aucune

séduction pour votre nature délicate ; vous apprendrez seulement à mieux apprécier le monde que vous avez quitté ; la comparaison ne peut qu'être à son avantage. Et puis, quand ce sera fini, quel soulagement ! Comme vous savourerez ce qui ne vous causait plus que dégoût, tant vous étiez blasé sur toutes les jouissances du bien-être ! Croyez-vous que ce côté de la question n'ait pas sa valeur ? Je suis sûr qu'il vous touche.

Vous êtes, à Annecy, un de mes souvenirs de voyage les plus riants, un souvenir du cœur. Vous pensez bien que j'aime l'aimable saint François de Sales. Avec quel plaisir je me suis agenouillé près de son tombeau ! Oh ! quel ami ! mon cher Paul, quel conseiller ! Cet esprit de dou-

LOURDES. (P. 299.)

ceur, de mansuétude, uni à une sagesse surnaturelle et à un talent d'écrivain qui le met au premier rang de nos prosateurs, rendent la lecture de ses ouvrages une des plus attrayantes que je connaisse. Son *Introduction à la vie dévote* est un morceau de gourmet.

Adieu, je vous serre la main.

P. S. — Mon père me charge pour vous de son plus sympathique souvenir. Bonne année ! ça va sans dire ; rude année peut-être ; mais rien n'empêche qu'elle soit rude et bonne à la fois. Oh ! que je voudrais avoir une *rude* année, moi ! Je sortirais de là endurci, fort, vigoureux, propre à tout, comme vous serez, tandis que je ne serai toujours que propre à rien.

Souvenirs d'un Père. 19

119. — A M. L'ABBÉ V., A LYON.

Hyères, 31 décembre 1875.

CHER ABBÉ V.,

JE suis resté bien longtemps sans vous écrire ; mon pauvre père a été malade pendant six semaines, et je le soignais. Le voilà qui se remet à présent. Sa santé s'est bien affaiblie depuis quelque temps ; les inquiétudes que lui a causées ma santé, l'oubli complet de lui-même dans le dévoûment qu'il me prodigue, l'ont conduit insensiblement à un état presque toujours maladif. Si vous saviez combien je me reproche d'avoir été la cause, souvent involontaire il est vrai, de cette défaillance de ses forces ! Je me reproche surtout ma manière de faire souvent coupable vis-à-vis de lui, mes airs maussades, mes bouderies, mes langueurs exagérées, qui doivent le miner, le consumer, et qui contribuent sûrement à ruiner cette santé pourtant si chère. Oh ! quelles résolutions j'ai prises pour l'avenir, tout à l'heure en sortant du tribunal de la pénitence ! Quelle vigilance je me promets d'exercer sur mon caractère pour prévenir ces saillies, ces mouvements d'humeur, pour vaincre l'aigreur, l'esprit taquin de l'enfant gâté ! Je voudrais entourer mon père d'une atmosphère de gaîté douce, réveiller dans son esprit des souvenirs agréables, effacer les aspérités qui se multiplient sous les pas de l'homme à mesure qu'il avance en âge et touche au déclin de la vie.

Mon bon père, qu'il est digne d'être aimé ! Je voudrais être enfant pour caresser ses joues qui se couvrent de rides, et lui tirer en folâtrant ses gros favoris gris. J'ai des désirs d'enfant ; je gémis de voir le monde me traiter en homme ; il fait si bon échapper au monde sous le couvert de l'innocence, à ses jugements malins, à ses questions importunes, à ses conversations pleines de médisance et d'injustice ! Que peut-on répondre à une personne qui, dans un tête-à-tête, vous raconte mille choses désobligeantes du prochain ? Baisser la tête et ne rien dire ? Enfin je vais m'exercer à me tirer d'affaire dans ces cas-là. La Providence a peut-être ses desseins en m'obligeant à me trouver souvent dans cette position ; je serai maladroit d'abord, puis je finirai, avec le secours de la grâce, par ne pas blesser la charité, ni manquer de politesse. Je sais bien que je déplairai souvent ; mais on ne peut pas plaire au monde et à DIEU tout à la fois.

J'ai terminé mon Jubilé le jour de Noël : je suis bien heureux. Il me semblait, en recevant JÉSUS-CHRIST, qu'il venait ratifier l'absolution générale de son ministre, et établir entre son Cœur sacré et le mien un pacte indissoluble pour l'avenir. Sentir son cœur purifié, c'est jouir de l'intimité de notre Sauveur, qui s'empresse alors de s'unir à nous. Dieu est prompt à descendre dans l'âme qui se détache de *tout* pour voler à lui. C'est là la fin de toute ma vie : me détacher pour courir à Dieu ; vaincre Satan, le mettre sous mes pieds pour embrasser Jésus. J'ai été bien infidèle depuis Noël. Ce soir, je suis réconcilié et je recommence avec ardeur l'œuvre de l'amendement de ma vie : *bonum opus !* L'année nouvelle sera meilleure, j'espère ; il me semble que je sors d'un nouveau baptême et que j'ai l'ardeur d'un néophyte : priez Dieu qu'*il la soutienne*, autrement je retomberai vite dans l'ornière.

Bonne année, bien cher ami ; je vous souhaite beaucoup d'âmes, beaucoup d'œuvres, beaucoup de consolations, et un bon surcroît de sainteté gagné dans le ministère, dans le travail pour Notre-Seigneur.

Merci, oh ! bien merci pour cette belle, cette ravissante image de la sainte Hostie dans les mains du prêtre ; je m'en délecte tous les jours.

Je ne vous en écris pas plus long ce soir. A bientôt des détails sur mon âme. Il y a des luttes, il y a des grâces ; il y a des fautes, mais aussi surabondance de miséricorde. Dieu m'éprouve, je sens qu'il travaille mon intérieur. J'aurais peut-être besoin d'un conseiller intime qui me garerait en me montrant les ruses de l'ennemi ; j'aurais besoin de vous, là, à la portée de ma main ; je n'ai personne, je compte sur Jésus. J'ai remis le soin de la direction de mon âme à saint Joseph, depuis le mois de mars de l'année dernière, et je m'en trouve si bien que je suis tranquille, même maintenant que je me plains de mon isolement. Mais que je serai heureux le jour où Dieu me permettra d'entrer au grand Séminaire ! Adieu, je vous embrasse aux pieds de Notre-Seigneur.

A MON NOËL.

Il avait vingt-deux ans. Regardez son image (¹) :
L'homme, la vierge, l'ange ont ensemble posé
Pour composer les traits de ce charmant visage
    Maintenant éclipsé.

D'un sourire de DIEU son âme était éclose,
Blanche, jusqu'à la fin, de la blancheur du lis ;
Pas de fleur plus suave et de plus fraîche rose
    Que l'âme de mon fils.

De célestes clartés l'inondaient tout entière ;
Jamais d'aucun côté l'ombre ne l'atteignait,
Et le doute blafard devant cette lumière
    Aussitôt s'éteignait.

Quels fragiles anneaux l'enchaînaient à la terre !
Vrai séraphin, sans cesse il aspirait aux cieux ;
Si sa main s'attardait dans la main de son père,
    Là-haut montaient ses yeux.

Il eût voulu, c'était une sainte folie,
Saisir ceux qu'il aimait dans un embrassement
Et les enlever tous, sur les traces d'Elie,
    Jusques au firmament.

Son cœur était ouvert à toutes les tendresses ;
Il chérissait surtout ceux qui souffrent le plus,
L'infirme, l'indigent, l'enfance, la vieillesse,
    Les membres de JÉSUS.

---

1. Le portrait de Noël devait se trouver en regard de cette page ; mais une impression commune eût altéré et dégradé sa physionomie si pure, si gracieuse ; quant à l'héliogravure, à la photographie, le bas prix du volume, fixé d'avance par l'éditeur, n'a pas permis d'en faire les frais — Cette poésie, comme on le voit, est du père de Noël.

Des esprits généreux il avait les audaces,
De la science ardue il goûta les labeurs ;
Aux arts il déroba le secret de leurs grâces,
        Mêlant les fruits aux fleurs.

Enthousiaste amant de la belle nature,
Son front s'illuminait devant toute splendeur ;
Son œil pur et profond dans toute créature
        Voyait le Créateur.

Vous qui l'avez connu, vous, ses amis sur terre,
Trouvâtes-vous ailleurs plus de simplicité,
De prudence discrète, une âme plus sincère,
        Plus de sérénité ?

Pour moi, j'étais indigne, ô mon DIEU, d'être père
De cet ange du ciel ici-bas descendu ;
Pourquoi m'y laissez-vous encor, qu'y puis-je faire,
        Puisque je l'ai perdu ?

Pourrai-je suivre seul et sans son assistance
Le chemin, de ses pas jusqu'à ce jour battu,
Où tous deux protégions, moi, sa frêle existence,
        Lui, ma frêle vertu ?

Pour prix de ma tendresse, aliment de sa vie,
Il infusait en moi la sève de son cœur ;
A ma vieillesse, hélas ! cette source est ravie,
        Plus rien que ma douleur !

A nos yeux attentifs rien ne laissait surprendre
Les symptômes prochains du fatal dénouement ;
Mais mon esprit frappé ne savait se défendre
        D'un noir pressentiment.

Jour lamentable, jour de cruelles souffrances,
De morne désespoir, où j'ai conduit son deuil !
Où j'ai vu ma gaîté, mon cœur, mes espérances
        Scellés dans son cercueil !

Lui si bon, lui si beau, dans la fosse profonde
Le voilà sans retour !... Mon orgueil est puni,
Je ne le verrai plus... Désormais en ce monde,
      Pour moi tout est fini !

Solitaire, partout je vais chercher sa trace
Dans les lieux familiers, pleins de son souvenir ;
Hélas ! à chaque pas je trouverai sa place,
      Sans l'y voir revenir !

Mon Noël bien-aimé, viens au moins dans mes songes,
Viens avec ton regard, ton sourire si doux ;
D'un fugitif mirage et d'innocents mensonges
      Le Ciel est-il jaloux ?

Mon cœur ne peut briser le cercle qui le bride,
Les larmes de mes yeux refusent de couler ;
DIEU qui faites jaillir l'eau de la pierre aride,
      Oh ! faites-moi pleurer !

                        J. DUCREUX.

TABLE DES MATIÈRES.

Imprimé par DESCLÉE, DE BROUWER ET Cie, LILLE.

www.ingramcontent.com/pod-product-compliance
Lightning Source LLC
Chambersburg PA
CBHW071844020726
47502CB00003B/591